LINDA FAIRSTEIN

NOTAUFNAHME

Roman

Aus dem Amerikanischen
von Kirsten Sonntag

WILHELM HEYNE VERLAG
MÜNCHEN

HEINE ALLGEMEINE REIHE
Band-Nr. 01/13185

Titel der Originalausgabe
LIKELY TO DIE

Umwelthinweis:
Dieses Buch wurde auf
chlor- und säurefreiem Papier gedruckt.

2. Auflage

Redaktion: Rainer-Michael Rahn

Deutsche Erstausgabe 5/2000

Printed in Germany 2000
Umschlagillustration: Tony Stone Images/Uwe Kreici, München
Umschlaggestaltung: Nele Schütz Design, München
Satz: Buch-Werkstatt GmbH, Bad Aibling
Druck und Bindung: Presse-Druck Augsburg

ISBN: 3-453-17390-2

http://www.heyne.de

Für
Alice Atwell Fairstein,
die Beste

1

Nachdem der hartnäckige Anrufer das Telefon viermal hatte klingeln lassen, schaltete sich der Anrufbeantworter ein. Während mein Kopf dröhnte und hämmerte, verkündete meine Stimme vom Band, dass ich im Augenblick nicht zu sprechen sei. Der letzte Drink war wohl einer zu viel gewesen ...

Ich warf einen Blick auf die Leuchtanzeige meines Weckers, die den noch dunklen Raum in grünliches Licht tauchte. 5 Uhr 38.

»Wenn du mich hörst, Coop, dann nimm ab. Los, mach schon.«

Ich hatte an diesem Morgen keine Bereitschaft.

»Es ist verdammt früh und verdammt kalt. Lass mich bitte nicht länger als notwendig in der einzigen funktionierenden Telefonzelle von ganz Manhattan zappeln. Ich will dir doch nur 'nen Gefallen tun. Komm, nimm schon ab, Blondie. Ich hasse den blöden Spruch vom Band.«

»Morgen, Detective Chapman. Danke für den Anruf«, murmelte ich in die Muschel, während ich meinen Arm wieder unter die Decke zog, um nicht zu frieren, während ich Mike zuhörte. Zu dumm, dass ich das Fenster gekippt hatte, bevor ich zu Bett gegangen war. Jetzt war es eiskalt im Zimmer.

»Ich hab' was für dich, 'ne ganz große Sache. Vorausgesetzt, du willst wieder durchstarten.«

Musste mich Chapman unbedingt daran erinnern, dass ich seit fast fünf Monaten keinen ernsthaften Fall mehr übernommen hatte? Ich hatte im letzten Herbst im Mord an der Schauspielerin Isabelle Lascar, meiner Freundin, ermittelt, und das hatte mich beruflich etwas aus der Bahn geworfen. Der Bezirksstaatsanwalt hatte die meisten meiner übrigen Fälle auf die Kollegen verteilt, und nachdem der Mörder gefasst war, hatte ich mir erst einmal eine Weile freigenommen.

Von Mike hatte ich mir den Vorwurf gefallen lassen müssen, ich hätte mich den ganzen Winter über um die schwierigen Fälle gedrückt, bei denen wir früher so oft zusammengearbeitet hatten.

»Worum geht's denn?« wollte ich wissen.

»Oh nein, Miss Cooper, das ist keiner von den ›Mal sehen, und wenn er scharf genug ist, behalt ich ihn‹-Fällen. Entweder du vertraust mir und übernimmst ihn, oder ich gehe den offiziellen Weg und rufe deinen verpennten Kollegen an, der gerade zufällig Bereitschaft hat. Ich wette, der würde sich diesen Fall verdammt gern unter den Nagel reißen. Mir soll's egal sein, wenn der nicht mal den Unterschied zwischen DNS und NBC kennt ...«

»Schon gut, schon gut.« Chapman hatte das Zauberwort gesagt, und ich saß jetzt aufrecht im Bett. Ich wusste nicht so genau, ob ich am ganzen Körper zitterte, weil durch den Fensterspalt eiskalte Luft ins Zimmer drang, oder ob es die Angst vor der Rückkehr zur Brutalität, zu den Mördern und Vergewaltigern war, die fast zehn Jahre lang meinen Berufsalltag bestimmt hatten.

»Heißt das ja, Blondie? Bist du dabei?«

»Ich verspreche, dass ich nach einem ordentlichen Kaffee begeisterter klinge, Mike. Ja, ich mach' mit.« Sein Freudengeheul war wohl für niemanden nachvollziehbar, der weder der Polizei noch der Staatsanwaltschaft angehörte, denn schließlich war der Anlass für seinen Freundenausbruch der gewaltsame Tod eines Menschen. Das einzig Tröstliche an der Sache war, dass das Mordopfer in diesem Fall in den »Genuss« des besten Cops weit und breit kam: Mike Chapman.

»Prima. Jetzt stehst du auf, ziehst dich an, wirfst ein paar Alka Seltzer gegen den Kater ein ...«

»Ist das nur ein Verdacht, Dr. Holmes, oder beobachten Sie mich?«

»Mercer hat mir erzählt, dass er gestern in deinem Büro war. Hat wohl irgendwie deine Feierabendpläne mitbekommen – zuerst das Knicks-Spiel mit deinen Uni-Freundinnen und danach eine Verabredung zum Essen im Restaurant. Das Einzige, was er nicht wusste, war, ob ich mit einem Anruf um diese Uhrzeit rein zufällig in eine spannende Bettszene platzen würde. Ich hab' ihm versprochen, dass er's als Erster erfahren würde, wenn du deine Enthaltsamkeit aufgibst.«

Ich ignorierte die Bemerkung und freute mich stattdessen, dass Mercer Wallace auch mit von der Partie sein würde. Der einstige Polizist der Mordkommission war mein fähigster Mitarbeiter im Special Victim Squad – er ermittelte bei allen Aufsehen erregenden Serienvergewaltigungen und Serienmorden.

»Bevor die Münze durchfällt, verrat mir bitte noch, wie ich das meinem Boss verkaufen soll.«

Paul Battaglia hasste es, wenn die Detectives bei komplizierten Fällen ihre bevorzugten Staatsanwälte ins Boot zogen. In den zwanzig Jahren, in denen er nun als Bezirksstaatsanwalt von New York County tätig war, hatte er mit einem Bereitschaftssystem gearbeitet, das sicherstellte, dass rund um die Uhr ein Vertreter der Staatsanwaltschaft auf Abruf bereit stand, der gemeinsam mit dem New York Police Department, kurz NYPD, in Mordfällen ermittelte. Verdächtige verhören, Haftbefehle ausstellen und Zeugen befragen – all diese Tätigkeiten gehörten zu den Aufgaben des Staatsanwalts, der laut Plan Bereitschaft hatte.

»Das ist genau der richtige Fall für dich, Alex, ganz im Ernst. Die Ermordete wurde vergewaltigt. Mercer hat ganz Recht – für diesen Fall brauchen wir dich und deine Erfahrung.« Chapman bezog sich auf die Tatsache, dass ich die Sex Crimes Prosecution Unit leitete – Battaglias Vorzeigeprojekt, bei dem ein besonders sensibler Umgang mit Opfern von Vergewaltigung und Missbrauch im Vordergrund stand. Da diese Art von Verbrechen leider oft in Mord gipfelte, wurden ich und meine Kollegen auch mit den nachfolgenden Ermittlungen und Prozessen betraut.

Ich griff in meine Nachttischschublade, in der der Bereitschaftsplan für den ganzen Monat lag, um festzustellen, ob ich einem von den besonderen Schützlingen des Bezirksstaatsanwalts auf die Füße treten würde und wieviel Ärger ich zu erwarten hatte. »Hm, mal sehen … bis heute Morgen acht Uhr hat Eddie Fremont Bereitschaft.«

»Bitte bewahre mich vor dem«, entgegnete Mike. »Das Senatorensöhnchen. Der ist in einem Mordfall ungefähr so hilfreich wie meine Mutter. Fremont ist 'ne Schlafmütze erster Klasse – ich glaube, dem würde das Motiv nicht mal dann auffallen, wenn es ihn in den Arsch beißt.«

Chapman gab im Forlini's, der Kneipe des Gerichtsgebäudes, oft parodistische Einlagen zum Besten. Er hatte den monatlichen Bereitschaftsplan in der Hand, verkündete den Namen des Dienst habenden Staatsanwalts und gab eine peinliche Episode des Betreffenden zum Besten. Fremont war für Chapman ein gefundenes Fressen – er war einer dieser brillanten Studenten, die mit akademischen Meriten glänzten, aber in der Praxis leider versagten. Niemand zweifelte daran, dass er den Job bekommen hatte, weil sein Vater – ein ehemaliger Senator von Indiana – Zimmergenosse von Paul Battaglia auf der Columbia Law School war.

»Wenn du dich bis fünf nach acht geduldest, bekommst du Laurie Deitcher«, fuhr ich nach einem weiteren Blick auf den Bereitschaftsplan fort.

»Die Prinzessin? Nein, Blondie, einmal und nie wieder. Der einzige Fall, den ich jemals mit ihr hatte, war schlichtweg eine Katastrophe. In der Mittagspause hat sie nicht etwa ihre Kreuzverhöre geplant oder Zeugen vorbereitet, oh nein, sie hat uns auf dem Gang warten lassen, während sie ihre elektrischen Lockenwickler ausgepackt und sich noch mehr Make-up ins Gesicht geklatscht hat. Vor den Geschworenen hat sie sich dann gebärdet wie Norma Desmond bei einer Nahaufnahme. Kam auf den Bildschirmen natürlich klasse rüber, aber der Täter ist als freier Mann aus dem Gerichtsgebäude marschiert. Nein, Coop, wirklich nicht. Du rufst Battaglia an und sagst ihm, dass Wallace und ich dich mitten in der Nacht aus dem Bett geklingelt haben, weil du die Einzige bist, die unsere Fragen beantworten kann. Du überzeugst ihn schon, Cooper. Das ist dein Fall.«

»Um welche Fragen geht's denn zum Beispiel?«

»Zum Beispiel darum, ob sie vergewaltigt wurde, *bevor* oder *nachdem* sie starb. Zum Beispiel darum, ob sich der Zeitpunkt des Todes auf die Geschwindigkeit auswirkt, mit der sich Sperma im Körper abbaut, ob's da Wechselwirkungen zwischen dem Sperma und ihren Körperflüssigkeiten gibt.«

»Okay, ich verstehe. Natürlich lässt er mich einen solchen Fall bearbeiten. Was soll ich jetzt als Erstes tun?«

»Komm so schnell wie möglich hierher. Und schick auch deine Videoleute. Die Spurensicherung war schon da und hat auch Fotos gemacht, aber sie hatten's wieder mal ziemlich eilig. Ich befürchte, dass sie was Wichtiges übersehen haben könnten. Deshalb sollte deine Mannschaft nochmal anrollen und den gesamten Bereich aufnehmen. Wenn die Geschichte erst einmal an die Öffentlichkeit gelangt ist, wird's dort vor Presse nur so wimmeln, und wir haben keine Chance mehr.«

»Jetzt mal ganz langsam von Anfang an, Mike. Wo bist du überhaupt?«

»Im Mid-Manhattan Medical Center. Minuit Building, sechster Stock.« East Forty-Eighth Street, direkt am FDR Drive. Das älteste und größte Krankenhaus der Stadt. Das Opfer musste dort eingeliefert worden sein, nachdem man es gefunden hatte.

»Und wo treffe ich dich? Ich meine, wo ist der Tatort?«

»Hab' ich doch eben gesagt.«

»Das heißt, das Opfer wurde *im Krankenhaus* umgebracht?«

»Genau. Vergewaltigt und umgebracht. 'n hohes Tier. Leiterin der neurochirurgischen Abteilung der Uniklinik, Hirnchirurgin, Professorin. Ihr Name ist Gemma Dogen.«

Nach zehn Jahren in meinem Job konnte mich nicht mehr viel schockieren – aber diese Nachricht tat es.

Ich habe Krankenhäuser immer als Zufluchtsstätten betrachtet, als Orte, wo Kranke geheilt wurden, wo man Sterbenden in den letzten Stunden beisteht. Ich war unzählige Male im Mid-Manhattan gewesen – ich habe dort sowohl Zeugen vernommen als auch das medizinische Personal im Umgang mit Opfern von Sexualstraftaten geschult. Die beinahe ein Jahrhundert alten roten Backsteingebäude sind im ursprünglichen Stil restauriert worden. Großzügige Spender früherer Tage haben den Wolkenkratzern daneben, die heute die modernsten Medizintechnologien sowie hervorragende

Lehreinrichtungen beherbergen, ihren Namen gegeben – Minuit Medical College.

Wie immer, wenn ich von einem neuen sinnlosen Verbrechen und dem Ende eines menschlichen Lebens erfuhr, krampfte sich mein Magen zusammen; meine Kopfschmerzen waren vergessen. Vor meinem geistigen Auge begann sich ein erstes Bild von Dr. Dogen zu bilden, und noch bevor ich weitersprach, schossen mir tausend Fragen durch den Sinn: Fragen zu ihrem Leben, zu ihrem Tod, zu ihrer beruflichen Laufbahn, zu ihrer Familie, ihren Freunden und Feinden.

»Wann ist es passiert, Mike? Und wie?«

»Irgendwann in den vergangenen fünfzehn bis zwanzig Stunden – Näheres erfährst du, sobald du hier bist. Der Anruf hat uns kurz nach Mitternacht erreicht. Mit sechs Stichen getötet. Ein Lungenflügel ist kollabiert, mehrere wichtige Organe wurden verletzt. Der Mörder hat sie blutüberströmt zurückgelassen; sie hat zu diesem Zeitpunkt noch gelebt. Sie wurde uns als Todeskandidatin gemeldet. Als wir am Tatort ankamen, war sie schon tot.«

Todeskandidat. Die übliche Bezeichnung für eine Kategorie von Fällen, die in den Tätigkeitsbereich der besten Mordkommission von Manhattan fielen. Zu dieser Sparte zählen Opfer, die beim Eintreffen der Polizei am Tatort in so schlechtem gesundheitlichen Zustand sind, dass ihre nächste Station trotz größter medizinischer Anstrengungen die Leichenhalle ist.

Verlier keine Zeit mit Spekulationen, ermahnte ich mich selbst, in ein paar Stunden weißt du mehr über die Sache.

»In einer dreiviertel Stunde bin ich da.«

Ich sprang aus dem Bett, schloss das Fenster und hob dabei kurz die Jalousie, um einen Blick über die Stadt aus meiner Wohnung im zwanzigsten Stock an der Upper East Side zu werfen. Es dämmerte – ein grauer, nieseliger Tag. Ich habe immer die klaren, kühlen Herbsttage gemocht, die einen Vorgeschmack auf den Winter, auf die bevorstehenden Feiertage und den Schnee im Januar und Februar geben. Meine Lieblingsmonate sind der April und der Mai, wenn die Parks der Stadt grünen und blühen und schon ein Hauch des herannahenden Sommers in der Luft liegt. Aber als ich jetzt den Horizont absuchte, entdeckte ich nichts von alledem, sondern sah nur dunkle, triste Farben. Ich stellte mir vor, dass auch Gemma Dogen auf die berühmten Verse der großen Dichter gepfiffen und sich meiner ganz persönlichsen Ansicht angeschlossen hätte, dass der März der grausamste Monat von allen ist.

2

»Tut mir leid, Ma'am, vor dem Krankenhaus ist das Parken verboten.«

Der uniformierte Polizist winkte mich weiter, als ich kurz vor sieben vor dem Krankenhaus ankam. Ich ließ das Fenster meines funkelnagelneuen Grand Cherokee herunter, um ihm den Grund meiner Anwesenheit zu erklären – das Parkhaus war zwei Blocks entfernt, und der Weg würde mich mindestens zehn Minuten kosten.

Bevor ich den Mund aufmachen konnte, hörte ich eine barsche Stimme, und als ich mich in die Richtung wandte, aus der sie kam, sah ich Chief McGraw, der die Tür eines Zivilfahrzeugs zuschlug. »Lassen Sie sie, Officer. Stellen Sie sich hinter mich, Alex, und legen Sie Ihren Ausweis hinter die Windschutzscheibe. Ich denke, wir haben denselben Weg.«

Verdammt. Danny McGraw war genauso wenig froh, mich hier am Tatort zu sehen, wie ich es war, ihn hier anzutreffen. Wenn die hohen Tiere von der Polizei erst einmal da waren, rissen sie die Sache an sich und ließen sich von der Staatsanwaltschaft nicht mehr viel sagen. Wahrscheinlich würde Chapman eins auf den Hut bekommen, weil er mich zu einem so frühen Zeitpunkt verständigt hatte. McGraw wäre es lieber gewesen, zuerst den Commissioner zu informieren und uns erst dann zu rufen. Ich kramte das Plastikschild des NYPD aus dem Handschuhfach und legte es auf das Lenkrad – es erhob meine Anwesenheit zur »Offiziellen Polizeiangelegenheit«. Die numerierten Parkausweise waren schwieriger zu bekommen, als man ein Sechser im Lotto landete, und einige meiner Kollegen betrachteten sie als größten Vorteil ihres Jobs.

Ich stieg aus, trat mitten in eine schmutzige Pfütze und legte einen Schritt zu, um McGraw einzuholen, so dass ich in seinem Kielwasser durch die Sicherheitsabsperrungen gelangen konnte. Die Square Badges – Polizeislang für die unbewaffneten Posten, die in Kliniken, Kinos, Stadien und Kaufhäusern Wache standen – schienen an diesem Morgen aufmerksamer als gewöhnlich und waren durch Polizisten verstärkt worden. Alle erkannten den Chief of Detectives und grüßten ihn förmlich. Mit schnellen Schritten passierten wir den endlos langen Zentralkorridor des Medical Center und ließen vier doppelflüglige Schwingtüren hinter uns, bevor wir von einem Detective, den ich noch nie gesehen hatte, zu einem Durchgang geführt wurden, über dem Minuit Medical College stand.

McGraw lief doppelt so schnell wie gewöhnlich, und nach den Blicken zu urteilen, die er auf meine hochhackigen Pumps warf, hoffte er, mich dadurch abzuhängen – damit er wenigstens ein paar Minuten allein mit seinen Leuten sprechen konnte, bevor ich meine Nase in die Sache steckte. Aber dank meiner regelmäßigen Aerobic- und Ballettstunden konnte ich problemlos Schritt halten, und als wir die Aufzüge erreichten, ging sein Atem schon deutlich schneller. Ich konnte mir nicht verkneifen, ihm auf unserem gemeinsamen Weg in die neurochirurgische Abteilung einen Abstecher in die Kardiologie vorzuschlagen. Wie die meisten seiner Kollegen vergaß McGraw, dass Ginger Rogers Fred Astaire in nichts nachstand – außer dass sie es rückwärts tat und dabei Schuhe mit Schwindel erregend hohen Absätzen trug.

Als sich der Aufzug öffnete, stiegen wir ein, und ich drückte die sechs. Ich bemühte mich, eine Unterhaltung mit dem jungen Detective in Gang zu bringen, um seinem Chef Gelegenheit zum Verschnaufen zu geben, aber der Detective ignorierte meine Versuche mit steinerner Miene und schien keine Lust zu haben, mir irgendwelche Informationen zukommen zu lassen, solange McGraw in Hörweite war. Endlich erreichten wir das sechste Stockwerk. Erleichtert sah ich die vertrauten Gesichter der Mordkommission B, eines unserer vier Teams. Die Männer waren im Foyer versammelt. Mit aufgekrempelten Ärmeln standen sie herum, frische Notizblöcke in den Händen; auf den Tischen stapelten sich Kaffeetassen. Durch die Adern der Männer pumpte Adrenalin – das sie in den folgenden Tagen und Nächten, bis der Fall aufgeklärt sein würde, noch dringend brauchten.

Mein Erscheinen rief bei den Jungs die verschiedensten Reaktionen hervor: einige freundliche namentliche Begrüßungen von jenen, mit denen ich mich gut verstand oder mit denen ich schon früher mal zu tun hatte, ein paar unpersönliche Grunzer, die von einem »Hallo, Counselor« begleitet wurden, von jenen, die mir gleichgültig gegenüberstanden, bis hin zu zweien, die mich vollkommen ignorierten.

McGraws Adlatus flüsterte seinem Chef etwas ins Ohr, dann gingen sie Seite an Seite durchs Foyer auf eine Tür zu; mir gab der Chief zu verstehen, dass ich davor auf ihn warten möge. George Zotos, ein Detective, der seit Jahren gute Arbeit leistete, kam grinsend auf mich zu. »Jetzt bekommt Chapman einen Satz heiße Ohren verpasst. Das Letzte, was McGraw im Augenblick hier haben will, ist die Staatsanwaltschaft – und das allerletzte eine Frau. Der Commissioner war auf 'ner Konferenz in Puerto Rico und fliegt eigens wegen dieser Geschichte früher zurück. Der Chief holt ihn um zwölf am JFK ab – und bis dahin braucht er alle Details, wenn möglich noch den Namen des Mörders. Setz dich, trink 'nen Kaffee, ich hol' dir inzwischen Mike. Der wird dich schon auf Touren bringen.«

Er streckte mir den Becher mit seinem eigenen Gebräu entgegen – hellbraun mit Unmengen von Zucker. Ich rümpfte die Nase und erkundigte mich, ob auch ein ordentlicher schwarzer Kaffee greifbar sei. George deutete auf einen Karton mit mindestens einem Dutzend noch verschlossener Plastikbecher. Ich entdeckte einen, auf dessen Deckel »schwarz« stand – der Inhalt war zwar nur lauwarm, aber stark genug, um meinen Kreislauf anzukurbeln.

Als McGraw Chapman endlich zu mir ließ, hatte ich schon meinen zweiten Becher Kaffee geschlürft, die Morgenzeitungen durchgeblättert, die ich auf einem Sofa in einer Ecke des Raumes aufgestöbert hatte, und mit ein paar Cops das Basketballspiel vom Vorabend diskutiert. Ich erfuhr, dass es sich bei dem Raum, in den man den Chief geführt hatte, um das Büro der Ermordeten handelte – um den Ort, an dem man sie niedergemetzelt und in ihrem eigenen Blut hatte liegen lassen und wo sie erst Stunden später gefunden worden war. Es gab bislang weder einen Verdächtigen noch irgendwelche offensichtliche Spuren, keine blutigen Fußspuren, die in das Labor eines verrückten Wissenschaftlers mit Hang zum Morden führten. Das Team bereitete sich auf die üblichen langwierigen Ermittlungen vor, die Teil des Jobs waren, den sie trotzdem alle liebten.

»Hey, Blondie«, ertönte Chapmans Stimme – für alle gut hörbar – durch den Raum, »dein Anblick so früh am Morgen hat McGraw zur Bestie gemacht.«

Chapman war in seinem Element. Während ich noch eine ganze Weile an der emotionalen Seite des Mordes an dieser Frau zu knabbern haben und mich fragen würde, wer sie vermisst und wer um sie trauert, war Mike schon bereit für die Jagd. Er bearbeitete gerne Mordfälle, weil er keine Rücksicht mehr auf das Opfer nehmen musste, während mir besonders viel daran lag, den Gesundungsprozess überlebender Opfer zu begleiten; mit Überlebenden sexueller Gewalttaten hatte ich eindeutig lieber zu tun – es war in meinen Augen eine wesentlich dankbarere Aufgabe als das Aufspüren eines Mörders, wobei man nur hoffen konnte, den Tod des Opfers zu rächen, indem man den Täter hinter Gitter brachte. Ohne die Möglichkeit, das vernichtete menschliche Leben wiederherzustellen, konnte es meiner Meinung nach so etwas wie Gerechtigkeit nicht geben.

Während Mike auf uns zukam, registrierte ich zufrieden, dass McGraws Worte – was auch immer er Chapman gesagt haben mag – Chapmans Grinsen, sein Markenzeichen, nicht hatte vertreiben können. Sein schwarzes Haar war untypischerweise zerzaust – ein Zeichen dafür, dass ihn das, was er in dieser Nacht gesehen hatte, einen Schock versetzt hatte. Ich kannte ihn gut genug, um zu wissen, dass er sich, ohne es selbst zu merken, wild mit den Händen durchs Haar fuhr, wenn ihm etwas nahe ging. Das marineblaue Sakko und die Jeans waren für Chapman so eine Art Uniform, die er seit fünfzehn Jahren, seit seiner Zeit im Fordham College trug und die ihn vom üblichen Braun und Grau seiner Kollegen von der Elite-Mordkommission der Stadt unterschied.

»Komm mit rüber in die Ecke, dort kann ich dir alles berichten«, gab er mir in der Hoffnung zu verstehen, wir würden irgendwo in dem offenen Foyer etwas Ruhe finden. »Hast du heute Morgen schon Nachrichten gehört? Ist die Neuigkeit schon raus?«

»Ich hab' auf dem Weg hierher WINS gehört. Kein Wort. Der Streik der Müllabfuhr und die Gewerkschaftsverhandlungen sind immer noch die ersten Schlagzeilen. Und natürlich die Ermittlungen im Fall von Lady Di.«

»Dann bleiben uns noch ein paar Stunden. Hast du den Videoleuten Bescheid gesagt?«

»Klar. Bannion kommt persönlich vorbei.« Ich hatte den Leiter unserer technischen Abteilung zu Hause angerufen, um sicherzustellen, dass der Job so gut wie möglich erledigt würde. »Er hat mir versprochen, gegen acht hier zu sein.«

»Und jetzt zu dem, was wir bisher wissen: Gemma Dogen – weiblich, weiß.« Mike blätterte seinen Notizblock zur ersten Seite zurück, aber um mir das Wichtigste mitzuteilen, brauchte er seine Aufzeichnungen nicht. »Achtundfünfzig Jahre, aber ich kann dir sagen«, kommentierte Chapman jetzt, »dass sie dafür noch prima in Schuss war.«

»Mit achtundfünfzig ist man ja auch noch keine Greisin, Mickey.«

»Naja, aber ein Teenie auch nicht mehr. Wenn man Sexualstraftat hört, denkt man an eine junge, attraktive Frau, die …«

»Wieder mal eins deiner persönlichen Probleme: Du schließt von dir auf andere.« Eine Vergewaltigung hat nur sehr selten etwas mit einem Sexualakt wie dem Geschlechtsverkehr zu tun, den wir kennen – besonders dann nicht, wenn sich Opfer und Täter davor noch nie begegnet sind. Es handelt sich vielmehr um ein Gewaltverbrechen im Tarngewand, bei dem Sex nur die Waffe darstellt, für die sich der Täter entschieden hat, die Waffe, mit der er sein Opfer unter Kontrolle bringt, demütigt, verletzt. Mike wusste das ebenso gut wie ich.

»Jedenfalls war sie absolut fit und hat's dem Kerl nicht leicht gemacht. Sie hatte einen Doktortitel in Medizin, war geschieden, keine Kinder.«

»Wer ist ihr Ex, und wo lebt er?«

»Ich sag' dir's, sobald jemand so freundlich ist, mir's zu verraten. Vergiss nicht, dass ich auch erst seit 'n paar Stunden hier bin und dass man mitten in der Nacht nicht besonders viele Auskünfte bekommt. Das Klinikpersonal und die meisten ihrer Kollegen trudeln erst seit ungefähr einer Stunde hier ein, und ich hoffe, dass wir bald mehr wissen.«

Ich nickte, während Mike fortfuhr. »Viel Persönliches war in ihrem Büro nicht zu finden. Keine Familienfotos, keine Schnappschüsse, weder von irgendwelchen Haustieren noch von Menschen, keine selbstgestickten Kissenbezüge mit netten Sprüchen oder Initialen. Nur jede Menge Fachbücher, Dutzende von Karteikästen voller Röntgenaufnahmen und Krankenblätter, ungefähr dreißig Plastikmodelle des menschlichen Gehirns – und ein vormals sicher ganz hübscher Perserteppich, der jetzt leider vor Blut nur so trieft.«

»Wer hat sie gefunden?«

»Der Wachmann, der kurz vor zwölf seine letzte Runde gedreht hat. Davor ist er bereits zweimal über diesen Flur gelaufen und hat beide Male nichts gehört. Aber dann hat er eine Art Stöhnen gehört. Mit dem Universalschlüssel hat er Dr. Dogens Tür geöffnet und sofort den Notruf gewählt. Dann ist er aus den Latschen gekippt – zum großen Glück für die Jungs von der Spurensicherung nicht in ihrem Büro, sondern draußen auf dem Gang.«

»Hat sie noch gelebt?«

»Im allerweitesten Sinne. Ihr Körper war durchlöchert wie ein Schweizer Käse und völlig ausgeblutet. Ich gehe davon aus, dass sie nicht mehr bei Bewusstsein war, als der Mörder sich aus dem Staub gemacht hat. Wahrscheinlich lag sie schon ein paar Stunden da und hat dann in einem letzten Aufbäumen noch mal nach Luft geschnappt – das Geräusch, dass der Wachmann gehört hat. Die Ärzte, die aus der Notaufnahme angerannt kamen, wollten sie in den OP transportieren, um sie zu intubieren und die inneren Verletzungen in Augenschein zu nehmen, aber das hat sie nicht mehr mitgemacht. Jede Hilfe kam zu spät.«

»Hat die Gerichtsmedizin schon mitgeteilt, wann sie niedergestochen wurde?«

»Was glaubst du, wo wir hier sind? In einem Film? Du weißt doch, wie's läuft: Nach der Autopsie und nachdem ich

Dr. Dogens Mitarbeiter, Freunde oder Nachbarn befragt habe, wann sie sie zum letzten Mal gesehen haben, und nachdem ich dem Pathologen mitgeteilt habe, dass sich der Tatzeitpunkt bis auf eine Viertelstunde eingrenzen lässt, wird er mich mit großen Augen anschauen und mir als Tatzeit genau den Zeitraum nennen, den ich recherchiert habe.«

Eine alleinstehende Frau, berufstätig, keine Kinder, keine Haustiere, niemand, der von ihr abhängig ist. Ich versuchte, meine persönlichen Vergleiche zu verdrängen und mich auf die Fakten zu konzentrieren, die Mike mir lieferte, aber irgendwie sah ich immer wieder meinen eigenen Körper hinter der verschlossenen Tür meines Büros im achten Stock der Staatsanwaltschaft liegen, während Dutzende von Leuten auf dem Gang vorbeigingen, ohne mal reinzuschauen oder nachzusehen, ob jemand da war. Konnte das sein?

»Glaubst du, sie hätte den ganzen Tag in ihrem Büro liegen können, ohne dass es jemand bemerkt hätte? Eine schreckliche Vorstellung.«

»Alex, die Frau hatte jede Menge um die Ohren. Sie konnte von Glück reden, wenn ihre linke Hand und ihre rechte Hand zufällig am selben Tag zur selben Uhrzeit im selben OP auftauchten. Sie hielt Vorlesungen an der Uni, operierte nebenan in der Klinik, hielt Vorträge auf der ganzen Welt, trat als Gutachterin in wichtigen Prozessen auf, und in ihrer Freizeit ist sie im Dienst unserer Regierung in Kriegsgebiete wie Bosnien und Ruanda geflogen, um unentgeltlich Kranke zu behandeln – und das sind nur die Aktivitäten, die ich beim Durchblättern ihres Terminkalenders im Monat März gefunden habe.«

»Was hat sie gestern gemacht?«

»Ich hab' den Dekan der medizinischen Fakultät gebeten, es für mich herauszufinden. Dr. Dogen hatte das Wochenende außerhalb der Stadt verbracht und wurde im Lauf des Montags zurückerwartet. Aber ihr Dienst im Krankenhaus begann erst am Dienstag, also gestern, um acht Uhr morgens – sie sollte an einer von einem Kollegen geleiteten Operation teilnehmen. Das Team befand sich bereits mit gebürsteten Nägeln im OP, der Patient lag in Narkose und mit kahl geschorenem

Schädel bereit – sie haben hier ein Amphitheater, in dem Studenten die Operationen beobachten können.«

»Ich weiß, es ist eine sehr renommierte Uni-Klinik.«

»Wer nicht erschien, war Dr. Dogen. Der Chirurg, Bob Spector, hat eine der Krankenschwestern losgeschickt, um Dogen anzurufen, aber es war nur der Anrufbeantworter dran, der mitteilte, dass sie sich nicht in der Stadt befände. Spector hat seine Kollegin und ihren vollgestopften Terminkalender verflucht, sich ein paar Studenten rausgepickt, die ihm dann assistierten, und dem armen Kerl auf dem OP-Tisch den Schädel aufgemeißelt.«

»Ich sollte mich öfter bei Laura melden und ihr sagen, wo ich bin«, murmelte ich vor mich hin. Ich war ständig auf Achse, raste zwischen der Police Academy, der Kommandozentrale, der Beratungsstelle für Vergewaltigungsopfer am Krankenhaus und manchmal einem kurzfristig eingeschobenen Lunch mit einer Freundin hin und her. An manchen Tagen konnte meine Sekretärin Laura beim besten Willen nicht wissen, wo ich gerade war.

»Woran denkst du gerade, Blondie? Stellst du dir gerade vor, wie der Richter eine Durchsuchung der Umkleideräume der Unterwäscheabteilung bei Saks anordnet und man dich dort tot auffindet – erwürgt von jemandem, dem du die besten Sonderangebote vor der Nase weggeschnappt hast? Hey, dreh dich schnell um, wenn du dich von McGraw verabschieden willst.«

Der Chief ging auf den Aufzug zu und blieb kurz stehen, um Chapman zuzurufen: »Führen Sie Miss Cooper rum, Mike, und entlassen Sie sie dann bald. Ich wette, sie hat heute 'ne Menge zu tun.«

»Los geht's. Hast du gestern Abend zufällig die Frage mitbekommen?«

Mike meinte die Final-Jeopardy-Frage aus der Quiz-Sendung, nach der wir beide süchtig waren. »Nein, da war ich gerade unterwegs zum Stadion.«

»Okay. Wissensbereich Verkehr. Wieviel hättest du gesetzt?«

»Zwanzig Dollar.« Da wir unterschiedliche Stärken und

Schwächen hatten, wanderte gewöhnlich alle paar Tage eine Zehn-Dollar-Note zwischen uns hin und her, aber dieser Wissensbereich schien mir nicht besonders abgehoben – er hatte weder mir Esoterik noch mit Religion zu tun.

»Okay, die Frage lautet: Auf welchem US-amerikanischen Flughafen wird täglich das größte Frachtvolumen des Landes umgeschlagen?«

Glück gehabt – eine Fangfrage. O'Hare konnte es nicht sein, denn das wäre zu einfach gewesen, außerdem ging es ausdrücklich um Fracht, nicht um Passagiere. Auf dem Weg zu Dr. Dogens Büro ging ich im Geiste alle großen amerikanischen Städte durch.

»Die Zeit ist abgelaufen. Deine Antwort.«

»Miami?« fragte ich vorsichtig und dachte an all die Tonnen Rauschgift, die dort Tag für Tag umgeschlagen wurden – aber natürlich konnten die Macher der Quiz-Sendung Schmuggelware nicht berücksichtigen.

»Leider falsch, Miss Cooper. Wie wär's mit Memphis? Das ist die Drehscheibe der Federal Express-Flugzeuge; ganz egal, welches Ziel sie haben, dort machen sie alle Zwischenlandung. Interessant, was? Her mit der Kohle.«

»Warum? Hast du richtig geraten?«

»Nee, aber das spielt bei *unserem* Quiz doch keine Rolle, oder?«

Mike klopfte an die schwere Holztür, an der in eleganten Goldlettern Dr. Dogens voller Name und Titel standen. Mercer Wallace öffnete uns. Beim Anblick des Blut getränkten hellblauen Teppichs zuckte ich kurz zusammen. Es war schwer, sich vorzustellen, dass noch ein einziger Tropfen Blut in ihren Adern gewesen war, dass sie die Kraft hatte, sich ein Stück voranzuschleppen, was sie offensichtlich getan hatte. Es würde Tage dauern, bis mich das Tiefrot vor meinen Augen nicht mehr verfolgte.

3

Mercer führte mich um den riesigen Fleck im Teppich herum und quer durch Gemma Dogens Büro hinüber zu ihrem Schreibtisch. Raymond Peterson, der Dienst habende Lieutenant der Mordkommission und mit dreißig Dienstjahren der Veteran der Abteilung, wandte mir den Rücken zu, während er in sein Handy sprach und dabei aus dem Fenster auf den East River und die Skyline von Queens blickte. Ein Beamter der Spurensicherung war noch mit den Aktenschränken beschäftigt; mit Handschuhen blätterte er Akten und Ordner durch, um zu entscheiden, welche Oberflächen er auf der Suche nach frischen Fingerabdrücken mit dem feinen Staub bepinseln sollte.

Der normalerweise eher lakonische Peterson brüllte wütend ins Telefon. »Scheiße, ist mir doch egal, wie viele Leute von anderen Fällen abgezogen werden oder Überstunden schieben müssen. Wir brauchen sie hier. Sie müssen den Müll durchsuchen. Ja, genau das meine ich. Müll durchsuchen. Wer auch immer das getan hat, er muss diesen Raum über und über mit dem Blut der Toten bespritzt verlassen haben. Nicht ein einziger Mülleimer verlässt dieses Gebäude, ohne nach Kleidung, Waffen oder ähnlichem durchsucht worden zu sein.«

Chapman schüttelte den Kopf. »In jedem Müllbehälter hier wimmelt's nur so vor blutigem Zeug. Das hier ist ein Krankenhaus, keine Schwesternschule. So klären wir den Fall in hundert Jahren nicht auf.«

»Wir müssen es tun«, erwiderte Mercer. »Kann sein, dass es eine riesige Zeitverschwendung ist, aber wir haben keine Wahl.«

»Morgen, Loo«, begrüßte ich Peterson mit dem Spitznamen, mit dem in der Abteilung alle Lieutenants bezeichnet wurden. »Danke, dass ich dabei bin.«

Peterson beendete das Gespräch, drehte sich um und warf ein Lächeln in meine Richtung. »Schön, dass Sie da sind, Alex.

Die Komiker hier glauben, Sie könnten Licht in die Angelegenheit bringen.«

Ich freute mich, dass Peterson mich akzeptierte. Er und McGraw hatten zur selben Zeit die Ausbildung beim NYPD absolviert – es war eine Zeit, zu der Frauen in Mordfällen weder auf der Seite der Polizei noch auf der der Staatsanwaltschaft zugelassen waren. Beide hatten 1965 die Polizeiakademie besucht – in einer Ära, als die Aufklärung von Morden noch reine Männersache war. Ein Jahrzehnt später hatte Paul Battaglia das Gesicht seiner Behörde verändert; als immer mehr junge Juristinnen von den Unis ins Berufsleben drängten, hatte er die Ränge der Staatanwaltschaft auch für Frauen geöffnet. Die Bezirksstaatsanwaltschaft des New York County war in den Neunzigern auf sechshundert Anwälte angewachsen, und heute war jeder zweite Staatsanwalt, der in einer Straftat ermittelte – ganz gleich, ob es sich um Taschendiebstahl oder Mord handelte-, eine Frau.

»Ich hab' Alex die Sache schon in groben Zügen verklickert, Boss. Haben Sie irgendwelche Fragen an sie, solange sie noch hier ist?«

»Nach der Autopsie habe ich sicher eine Menge mehr Fragen an Sie, Alex. Es scheint ein Sexualdelikt zu sein. Wertsachen gab's hier jedenfalls nicht zu holen. Ihre Brieftasche liegt noch in der Schreibtischschublade. Im Augenblick gehen wir davon aus, dass sie vergewaltigt wurde. Der Kerl hat ihr einen Knebel in den Mund gesteckt, um sie ruhig zu halten – das Ding ist bereits im Labor. Rock, Strumpfhose und Unterwäsche waren ausgezogen. Der Zeitraum, den sie hier gelegen hat – spielt der Ihrer Meinung nach eine Rolle dafür, ob wir … ähm … ob wir irgendwas finden, anhand dessen wir den Mörder eindeutig identifizieren können?«

»Sie meinen einen genetischen Fingerabdruck?« fragte ich.

Jetzt schaltete sich Chapman ein. »Die Tatsache, dass er sich entschieden hat, Bulle zu werden und nicht Priester, macht es ihm auch nicht einfacher, über bestimmte Körperflüssigkeiten und Geschlechtsorgane zu reden. Du musst wissen, Cooper, dass er vor allem anderen ein irischer Katholik ist. Also im Klartext: Wie stehen die Chancen, dass sich in der Vagina der Toten noch Sperma befindet, und falls ja, nützt es uns etwas? Ich glaube, das wollte er wissen.«

»Das kann man nicht pauschal beantworten. Falls der Mörder tatsächlich ejakuliert hat, und zwar in ihre Vagina oder auf ihren Körper, dann können wir davon ausgehen, Samenflüssigkeit zu finden«, begann ich. »Vorausgesetzt, der Mörder benutzte kein Kondom. Ob ihr es glaubt oder nicht – in letzter Zeit benutzen immer mehr Vergewaltiger ein Kondom.«

Chapman schüttelte ungläubig den Kopf, während ich fortfuhr. »Ich denke, die Ärzte haben in erster Linie um ihr Leben gekämpft und weniger an das Sammeln von Beweisstücken gedacht, deshalb liegen wohl noch keine Untersuchungsberichte vor. Die Gerichtsmedizin wird diese Punkte im Rahmen der Autopsie klären. Lag die Tote auf dem Bauch oder auf dem Rücken?«

»Als der Wachmann sie fand, lag sie auf dem Bauch«, antwortete Mercer.

»Wenn sie mehrere Stunden hier gelegen hat, ist die Bauchlage besser für uns.«

»Warum das denn?« wollte Peterson wissen.

»Wegen der Schwerkraft, Loo. Auf diese Weise fließt das Sperma nicht so leicht aus dem Körper heraus. Und je schneller sie nach dem Überfall gestorben ist, desto geringer ist die Wahrscheinlichkeit, dass ihre eigenen Körperflüssigkeiten dazu beigetragen haben, das Sperma abzubauen. Vielleicht finden wir also noch etwas, das uns weiterhilft.«

»Das nächste Problem«, fuhr ich fort, »ist die Frage nach ihrem letzten Geschlechtsverkehr. Man könnte in ihrem Körper intaktes Sperma finden, das jedoch nicht vom Mörder, sondern von ihrem Freund stammt und bereits ein, zwei Tage alt ist. Wenn der Mörder beispielsweise impotent ist oder gar nicht ejakuliert hat, könnte das ein Motiv dafür sein, dass er wütend wurde und auf sein Opfer eingestochen hat – aber das Sperma in der Vagina der Toten stammt von einem anderen Mann, mit dem sie ein, zwei Tage zuvor Geschlechtsverkehr hatte. Die Sache ist also gar nicht so einfach. Mike, wenn du mit der Gerichtsmedizin sprichst, bitte sie, dass sie nach fremden Schamhaaren suchen. Auch dadurch kann man die DNS bestimmen.«

»Das sind alles noch Spekulationen«, bemerkte der Lieutenant. »Wir brauchen in jedem Fall noch viel mehr Informationen. Nicht zu diesem Punkt, sondern ganz allgemein. Der Chief wird für diesen Fall eine Sonderkommission bilden. Er stellt mir zur Unterstützung Detectives aus anderen Abteilungen zur Verfügung.«

»Wo wird die Einsatzzentrale sein?« wollte Mercer von Peterson wissen.

»Auf dem Revier im 17. Bezirk. Chapman, Sie kümmern sich um die Autopsie und sprechen mit dem Gerichtsmediziner, verstanden?«

Mike nickte und machte sich einige Notizen.

»Außerdem will ich, dass Sie mit jemandem von der Krankenhausverwaltung sprechen. Besorgen Sie einen kompletten Übersichtsplan von all diesen Gebäuden hier – wie sie zusammenhängen, wo die Eingänge liegen, wo sich Türen, Schlösser und Wachleute befinden *sollten* und wo sie tatsächlich *sind*. Weiter möchte ich von der Klinikverwaltung eine Liste aller in diesem Krankenhaus Beschäftigten – Ärzte, Krankenschwestern, Studenten, technisches Personal, Boten, Putzleute. Und eine Aufstellung aller Patienten – ambulante und stationäre. Außerdem das Gleiche von der Psychiatrie nebenan. Und ich will nichts von Datenschutz oder so 'nem Quatsch hören. Entweder die kooperieren, oder sie sind selber reif für die Klapsmühle, wenn ich mit ihnen fertig bin.«

Auch Mercer hielt seinen Stift schon in Schreibbereitschaft.

»Wallace, Sie fangen mit ihrem Privatleben an. Machen Sie ihren Ex-Mann ausfindig, befragen Sie ihre Nachbarn und Kollegen, machen Sie sich ein Bild von ihren Gewohnheiten, stellen Sie fest, wo sie verkehrt hat. Zotos wird Sie dabei unterstützen. Außerdem brauchen wir eine Aufstellung aller ähnlicher Straftaten, die jemals hier passiert sind und die jemals in einem der anderen Krankenhäuser der Stadt passiert sind.«

»Verstanden, Boss.«

»Danach nehmt ihr sämtliche Krankenhäuser in Philadelphia, Washington und Boston unter die Lupe und stellt fest, ob dort etwas Derartiges geschehen ist. Ich besorge inzwischen Leute, die sich den Müll näher anschauen, und kümmere mich darum, dass eine Hotline für Hinweise geschaltet wird. Alex, lassen Sie Ihre Leute sämtliche Akten nach ähnlichen Straftaten durchkämmen.«

Ich nickte. »Na dann an die Arbeit. Ich möchte mir außerdem gerne Dr. Dogens Wohnung anschauen, wenn's möglich ist. Ich meine nicht wegen Beweisstücken, das ist Mercers Job. Aber wenn er damit fertig ist, würde ich gerne nochmal mit ihm in die Wohnung gehen. Es hilft mir sehr, wenn ich mir auf diese Weise ein Bild von dem Opfer und seinem Leben machen kann.« In Mordfällen gab es im Gegensatz zu Vergewaltigungen keinen Überlebenden, mit dem man zusammenarbeiten konnte; es gab keinen Zugang zu dem Menschen, der durch das Verbrechen zerstört wurde. Und wenn da noch nicht einmal Angehörige waren, die einem von der Toten erzählen konnten, dann war es wenigstens hilfreich, die Wohnung des Opfers zu sehen, um einen Eindruck von dem Menschen zu bekommen.

»Von mir aus kein Problem, Boss. Ich werde heute mit der Wohnung fertig, und dann kann ich Alex mitnehmen.«

»Okay, Mercer. Aber denken Sie daran, die Wohungstür zu versiegeln – ich will nicht, dass uns bei den Ermittlungen irgendwelche Verwandte oder Freunde in die Quere kommen.«

»Was halten Sie davon, wenn wir uns heute Abend alle treffen und zusammentragen, was wir rausgefunden haben?« wandte sich Chapman an Peterson.

»Gute Idee. Um sieben auf dem Revier im 17. Bezirk. Ich bin sicher, dass der Chief ein Briefing verlangt, seid also gut vorbereitet. Sie auch, Alex.«

Ich dankte ihm nochmals und folgte Mike in großem Bogen um den blutigen Teppich herum zur Tür. Als ich runtersah, um nicht auf Gemmas tödliche Spur zu treten, blieb mein Blick an einem großen, dunkelroten Fleck hängen, der auf dem blassblauen Dhurrie beinahe wie ein absichtlich verursachtes Zeichen hervorstach. Der Fleck war gleichmäßig und deutlich – im Gegensatz zu den unregelmäßigen, verlaufenen Flecken, von denen der Rest des Teppichs übersät war.

»Was könnte das sein, Mercer?« fragte ich über meine Schulter hinweg, da er immer noch hinter mir stand.

»Was ist was?«

»Der Abdruck auf dem Teppich, da, im Blut.«

»Ich glaub', du siehst Gespenster, Coop. Da ist nur Blut, sonst nichts.«

Auch Mike hatte sich hinuntergebeugt, und gemeinsam betrachteten wir den Fleck, den ich entdeckt hatte. »Sieht aus wie eine Brandmarke oder ein Stempel. Vielleicht der Abdruck irgendeines Gegenstandes – einer Gürtelschnalle, eines Hakens oder etwas Ähnliches. Die Spurensicherung hat's fotografiert.«

Meiner Meinung nach sah der Fleck ganz anders aus. »Mich erinnert es eher an etwas Geschriebenes, an einen Teil eines Worts.«

Chapman war anderer Ansicht. »Sie hatte keine Kraft zum Atmen mehr, Blondie, geschweige denn zum Schreiben. Sie hat sich von dieser Welt verabschiedet und keine Einkaufsliste geschrieben.«

Ich antwortete ihm nicht und zeichnete für Mercer die Form in der Luft nach. »Sieht aus wie ein F, ein großes F – oder vielleicht auch wie ein R, aber mit Ecken statt Rundungen … und dann ein Schwanz in diese Richtung«, sagte ich und zog eine unsichtbare Linie von dem Buchstaben, den ich skizziert hatte, nach links unten. »Findet ihr nicht?«

»Deine Videoleute sollen es auf alle Fälle mal aufnehmen, Alex, aber ich glaube, du wirst hier Opfer deines Wunschdenkens.«

»Lass mir doch bitte ein Polaroid davon machen, Mercer«, bat ich.

Er nickte zwar geduldig, pfiff aber schon den alten Temptations-Song »Just my Imagination«, während er sich eine Notiz machte.

Mike hielt uns die Tür auf, schloss sie, nachdem Mercer den Raum verlassen hatte, und gab dem uniformierten Polizisten die Anweisung, niemand ohne ausdrückliche Erlaubnis des Chiefs das Büro betreten zu lassen. Dann folgte er uns den Gang entlang. »Ich hab' jetzt schon dein Resümmee im Ohr. Ich kann deine dramatische Beschreibung des Fingers, der aus dem Grab heraus auf den Mörder zeigt, förmlich hören. Nicht schlecht, Cooper. Die Geschworenen werden sich darüber amüsieren, aber die Presse liebt dich dafür.«

4

Um halb neun parkte ich meinen Cherokee in der schmalen Straße vor der Bezirksstaatsanwaltschaft. In meiner Tasche kramte ich nach der Ausweismarke, die ich brauchte, um ins Gebäude zu kommen. Dann holte ich mir bei dem Verkäufer, der jeden Morgen mit seinem Rollwagen an der Ecke zur Centre Street stand und Gebäck und Getränke anbot, meinen dritten Kaffee. Der Wachmann am Eingang der Bezirksstaatsanwaltschaft war zu vertieft in sein Tittenmagazin, um mich überhaupt zu bemerken.

Ich hatte es mir zur Gewohnheit gemacht, spätestens um acht an meinem Schreibtisch zu sitzen, denn schon gegen neun kam Leben in die Bude: Anwälte, Polizisten, Zeugen, Geschworene und Verbrecher aller Art tummelten sich in den Gängen, und dazu kam das nervtötende Klingeln von tausend Telefonen, die den ganzen Tag nicht stillstanden. In dieser einen ruhigen Stunde am Morgen konnte ich mir Gedanken über meine laufenden Fälle machen, Akten durchblättern, die Berichte analysieren, die meine Assistenten angefertigt hatten, und einige Rückrufe machen.

Ich war auf meinem Gang die Erste. Ich schaltete die Flurbeleuchtung ein, schloss die Tür zu meinem Büro auf und hängte meinen Mantel in den schmalen Spind in der Ecke des Raumes. Es war warm und stickig, also schlüpfte ich aus meinen Schuhen, stieg auf den Computertisch meiner Sekretärin Laura und bearbeitete mit einem Schraubenzieher das Thermostat der Klimaanlage, das ein sadistischer Ingenieur hinter einem Metallgitter in unerreichbarer Höhe angebracht hatte. Nachdem ich die Temperatur auf ein erträgliches Maß heruntergedreht hatte, ging ich an die Arbeit. Meine Kollegen und ich waren Tag für Tag für die Sicherheit von Millionen Einwohnern und Besuchern Manhattans verantwortlich – aber offenbar sollte es uns nicht gestattet sein, die Temperatur in unseren winzigen, schäbigen Büros im Gerichtsgebäude selbst zu bestimmen.

Ich wählte die Nummer meiner Stellvertreterin und hinterließ ihr eine Nachricht auf ihrem Anrufbeantworter. »Hallo, Sarah. Bitte ruf mich doch so schnell wie möglich zurück. Ich habe 'nen Mordfall im Mid-Manhattan übernommen. Ich arbeite mit Chapman zusammen, und wir müssen alle unsere Akten nach alten Fällen durchsuchen, die etwas mit Ärzten, Krankenhäusern oder psychiatrischen Anstalten zu tun hatten. Außerdem musst du mir wahrscheinlich noch andere Arbeit abnehmen.«

Dann rief ich meine Praktikanten an, die sich ein Büro auf dem benachbarten Flur teilten. Es waren zwei clevere junge Frauen, die im vergangenen Frühjahr ihren Collegeabschluss gemacht hatten und bei mir ihr Praktikum absolvierten, bevor sie ihr Jurastudium aufnahmen. »Wir treffen uns um zehn in meinem Büro – es gibt einen neuen Fall und 'ne Menge Arbeit. Den Vortrag im Police Headquarters müsst ihr euch heute nicht anhören – ich brauche euch hier dringender.«

In Windeseile wählte ich dann die Nummer meiner Freundin Joan Stafford. Es war nur der Anrufbeantworter dran – Joan steckte wahrscheinlich gerade mitten in ihrer täglichen Gymnastikstunde. »Hier ist Alex. Streich mich für das Dinner und das Theater heute Abend – frag Ann Jordan, ob sie meine Karte haben möchte. Ich muss arbeiten. Entschuldige mich bei den anderen Mädels, ich melde mich morgen wieder.« Joan hatte für uns Freundinnen Theaterkarten für eine Vorstellung besorgt, die erst seit zwei Wochen lief, aber ich musste wohl darauf verzichten.

Rose Malone, die Chefsekretärin des Bezirksstaatsanwalts, war schon da. »Wann wird Paul im Büro sein?« erkundigte ich mich.

»Um neun spricht er vor dem Stadtrat, aber ich hoffe, dass er noch vor zwölf hier aufkreuzt. Soll ich Sie auf die Liste setzen?«

»Bitte tun Sie das, Rose. Ich hab' heute Morgen einen Mordfall übernommen und möchte ihn darüber informieren.«

»Er weiß schon Bescheid, Alexandra. Er hat mich gerade vom Auto aus angerufen und mir gesagt, dass das Büro des Commissioner ihn davon unterrichtet habe. Ich weiß nicht, ob

Sie darüber informiert sind, aber Mrs. Battaglia sitzt im Verwaltungsrat des Mid-Manhattan.«

Nur ein einziges Mal wollte ich Paul Battaglia etwas mitteilen, das er noch nicht wusste. Der Mann hatte mehr Informationsquellen als McDonald's Hamburger.

»Okay, Rose. Ich bin an meinem Platz. Er kann mich jederzeit anrufen.«

Ich überflog meinen Terminkalender und machte eine Liste aller Meetings und Zeugenbefragungen, die Sarah für mich übernehmen konnte. Die Termine, die ich selbst wahrnehmen musste, markierte ich rot. Ich schaltete meinen PC ein und arbeitete an mehreren Schriftsätzen. Laura konnte sie später formatieren und ausdrucken, dann würde ich sie noch einmal durchlesen und schließlich unterschreiben, so dass sie rechtzeitig um drei beim Richter sein würden.

Als ich das letzte Dokument abspeicherte, erschien Sarah Brenner, beladen mit Akten und Unterlagen. »Das ist erst der Anfang«, verkündete sie kopfschüttelnd. »Ich hol' mir noch schnell einen Kaffee und bin gleich wieder da – das kleine Monster hat mich die halbe Nacht auf Trab gehalten. Sie bekommt gerade Zähne.«

Irgendwie schaffte es diese charmante, gut aussehende junge Anwältin, ihre Arbeit genauso sorgfältig und gut zu erledigen wie ich – mit dem Unterschied, dass sie Mutter eines recht anspruchsvollen, nachtaktiven Kleinkinds war. Jetzt erwartete sie ihr zweites Baby und war immer noch begeisterter und engagierter bei der Sache als die meisten anderen Anwälte, mit denen ich zu tun hatte.

Sarah kam mit ihrem Kaffee wieder und nahm vor meinem Schreibtisch Platz. »Hast du Lust, sie mir für ein paar Nächte abzunehmen? Vielleicht entdeckst du ja deine Mutterinstinkte.«

»Danke, ich hab' mein eigenes kleines Monster. Chapman. Er hat mich heute mitten in der Nacht aus dem Bett geklingelt und mir einen Fall angeboten. Ich würde ihn gern behalten, falls der Boss einverstanden ist, aber ich frage mich, ob ich dich dabei nicht überfordern würde.«

»Sei nicht albern. Erstens hab' ich noch fünf Monate Zeit,

und zweitens fühle ich mich prima und hab' ohnehin keine Lust, zu Hause rumzusitzen anstatt zu arbeiten.« Dann zögerte Sarah. »Es war höchste Zeit, dass du wieder einen Fall bekommst, der dich wirklich interessiert. Ich verspreche dir, dass ich dir alles andere abnehme. Und jetzt verrat mir endlich, worum es geht.«

Ich berichtete, was im Mid-Manhattan passiert war und welche Aufgabenverteilung Lieutenant Peterson vorgesehen hatte.

»Sorg bitte nur dafür, dass der Fall aufgeklärt ist, bevor ich mich in den Kreißsaal begebe. Ich hab' nämlich keine Lust auf eine Hausgeburt à la Rosemary's Baby, aber andererseits ist der Gedanke, dass ein Verrückter die Krankenhäuser der Stadt unsicher macht, auch nicht gerade beruhigend. Wenn du gleich einen Blick in die alten Akten wirfst, wirst du nämlich feststellen, dass zu den unterschiedlichsten Zeitpunkten in den verschiedensten Kliniken die verrücktesten Sachen passiert sind.«

In einigen dieser Fälle war ich an den Ermittlungen beteiligt gewesen, aber wir hatten sie in der Vergangenheit nie als gesonderte Kategorie betrachtet. Sarah und ich versuchten zunächst, uns rein gedächtnismäßig an die Fälle zu erinnern, in denen wir Zeugen befragt hatten oder die uns aus anderen Bezirken zu Ohren gekommen waren. Als um zehn meine Praktikantinnen Maxine und Elizabeth auftauchten, beauftragten wir sie damit, per Hand die Fallberichte der vergangenen zehn Jahre nach entsprechenden Aussagen von Opfern oder Tätern zu durchsuchen.

»Fischt jede Aussage raus, in der die Wörter ›Krankenhaus‹, ›Klinik‹, ›Arzt‹, ›Krankenschwester‹, ›Psychiatrie‹ oder ähnliche Begriffe aus dem Krankenhaus-Bereich vorkommen, und kopiert sie für Sarah und mich. Bis heute Abend möchte ich alles, was ihr gefunden habt, vorliegen haben.«

Kurz nach zehn war auch Laura eingetroffen; sie bekam die gleiche Aufgabe wie die Praktikantinnen, nur mit dem Unterschied, dass sie die Computer-Dateien durchschauen sollte. Die Dateien reichten nicht so weit zurück wie die Fallberichte in Papierform und waren schneller zu durchsuchen als die handgeschriebenen Dokumente, die Sarah und ich vom ersten Tag in dieser Abteilung an gesammelt hatten – es war ohne Zweifel eines der umfangreichsten Archive der Welt in Sachen Sexualstraftaten.

»Kann ich dir heute Vormittag noch irgendwie helfen?« fragte Sarah.

»Nein, danke. Gleich kommt Margie Burrows runter. Ich muss eine ihrer Zeuginnen nochmal befragen. Margie hat bei der ersten Befragung ein paar wichtige Punkte ausgelassen.«

Leider nichts Ungewöhnliches. Margie Burrows war auf eigenen Wunsch in unsere Abteilung gekommen, und wir hatten ihr einige Fälle übertragen, an denen sie – unter unserer Aufsicht – ihr Können unter Beweis stellen sollte. Sie hatte das im Umgang mit Vergewaltigungsopfern notwenige Maß an Einfühlungsvermögen und Mitgefühl – was bei Vertretern der Ermittlungsbehörden nicht oft anzutreffen war –, aber ihr fehlte immer noch das kritische Auge für Widersprüche und lückenhafte Aussagen. Es war ein besonderes Fingerspitzengefühl, mit dem manche – wie zum Beispiel Sarah Brenner – auf die Welt gekommen zu sein schienen, während es andere wahrscheinlich nie lernen würden.

Als Margie das Vorzimmer betrat, verließ Sarah mein Büro. Ich rief Margie herein und holte einen dritten Stuhl – für Clarita Salerios, die Zeugin der Anklage.

Ich überflog Margies bisherige Notizen: Clarita Salerios war siebenundvierzig und arbeitete als Büroangestellte in der Versandabteilung eines großen Unternehmens. Sie war geschieden und hatte mehrere erwachsene Kinder, die in der Dominikanischen Republik lebten. Seit einiger Zeit litt sie unter Depressionen, verursacht durch den Tod ihres Ex-Mannes, mit dem sie einen Neuanfang versuchen wollte. Eine ihrer Freundinnen hatte ihr einen sogenannten *Santero* empfohlen – den sechsundsechzigjährigen Angel Cassano, der verhaftet worden war, weil er versucht hatte, Clarita Salerios zu vergewaltigen.

Ich stellte mich Clarita vor und erklärte ihr, dass ich ihr noch einige Fragen stellen musste, obwohl Margie sie bereits ausführlich befragt hatte. Eine der Fragen lautete beispielsweise: Was genau ist ein *Santero*?

»Kein Problem, Miss Alex. Ich sag' Ihnen alles, was Sie wissen wollen. Ich glaube, man kann es mit Hexendoktor übersetzen.«

Diese Sache würde mich sicher ein paar Stunden beschäftigen und mich davon abhalten, immer wieder an Gemma Dogen zu denken. In den Tausenden von Fällen, die ich in den letzten zehn Jahren bearbeitet hatte, war mir jedenfalls noch kein Hexendoktor untergekommen.

Clarita berichtete, dass sie den Angeklagten einige Monate lang aufgesucht hatte, damit dieser ihr über den Tod ihres Ex-Mannes hinweghalf. Angel – welch unpassender Name in Anbetracht des Berufs des Angeklagten – ging zunächst mit ihr auf den Friedhof von Queens, wo Senor Salerios begraben lag, und vollführte dort einige Rituale. Da der Hexendoktor so gut wie blind war, erklärte sich Clarita bereit, ihn danach nach Hause zu bringen. Nach ihrem vierten oder fünften Ausflug auf den Friedhof bat er sie in seine Wohnung, um dort ein zusätzliches Ritual durchzuführen.

Ab Mitte Februar gingen sie nicht mehr auf den Friedhof, sondern direkt in seine Wohnung. Und auch das Ritual veränderte sich etwas. Angel verlangte von der vertrauensseligen Frau, dass sie sich splitternackt auszog und auf eine Decke mitten im Zimmer legte.

»Kam Ihnen das denn nicht seltsam vor, Clarita?«

»Hab' mir nichts dabei gedacht, Miss Alex. Der Alte ist doch so gut wie blind.«

Während ich mich erinnerte, wie oft ich Polizisten und Kollegen gebeten hatte, Vergewaltigungsopfern vorurteilsfrei gegenüberzutreten, nickte ich verständnisvoll.

Sie erklärte uns, dass er sie in eine Art Trance versetzte, sich dann neben sie kniete und sie befingerte.

»Wo genau hat er Sie berührt, Clarita?«

»An meiner Muschi.«

»Verstehe. Erzählen Sie bitte weiter.«

Irgendwann hatte sie Angel aufgefordert, damit aufzuhören, und er ließ es tatsächlich sein.

»War dieses Verhalten nicht ungewöhnlich für einen *Santero*?«

»Ich hab' ihn gefragt, warum er so was tut, und er hat gesagt, die Geister hätten es ihm befohlen.«

»Haben Sie ihm das geglaubt, Clarita?«

Clarita lachte. »Jedenfalls konnte es nicht der Geist von Nestor Salerios sein, da war ich ganz sicher. Er hat mich grün und blau geschlagen, sobald mich ein anderer Mann nur eine Sekunde zu lang angeschaut hat, Miss Alex. Er war immer sehr eifersüchtig, und daran ändert auch der Tod nichts.«

Ich warf einen kurzen Blick auf den Haftbericht, den ein Polizeibeamter kurz nach der Festnahme von Cassano geschrieben hatte, und las, dass der Beamte bei Cassano eine starke Alkoholfahne festgestellt hatte.

»Sagen Sie, Clarita, was trank Angel an dem betreffenden Tag in seiner Wohnung?« Margie hatte diesen Punkt in ihrer ersten Befragung nicht angesprochen; wahrscheinlich deshalb nicht, weil Clarita sich nicht von sich aus dazu geäußert hatte.

»Lassen Sie mich überlegen«, antwortete sie und blickte hoch zur Decke, als könnte sie dort die Antwort finden. »Rum. Ja, ich bin ziemlich sicher, dass es Rum war.«

»Hat er Ihnen auch etwas angeboten?«

»Ja, hat er. Er hat mir gesagt, die Geister mögen das. Aber ich hab' nur einen kleinen Schluck getrunken, nicht viel.«

Love Potion Number Nine. Das Einzige, was jetzt noch fehlte, war die Zigeunerin mit dem Goldzahn, aber die tauchte wahrscheinlich bei Claritas nächstem Besuch auf.

Clarita gab ihm das Geld für die Sitzung und ging – ich musste mich auf die Zunge beißen, um sie nicht zu fragen, ob sie ihm für die Sondereinlage nicht ein Extra-Trinkgeld gegeben hatte.

Das Erstaunliche an der Sache war, dass sie zwei Tage später wieder zu ihm ging. Ja, gab sie zu, sie habe sich schon gefragt, ob er nicht nur an einer sexuellen Beziehung mit ihr interessiert gewesen sei und ob er wirklich so vertrauenswürdig war, wie sie anfangs geglaubt hatte.

Genau dieses Muster wiederholte sich in vielen solcher Geschichten: Clarita war von Cassano bereits sexuell belästigt worden und wusste auch, dass er etwas Unrechtes getan hatte – und trotzdem ging sie wieder zu diesem Mann. Ihre Einsamkeit, ihre Hilflosigkeit und Verletzbarkeit waren für mich ebenso offensichtlich wie sie es für den blinden *Santero* gewesen sein mussten.

Bei ihrem nächsten Besuch verfiel Clarita nach einigen Schlucken Rum und der Anrufung der Geister erneut in Trance – wieder splitternackt auf der Decke in der Mitte des Raumes. Doch diesmal war der Bann erst gebrochen, als Angel sich auf sie legte und versuchte, mit seinem Penis in ihre Vagina einzudringen.

»An dieser Stelle habe ich noch ein paar Fragen«, unterbrach ich Claritas Erzählung. Hier waren Margies Notizen besonders lückenhaft.

»Diese Trance, die Sie beschreiben – waren Sie währenddessen bei Bewusstsein? Waren Sie bei sich, begriffen Sie, was um Sie herum passierte?« Ich musste sicherstellen, dass sie nicht bewusstlos gewesen war oder unter Drogen stand.

»Klar doch, Miss Alex. Ich hatte dieses Mal die ganze Zeit meine Augen auf.«

»Hat Angel Sie dieses Mal zuerst mit seinen Fingern berührt?«

»Nein, Ma'am, ich bin doch nicht blöd. Wenn er das getan hätte, wäre ich sofort aufgestanden und hätte ihm eine gescheuert.«

»Das heißt, er hat sich ohne Vorankündigung auf Sie gelegt und wollte Sex mit Ihnen?«

Wieder suchte Clarita die Antwort an der Decke meines Büros. Dann sah sie mich an und antwortete. »Genau.«

Aber Angel hatte seine Hose ausziehen, sie wenigstens runterlassen oder zumindest den Hosenstall öffnen und seinen Penis herausholen müssen, bevor er auf sie stieg – in dieser Zeit hätte sie doch merken müssen, woher der Wind wehte.

»Können Sie mir sagen, Clarita, wann genau er seine Hose auszog?«

»Sie haben Recht, Miss Alex«, sagte Clarita und schaute mich verblüfft an. »Das ist eine gute Frage. Wann hat er seine Hose ausgezogen? Darüber muss ich erst noch nachdenken.«

»Dann kommen wir später auf diese Frage zurück. Ist nicht schlimm. Mir ist klar, dass dieser Teil der schwierigste für Sie ist.« Wir manövrierten uns durch den Rest der Erzählung bis hin zum Ende, als das Verhalten des Angeklagten gegenüber Clarita umschlug und zu einer kriminellen Tat wurde. Nachdem Clarita beschlossen hatte, dass sie die Geister nicht empfangen wollte, stieß die Cassano weg und sprang auf. Nackt rannte sie zur Tür, gefolgt von dem blinden Hexendoktor, der sich inzwischen eine Machete vom Küchentisch gegriffen hatte. Damit zwang er sie, im Raum zu bleiben, und forderte Oralsex. Die Flucht gelang ihr erst, nachdem sie ihm anbot, im benachbarten Supermarkt neuen Rum zu holen. Von dort aus verständigte sie die Polizei.

Ich dankte ihr für ihre Mithilfe und Geduld, führte sie raus auf den Gang, wo sie sich die Beine vertreten konnte, und sprach den Fall mit Margie Burrows durch; dabei klärten wir, welche Teile des Vorfalls als Straftat zu betrachten waren und welche nicht.

Laura steckte den Kopf zur Tür rein, um mir mitzuteilen, dass Rose Malone angerufen hatte. Der Bezirksstaatsanwalt sei eingetroffen und wolle mich schnellstmöglich in seinem Büro sehen – in jedem Fall noch vor seinem Arbeitsessen mit den Herausgebern der *New York Times*. Ich informierte Margie über die Präsentation vor der Grand Jury, die für den Nachmittag anberaumt war, schnappte mir die Mappe mit den Notizen, die ich im Fall Gemma Dogen gesammelt hatte, und machte mich auf den Weg in Paul Battaglias Büro.

Rose stand vor einem der heillos überladenen Aktenschränke in ihrem Vorzimmer und wühlte sich durch die Ordner. »Ich versuche gerade, die Artikel zu finden, die die *Times* über die so genannten ›Quality of Life Crimes‹ in der Stadt veröffentlicht hat. Paul möchte die Herausgeber davon überzeugen, eine Serie über unsere Erfolge bei der Bekämpfung von Marihuana-Handel und Prostitution in den besseren Wohnvierteln zu bringen.«

Sie lächelte mich über die Berge vergilbten Papiers hinweg an, und ich wusste, dass der Bezirksstaatsanwalt gute Laune hatte. Rose war nämlich mein persönliches Frühwarnsystem.

»Er ist gleich frei, Alex. Im Augenblick telefoniert er noch mit seiner Frau.«

Ich ließ im Geiste noch mal die wenigen Fakten Revue passieren, die ich zu bieten hatte – wobei mit klar war, dass Battaglia ein Pedant war und sehr viel mehr Informationen fordern würde.

In diesem Augenblick dröhnte seine Stimme aus dem riesigen Büro. »Ist Cooper schon da?«

Ich beantwortete seine Frage, indem ich den Kopf in sein Zimmer steckte, und als er mich sah, winkte er mich mit zwei Finger seiner linken Hand, zwischen denen die allgegenwärtige Zigarre steckte, herein.

»Damit bei mir der Haussegen nicht länger als nötig schiefhängt, sollten Sie und die Jungs von der Mordkommission den Fall so schnell wie möglich aufklären. Meine Frau leitet die Benefizgala fürs Mid-Manhattan, und in zwei Wochen beginnt der Kartenvorverkauf. Heute Morgen um halb neun hat sie einen Anruf vom Plaza Hotel bekommen – nachdem die von dem Mord gehört haben, wollten sie einen Vorab-Scheck für die fünfhundert bestellten Dinners … falls die Karten nicht verkauft werden können. Soviel dazu. Ist es ihr Fall?«

»Ich würde ihn gern übernehmen, Paul. Es geht um Vergewaltigung und Mord, und ich habe …«

»Ich nehme an, Sie waren schon am Tatort?« schnitt er mir das Wort ab, denn schließlich musste er sich nicht anhören, was er ohnehin bereits wusste.

»Ja, McGraw hat Chapman die Erlaubnis gegeben, mir alles zu zeigen. Ich habe mich schon auf die Suche nach ähnlichen Fällen gemacht. Es gibt in Manhattan kaum ein Krankenhaus, in dem in der Vergangenheit kein Verbrechen passiert ist – es gibt also 'ne Menge zu tun.«

Battaglia paffte an seiner Zigarre, stemmte einen Fuß gegen die Ecke seines Schreibtischs und stieß sich nach hinten ab, so dass sein Stuhl nur noch auf den beiden hinteren Beinen stand. Er blickte mir direkt ins Gesicht.

»Das ist ein perfekter Fall für Sie, Alexandra, auch wenn Sie ihn sich durch die Hintertür geangelt haben. Niemand kennt sich besser mit Sexualstraftaten aus als Sie, und ich nehme an, dass Sie das Interesse der Presse an diesem Fall, das vermutlich enorm sein wird, nicht besonders stört. Sie werden mir direkt berichten, und wenn Chapman eine seiner berühmt-berüchtigen kreativen Ideen hat – etwa Sie in der Verkleidung einer Krankenschwester zwecks Sammelns von Beweisstücken in die Nachtschicht einzuschleusen –, dann tun Sie mir bitte den Gefallen, ihn davon abzubringen.«

Lachend versicherte ich Battaglia, dass ich mich auf so etwas Blödes im Traum nicht einlassen würde – und nahm mir im selben Augenblick vor, dem Ermittlungsteam vorzuschlagen, meine Lieblingspolizistin Maureen Forester als Patientin in die neurologische Abteilung des Mid-Manhattan einweisen zu lassen.

5

Der Rest des Tages verging wie im Flug mit den üblichen Problemen und Fragen, mit denen die jungen Anwälte meiner Abteilung bei mir auf der Matte standen. Sarah und ich hatten uns über Mittag mit Salat und Cola in einen Konferenzraum zurückgezogen, wo wir eine Liste mit Namen von Zeugen zusammenstellten, die wir im Mordfall Dogen genauer unter die Lupe nehmen wollten. Laura hielt mir alle unwichtigen Anrufe vom Leib, und den letzten Teil des Tages verbrachte ich mit dem Überfliegen ihrer Telefonnotizen und dem Beantworten der Anrufe, die so dringend waren, dass sie nicht bis zum nächsten Morgen aufgeschoben werden konnten.

Um halb sieben schaltete ich sämtliche Lichter aus und machte mich auf den Weg zu Rod Squires, dem Leiter der Prozessabteilung, um ihm mitzuteilen, dass ich nun zu dem Meeting der Sonderkommisson gehen würde. Die Mappe voller Fallnotizen unter dem Arm, verließ ich dann das Gebäude und ging zu meinem Jeep. Der schlimmste Berufsverkehr war schon vorbei, so dass ich ungehindert die First Avenue hinauffahren und dabei noch Nina Baum, meine beste Freundin, anrufen konnte. Wie fast jeden Tag hinterließ ich eine Nachricht auf dem Anrufbeantworter in ihrer Kanzlei in Los Angeles. Ich parkte in der Nähe des Reviers auf der East Fifty-first Street und betrat das Gebäude. Am Eingang erklärte ich den Grund meines Besuchs und zeigte dem wachhabenden Cop meinen Ausweis. Er winkte mich vorbei und deutete auf die Treppe. Im ersten Stock angekommen, öffnete ich die schwere Metalltür und betrat einen grün gekachelten Flur. Zu meiner Rechten sah ich die Umkleideräume der uniformierten Cops, geradeaus ging's zum Anticrime Office, aber den meisten Platz beanspruchte der Einsatzraum zu meiner Linken.

Wenn gerade die Ermittlungen in einem wichtigen Mordfall anliefen, konnte man bei einem Besuch im Hauptquartier die Crème de la Crème des NYPD antreffen. Die Stimmung war wie elektrisiert: Die Mitglieder von Petersons handverlesenem Sonderkommando hatten sich schon zur Vorbereitung des Briefings versammelt, das nach der Ankunft der beiden Bosse etwa eine Stunde später beginnen sollte. Ich sah mich im Raum um, um festzustellen, wer in diesem Fall mit mir zusammenarbeiten würde, und hatte dabei auch im Hinterkopf, dass diese Jungs nicht nur Ermittler waren, sondern später auch als Zeugen im Prozess auftreten würden. Und von ihrer Sorgfalt bei der Beweisaufnahme, ihrer Fähigkeit, den richtigen Beweisen die richtige Bedeutung zuzuordnen, und ihrem Geschick, die Beweismittelkette überzeugend aufzubauen, würde maßgeblich der Erfolg dieses Prozesses abhängen.

Vom Gang aus betrachtet ähnelte der Einsatzraum einem Kaninchenstall. Schätzungsweise zwanzig Detectives drängten sich um die zwölf Schreibtische, auf denen jeweils eine alte Schreibmaschine, mehrere Telefone und ein Drahtkorb standen; letztere waren im Augenblick noch leer, aber bald würden sie sich mit den rosafarbenen Berichtsbögen füllen. Das Computerzeitalter hatte hier ganz offensichtlich noch nicht Einzug gehalten. An den beiden Tischen nahe der Tür saß jeweils ein verdrossen dreinschauender Polizist in Zivil, und es war offensichtlich, dass die beiden zur Stammmannschaft des 17. Reviers gehörten, das nun von dem Sondereinsatzkommando in Beschlag genommen worden war; die zwei hatten offenbar nichts mit dem Mordfall Dogen zu tun, sondern waren zu ganz normalem Dienst in ihrem Bezirk verdonnert. Sie beobachteten die Elite-Cops wie Aschenputtel ihre Stiefschwester angestarrt haben musste, die sich für den Ball schönmachte.

Zu meiner Rechten befand sich eine durch Gitterstäbe abgeteilte, lediglich mit einer Holzpritsche möblierte Arrestzelle, in der Gefangene in der Zeit zwischen einer Vernehmung und dem Abtransport ins Gefängnis verwahrt wurden. Normalerweise warteten zwei, drei Männer in der Zelle, aber an diesem Tag drängten sich dort sage und schreibe acht Festgenommene. Die Tür der Zelle stand weit offen, manche der Männer standen, manche saßen auf dem gekachelten Boden, und einer lehnte sogar außerhalb der Zelle an den Gitterstäben. In ihren schmutzigen, abgerissenen, bunt zusammengewürfelten Klamotten sahen sie aus, als hätten sie keinen Platz mehr im Obdachlosenheim gefunden. Niemand schenkte ihnen Beachtung, und sie schienen sich nicht gerade unwohl zu fühlen.

An einem Tisch in der entgegengesetzten Ecke des Raumes saß die einzige andere Frau. Es war Anna Bartoldi, eine der Hauptstützen der Mordkommission, die Peterson zweifelsohne dazu bestimmt hatte, in diesem sicherlich nicht einfachen Fall für die Registrierung aller Schriftstücke zu sorgen. Annas fotografisches Gedächtnis würde dem Lieutenant gelegen kommen, wenn es darum ging, die vielen hundert Dokumente zu registrieren, die die Officers in Kürze produzieren würden – von wichtigen Zeugenaussagen bis hin zu den Hinweisen wohlmeinender Bürger –, und jedes dieser Mosaiksteinchen konnte letztlich das entscheidende bei der Jagd nach dem Mörder sein. Mit einer Hand hielt sich Anna den Hörer ans Ohr, während sie mit der anderen einen Eintrag in eine überdimensionale Kladde machte; daraus schloss ich, dass die Nummer der öffentlichen Hotline bereits über die lokalen Radiosender bekanntgegeben worden war.

Hinter Annas Schreibtisch befand sich die Tür zum Büro des Dienststellenleiters, den Peterson jedoch bis auf weiteres ausquartiert hatte; wie in jedem spektakulären Fall stand Peterson unter dem Druck, möglichst bald die erste Verhaftung vorzunehmen.

Mercer Wallace, der massigste und schwärzeste aller anwesenden Männer, entdeckte mich als Erster, während ich aus meinem Mantel schlüpfte. »Guck nicht so entsetzt, Cooper«, rief er mir zu und deutete mit dem Kinn auf die hoffnungslos überfüllte Arrestzelle. »Willkommen bei der Heilsarmee. Komm schon rüber.«

Ich kannte die meisten der anwesenden Cops und wechselte mit denen, die ich morgens am Tatort noch nicht gesehen hatte, ein paar Worte, während ich mich zu Mercers Schreibtisch vorarbeitete.

»Peterson ist da drin und wartet auf McGraw. Der Commissioner und McGraw hatten 'nen Auftritt in den Abendnachrichten. Das übliche: Appell an die Öffentlichkeit, Ruhe zu bewahren, die Bitte um Hinweise aus der Bevölkerung. Der Bürgermeister hat eine Belohnung von zehntausend Dollar für Hinweise, die zur Ergreifung des Mörders führen, ausgesetzt. Sofort haben alle Hotline-Telefone geklingelt, und manch einer hätte für die Belohnung seine Großmutter verkauft«, berichtete Wallace, nachdem ich endlich bei seinem Schreibtisch angekommen war.

Ich schaute Anna über die Schulter und sah, dass sie gerade den siebenundvierzigsten Eintrag gemacht hatte. Früher hatte sie mir mal gesagt, dass ihrer Erfahrung nach nur jeder sechzigste Anruf tatsächlich in einem Zusammenhang mit dem Fall stand, also erstaunte es mich nicht, dass sie sich zurücklehnte und mich mit dramatisch verdrehten Augen begrüßte, bevor sie sich an den nächsten Eintrag machte, der wahrscheinlich auch nichts weiter als eine Fleißübung war. Eine ganze Menge Ermittler würden damit beschäftigt sein, den einzelnen Hinweisen und Aussagen nachzugehen, auch wenn sie kaum etwas mit dem Fall zu tun zu haben schienen, denn schließlich konnte jeder Anruf zu einer heißen Spur führen; vielleicht stammte er sogar von jemandem, der den Mörder kannte und sich die Belohnung verdienen wollte.

»Hey, Blondie, pack die Kohle aus, nach einer kurzen Werbepause sind wir wieder da«, dröhnte Chapmans Stimme durch den Raum. Mit vollen Backen kauend und ein Stück Pizza in der Hand, betrat er die Einsatzzentrale. »Die Glotze steht hier im Umkleideraum. Los, bewegt euch.«

Mercer erhob sich und gab mir einen Klaps auf den Rücken. »Los, Alex. Ich setz mein Geld auf dich. Außerdem gibt's in der Umkleide auch was zu essen, also werden wir ihm Gesellschaft leisten.«

Ich folgte Mercer um die Ecke und den Gang entlang bis zum Ende. An den Wänden des etwa fünf mal sieben Meter großen Raumes standen ramponierte dunkelgrüne Spinde. Zum Inventar gehörten eine Kaffeemaschine, ein Kühlschrank, schätzungsweise aus dem Jahr 1940, ein Fernsehapparat und ein großer rechteckiger Tisch, auf dem Getränkedosen, drei Pizza-Kartons, eine Schachtel, die früher einmal ein Dutzend Donuts beherbergt hatte, einige halbleere Tüten mit

Nachos und Salzbrezeln sowie ein paar Zigarettenpackungen standen. Das einzige Kunstwerk, das die Wände schmückte, war ein Penthouse-Poster; auf den üppig gerundeten Körper des blutjungen Models hatte man den Kopf von Janet Reno montiert. Ich erinnerte mich, dass die Justizministerin Ende 1996 den Bezirk besucht hatte, und musste grinsen; sie hatte offenbar einen tiefen Eindruck hinterlassen.

»Heute geht's um berühmte Anführer, Coop. Ich setz' fünfzig. Will diesen Fall doch schließlich optimistisch beginnen.«

Chapman zog einen Schein aus seiner Geldbörse und legte ihn auf den Tisch, während er nach dem nächsten Pizzastück griff. Dann schob er mir den Karton rüber, und gemeinsam mit Mercer öffnete ich den Deckel – er war mit Fettflecken übersät, und die Pizza war eiskalt. »Die liegt hier schon seit Stunden rum«, bemerkte Wallace. »Darauf kann ich verzichten. Ich setz' meinen Fünfziger auf das Mädel, Chapman.«

»Überleg's dir gut – das ist *sein* Fachgebiet«, warnte ich Mercer. Chapman hatte in Fordham Geschichte studiert, und auf diesem Gebiet schlug er mich mühelos.

»Du warst doch sonst immer auf Draht, Coop. Was ist los mit dir? Berühmte Anführer … du liest doch jeden Tag die Zeitung, oder? Vielleicht geht's ja um eine aktuelle Persönlichkeit, nicht um einen Verblichene. Wenn nach einem Cousin von Mercer gefragt wird, der in Afrika einen Tutsi-Stamm anführt, oder nach dem Präsidenten einer baltischen Republik, die's vor drei Wochen noch gar nicht gegeben hat, muss ich passen. Also los, da ist Trebek.«

Alex Trebek hatte seinen drei Kandidaten soeben die Final-Jeopardy-Antwort bekannt gegeben. Ich las den Namen Medina Sidonia und hatte keine Ahnung, wer das sein sollte.

Chapman setzte sein Pokerface auf und ließ mir den Vortritt. Mit der ernstesten Stimme, die ich zustande brachte, lieferte ich ihm die Frage: »Wer war vor John Gotti der Kopf der Brooklyn-Fraktion der Gambino-Familie?«

»Leider falsch«, erwiderte er, während er der Pizza einen Donut mit Zuckerguss folgen ließ. »Senor Sidonia – übrigens ein spanischer Adliger, Miss Cooper, und kein Mafioso – war der Oberbefehlshaber der spanischen Armada; er führte seine

Seeleute an der Küste entlang, im Rücken die Unterstützung der Landstreitmächte unter Alessandro Farnese, dem Herzog von Parma …«

»Ich glaub', ich hol' mir was zu essen«, rief ich über die Schulter, während ich mich entfernte. Wieder einmal hatte mich Mike mit seinem geradezu enzyklopädischen Wissen in Sachen Militärgeschichte verblüfft. »Tut mir leid, Wallace. Ich revanchier' mich bei Gelegenheit. Aber jetzt plaudere ich erstmal 'ne Runde mit Anna.«

Als ich den Umkleideraum verließ, sah ich Chief McGraw in der offenen Tür zu Petersons Büro stehen. Neben dem Schreibtisch des Lieutenants stand ein alter Holzbock, auf dem ein großer Skizzenblock lehnte; auf dem ersten Blatt stand in ordentlichen Buchstaben »Mid-Manhattan Hospital«. McGraw hatte vorgeschlagen, das Briefing hinten durchzuführen, so dass er währenddessen die Berichterstattung auf New York 1 verfolgen konnte, einem lokalen Fernsehsender, der jede halbe Stunde aktuelle Nachrichten brachte.

Mercer war mir gefolgt und flüsterte mir ins Ohr: »McGraw hat sich seit der Pressekonferenz vor einer Stunde mindestens schon sechs-, siebenmal in der Glotze gesehen, aber offenbar kann er wieder mal nicht genug von seinem eigenen Konterfei kriegen, was?«

Während die beiden das Büro verließen, bedeutete uns Peterson, wieder zurück in den Umkleideraum zu gehen, und drückte Mercer das Holzgestell in die Hand. Dann brüllte Peterson die Namen von drei anderen Männern, die er beim Briefing dabeihaben wollte, durch den Einsatzraum. McGraw würdigte mich keines Blickes, also verschwand ich schnell in der Umkleide, um sicherzustellen, dass Mike nicht zufällig eine Parodie des Chiefs aufführte. Aber Chapman guckte die Nachrichten; gerade wurden die Titelseiten mit den Headlines eingeblendet, die die großen Morgenzeitungen am nächsten Tag bringen würden: MAYHEM IM MID-MANHATTAN. Das Foto zeigte den von Reportern umringten Bürgermeister, der vor dem Portal des Krankenhauses Gemma Dogens Schicksal bedauerte und gleichzeitig den Krankenhäusern der Stadt sein volles Vertrauen aussprach.

»Warte nur, bis der Chief sieht, dass er nicht übern Äther flimmert«, bemerkte Chapman grinsend. »Er hasst es, wenn der Bürgermeister ihn aus dem Rennen wirft.«

»Vielleicht willst du's ihm ja selbst sagen. Er steht ungefähr fünf Schritte hinter dir«, zischte ich Mike warnend zu.

Mercer stellte das Holzgestell ab. Er schlug den ersten Bogen nach hinten, und zu sehen war die erste einer Reihe von Skizzen, die eine Polizeizeichner anhand eines Bauplans des Krankenhauses angefertigt hatte, um die Bosse mit dem Terrain vertraut zu machen. Obwohl es aus der Skizze nicht ersichtlich war, wussten wir alle, dass der Komplex mehr Menschen beherbergte als die meisten Städte des Landes. Es gab Dutzende von Ein- und Ausgängen, die auf Straßen, in Tiefgaragen und in andere Gebäudeteile führten; es gab kilometerlange Gänge, an denen Büros, Labors, Aufbewahrungskammern und OPs lagen; es gab Tausende von Menschen, die in diesem Gebäudekomplex arbeiteten, die dort jemand besuchten, behandelt wurden oder aus anderen Gründen tagtäglich ein und aus gingen.

Lieutenant Peterson führte McGraw in den hinteren Teil der Umkleide; ihnen folgten die drei Detectives des Sondereinsatzkommandos. Es handelte sich um die drei Männer, die den Tag damit verbracht hatten, im Krankenhaus zu ermitteln; die hatten geduldig Zeugen um Zeugen angehört, um herauszufinden, ob irgend jemand am Tag oder in der Nacht zuvor etwas Ungewöhnliches gehört oder gesehen hatte. Peterson schob seine Brille hoch auf die Stirn, forderte uns auf, am Tisch Platz zu nehmen, und bat Mercer, zu berichten, was er über die Ermordete herausgefunden hatte. McGraw hielt sich etwas abseits, die Arme vor der Brust verschränkt, die Zigarette im Mundwinkel. Mit zusammengepressten Lippen hatte er aus dieser Position heraus sowohl uns als auch den Fernsehapparat im Blickfeld; der Ton war abgestellt, aber auf dem Bildschirm waren immer noch die tumultartigen Szenen vor dem Krankenhaus zu sehen.

Laura hatte mir in meinem Büro den üblichen rostfarbenen Ziehharmonikaordner in die Hand gedrückt, der im Lauf einer solchen Ermittlung schon bald aus allen Nähten platzen würde. Ich nahm die Notizblöcke heraus, die sie reingesteckt hatte – ein paar frische und zwei, die schon die Notizen beinhalteten, die Sarah und ich im Lauf des Tages für dieses Meeting zusammengetragen hatten. Die Cops klappten währenddessen ihre handlichen Steno-Blöcke auf. Als Mercer zu berichten begann, machten wir die ersten Notizen.

»Gemma Dogen. Wie Sie bereits alle wissen, war die Ärztin achtundfünfzig Jahre alt, weiß, körperlich gut in Schuss, alleinstehend. Sie war Britin, geboren und aufgewachsen in einem kleinen Dorf namens Broadstairs an der Küste von Kent. Sie hat in England studiert und Examen gemacht und zog vor etwa zehn Jahren hierher – sie hatte das Angebot erhalten, in der neurochirurgischen Abteilung zu arbeiten, und übernahm dann bald deren Leitung. Keine schlechte Karriere für eine Frau. Dazu kommt noch die Professur am Medical College. Sie war auch in akademischen Kreisen respektiert, nicht nur als praktizierende Ärztin. Sie wurde vor ihrer Übersiedlung in die Staaten geschieden. Keine Kinder. Ihr Ex-Mann, Geoffrey Dogen, ist im Augenblick nicht erreichbar. Er ist ebenfalls Arzt; sie haben sich an der Uni kennen gelernt. Er ist seit 1991 wieder verheiratet, und seine jüngere Frau hat in ausgerechnet in dieser Woche zum Bergsteigen in den Himalaja geschleift. Sie leben in London, und aus den Briefen, die ich in Gemma Dogens Wohnung gefunden habe, ist ersichtlich, dass sie noch in Kontakt stehen und eine gute Beziehung haben. Er wird nächste Woche in London zurückerwartet, dann können wir uns mit ihm in Verbindung setzen und ihm ein paar Fragen über das Privatleben seiner Ex-Frau stellen. Zum Kreis der Verdächtigen ist er jedenfalls nicht zu zählen.«

Der Chief hatte noch kein Wort von sich gegeben. Sein Blick hing immer noch wie gefesselt am Bildschirm, und wie immer störte ihn die Tatsache, dass seine Zigarette bis kurz vor seinen Mundwinkel heruntergebrannt war, nicht im geringsten. Sobald sein Speichel die Glut gelöscht haben würde, griff er automatisch nach der Packung und zündete die nächste an. Wir alle hatten das schon tausendmal gesehen.

Wallace fuhr fort. »Gemma Dogen lebte am Beekman Place, nicht weit vom Krankenhaus entfernt. Genauer gesagt im Doorman Building: teures Zwei-Zimmer-Appartment inklusive Dachterrasse mit Blick über den Fluss. George Zotos ist noch dort. Es gibt Tonnen von Papierkram durchzusehen. Die Dame hat jede Menge Akten gebunkert – im Moment schwer zu sagen, ob wir darunter was Interessantes finden oder nicht. Aber für die Wohnung gilt im Prinzip das Gleiche wie für ihr Büro: nicht viel Persönliches. Die meisten Fotos sind Schnappschüsse aus ihrer Kindheit oder Bilder von Veranstaltungen, bei denen ihr ein Titel oder eine Auszeichnung verliehen wurde.«

McGraw steckte sich eine neue Zigarette in den Mundwinkel. »Gibt's irgendwelche Nachbarn oder Wachleute, die etwas über sie erzählen können?«

»Der Typ am Empfang bestätigt ihren verrückten Terminplan. Sie ist zwischen dem Krankenhaus und ihrer Wohnung hin und her gerast, hatte jede Mengen Fahrten zum Flughafen, ist morgens und oft auch abends am Fluß gejoggt. Hatte nur wenig Besuch. Manchmal blieb ein Mann über Nacht; um genau zu sein: verschiedene Männer. Aber an Namen konnte er sich nicht erinnern. Die direkten Nachbarn waren bislang keine Hilfe. Ein Ehepaar ist erst vor zwei Monaten eingezogen, die auf der anderen Seite waren den ganzen Tag nicht da, und die anderen haben wir noch nicht vernommen.«

Mercer blätterte auf die nächste Seite um. »Wir haben begonnen, den Tatort Krankenhaus unter die Lupe zu nehmen und nach anderen Verbrechen im Mid-Manhattan zu fahnden, aber ich bekomme die Computerergebnisse vermutlich nicht vor morgen. Alex kann im Augenblick zu diesem Punkt wahrscheinlich mehr als ich sagen. Dr. Dogens Kollegen und Mitarbeiter haben wir für die nächsten Tage zur Vernehmung einbestellt. Die Neurochirurgie ist eine relativ kleine Abteilung – bis zum Wochenende müssten wir damit durch sein. Als vorläufiges Zwischenergebnis können wir sagen, dass Gemma Dogen zwar keine Mutter Teresa war, aber auch keine offensichtlichen Feinde hatte. Sie war 'ne strenge Chefin, aber das muss man wohl sein, wenn ein Tausendstel Millimeter über das Leben eines Patienten entscheidet. Außerdem habe ich mich nach ähnlichen Fällen in anderen Krankenhäusern an der Westküste erkundigt. Im Washington Metro wurden vor etwa einem Monat zwei Ärzte im Parkhaus erschossen, als sie nach dem Dienst nach Hause fahren wollten. Es handelte sich um zwei männliche Ärzte, in beiden Fällen war offensichtlich Raub das Tatmotiv – es wurden Medikamente und Rezeptblöcke gestohlen. Die Kugeln stimmten in beiden Fällen überein. Bislang keine Verdächtigen. In einer Privatklinik in Philadelphia wurde eine Patientin – man stelle sich vor: eine Querschnittsgelähmte – von einem Junkie vergewaltigt, der nachts eingebrochen war, um Spritzen zu klauen. Eine Krankenschwester hat den Kerl dingfest gemacht, bevor er abhauen konnte. In Boston ist nichts ähnliches bekannt, aber die Kollegen geben in ein, zwei Tagen endgültig Bescheid. Das ist bis jetzt alles, Chief.«

McGraw brummte nur und Peterson gab Chapman mit einem kurzen Nicken zu verstehen, er möge sich an die Tafel begeben. Mercer setzte sich neben mich an den Tisch, während sich Mike erhob.

Er schnappte sich den schwarzen Filzstift, der mit einer Kordel an dem Block befestigt war, summte die Erkennungsmelodie von *Twilight Zone* und gab eine Rod-Serling-Parodie zum Besten. »Guten Abend, meine verehrten Damen und Herren. Sie werden sogleich in eine völlig neue Dimension eintauchen – sie erwarten einen Ort, an dem die Kranken und Müden Trost finden, an dem die Verletzten geheilt werden, an dem die Lahmen wieder laufen lernen. Und was treffen wir statt dessen an? Das Mid-Manhattan.« Serling wurde wieder zu Chapman. »Ein Ort, an dem sich jeder beliebige Verrückte, der aus Bellevue, Creedmoor, dem Manhattan State oder einer anderen Klapsmühle ausgebrochen ist, unbemerkt einschleichen und bewegen kann.«

»Pass auf, Cooper, jetzt hat er die Aufmerksamkeit des Chiefs«, flüsterte Wallace mir zu. »Halt dich gut fest.«

McGraw fixierte Mike, während er sich die nächste Zigarette anzündete.

»Tut mir leid, Chief, aber so sieht die Sache aus. Keiner von uns wird nach diesen Ermittlungen jemals wieder eine ruhige Nacht in einem Krankenhaus verbringen. Das Ding ist so groß wie 'ne Kleinstadt – nur dass es dort keine Polizei gibt. Die beschissensten Sicherheitsstandards, die man sich in einem verdammten Krankenhaus vorstelllen kann.«

»Halt die Luft an, Mike«, unterbrach Peterson. »Auf deine Kraftausdrücke können wir verzichten.« Ich wusste, dass er es hasste, wenn seine Jungs vor Frauen derart fluchten.

»Mach dir um Cooper mal keine Sorgen, Loo. Ich weiß zufällig, dass sie ihr erstes College-Jahr in einem Marine-Trainings-Camp auf Parris Island verbracht hat – die kann also so schnell nichts erschüttern.«

Kein Protest meinerseits.

»Okay, wieder zurück zu unserem Fall. Wie der Lieutenant vorgeschlagen hat, habe ich mich von William Dietrich, dem Klinikdirektor, ein paar Stunden lang durch den ganzen Komplex führen lassen. Jeder der hier Anwesenden war schon mal in dem Gebäude; jeder hat schon mal jemanden dort besucht oder hatte dort 'ne Zeugenvernehmung oder ähnliches. Ich schwöre euch, dass ich dort heute Dinge gesehen habe, die euch das Blut in den Adern gefrieren lassen und die Sehnsucht nach der guten alten Zeit wachrufen, in der Ärzte noch Hausbesuche gemacht haben. Fangen wir mit dem Grundriss an. Das Wichtigste ist allen bekannt: Der Haupteingang an der Achtundvierzigsten Straße bietet den einfachsten Zugang zum Mid-Manhattan. Es handelt sich um acht doppelte Türen, die direkt von der Straße in den so genannten Privatteil des Krankenhauses führen. Dabei handelt es sich um eine hochmoderne Einrichtung, die eintausendfünfhundertvierundsechzig Betten umfasst, die sich auf sechsundzwanzig Flügel verteilen. Auf Wunsch kann ich die einzelnen Flure detailliert vorstellen. Die Eingangshalle ist etwas kleiner als die Halle von Penn Station, aber wahrscheinlich genauso voll.«

»Wie sehen die Sicherheitsmaßnahmen aus, Mike?« erkundigte sich der Lieutenant.

»Welche Sicherheitsmaßnahmen? So was wie Sicherheit gibt's da nur im allerentferntesten Sinn. Nur Square Badges. Genauso gut könnte man meine Mutter an den Empfang setzen; die würde die Besucherausweise verteilen, während sie ihre Soaps glotzt. Die Jungs, die dort eingesetzt werden, sind als Sicherheitskräfte völlig unqualifiziert und unzureichend ausgebildet.«

»Außerden sind es nicht besonders viele«, fuhr er fort, »angesichts der Menschenmassen, die sich rund um die Uhr rein- und rauswälzen. Darüber hinaus machen sie's sich ziemlich einfach und halten alte Damen und ordentlich aussehende Besucher an, während sie Typen, denen ich nicht im Dunkeln begegnen möchte, unbeanstandet passieren lassen. Hab' ich heute mit eignen Augen gesehen. Und das ist erst der Haupteingang. Auf jeder Seite des Hauptgebäudes existieren zusätzliche Türen. Sie sollten zwar nur als Ausgänge dienen und öffnen sich lediglich zur Straße hin, aber wenn man einen Herauskommenden abpasst, kann man mühelos durch die geöffneten Türen hineinschlüpfen. Eine Kontrolle gibt es nicht. An der Rückseite des Gebäudes existieren weitere Türen, die zum Parkplatz führen. Der ist zwar nur für Personal gedacht, aber letztlich kann dort jeder parken und ein und ausgehen, wie es ihm passt.«

»Und was ist mit der Uniklinik, in der sie umgebracht wurde?« drängte McGraw.

»Das Minuit Medical College wurde 1956 erbaut; es ist eine Stifung der Erben von Peter Minuit, dem Generaldirektor der New Netherlands, dem Mann, der die Indianer beschissen und ihnen Manhattan für vierundzwanzig Mäuse abgekauft hat.« Chapman zeichnete einige Pfeile ein, die vom Hauptgebäude in Richtung des modernen Hochhauses zeigten, in dem sich die Uniklinik befand.

»Ein Meisterstück moderner Architektur, Chief, und das Beste daran: Es ist nicht nur durch eine Vielzahl von Gängen und Aufzügen mit dem Mid-Manhattan verbunden, sondern, was mir bis heute selbst nicht bekannt war, durch ein System unterirdischer Tunnel, das in den Tagen geschaffen wurde, als man noch glaubte, dort wäre man im Fall eines Nuklearangriffs sicher. Addiert man die Länge dieses Systems, erhält man einen Tunnel, der sicher bis nach China reicht.«

»Und was ist da drin?«

»Falsch gefragt, Loo. *Wer* ist da drin, nicht *was*. Erinnerst du dich an die Typen in den Zellen drüben im Einsatzraum?

In diesen Tunnel hausen Hunderte von Obdachlosen. Wir sind heute Vormittag durchmarschiert und haben alles gesehen, was man sich nur vorstellen kann: alte Männer, die zusammengerollt in den Ecken vor sich hin vegetieren, Junkies mit 'nem kompletten Crack-Labor, in einem größeren Raum war ein Damen-Club versammelt, alle in ziemlich schrägen Klamotten, ihre Habseligkeiten in ein paar Plastiktüten verpackt. Außerdem hab' ich drei Typen wiedergetroffen, die mir '94 bei einer Drogenrazzia ins Netz gegangen sind, und der Alte in dem silbernen Glitzer-Overall, der gerade in eine Ecke gepinkelt hat, als wir vorbeikamen, hätte tatsächlich Elvis sein können.«

»Irgendwelche Hinweise darauf, dass sie Zugang zu den Krankenhausgebäuden haben?« wollte der Chief wissen.

»Kann man wohl sagen. Jeder zweite von ihnen trägt 'nen Arztkittel – ganz offensichtlich aus einer der Abteilungen geklaut. In den Ecken stapeln sich Tabletts mit Essensresten der Patienten und außerdem jede Menge leerer Tablettenröhrchen. Als Kopfkissen benutzen sie Bettpfannen, und gegen die Kälte tragen sie Gummihandschuhe. Scherz beiseite: Wenn ihr nachts in dem Einbettzimmer, für das eure Krankenversicherung einen Haufen Geld bezahlt, die Augen öffnet, kann es passieren, dass einer von den Typen vor euch steht. Entweder trifft euch der Schlag, oder ihr seid kuriert.«

Mike schlug den Bogen zurück und griff nach dem Stift.

»Und nicht zu vergessen das dritte Puzzle-Teil: Wir haben bisher noch kein Wort über unsere Freunde vom Stuyvesant Psychiatric Center verloren, das sich gleich rechts vom Mid-Manhattan befindet und – ihr habt's wahrscheinlich schon erraten – ebenfalls mit dem Gebäude verbunden ist, und zwar auf jedem Stockwerk, sowohl ober- als auch unterirdisch.«

»Jetzt ist Nicholson dran – *Einer flog übers Kuckucksnest*. McGraw kocht schon«, raunte mir Wallace zu und versuchte, sein Grinsen zu unterdrücken.

Mike war schon mitten in seinem nächsten Auftritt und ließ uns an seinem morgendlichen Rundgang vorbei an sämtlichen neunhundertsechsundvierzig Betten der psychiatrischen Klinik teilnehmen. Er beschrieb die Patienten in allen

Nuancen ihrer seltsamen Zustände, er schilderte die Insassen der geschlossenen Abteilungen – von den in Zwangsjacken Tobenden bis hin zu den völlig teilnahmslos Dahinvegetierenden, die schon fast zum Inventar gehörten und deshalb über das Privileg verfügten, sich tagsüber mehr oder minder frei bewegen zu dürfen.

Peterson versuchte, Chapman auf den Punkt zu bringen. »Soll das heißen, dass sich diese Patienten ohne jede Aufsicht bewegen können?«

»Die schwersten Fälle sicherlich nicht, aber ich habe einige gesehen, die keinerlei Beschränkungen unterliegen.«

»Heißt das, dass sie ein und aus gehen und somit ohne Probleme in die benachbarten Gebäude gelangen können?«

»Genau das heißt es, Loo. Sie schlüpfen in ihre Latschen, schlurfen in den nächsten Aufzug, und niemand hält sie auf.«

»Und was ist mit den Square Badges?«

»Loo, ich schwör's dir, wenn einer von denen den Sicherheitsleuten sagen würde ›Hi, mein Name ist Jeffrey Dahmer, und ich habe Hunger‹ – die würden den ohne mit der Wimper zu zucken in die Jugendklinik führen.«

McGraw war fassungslos. »Himmel, da grenzt es ja an ein Wunder, dass so etwas nicht schon viel früher passiert ist. Kaum zu glauben, dass das der erste derartige Fall sein soll.«

»Immer langsam, Chief. Cooper hat ein paar Überraschungen für Sie parat. Falls Sie der Meinung sein sollten, ich hätte nicht schon genug Verdächtige zu bieten, wird sie Ihnen gleich noch ein paar mehr präsentieren. Auch wenn ich der Meinung bin, dass wir den Mörder unter den unterirdischen Bewohnern suchen sollten, hat Alex ein paar Geschichten auf Lager, die auch andere Möglichkeiten eröffnen.«

6

»Sie wissen, dass ich es hasse, Chapman Recht zu geben, aber es sieht wirklich so aus, als würden die Verrückten persönlich die Klapsmühle leiten«, bemerkte ich, während ich in meinem mittlerweile vollgeschriebenen Notizblock blätterte.

»Chief«, wandte sich Peterson an McGraw, der es bekanntermaßen nicht schätzte, wenn die Staatsanwaltschaft am polizeiinternen Briefing teilnahm, »ich habe Alex gebeten, sämtliche Sexualstraftaten ausfindig zu machen, die in den vergangenen Jahren in einem unserer Krankenhäuser begangen wurden. Meine Jungs wissen ja nur in Sachen Mord Bescheid, deshalb hielt ich es für sinnvoll, für diesen Punkt Alex hinzuziehen.«

»Sarah Brenner und ich haben alles rausgekramt, was uns dazu einfiel, doch es ist wahrscheinlich nicht alles. Aber eines vorab: Sollten Sie oder einer Ihrer Angehörigen sich jemals einem Eingriff unterziehen müssen, gehen Sie am besten in die Tierklinik. Diese großen Krankenhäuser können tödlich sein. Aber jetzt zur Sache. Im Mid-Manhattan laufen fünf Ermittlungen. Im 17. Bezirk wurde gerade ein Hausmeister festgenommen, der erst vor drei Monaten seine Stellung im Krankenhaus angetreten hatte. Seine Spezialität war es, sich, bekleidet mit einem Arztkittel, in die Zimmer von Patientinnen einzuschleichen, die kein Englisch sprechen und sein Tun nicht hinterfragen konnten. Die Frauen haben ihn natürlich für einen Arzt gehalten und sich im Intimbereich von ihm untersuchen lassen. Sein Name ist Arthur Chelenko; er wurde vor zwei Wochen verhaftet und daraufhin fristlos entlassen. Erst zu diesem Zeitpunkt fand die Personalabteilung heraus, dass er letztes Jahr wegen genau des gleichen Vergehens vom Bronx Samaritan gefeuert worden war. Er hatte in seinem Lebenslauf falsche Angaben gemacht, und natürlich hatte kein Mensch seine Daten nachgeprüft. Jetzt treibt er weiter sein Unwesen.«

»Was? Im Gefängnis?«

»Nein, er ist gegen Kaution bis zur Verhandlung auf freien Fuß gesetzt worden.«

McCabe, Losenti und Ramirez – die drei Detectives, die zur Kleinarbeit verdonnert worden waren – machten eifrig Notizen, während ich ihnen Kopien des Strafregisters von Chelenko über den Tisch reichte.

»Ist er in der Vergangenheit bereits gewalttätig geworden?« erkundigte sich Wallace.

»Laut Strafregister – nein. Aber wir müssen natürlich die Möglichkeit in Betracht ziehen, dass er Gemma Dogen lediglich sexuell belästigen wollte und die Situation eskalierte, als sie sich zur Wehr setzte. Der Nächste ist Roger Mistral, ein Anästhesist. Ich bekam heute morgen, nachdem die Nachricht von dem Mord an Gemma Dogen ausgestrahlt worden war, einen Anruf von der Staatsanwaltschaft in Bergen County, New Jersey. Dort wurde Dr. Mistral letzten Monat wegen Vergewaltigung verurteilt – man hatte ihn in einem leeren OP dabei erwischt, wie er mit einer Patientin Geschlechtsverkehr hatte, die er nach einer Fußoperation erneut betäubt hatte.«

»Und was hat das mit unserem Fall zu tun?«

»Vielleicht gar nichts. Aber wir gehen trotzdem jedem Hinweis nach. Tatsache ist, dass das in New Jersey gegen Dr. Mistral verhängte Urteil erst im Mai rechtskräftig wird. Das bedeutet, dass er diesseits des Hudson Rivers noch ganze sechs Wochen seinem Beruf nachgehen kann.«

McGraw wollte wissen, wo sich der Arzt in den vergangenen achtundvierzig Stunden aufgehalten hatte. »Hat er ein Alibi für die Zeit ab Montagabend, als sich Dr. Dogen wieder in der Stadt befand?«

»Er ist noch nicht verhört worden«, antwortete ich. »Seine Frau hat ihn nach der Verurteilung in New Jersey vor die Tür gesetzt, wir wissen also nicht, wo er sich gegenwärtig aufhält. Es gibt da ein Gerücht, wonach er auf der Untersuchungsliege im Röntgenraum des jeweiligen Krankenhauses schläft, in dem er gerade arbeitet, weil er zu geizig ist, sich ein Hotelzimmer zu nehmen. Einer von uns muss mit ihm sprechen, sobald er morgen Früh zum Dienst erscheint. Wir prüfen gerade, wo er arbeitet.«

»Mit ihm sprechen?« fiel mir Chapman ins Wort. »Dem zieh' ich das Fell über die Ohren. Der einzige Unterschied zwischem dem, was der Kerl getan hat, und Nekrophilie ist doch nur, dass der Körper seines Opfers noch warm war. Wie, zum Teufel, kann man nur so was tun?«

»Komm morgen Abend zu meiner Vorlesung im Lenox Hill Debs, dann erfährst du es. So, der nächste heiße Tip stammt von Sarah Brenner. Es handelt sich um einen Gynäkologen, gegen den eine Anzeige vorliegt. Er ist ein weltbekannter Spezialist für künstliche Befruchtung mit einer Praxis in der Fifth Avenue. Er hat Belegbetten sowohl im Mid-Manhattan als auch in drei weiteren Krankenhäusern an der East Side. Er geht dort also ständig ein und aus. Bisher ein unbeschriebenes Blatt – sein Name ist Lars Ericson. Eine Patientin hat ihn beschuldigt, er habe sie vergewaltigt, als sie ihn letzten Monat in seiner Praxis aufsuchte.«

»Wurde er bereits befragt?«

»Nein, noch ...«

»Was? Worauf warten Sie denn noch?« bellte mich McGraw an.

»Die Sache ist nicht so einfach. Das angebliche Opfer leidet unter Schizophrenie – in ihr existieren dreißig oder vierzig verschiedene Persönlichkeiten, in die sie je nach Stimmung schlüpft. Es scheint so, als wollten zwei oder drei ihrer Persönlichkeiten Sex mit Dr. Ericson, während der Rest dagegen war. Sarah versucht gerade herauszufinden, welche die Anzeige gemacht hat.«

Wallace trat hinter mich, um sich eine Cola aus dem Kühlschrank zu holen, und flüsterte mir zu: »Willkommen in der verrückten Welt der Sexualverbrechen. Das sollte dem Chief die Augen öffnen.«

McGraw fand das nicht besonders komisch.

»Und dann haben wir da noch unseren Pirschgänger: Mohammed Melin. Erinnern Sie sich noch an Robert De Niro in *Taxi Driver*? Der war harmlos dagegen. Melin tauchte mit einer angeblichen Prostataentzündung mitten in der Nacht in der Notaufnahme auf. Eine junge Assistenzärztin hat ihn behandelt – eine ziemlich gute Ärztin, die außerdem noch sehr hübsch ist. Sie hat ihn untersucht, ihm ein Medikament verschrieben, ihm eine Salbe auf den Penis geschmiert – und hat den Typen seitdem nicht mehr losbekommen.«

»Genauso hat's mit mir und Coop auch angefangen, Chief«, bemerkte Chapman. »Eine einzige Streicheleinheit, und seit zehn Jahren folge ich ihr als treu ergebener Sklave. Liebe ist wirklich 'ne komische Sache.«

Ohne ihn zu beachten, fuhr ich mit meiner Litanei fort. »Mohammed postiert sich mit seinem Taxi vor der Klinik, sobald er in der Nähe ist. Elena Kingsland, die Ärztin, verläßt nach ihrem Dienst erschöpft das Krankenhaus, geht um die Ecke zum Taxistand, und wer erwartet sie dort? Richtig: Mohammed. Und man kann nichts gegen ihn tun: Er geht schließlich nur in seinem Taxi auf einer öffentlichen Straße seinem Job nach – kein Verstoß gegen die Gesetze. Zweimal wurde er allerdings schon im Krankenhaus geschnappt – zwischen drei und vier Uhr morgens, auf der Suche nach Elena Kingsland. Er wurde wegen dieser Vergehen für ein paar Tage eingebuchtet, und das war's. Wir haben versucht, ihm ein schwerwiegenderes Vergehen nachzuweisen und sind schließlich auf einen Sozialhilfebetrug gestoßen, aber seit drei Wochen ist er abgetaucht.«

Das war alles, was ich im Zusammenhang mit dem Mid-Manhattan zu bieten hatte. Wallace beobachtete, wie ich den ersten Block zur Seite legte und nach dem nächsten griff, auf dem ich die Vorfälle in anderen Einrichtungen notiert hatte. »Hey, Alex, vergiss nicht den Fall im Stuyvesant, an dem ich gerade dran bin. In ein paar Wochen wissen wir mehr darüber.«

»Erzähl's ihnen selbst, Mercer. An den Fall hab' ich, um ehrlich zu sein, gar nicht gedacht. Tut mir leid, meine Schuld.«

»In der psychiatrischen Abteilung gibt's eine sechsundzwanzigjährige Frau, die seit ihrer Jugend unter einer affektiven Störung leidet. Mit siebzehn hat sie versucht, sich mit 'ner Überdosis Tabletten das Leben zu nehmen. Seitdem, also seit fast zehn Jahren, liegt sie im Koma und kann ab und zu gerade mal das Augenlid heben. Während der ganzen Zeit hängt sie im Stuyvesant an den Maschinen, ohne die sie nicht überleben könnte.«

Ich erinnerte mich, wie ich durch Mercer vier Monate zuvor von dieser schrecklichen Geschichte erfahren hatte, und als er nun das Unaussprechliche wiederholte, konnte ich es erneut kaum glauben.

»Nun, die Frau wird in vier Wochen ein Kind zur Welt bringen. Die Tatsache, dass sie seit Jahren nicht mehr bei Bewußtsein war, hat irgendeinen Menschen nicht davon abgehalten, sie zu vergewaltigen. In der Abteilung, in der sie liegt, herrschen strenge Sicherheitsvorkehrungen, und wenn es nicht ihr Vater war – ihre Eltern und Geschwister sind die einzigen, die sie besuchen –, dann handelt es sich bei dem Vergewaltiger um einen, der dort arbeitet.«

McGraw und die anderen hatten noch nichts von diesem Fall gehört und schüttelten fassungslos die Köpfe.

»Irgendwelche Verdächtigen?« fragte Lieutenant Peterson.

»Praktisch jeder, vom Reinigungspersonal bis hin zum Oberarzt«, antwortete Mercer.

»Cooper hat uns eine staatsanwaltliche Anordnung besorgt, so dass wir dem Fötus Blut entnehmen und eine DNS-Analyse durchführen können. Das Gleiche machen wir dann mit jedem, der Zugang zu der Frau hatte. So kriegen wir ihn.«

Ich fuhr mit meiner traurigen Odysee durch die medizinischen Einrichtungen Manhattans fort: Nicht eine einzige Klinik, ganz gleichgültig ob privat oder öffentlich, war in den letzten drei Jahren von Sexualstraftaten verschont geblieben. In manchen Fällen handelte es sich bei den Tätern um Ärzte oder Pfleger; vielfach waren es technische Mitarbeiter, die für das Funktionieren der Einrichtungen, die Kleinstädten glichen, verantwortlich zeichneten – Mitarbeiter der Gebäudewartung, der Großküchen, der Hausmeistereien, Hilfskräfte und Boten. Manchmal handelte es sich auch um Patienten, die sich frei bewegen und von einem Teil des Krankenhauses in einen anderen gelangen konnten, und oft waren es auch Menschen, die sich auf der Suche nach Opfern einfach Zugang zu den Einrichtungen verschafften, ohne in irgendeinem Zusammenhang mit dem Krankenhaus zu stehen.

»Man muss jeden als Täter in Betracht ziehen – von den Ärzten bis hin zu den Obdachlosen im Tunnelsystem.« Ich hatte bereits in der Vergangenheit lernen müssen, dass man zu Beginn einer Ermittlung den Kreis der Verdächtigen möglichst weit faßt, um keinen potentiellen Täter außer Acht zu lassen.

Nachdem alle Anwesenden über die Ergebnisse des Tages berichtet hatten, war es fast zehn. McGraw bat Wallace, die Lautstärke des Fernsehapparats wieder aufzudrehen und auf Fox 5 News umzuschalten, um einen Blick auf die Schlagzeilen zu werfen. Ein ehemaliger Kriminalbeamter aus McGraws Einheit arbeitete als Verbrechensberichterstatter für den Sender, und aus McGraws gespannter Körperhaltung konnte man schließen, dass er seinem früheren Untergebenen Informationen hatte zukommen lassen, um im Gegenzug auf den Bildschirm zu kommen.

Mike verkniff sich eine höhnische Bemerkung, während in der Glotze McGraws Gesicht erschien; er teilte der Öffentlichkeit mit, dass seine Männer jede Menge Spuren verfolgten und bis Ende der Woche ein Verdächtiger verhaftet sein würde. Die im Raum anwesenden Jungs schienen von den überaus optimistischen Äußerungen ihres Chefs nicht weiter überrascht zu sein. Als der Bildschirm wieder das Gesicht das Bürgermeisters zeigte, wandte sich McGraw uns zu.

»Wer macht die Autopsie?«

»Der Chief kümmert sich morgen selbst drum«, antwortete Chapman. »Ich bin auch dabei.«

Das waren gute Neuigkeiten für mich. Ich schätzte Chet Kirschner, den Chief Medical Examiner; wir hatten ein unkompliziertes Verhältnis. Wahrscheinlich würde er uns schon am nächsten Nachmittag, also vor dem abschließenden Bericht, Vorabinformationen geben.

»Jetzt zu den Motiven«, fuhr McGraw fort. »Was ist denkbar?«

»Es könnte ein stinknormales Sexualverbrechen gewesen sein«, bemerkte Jerry McCabe. »Ein x-beliebiger Mann aus jeder eurer Kategorien könnte durch die Flure schleichen und Montagnacht, meinetwegen gegen Mitternacht, eine Frau mutterseelenallein in ihrem Büro antreffen. Sie ist kräftig, glaubt, sie könne mit ihm fertig werden. Aber er hat ein Messer, und das war's.«

»Es könnte auch ein ganz gewöhnlicher Einbruch gewesen sein, und Dogen hat den Täter in flagranti ertappt«, fiel Wallace ein. »Die Tatsache, dass ihre Brieftasche noch da war, heißt schließlich nicht, dass nicht etwas fehlt, von dem wir gar nichts wissen.«

Wallace war einer der gründlichsten und sorgfältigsten Detectives, mit denen ich je zu tun hatte. Mit seinem methodischen Verstand würde er jeden Gegenstand in Dr. Dogens Büro kritisch unter die Lupe nehmen, nach Papieren, Akten, Unterlagen oder Büchern Ausschau halten, an denen sich möglicherweise jemand zu schaffen gemacht hatte. »Vielleicht war er gerade in das Büro eingedrungen und suchte nach Beute, als sie plötzlich auftauchte. Er geriet in Panik, und was als Einbruch begonnen hatte, wurde zur Vergewaltigung.«

»Ja, aber was kam zuerst – die Vergewaltigung oder die Messerstiche?«

McGraw war zu dickköpfig, um diese Frage direkt an mich zu richten, aber gleichzeitig auch zu einfältig, um zu wissen, dass ich sie nicht beantworten konnte. Die meisten hätten wohl ohne zu zweifeln angenommen, dass die Vergewaltigung logischerweise stattgefunden haben musste, bevor Gemma Dogens durchtrainierter, fester Körper massakriert worden war. Aber in der Welt der Mörder und Verrückten gab es keine Logik. Ich hatte weiß Gott mehr als genug Fälle gesehen, in denen der Angreifer durch den Akt des Tötens in sexuelle Erregung geraten war und im Anschluss an den Mord die Vergewaltigung begangen hatte.

»Mal sehen, was Kirschner dazu findet. Bis dahin ist alles nur reine Vermutung«, bemerkte Chapman.

McGraw aber wollte die Suche nach einem möglichen Motiv noch nicht aufgeben. »Angenommen, es war weder ein Verrückter noch ein auf frischer Tat ertappter Einbrecher. In diesem Fall müsst ihr nach jemandem Ausschau halten, der Grund hatte, sie umzubringen. Findet raus, welcher ihrer Kollegen von ihrem Tod profitiert, wer ihren Job als Leiter der Abteilung übernimmt. Findet ihr Testament und stellt fest, wer sie beerbt. Lasst nicht die gewöhnlichen Motive außer Acht, nur weil dieser Mord ausgerechnet in einem Krankenhaus passiert ist.«

Die Männer klappten ihre Blöcke zu, standen auf und streckten ihre steifen Knochen. Es reichte für den ersten Tag, ihnen stand der Sinn nach einem anständigen Abendessen und dem Bett. Auch wenn McGraw im Fernsehen eine schnelle Klärung des Falls versprochen hatte, wussten sie, dass mit ziemlich großer Wahrscheinlichkeit in den nächsten Wochen Dienst rund um die Uhr anstand, es sei denn, einer von ihnen landete einen frühen Zufallstreffer.

Mir fiel ein, dass ich Lieutenant Peterson nach den acht Männern fragen wollte, die ich in der Arrestzelle gesehen hatte. »Weswegen sind die hier, Loo?« erkundigte ich mich.

»Das sind einige der Jungs, die in den Fluren des Krankenhauses leben. Und das war heute erst der erste Schwung aus dem Mid-Manhattan. Ich spreche wohlgemerkt nicht von den unterirdischen Tunnel, der Psychiatrie oder dem Parkplatz. Die da draußen haben wir in leeren Krankenzimmern angetroffen, und einer schlief sogar auf dem Flur in der Nähe der Lagerräume in einem Rollstuhl. Ich hab' ein paar Männer abgestellt, die sich mit ihnen unterhalten.

»Sind sie Verd…«

»Ich hab' keine Ahnung, ob sie Verdächtige, Zeugen oder nur arme Teufel ohne festes Dach über dem Kopf sind. Fragen Sie mich bitte was Leichteres. Tatsache ist, dass man mit Typen wie denen in einem Krankenhaus nicht gerade rechnet, und da wir uns mitten in einem brisanten Mordfall befinden, weiß ich auch nicht so genau, was ich mit ihnen anfangen soll.«

Wir dachten beide das Gleiche. Jeder von ihnen konnte uns theoretisch zu einer heißen Spur führen, aber in dem Augenblick, in dem wir sie auf freien Fuß setzten, würden wir sie nie wiedersehen. Die Sache war heikel. Wenn sie weiter auf der Wache festgehalten werden würden, würde das Gericht die von Petersons Männern durchgeführten Interviews als Verdächtigenverhöre und die Unterbringung in der Arrestzelle als Beugehaft werten. Das Verhalten der Polizei würde daraufhin ins Kreuzfeuer der Kritik geraten. Der Richter würde die Tatsache rügen, dass die Männer über einen längeren Zeitraum ohne Anwalt festgehalten worden waren, und Untersuchungen über die genauen Umstände der Festnahmen anordnen.

Es war klar, dass Petersons Leute die Penner aus dem Mid-Manhattan nicht ignorieren konnten, aber andererseits mussten wir auch an die rechtlichen Konsequenzen denken. Und zwar bevor es zu spät war. Denn der Nutzen und die Verwertbarkeit jeder einzelnen Information, die uns diese Männer geben konnten, hingen ganz stark davon ab, unter welchen Umständen wir an diese Informationen kamen.

Ich wagte einen erneuten Vorstoß. »Was passiert nach der Befragung mit den Männern?«

»Sie sind unsere *Gäste*, Miss Cooper. Verstehen Sie das?« fuhr McGraw mich an. »Sie kommen in den Genuss der einzigartigen Gastfreundschaft dieses Reviers – sie bleiben heute Nacht und so lange sie wollen. Bevor sie mich also bei Ihrem Boss anschwärzen, sollten Sie sich die Situation noch mal gut ansehen.«

Peterson zuckte mit den Achseln. McGraw forderte mich mit einer aufgebrachten Geste auf, ihm in den Einsatzraum zu folgen. »Die Tür steht sperrangelweit offen. Sehen Sie das? Diese Herren können auf der Bank oder auf dem Boden schlafen, ganz wie es ihnen beliebt. Sie haben hier bessere Mahlzeiten verspeist, als sie seit Jahren gesehen haben. Stimmt's, Scrubs?«

Ein fahl aussehender, kahlköpfiger Alter mit schorfbedeckten Armen schaute McGraw von seinem Hocker aus an.

»Dieser hier heißt Scrubs. An seinen richtigen Namen kann er sich nicht mehr erinnern. Als er vor viereinhalb Jahren aus der Stuyvesant-Psychiatrie entlassen wurde, hatte er kein Zuhause mehr. Also hat er das Krankenhaus nie verlassen. Unten in der Tiefgarage steht sein Einkaufswagen: vollgepackt mit grünen Arztkitteln und ähnlichem Zeug. Er klaut – ausleihen nennt er es – OP-Kittel aus der Wäschekammer und verkauft sie an andere Penner. Hast du Hunger, Scrubs?«

»Nein, Sir.«

»Hast du heute von meinen Jungs was Anständiges zu beißen bekommen?«

»Ja, Sir, Chief. Zwei Stück Kuchen und 'n Salamisandwich. Und fünf Cola.«

»Erzähl der Dame, was du heute sonst noch so gemacht hast.«

»Fernsehen geguckt. Zeichentrickfilme und Wrestling, und außerdem hab' ich ein Bild von der Frau Doktor gesehen, die sie drüben abgemurckst haben.«

»Haben Sie sie gekannt?«

»Hab' sie zum ersten Mal in der Glotze gesehen.«

»Wo willst du heute Nacht schlafen, Scrubs?«

Ich hatte das unbestimmte Gefühl, dass man dem armen Kerl diese Frage schon einmal gestellt hatte – in einer Art Generalprobe, bevor er vor mir auftreten durfte.

»Ich bleib' gern hier, so lange ich darf.«

McGraw warf mir einen zufriedenen Blick zu. »*Das* sollten Sie Paul Battaglia erzählen. Ich hab' keine Lust, später irgend jemanden behaupten zu hören, ich würde mit diesen Bekloppten nicht fair umgehen. Ich setze mich dafür ein, dass es ihnen hier an nichts fehlt. Meine Männer haben entsprechende Anweisungen.«

Ich beschloß, mir die entscheidende Frage für Peterson aufzuheben. Nachdem McGraw abgerauscht war, fragte ich den Lieutenant: »Und was ist, wenn einer von ihnen heute Nacht gehen will? Ist es ihre freie Entscheidung?«

»Lassen Sie sie doch ein paar von den Jungs über Nacht mit nach Hause nehmen, Loo«, schaltete sich Chapman ein. »Sie hat ein weiches Herz, nicht wahr, Coop? Kochen kann sie ihnen zwar nichts, aber ich wette, sie würden morgen Früh von Kopf bis Fuß neu eingekleidet hier auf der Matte stehen.«

»Alex, Sie wissen ganz genau, dass ich keinen von ihnen gehen lassen kann. In den Obdachlosenasylen wollen sie nicht bleiben, und keiner von ihnen hat Angehörige mit festem Wohnsitz. Wir sehen die nie wieder. Wir haben von jedem von ihnen Fingerabdrücke genom...«

»Ihr habt *was*?«

»Alex, sie haben zugestimmt.«

»Diese Art von ›Zustimmung‹ würde vor Gericht nicht zehn Sekunden Bestand haben, das wissen Sie doch genau. Falls einer dieser Männer tatsächlich irgend etwas mit dem Mord an Gemma Dogen zu tun hat, können wir uns sämtliche Beweise ans Knie nageln.«

»Bei ein paar von ihnen, bei mindestens dreien, hat der

Computer Vollzugsbefehle ausgespuckt. Kleine Sachen – Schwarzfahren, Taschendiebstahl, unerlaubtes Betreten öffentlicher Flächen. Nichts in Zusammenhang mit Gewalt, aber doch genug, um sie in Gewahrsam zu behalten, bis die jeweiligen Verhandlungen stattfinden.«

Noch mehr Ärger. »Wißt ihr, ob an den schwebenden Verfahren Anwälte beteiligt sind?«

»Kein Problem, Alex. Wir haben die Namen erst gecheckt, nachdem wir die entsprechenden Fragen gestellt haben. Ich weiß, dass Sie unser Vorgehen nicht billigen können, aber wir haben unter den herrschenden Umständen keine andere Wahl.«

An diesem Abend würde ich das Problem nicht mehr lösen, aber das erste, was ich am nächsten Morgen tun wollte, war, mit Rod Squires zu sprechen. Als Leiter der Prozessabteilung war er McGraw schon mehrmals – und mit mehr Erfolg als ein Dutzend meiner Kollegen zusammengenommen – auf die Füße gestiegen.

Ich steckte meine Notizblöcke in die Mappe und setzte mich zu Mercer an den Tisch; beide warteten wir darauf, dass Chapman sein Telefongespräch beendete.

»Was haltet ihr von einem netten Abendessen?« erkundigte ich mich.

»Viel. Ich hab' Lust auf Chinesisch.«

»Shun Lee Palace?«

»Gute Idee, Cooper, der beste Chinese der Stadt.«

Chapman legte auf und verließ mit uns den Raum.

»Das könnte der Durchbruch sein, den wir brauchen. Das war 'ne Hellseherin, die eben angerufen hat. Sie hat in den Frühnachrichten vom Mord an Gemma Dogen gehört und seitdem jede Menge Eingebungen gehabt. Sie meinte, mit ein paar zusätzlichen Einzelheiten über die Tote könnte sie uns morgen Früh den Namen des Mörders nennen. Ja, du brauchst gar nicht die Augen zu verdrehen, Blondie, woher willst du wissen, dass es nicht *doch* funktioniert?«

»Was hast du ihr gesagt?«

»Dass sie mit uns essen gehen soll und wir die Sache dabei in Ruhe besprechen.«

»Mike, ich hab' wirklich keine Lust, den Abend mit…«

»Keine Panik, Cooper, verlier nicht schon am ersten Tag den Humor. Wohin gehen wir? Ich hab' ihr weder den Namen des Restaurants noch die Uhrzeit genannt. Ich hab' ihr gesagt, dass sie's schon erraten wird, wenn sie 'ne richtige Hellseherin ist. Komm schon, Mercer, nichts wie raus hier aus dem Laden.«

7

Das Restaurant an der fünfundfünfzigsten Straße war fast leer, als wir gegen elf ankamen. Patrick Chu begrüßte uns mit einem Bückling und führte uns an der Bar vorbei in einen großen Speisesaal mit kobaltblauen Wänden, die mit Laternen und antiken Porzellantellern geschmückt waren, was dem Ganzen eine für chinesische Lokale in Manhattan ungewöhnlich luxuriöse Atmosphäre verlieh.

»Schön, Sie zu sehen, Frau Staatsanwältin«, sagte Patrick, während er uns lächelnd die Speisekarten reichte.

Wir bestellten die Getränke und gaben Patrick die Karten postwendend zurück. »Süßsaure Suppe, Frühlingsröllchen, Shrimp-Dumplings, eine Peking-Ente und einen knusprigen Seebarsch«, bestellte Chapman, ohne eine Sekunde zu zögern. »Und wenn ich dann noch Hunger habe, bestellen wir nach. Habe ich etwas vergessen?«

»Keine Ahnung, worauf *du* Appetit hast, Alex, meinen Geschmack hat er jedenfalls getroffen«, sagte Mercer. »Wie geht's jetzt in unserem Fall weiter?«

»Zuallererst gehe ich morgen Früh in die Gerichtsmedizin. Warum holst du Alex nicht in ihrem Büro ab und kommst gegen Mittag mit ihr vorbei? Ich bin sicher, dass Kirschner uns bis dahin schon etwas sagen kann. Nachmittags übernehme ich ein paar Befragungen im Krankenhaus. Ihr könntet unterdessen in Dogens Wohnung vorbeischauen.«

Ich trug meine Idee vor, Maureen Forester als getarnte Patientin einzuschleusen. Chapman und Wallace sprangen sofort darauf an. Wir waren uns einig, dass – mit Petersons Erlaubnis – kein Mitarbeiter des Mid-Manhattan eingeweiht werden sollte.

Maureen und ich hatten in Dutzenden von Fällen zusammengearbeitet. Sie war die Tochter eines der ersten schwarzen Detectives des NYPD; ihre zierliche Figur und ihr hübsches Gesicht täuschten nur allzu leicht über die Entschlossenheit hinweg, mit der sie bei ihrer Arbeit vorging. Battaglia hatte vier Jahre zuvor höchstpersönlich beim Chief of Detectives eine Petition eingereicht, damit sie in besonders heiklen Fällen für seine Einheit arbeiten konnte. Oft war ich die Glückliche, die in den Genuss ihrer Fähigkeiten kam, und unsere Freundschaft hatte über alle gemeinsamen Fälle hinaus Bestand.

»Und wie bekommen wir sie rein?« fragte Wallace.

»David Mitchell.« Mein enger Freund und Nachbar war einer der bekanntesten Psychiater der Stadt. »Ich rufe ihn gleich morgen Früh an. Migräneartige Kopfschmerzen, doppelte Sicht, Gedächtnislücken – wenn er sie zur Beobachtung einweist, bekommt sie noch am selben Tag ein Bett im Mid-Manhattan.«

»Weiß Mo schon Bescheid?«

»Ich dachte, du könntest es ihr sagen, Mercer. Ich kann mir nicht vorstellen, dass sie ablehnt. Wahrscheinlich gefällt ihr der Gedanke, mal für eine Woche ihre Rasselbande zu verlassen und sich das Essen an Bett bringen zu lassen. Ihr Mann schluckt's besser, wenn der Vorschlag von dir statt von mir kommt, was meinst du?«

»Wird gemacht. Aber dir ist doch klar, dass keiner von uns sie besuchen darf, oder? Wir sind dort schon als Ermittler bekannt.«

»Klar. Und wenn Charles nicht mitspielt, verheiraten wir sie mit einem anderen Detective und teilen ihr Sarah und ein paar andere als treu sorgende Freunde zu. Ich denke, wir sollten sie verkabeln und eine versteckte Kamera in ihrem Zimmer installieren, so dass wir alles überwachen können, während sie schläft. Im Mid-Manhattan ist nachts viel zu viel Gesindel unterwegs, um sie unbeobachtet zu lassen.«

An kalten, feuchten Abenden, an denen ich so müde war wie an diesem, hatte ich unbändige Lust auf heiße Suppe. Der Ober setzte eine dampfende Schale vor mir ab, und nach meinem Dewar's bestellte ich ein Tsingtao-Bier. Die Wärme der dicklichen Brühe tat mir gut, und ihr pikanter Geschmack verscheuchte die Müdigkeit.

Ich zog mich aus der Unterhaltung der beiden Detectives zurück. Wer vermisst heute Abend Gemma Dogen, fragte ich mich. Wieder einmal rief ich mir in Erinnerung, welches Glück ich mit meinen Freunden und meiner Familie hatte – und insgeheim erhob ich mein Glas auf Mike und Mercer, die im Lauf der Jahre zu meinen guten Freunden geworden waren.

Ich hatte Mike fast zehn Jahre zuvor als Anfängerin in Paul Battaglias Abteilung kennen gelernt. Dank meines wohlhabenden Elternhauses war ich in den Genuss einer erstklassigen Ausbildung am Wellesley College und an der University of Virginia School of Law gekommen. Aber meine Eltern hatten in mir nichtsdestotrotz die Neigung gefördert, der Öffentlichkeit zu dienen. So kam ich zu meinem Job als Staatsanwältin. Nachdem ich die Prozessabteilung durchlaufen hatte, landete ich aufgrund meiner jugendlichen Unbekümmertheit und Paul Battaglias untrüglichem Instinkt in der neu gegründeten Abteilung zur Verfolgung von Sexualstraftaten. Diese herausfordernde Aufgabe und die Befriedigung, die es mir verschaffte, die Opfer durch den gesamten Prozess hindurch zu begleiten und dabei sehr viel größere Erfolge zu erzielen als im Strafjustizsystem üblich war, hatten zur Folge, dass ich viele Jahre länger als ursprünglich geplant in dem Job blieb.

Chapmans Hintergrund war das genaue Gegenteil von meinem. Sein Vater, Nachfahre irischer Einwanderer, hatte bei einem Besuch in Cork, der Heimat seiner Vorfahren, seine Frau kennen gelernt und sie in die Staaten geholt. Brian Chapman hatte sechsundzwanzig Jahre lang als Polizist für das NYPD gearbeitet und war zwei Tage nach seiner Pensionierung einer Herzattacke erlegen. Mike und seine drei älteren Schwestern waren in Yorkville, einer Arbeitersiedlung in Manhattan, aufgewachsen, in der man im Gegensatz zu den schicken Restaurants und koreanischen Schönheitssalons des südlich angrenzenden Viertels Lenox Hill einfache Eckkneipen und deutsche Metzgereien antraf.

Mike hatte sein Junior-College-Jahr in Fordham verbracht – dank eines günstigen Studentendarlehens, das er nach dem Tod seines Vaters zusätzlich zu seinen diversen Kellnerjobs aufgenommen hatte. Gleich nach dem Abschluss ging er auf die Polizeiakademie, fest entschlossen, in die Fußstapfen des Mannes zu treten, den er vergöttert hatte. Brian Chapman hatte quasi sein Leben in der Uniform verbracht und war durch Spanish Harlem patrouilliert, wo er jeden Ladenbesitzer, jedes Schulkind und jedes Bandenmitglied sowohl mit richtigem als auch mit Decknamen kannte. Mike hatte gleich als Anfänger einen großen Erfolg gefeiert: In seinem ersten Jahr bei der Polizei hatte er das mit einer Drogengeschichte in Verbindung stehende Massaker an einer kolumbianischen Familie in Washington Heights aufgeklärt – mit Hilfe von Informanten, die er durch seinen Vater von der Straße kannte. Acht Monate nachdem Mike ein schwangeres Mädchen, das sich von der George Washington Brücke gestürzt hatte, aus dem aufgewühlten Wasser gefischt hatte, wurde er vorzeitig in den gehobenen Dienst befördert.

Mit seinen fünfunddreißig Jahren war Mike ein hoffnungsloser Single; er lebte in einem winzigen Ein-Zimmer-Apartment, das er seinen »Sarg« nannte. Er und Mercer Wallace hatten bei der Mordkommission zusammengearbeitet, bevor Wallace zum Special Victims Squad berufen wurde, wo er die meisten aufsehenerregenden Vergewaltigungsfälle von Manhattan übernahm.

Mercer war mit seinen neununddreißig fast fünf Jahre älter als ich. Die Mutter war bei seiner Geburt gestorben, und sein Vater hatte ihn allein in einer Mittelklasse-Wohngegend von Queens großgezogen. Spencer Wallace, der als Mechaniker für Delta auf dem La Guardia-Flughafen arbeitete, ließ keine Gelegenheit aus, um seinen Sohn daran zu erinnern, dass es ihm fast das Herz gebrochen hätte, als sein Junge das Football-Stipendium an der University of Michigan abgelehnt hatte, um zur Polizei zu gehen.

In allen Abteilungen, in denen Mercer gearbeitet hatte, war er für seine akribischen Ermittlungen bekannt. Seine kurze erste Ehe mit einer Boutique-Besitzerin seines Heimatviertels endete mit Scheidung. Er behauptete, sie habe seinen Beruf mit den unregelmäßigen und ausgedehnten Arbeitszeiten und Nachtschichten niemals verstanden. Seine zweite Ehe mit einer Polizistin scheiterte ebenfalls – aus Gründen, die sie ihm nie mitgeteilt hatte. Und so war Mercer auf der Suche nach einer Frau, die ihm einerseits seine Freiheit ließ, aber andererseits dreimal täglich eine anständige Mahlzeit auf den Tisch brachte.

Meine Eltern lebten beide noch, erfreuten sich bester Gesundheit und genossen ihre Tage auf einer wunderschönen Insel in der Karibik. Plötzlich mit einem Krankenhaus als Tatort eines Mordes konfrontiert zu sein, war für mich äußerst ungewöhnlich, denn ich hatte mich unter Ärzten, die in ihren weißen Kitteln Leben retteten, bislang immer sehr wohl und sicher gefühlt.

Mein Vater, Benjamin Cooper, war Kardiologe und gemeinsam mit einem Kollegen Erfinder eines Röhrchens, das die Operation am offenen Herzen revolutioniert hatte. Es wurde seit fünfzehn Jahren bei beinahe jeder Herzoperation eingesetzt, und ich war mir sehr wohl der Tatsache bewusst, dass ich diesem winzigen Kunststoffteil meinen Lebensstil verdankte.

Anders als bei vielen meiner Freunde sind meine Kindheitserinnerungen nicht mit köstlichen Küchendüften verbunden; meine einprägsamste olfaktorische Erinnerung ist die an den strengen Geruch von Äther, der meinen Vater umschwebte, wenn er sich nach einem langen Tag im Operationssaal spätabends über mein Bett beugte, um mir einen Gutenachtkuss zu geben. Das war noch in der Zeit, bevor man in der Anästhesie moderne Mittel einsetzte, aber ich liebte den abstoßenden Äthergestank, weil er die allabendliche Heimkehr meines geliebten und viel beschäftigten Vaters signalisierte.

Wenn mein Vater es ausnahmsweise einmal schaffte, rechtzeitig zum gemeinsamen Abendessen mit der Familie zu Hause zu sein, drehte sich das Gespräch nur um medizinische Themen. Meine Mutter war als ausgebildete Krankenschwester eine adäquate Gesprächspartnerin, und so bekamen meine Brüder und ich während der Mahlzeiten eine Menge medizinischer Details mit. Oft durfte ich an den Wochenenden meinen Vater in sein Büro im Krankenhaus begleiten, und auf diese Weise war ich schon früh mit den Gerüchen und Details einer Klinik vertraut.

»Sieh mal, wie der Junge mit der Machete umgeht«, stieß mich Mike an.

Ich beendete meinen Tagtraum und tauchte wieder in die Unterhaltung mit Chapman und Wallace ein, während der Kellner mit beeindruckender Geschwindigkeit und Präzision den Brustkorb der Ente zerteilte; die zarten Fleischstückchen stopfte er in hauchdünne Pfannkuchen, die bereits mit Schalotten und Hoisin-Sauce gefüllt waren.

»So was hab' ich noch nie gesehen, Mercer, du etwa? Ich meine, ich hatte schon 'ne Menge Latinos, die sich gegenseitig mit Macheten niedergemacht haben, aber 'ne Machete zum Tranchieren einer Peking-Ente ist mir neu. Der Junge ist wirklich gut.« Mike biss herzhaft in seinen gefüllten Pfannkuchen, ohne abzuwarten, bis Mercer und ich unsere Portionen auf dem Teller hatten.

»Was gibt's Neues aus Ihrem Liebesleben, Miss Cooper? Irgend etwas, das uns interessieren könnte?« erkundigte sich Mercer.

»Ich warte noch auf die Frühlingsgefühle.«

»Ich geb' ihr noch ein paar Monate, bevor ich sie im Kloster anmelde. Sie wäre 'ne tolle Nonne, findest du nicht auch, Mercer? Die kleinen Klosterschüler würden dich bestimmt an mich und McGraw erinnern, was, Blondie? Stell dir nur vor, wieviel Spaß es dir machen würde, ihnen mit dem Lineal den Hintern zu versohlen. Dann bräuchtest du dir keine Sorgen mehr um irgendwelche Ermittlungen zu machen, und außerdem wärst du nicht mehr traurig, wenn dich am Samstagabend niemand anruft. Oscar de la Renta würde bestimmt 'ne schicke Tracht für dich kreieren, und…«

»Lach nicht, Mercer, sonst hört der Quatschkopf gar nicht mehr auf. Was ist eigentlich mit dir und Francine?«

Seit einiger Zeit traf sich Wallace mit Francine Johnson, einer meiner Kolleginnen aus der Spezialabteilung für Drogendelikte.

»Läuft prima, Coop, wirklich prima. Wenn ich nicht wieder Mist baue, wirst du Brautjungfer, einverstanden?«

Mike war eifrig bemüht, das Thema zu wechseln, bevor *sein* Privatleben an die Reihe kam. »Was weißt du über Neurochirurgie? Wir müssen herausfinden, was Dr. Dogen genau gemacht hat und was ihre Aufgaben waren, damit wir Bescheid wissen, bevor wir mit den anderen Ärzten sprechen. Dabei müssen wir ihre unterschiedlichen Rollen im Krankenhaus und in der Uni sehr genau trennen.«

»Mit wem sprichst du morgen nach der Autopsie zuerst?« fragte ich.

»William Dietrich, der Leiter des Krankenhauses, der mich heute rumgeführt hat, hat die ersten Vernehmungen organisiert. Die meisten Informationen habe ich bisher von ihm. Dann treffe ich mich mit Spector – dem Knaben, dessen Operation Gemma Dogen beiwohnen sollte.«

»Neurochirurgen neigen im allgemeinen dazu, sich als Crème de la Crème des Berufsstandes zu betrachten«, begann ich. »Als Gehirnspezialist genießt man ein ganz besonders hohes Ansehen – außerdem gehören die Jungs innerhalb der Medizin zu den bestbezahlten Ärzten.«

»Nach Spector sind noch ein paar andere Professoren dran und danach Studenten und Praktikanten. Dietrich will, dass ich auch mit den beiden spreche, die als Hilfsoperateure eingesprungen sind, nachdem Dogen nicht auftauchte.«

Er schlug seinen Block auf und ließ seinen linken Zeigefinger über die langen Namenslisten gleiten, während er mit den Stäbchen in seiner Rechten den Seebarsch bearbeitete. »Ah, hier haben wir sie. Ein Pakistani und einer von den feinen Pinkeln mit zwei Nachnamen. Ich schwöre dir, dass jeder zweite Arzt auf meiner Liste 'nen Turban trägt.«

»Wann wirst du endlich mit deinen diskriminierenden Kommentaren aufhören?« Mikes ethnische Verunglimpfungen störten unsere Unterhaltungen immer wieder.

»Reg dich nicht auf, Coop. Du weißt doch, dass ich für Chancengleichheit bin. Der andere Knabe heißt Coleman Harper – ist das nicht einer der feinen Namen, die du gefressen hast? Ist wahrscheinlich nach der Urgroßmutter väterlicherseits benannt.«

»Mein Liebling ist der Orthopädiechirurg, dessen Büro neben dem von Gemma Dogen liegt«, schaltete sich Mercer ein. »Ein ziemlich junger Bursche mit schwarz glänzendem Haar und dem falschesten Grinsen, das ich jemals gesehen habe. Ist er euch schon über den Weg gelaufen? Hält sich für den Schönsten. Ich wette, das einzige, worüber der sich Sorgen macht, ist, ob die Blutflecken aus Dogens Büro verschwinden, so dass er dorthin umziehen kann. Dann ist er ein Zimmer näher am Dekan. Wirklich sehr ehrgeizig, der junge Mann.«

Unterdessen hatte ich Patrick meine American Express Karte zugeschoben und ihn gebeten, alles, was die Jungs noch konsumierten, auf meine Rechnung zu setzen und zwanzig Prozent Trinkgeld zu addieren.

»Bis morgen«, sagte ich und stand auf.

»Kein Absacker mehr heute?«

»Nein, danke, ich bin reif fürs Bett.«

»Vergiss aber deinen Glückskeks nicht. Hey, Patrick, geben Sie Miss Cooper aber bitte einen guten.«

»Im Shun Lee gibt's nur gute Glückskekse, Mr. Mike. Keine schlechten Prophezeiungen.«

Ich entfernte das Zellophanpapier, brach den knusprigen Keks in der Mitte durch und zog das Papierröllchen heraus, das mir mein Schicksal verriet. »Danke Mike, genau das, was ich gebraucht habe: ›Die Dinge verschlechtern sich, bevor sie besser werden. Haben Sie Geduld.‹« Na prima.

»Soll ich dich zum Wagen bringen?« erbot sich Mercer.

»Danke, geht schon. Er steht gleich vor der Tür.«

»Ich hol' dich morgen gegen Mittag in deinem Büro ab. Bis dann, Ciao.«

Ich teilte dem Nachtwächter in der Parkgarage mit, dass ich meinen Wagen am nächsten Morgen nicht brauchte, und stieg die Stufen von der Tiefgarage in die Lobby des Apartmentgebäudes hoch. Einer der Pförtner reichte mir den großen Plastiksack mit den Klamotten aus der Reinigung und einen Stapel Zeitschriften, die zu sperrig für den Briefkasten gewesen waren. Ich klemmte meine Mappe unter den Arm, um den Packen Papier zu balancieren, und nahm mit der Linken die schwer beladenen Kleiderbügel im Empfang, bemüht, mir davon nicht die Finger zerquetschen zu lassen. Dann drückte ich den Knopf für den zwanzigsten Stock.

Nachdem ich beide Türschlösser geöffnet und die Tür aufgestoßen hatte, fiel mein Blick in der Diele auf ein Blatt Papier, das mir David Mitchell unter der Tür durchgeschoben hatte.

Ich entledigte mich meiner Lasten, hob die Nachricht auf und las. »Habe das Wetter satt und fliege übers Wochenende auf die Bermudas. Kannst du dich um Prozac kümmern, oder soll ich ihn in die Hundepension geben? Ich ruf dich morgen im Büro an. Gruß, David.«

Das traf sich gar nicht schlecht: Ich hütete Zac, den Weimeraner, während sein Herrchen – höchstwahrscheinlich in Begleitung seiner neuesten Eroberung – am Strand ausspannte. Und im Gegenzug würde ich David bitten, Maureen ins Mid-Manhattan einzuweisen.

Während ich die Post durchsah, schlüpfte ich aus meinen Schuhen. Mode-, Einrichtungs- und Gartenmagazine machten wie immer zu Beginn des Frühlings den Löwenanteil der Post aus; die vier Bestellkataloge landeten umgehend beim Altpapier; die Rechnungen von diversen Geschäften und Restaurants legte ich auf die Anrichte; und die Postkarte von Nina nahm mit ins Schlafzimmer, wo ich aus meiner Strumpfhose stieg.

Während ich auf der Rückseite der von Winslow Homer gemalten Seelandschaft von Ninas Wochenende in Malibu las, überkam mich die Sehnsucht nach einem Plausch mit meiner besten Freundin. Wir hatten uns im College ein Zimmer geteilt, und obwohl uns drei Zeitzonen trennten, versuchten wir, täglich wenigstens eine kurze Nachricht in Form von Anrufen oder Kunstpostkarten, die wir beide sammelten, auszutauschen. Darauf teilten wir uns Gedanken und Erfahrungen mit. Vor Jahren hatte sie sich in gespieltem Ernst einmal darüber beklagt, dass mein Leben so viel interessanter sei als ihres. Wir berichteten uns gegenseitig von unseren Romanzen und Affairen, und sie war es, die mir im Jahr meines Juraexamens in meiner Trauer über meinen bei einem Verkehrsunfall ums Leben gekommenen Verlobten zur Seite gestanden hatte.

In letzter Zeit hatten mir die Nachrichten von ihren Wochenenden mit Jerry und ihrem Sohn in ihrem kalifornischen Strandhaus meinen Winter in New York noch trister und einsamer erscheinen lassen. Aber an diesem Abend, in der Euphorie, die die Aussicht auf einen neuen, spannenden Fall in mir ausgelöst hatte, wollte ich Nina wissen lassen, dass es mir gut ging.

Ich hörte die drei Nachrichten auf meinem Anrufbeantworter ab. Die Erste war von meinem Vater. Er hatte von seinem Haus auf St. Barth's aus angerufen, um mir mitzuteilen, dass ihm ein ehemaliger Kollege von dem Mord im Mid-Manhattan berichtet hatte und ich jederzeit auf seine Hilfe zählen könne. Die zweite Nachricht stammte von Nina; es war die Antwort auf meinen Rush-Hour-Anruf. Sie wollte Näheres über meinen Fall wissen. Die letzte Nachricht hatte Joan Stafford hinterlassen, die mich an die Dinner-Party am kommenden Samstag um acht erinnerte. »Und bitte keine so abwegigen Ausreden wie Mord oder ähnliches.«

Ich versuchte, mich zu entspannen und den Tag hinter mir zu lassen, und griff nach dem Buch von Trollope, das neben meinem Bett lag. Ich hatte *The Eustace Diamonds* am Wochenende in Angriff genommen und wusste, dass ich nur zehn, elf Seiten in dem herrlichen Krimi aus dem vorigen Jahrhundert lesen musste, bis meine Lider schwer wurden und ich das Licht löschte.

Ich hatte gehofft, Gemma Dogen für den Rest des abends aus meinen Gedanken verbannt zu haben, doch immer wieder kreiste in meinem Kopf die Frage, ob ihr Tod außer mir selbst noch jemandem den Schlaf raubte – sei es aus Trauer oder aus Schuld.

8

Don Imus entsprach vielleicht nicht jedermanns Traum vom Aufwachen, aber auf mich wirkte er Wunder.

Um sieben klingelte mein Wecker, und automatisch ging das Radio an. Imus verlas die Nachrichten; sie wurden eingeleitet von einer Kurzreportage über das Mid-Manhattan, in der, angefangen bei dem Mord bis hin zu den unterirdischen Bewohnern, nichts fehlte. »Scheint so, als wäre das Bates Motel dagegen harmlos«, bemerkte er und imitierte im nächsten Augenblick einen Patienten der Stuyvesant-Psychiatrie, der die Hörer auf einem Rundgang durch die Klinik begleitete. Nur widerwillig schaltete ich das Radio aus, als ich das Schlafzimmer verließ, und hoffte inständig, dass Imus und seine Redakteure, die im Prozess gegen Simpson besser als die gesamte Presse des Landes berichtet hatten, dem Täter nicht vor uns auf die Spur kamen.

Ich schlüpfte in meinen schwarzen Mantel, trat wenig später in die Kälte hinaus und winkte ein Taxi herbei. Da der Fahrer den Weg nach Lower Manhattan zum Gerichtsgebäude kannte, konnte ich mich meiner *Times* widmen.

Der Mord an Gemma Dogen nahm die Titelseite ein und wurde nicht im Lokalteil abgehandelt. Zum Teil hing das sicher mit der Bekanntheit ihrer Person zusammen, ausschlaggebend war aber wohl die Tatsache, dass sich der Mord in einem Krankenhaus abgespielt hatte. Die Leser der *Times* waren in der Regel sowohl räumlich als auch geistig ein gutes Stück entfernt von den Wohnvierteln, in denen die meisten Morde geschahen – weit entfernt von jener Umgebung, in der Gewalt, Bandenkrimininalität und Mord an der Tagesordnung waren. Aber kaum trug sich ein derartiges Verbrechen in einem Milieu zu, das auch »wir« frequentierten – etwa in einem großen Krankenhaus, im Central Park oder in der Metropolitan Opera –, bekam der Tod eine andere Dimension. Und das bedeutete einen Platz auf der Titelseite, und zwar ganz ganz oben.

Ich las den Bericht sehr aufmerksam, um zu sehen, wie akkurat die Fakten wiedergegeben wurden und ob jemand aus dem NYPD etwas ausgeplaudert hatte. Letzteres schien nicht der Fall zu sein; niemand hatte sich dazu hinreißen lassen, die Namen möglicher Verdächtiger – auch nicht die unserer acht »Reviergäste« – oder sonstige interne Informationen preiszugeben.

Nachdem ich die Kommentare, die Bücherrezensionen und die Donnerstagsbeilage über eine bevorstehende Versteigerung antiker Stickereien studiert hatte, hielt mein wortkarger Fahrer vor dem Gebäude 100 Center Street, öffnete die Kunststoffkassette und kassierte seine vierzehn Dollar und dreißig Cent.

»Wie immer?« fragte mich der Mann hinter dem ambulanten Kaffeestand.

»Heute das Ganze zweimal, bitte. Geben Sie mir zwei große schwarze Kaffee.«

Die meisten Kollegen kamen erst nach neun, aber vereinzelt trudelten bereits einige Anwälte aus allen möglichen Richtungen ein, da in den Straßen rund um das Gerichtsgebäude verschiedene U-Bahn- und Bus-Strecken ihre Haltestellen hatten.

Hinter mir betrat Johanna Epstein den Aufzug. Sie war noch nicht lange in meiner Abteilung, bearbeitete aber ihre Fälle sehr energisch. »Haben Sie heute Zeit, um mit mir eine Anklageschrift durchzusehen? Es geht um den Fall, den ich am vergangenen Wochenende übernommen habe. Erinnern Sie sich an die Einzelheiten?«

»Der Einbruch in der East Ninth Street – das weibliche Opfer ist crackabhängig?«

»Genau.«

»Ist sie vor der Jury erschienen?« Ein anderer Drogenabhängiger, der wusste, dass die Frau aufgrund ihrer eigenen Abhängigkeit nichts mit der Polizei zu tun haben wollte, war in die Wohnung des Opfers eingedrungen. Aber die Rechnung des Täters war nicht aufgegangen; die Frau hatte Anzeige gegen ihn erstattet. Am Vortag hatte sie vor der Grand Jury ausgesagt, so dass wir Anklage erheben konnten.

»Ja, sie war sehr gut. Ich bin nur noch nicht sicher, ob wir den Typen der mehrfachen Vergewaltigung anklagen sollen. Ich meine, er ist über sie hergefallen, dann hat er sich aus der Küche ein Bier geholt, um sie anschließend noch mal zu vergewaltigen. Sind das einzelne Taten oder handelt es sich um *eine* Vergewaltigung?«

»Kommen Sie gegen elf mit Ihren Unterlagen vorbei, dann können wir in Ruhe über den Fall sprechen. Es ist nicht unbedingt klug, eine Anklage zu überfrachten, aber wenn es sich um unterschiedliche sexuelle Aktionen handelt, die von anderen Handlungen unterbrochen wurden, müssen Sie den Mann definitiv der mehrfachen Vergewaltigung anklagen.«

Sie stieg im sechsten Stock aus, während ich bis zum achten weiterfuhr. Mein Büro befand sich gegenüber von Battaglias Räumen, auf demselben Flur wie die Zimmer anderer führender Mitarbeiter der Prozessabteilung, die sich um die Tausenden von Straßenverbrechen kümmerten, die die Polizei Tag für Tag, Nacht für Nacht aufnahm.

Im winzigen Büro meiner Sekretärin, meinem Vorzimmer, schaltete ich das Licht an; dann schloss ich die Tür zu meinem Büro auf. Erfreut stellte ich fest, dass es in meinem Zimmer aufgeräumter als gewöhnlich aussah. Nur zu gut wusste ich, welche Unordung bald mit den unterschiedlichsten Berichten, Unterlagen, Akten, Diagrammen, Notizen und Zeitungsausschnitten einziehen würde, die das Hauptprodukt einer Ermittlung waren. Aber wenigstens am Morgen wollte ich zwischen den Stapeln von Papier das eine oder andere Eckchen der grünen Schreibunterlage erspähen, um das Gefühl zu haben, den Überblick zu bewahren und nichts zu übersehen.

Mein erster Anruf galt David Mitchell.

Er hatte bereits aus der Zeitung erfahren, dass ich im Mid-Manhattan-Mordfall ermittelte. »Ich hätte dich nie gebeten, dich um Zac zu kümmern, wenn ich das vorher gewusst hätte«, entschuldigte er sich. »Du hast jetzt wahrscheinlich Wichtigeres um die Ohren.«

»Ach, Unsinn. Ich freue mich jetzt schon auf Zacs abendliche Begrüßung. Außerdem wird's mir gut tun, am Wochenende mit ihr joggen zu gehen. Du weißt genau, dass ich ihre Gesellschaft sehr schätze. Falls ich nicht da bin, wenn du abreist, bring sie einfach zu mir rüber und lass deinen Schlüssel da.«

»Toll. Ich geh' morgen Früh noch mit ihr Gassi und bring sie dann rüber zu dir.«

»Kannst du mir vor deiner Abreise noch einen Gefallen tun?«

»Aber klar. Worum geht's denn?«

In knappen Worten berichtete ich, was im Krankenhaus vor sich ging und dass wir Maureen als stille Beobachterin einschleusen wollten – ohne das Wissen der dortigen Ärzte.

»Sollte kein Problem sein, sofern sie freie Betten haben. Und solange ich auf deine Unterstützung zählen kann, falls mir die AMA die Zulassung entziehen will …«

»Kein Problem. Der Police Commissioner muss das Ganze ohnehin absegnen, also handelst du sozusagen auf seine Anweisung hin und bist auf jeden Fall außen vor. Außerdem weiß ich, dass Betten frei sind. Zwei Obdachlose haben in den letzten vier Tagen Privatzimmer bewohnt. Jedenfalls gab's keine Beschwerden übers Essen.«

»Okay, Maureen soll mich anrufen; dann besprechen wir ihre Symptome. Anschließend rufe ich einen Neurologen an, der mir noch was schuldig ist …«

»Nein, David. Dogen war Neurochirurgin. Mo muss in *ihre* Abteilung.«

»Keine Sorge, das ist im Mid-Manhattan dieselbe Abteilung. Die erste Anlaufstelle ist in Maureens Fall ein Neurologe.«

»Kapier' ich nicht. Kannst du mir den Unterschied erklären?«

»Klar. Ein Neurologe ist der Arzt, der Struktur und Erkrankungen des Nervensystems studiert und heilt. Ein Neurochirurg wäre erst dann nötig, wenn Maureen auf der Bahre in den OP gerollt werden müsste.«

»Arbeiten Neurologen und Neurochirurgen zusammen?«

»Ja, aber ein Neurologe darf nicht operieren.«

»Dogen hat in erster Linie Gehirnoperationen durchgeführt.«

»Das habe ich in den Nachrufen gelesen. Vergiss nicht, Alex, dass das Gehirn, die Wirbelsäule und sogar das Auge

Teil des zentralen Nervensystems sind. Deshalb gibt es auf den Fachgebieten Psychiatrie, Augenheilkunde und Orthopädie auch so viele Überschneidungen. Keine Sorge, wir werden Mrs. Forester mit ausreichend vielen Wehwehchen und Ticks eindecken, um sämtliche Ärzte auf Trab zu halten, bis ich am Montag wieder da bin. Ist dir damit geholfen?«

»Ja, vielen Dank, David. Mercer setzt sich heute mit Mo in Verbindung, um sie für die Idee zu gewinnen, und sobald sie zugestimmt hat, wird sie sich bei dir melden. So, nachdem wir das Geschäftliche hinter uns gebracht haben, nun zum Privaten. Wer begleitet dich denn auf die Bermudas?«

»Ich stelle sie dir vor, sobald wir zurück sind. Ihr Name ist Renee Simmons – sie ist Sex-Therapeutin. Du wirst sie mögen.«

»Hört sich ja interessant an. War sie zufällig die schlanke Brünette, die dich am vergangenen Dienstag im Lumi an der Bar erwartet hat?« Beim Verlassen meines Lieblingsitalieners war mir in der vergangenen Woche David zu einer Verabredung über den Weg gelaufen.

»Genau das ist sie. Ihr beiden könnt wahrscheinlich jede Menge Informationen über die Gestörten dieser Stadt austauschen.«

»Ich freue mich darauf, sie kennen zu lernen. *Wir* beide sprechen uns heute bestimmt noch mal.«

Nachdem ich aufgelegt und die beiden geleerten Kaffeebecher in den Papierkorb geworfen hatte, kamen Marisa Bourgis und Catherine Dashfer in mein Büro geschneit. Beide waren schon lange in der Abteilung, und wir verstanden uns gut. Ebenso wie Sarah waren sie ein paar Jahre jünger als ich. Beide waren verheiratet und hatten ebenfalls jeweils ein Kind, und allen dreien gelang es erstaunlich gut, Privat- und Berufsleben unter einen Hut zu bekommen.

»Wird wohl nichts aus unserem gemeinsamen Mittagessen bei Forlini's«, bemerkte Marisa, während sie auf die Schlagzeile der Zeitung deutete, die auf meinem Schreibtisch lag.

»Der Einzige, aber nicht zu vernachlässigende Vorteil eines spektuakulären Falls: Blitzdiät mit Erfolgsgarantie.« Ein paar Bissen zwischen Tür und Angel, Flüssignahrung in Form von

Kaffee und Cola, ständig auf Achse, von einem Termin zum nächsten hetzen – und das über Wochen oder gar Monate hinweg. »Um am Ende, wenn ich dann wieder in dieselbe Größe wie vor zehn Jahren passe, werde ich mich mit einem netten Einkaufsbummel belohnen. Ist das etwa nichts?«

»Doch, ganz prima. Falls du bis dahin Unterstützung brauchst, könnten Marisa und ich Sarah dabei helfen, all das Liegengebliebene zu erledigen.«

»Tolles Angebot. Ich schau noch heute Vormittag meine Termine durch. Nächste Woche könntet ihr mir ein paar Befragungen abnehmen. Wenn wir natürlich übers Wochenende keine heiße Spur entdecken, macht die Sonderkommission allein weiter.«

Laura Wilkie, meine langjährige Sekretärin, warf einen kurzen Blick in mein Büro und teilte mir mit, dass Phil Weinberg mich sehen wollte, bevor er ins Gericht musste. Dringend.

Als Weinberg »der Winsler« in mein Büro geschlichen kam, verdrehten Marisa, Catherine und ich die Augen. Bei Phil war immer alles schrecklich kompliziert. Obwohl er ein guter und leidenschaftlicher Anwalt war, brauchte er während einer Verhandlung mehr Streicheleinheiten als die meisten Opfer.

Phil war nicht gerade erfreut, mich in Gesellschaft anzutreffen. Er wusste genau, dass wir uns den Mund über ihn zerreißen würden, sobald er den Raum wieder verlassen hatte, aber trotzdem trug er sein Anliegen vor.

»Sie werden es nicht glauben, was gestern Nachmittag mit einem meiner Geschworenen passiert ist.«

»Raus mit der Sprache.« Insbesondere über die Manhattaner Geschworenen gab es unzählige, nie enden wollende Geschichten.

»Wie Sie wissen, stecke ich gerade mitten in der Tuggs-Verhandlung.«

Sarah und ich hatten Phil am Montag und Dienstag abwechselnd im Gerichtssaal beobachtet. Das taten wir bei den jüngeren Mitarbeitern der Abteilung meistens, so dass wir ihnen im Nachhinein Tips zu einer besseren Vorgehensweise geben konnten.

Mir war der Fall bestens vertraut. Es ging um eine Vergewaltigung; das Opfer hatte nach einer Party die Einladung in die Wohnung des Angeklagten angenommen. Die dreiundzwanzigjährige Fotografin hatte glaubhaft geschildert, dass sie der Einladung von Ivan Tuggs ohne jeglichen sexuellen Absichten gefolgt sei.

Auch wenn unsere Abteilung in den letzten zehn Jahren Hunderte solcher Fälle verfolgt hatte, waren sie nicht einfach gelagert und machten immer wieder Schwierigkeiten. Daran war nicht das Gesetz schuld, sondern vielmehr die allgemeine Auffassung der Gesellschaft in Bezug auf diese Art von Verbrechen, was sich häufig im Verhalten von unsensiblen Geschworenen ausdrückte, die diese Taten nicht ernst genug nahmen.

Das größte Problem für eine Frau, die von einem Bekannten vergewaltigt worden war, war eine Verteidigung, die das Opfer als Lügnerin oder Spinnerin darstellte und argumentierte, das Verbrechen sei nie geschehen, und deshalb phantasiere sich die betroffene Frau die ganze Sache zusammen. Oder es sei »etwas« zwischen den beiden passiert, und die Frau wolle nicht wahrhaben, dass sie der sexuellen Handlung zugestimmt habe.

In einem solchem Fall kam es für die Staatsanwaltschaft auf verständnisvolle Geschworene an – auf intelligente Bürgern, die mit beiden Beinen im Leben standen, über einen gesunden Menschenverstand und eine Portion liberales Denken verfügten. So war die halbe Schlacht gewonnen. Doch ein bestimmter Schlag von Frauen, die bei der Beurteilung des Verhaltens anderer Frauen oft weitaus strengere Maßstäbe anlegten als so mancher Mann, waren in Vergewaltigungsfällen, bei denen sich Opfer und Täter nicht kannten, besser als Geschworene geeignet. Diese Erfahrung hatte ich unzählige Male gemacht, und ich hatte versucht, dieses Wissen innerhalb meiner Abteilung weiterzugeben.

»Sie haben doch die Geschworenen gesehen, Alex, nicht wahr?«

»Ja, warum?«

»Wie fanden Sie sie?«

»Mehr Frauen, als in einem solchen Fall von Nutzen sind,

aber Sie haben mir doch gesagt, dass Ihre Chancen trotzdem nicht schlecht stünden.«

»Ich schwöre es, Alex, es war eine reine Fraueninvasion, und ich konnte nichts dagegen unternehmen.«

Hör schon auf zu winseln, Phil, dachte ich. »Und wo ist das Problem?«

»Alles lief ganz gut. Im Verhandlungssaal war es allerdings so kalt, dass die Geschworenen die Richterin baten, die Heizung hochdrehen zu lassen, noch bevor der erste Polizist in den Zeugenstand trat. Eine Stunde später war es derart warm im Raum, dass uns allen der Schweiß auf der Stirn stand. Die Geschworene Nummer drei stand auf, entschuldigte sich kurz und zog vor sämtlichen Anwesenden ihren Pulli aus. Was trug sie darunter? Ein T-Shirt mit den Ausmaßen eines Zirkuszelts, auf dem in lila Buchstaben stand: Freiheit für Mike Tyson.«

Ich konnte mich gerade noch bemühen, mein Lachen zu unterdrücken, aber Marisa und Catherine platzten lauthals heraus.

»Das ist wirklich nicht lustig. Wann ist Tyson eingelocht worden? 1991. Das heißt, diese Frau konnte sich in einem halben Dutzend Jahren kein anderes T-Shirt als dieses verdammte Ding leisten und hatte keine andere Wahl, als ausgerechnet dieses anzuziehen – oder sie glaubt wirklich an den blöden Spruch. Falls letzteres zutrifft, sind wir aufgeschmissen.«

»Was hat die Richterin gesagt?« fragte Marisa.

»Nichts. Wir haben uns ziemlich verblüfft angeglotzt, aber …«

»Das heißt, Sie haben sie nicht aufgefordert, die Geschworenen zu überprüfen? Ich hab' doch noch Ihre Stimme im Ohr, Phil, als Sie die Geschworenen befragten, ob sie glaubten, dass die Tatsache, dass sich Opfer und Angeklagter kannten, das Verbrechen zu einer reinen Privatsache machen würde. Sie haben die richtigen Antworten bekommen. Außerdem haben Sie eine in solchen Angelegenheiten wirklich gute Richterin erwischt. Bitten Sie sie, dass sie der Geschworenen Nummer drei vor der Fortsetzung der Verhandlung ein paar Fragen stellt.«

»Sollte *ich* nicht derjenige sein, der ihr die Fragen stellt?«

»Eindeutig nicht. Wir besprechen jetzt gemeinsam die Fragen, Sie schreiben sie auf und geben Sie der Richterin. Das Letzte, was in unserem Interesse liegt, ist, dass bei den anderen Geschworenen der Eindruck entsteht, Sie würden auf einer von ihnen herumhacken. Wenn sie die Fragen übersteht und Geschworene bleibt, soll sie ruhig glauben, die Richterin hätte sich an ihrem lässigen T-Shirt gestoßen, nicht Sie. Sonst fiele ihr Urteil vielleicht entsprechend ungünstig für uns aus.«

Catherine erbot sich, gemeinsam mit Phil die richtigen Fragen zu formulieren, so dass ich an meine Arbeit gehen konnte.

Laura piepte mich an. »Mo hat angerufen, während Phil bei Ihnen war. Ich glaube, Sie können auf sie zählen. Seit dem Gespräch mit Mercer ist sie schon ganz aufgeregt.«

Ich griff nach meinem Block, warf einen Blick auf die Uhr und teilte Laura mit, dass ich hoch zu den Räumen der Grand Jury in den neunten Stock ginge, um offiziell die Aufnahme der Ermittlungen im Mordfall Gemma Dogen zu beantragen.

Bevor ich die ersten Gedanken an die Fragen verschwendete, wie und wann wir wohl den ersten Tatverdächtigen ausfindig machen würden, musste ich vor die dreiundzwanzigköpfige Grand Jury treten. Durch sie wird die Staatsanwaltschaft per Gesetz ermächtigt, in einer Strafermittlung Vorladungen zum Zwecke der Beweisaufnahme auszusprechen. Obwohl dieses System schon vor Jahren in der Hälfte aller amerikanischen Bundesstaaten abgeschafft worden war, galt es in New York immer noch. Hier lag es nicht in der Macht des Bezirksstaatsanwalts, Papiere auszustellen oder das Erscheinen eines Zeugen anzuordnen. Polizeiberichte und Autopsieergebnisse wurden telefonisch an mich weitergegeben, aber medizinische Daten, Aufzeichnungen von Telefongesprächen und Unterlagen, die möglicherweise als Beweise dienen konnten, liefen in einem Fall wie dem Mord an Gemma Dogen über die Grand Jury.

Die meisten Bürger wissen weder etwas über den Zweck noch die Funktionsweise dieser Einrichtung, die »Grand Jury« genannt wird, um sie von der zwölfköpfigen »Petit Jury« zu unterscheiden. Die Grand Jury leitet sich aus dem britischen Rechtssystem her und wurde geschaffen, um Staatsanwälte an die Kette zu nehmen, deren Ermittlungen politisch motiviert oder sachlich ungerechtfertigt sind, und ihre Funktionsweise unterscheidet sich komplett von der einer Geschworenen-Jury, die während einer Verhandlung auftritt. Die Grand Jury tagt unter Ausschluss der Öffentlichkeit. Der Angeklagte darf aussagen, auch wenn dieses Recht nur selten in Anspruch genommen wird; die Verteidigung darf keine Zeugen aufrufen, und die Zeugen der Staatsanwaltschaft müssen sich keinem Kreuzverhör unterziehen. Die Aufgabe der Grand Jury besteht darin, nach Sichtung der Beweislage zu entscheiden, ob Anklage erhoben wird, das heißt zu entscheiden, ob ausreichend Beweise vorliegen, um eine Verhandlung durchzuführen.

Im Warteraum wimmelte es vor Staatsanwälten und deren Zeugen. Die Ersteren warteten mit leuchtenden Augen begierig darauf, den ersten Schritt in Richtung einer Verhandlung zu tun. Denn genau aus diesem Grund drängten ja so viele junge Juristen in Abteilungen wie die Battaglias, und je mehr Verhandlungen sie gleichzeitig führten, desto glücklicher waren sie – wie Zirkusjongleure, die möglichst viele bunte Bälle gleichzeitig in der Luft halten wollten.

Die Stimmung der Zeugen war im Allgemeinen etwas gedämpfter. Es waren Leute, die niedergeschlagen oder -gestochen worden waren, denen man die Brieftasche oder den Wagen gestohlen hatte, die von einem Wildfremden oder der eigenen Sippe übers Ohr gehauen worden waren. Sie fühlten sich weder in ihrer Rolle als Opfer wohl, noch beglückte sie die Aussicht, sich nun in die Mühlen der Justiz zu begeben.

Nur zwei meiner zahlreichen wartenden Kollegen verliehen ihrem Unmut lautstark Ausdruck, als ich mich an den Verwaltungsangestellten wandte, der über die Abwicklung der Anträge in der richtigen Reihefolge wachte. Die Tatsache, dass ich einen brisanten Fall übernommen hatte, rechtfertigte, dass ich außer der Reihe vorgelassen wurde und mich über sämtliche in Sachen Einbrüche, Diebstähle und Drogengeschäfte anwesenden Staatsanwälte hinwegsetzte, auch wenn diese schon seit geraumer Zeit warteten.

»Reg dich nicht auf, Gene. Es dauert nur eine Minute, und ich bin ohne Zeugen da. Ich muss lediglich die Eröffnung der

Emittlungen beantragen, damit ich einige Vorladungen ausstellen kann. Keine Angst, geht wirklich ganz schnell.«

»Hör mal, Debbie hat unten in ihrem Büro 'ne Fünfjährige. Die Freundin ihres Vaters hat sie mit kochendem Wasser übergossen, weil sie nicht aufhören wollte zu weinen. Der Kleinen geht's wirklich nicht gut ...«

»Das hat natürlich Vorrang, keine Frage. Ich geh' danach rein.«

Als der Verwaltungsangestellte den nächsten aufrief, klingelte ich schnell Debbie an, damit sie das Mädchen zur Zeugenaussage vorbeibrachte. Das verängstigte Kind, dessen linke Kopfhälfte schlimm verbrüht war, klammerte sich an die Hand der Staatsanwältin, während sie an den wartenden Juristen, Polizisten und Zeugen vorbeiging. Vor der schweren Holztür machten die beiden halt, und Debbie beugte sich zu der Kleinen hinunter, um sich zu versichern, dass sie bereit zur Aussage war.

Das Mädchen nickte entschlossen, und Debbie öffnete die Tür und führte sie vorbei am Stenographen zum Zeugenstuhl im vorderen Teil des Raumes. Ich war diesen Weg im Lauf des vergangenen Jahrzehnts Hunderte von Malen gegangen – mit Frauen, Männern, Jugendlichen und Kindern. Unzählige Male hatte ich beobachtet, wie sich die Münder der dreiundzwanzig Juroren angesichts der Grausamkeiten, zu denen Menschen fähig waren, entsetzt öffneten. Ich erkannte die Bedeutung der Grand Jury an und respektierte ihre Macht. Aber andererseits wusste ich auch, wie ein manipulativer Staatsanwalt das zerbrechliche Gleichgewicht zu seinen Gunsten verschieben und ein unschuldiges Schinkensandwich anklagen konnte, wenn er es darauf anlegte.

Sechs Minuten später verließ das Kind den Raum wieder. Danach war der Vater an der Reihe, gefolgt von zwei Polizisten, die am Tatort erschienen waren und die Verhaftung vorgenommen hatten.

Debbie und der Stenograph kam zu uns in den Warteraum, so dass die Geschworenen sich beraten und abstimmen konnten. Schon nach wenigen Sekunden ertönte der Summton – das Zeichen, dass die Entscheidung gefallen war. Keiner, der das Kind gesehen hatte, konnte daran zweifeln, dass Anklage erhoben wurde – und tatsächlich beschuldigte man die Freundin des Vaters des versuchten Mordes.

Jetzt winkte mich der Verwaltungsbeamte in den Raum. Ich ging vor und legte meinen Block und das Strafgesetzbuch auf den dafür vorgesehenen Tisch.

»Guten Morgen, meine Damen und Herren. Mein Name ist Alexandra Cooper. Ich bin Staatsanwältin und möchte die Eröffnung der Ermittlungen im Mordfall Gemma Dogen beantragen.«

Der Groschen schien noch nicht gefallen zu sein. Ich musterte die Geschworenen, die mir gegenüber auf einer im Halbrund angeordneten Tribüne saßen, zwei Reihen à zehn Personen, und darüber nochmal drei: der Obmann, sein Vertreter und die Sekretärin. Normalerweise lag so früh am Morgen vor ihnen noch die Zeitung, und sie kauten an ihren Muffins und Bagels, die sie trotz der Hinweisschilder, dass der Verzehr von Speisen im Saal verboten sei, mitgebracht hatten.

»Ich kann noch keine Beweismittel vorlegen, aber das wird in Kürze der Fall sein. Ich möchte Ihnen ein Kennwort geben, mit dem ich den Fall bezeichnen werde, sobald ich das nächste Mal hier erscheine, und das wird sicher innerhalb Ihrer Geschworenenzeit sein. Da Ihnen so viele verschiedene Fälle zu Gehör gebracht werden, können Sie sich anhand des Kennworts besser daran erinnern. Es lautet ›Mid-Manhattan-Krankenhaus‹.«

Das war wohl eindeutig genug. Die Geschworenen strafften die Schultern und machten einen aufmerksameren Eindruck. Manche von ihnen unterrichteten ihren Nachbarn flüsternd davon, dass es sich bei meinem Fall wohl um den jener Ärztin handelte, von deren gewaltsamem Tod sie aus der Zeitung oder den Nachrichten erfahren hatten. Die braunen Papiertüten mit den Frühstücksresten wurden eiligst unter den Sitzen verstaut. Zwei Männer in der ersten Reihe musterten mich aufmerksam von Kopf bis Fuß und versuchten sich wohl vorzustellen, wie ich ihnen noch vor Ablauf des Monats den mutmaßlichen Mörder präsentieren würde.

»Ich möchte Sie ausdrücklich daran erinnern, dass Sie als

Geschworene die Medienberichterstattung im Fall Gemma Dogen nicht mitverfolgen dürfen.«

Lächerlich, schoss es mir bei meinen belehrenden Worten durch den Kopf. Jetzt, wo sie wussten, dass sie mit diesem Fall zu tun hatten, würden die meisten von ihnen erst recht von einer Nachrichtensendung zur nächsten schalten, um ja keine Einzelheit zu verpassen.

»Die einzigen Beweismittel, die Sie in diesem Fall zu Ihrer Entscheidungsfindung benutzen dürfen, sind die, mit denen Sie in diesem Raum konfrontiert werden. Presseberichte und Meinungen von Verwandten und Freunden dürfen keine Rolle spielen. Und selbstverständlich ist es Ihnen nicht erlaubt, untereinander über diesen Fall zu sprechen. Ich lasse die Vorladungen hier, damit der Obmann sie unterschreiben kann, und werde in der nächsten Woche wieder vor Ihnen erscheinen. Vielen Dank.« Wenn die Ermittler nicht in ein, zwei Tagen einen überraschenden Durchbruch landeten, würde ich die ersten Beweisstücke wohl erst dann präsentieren, wenn ein Verdächtiger gefunden war.

Zügig räumte ich für meine draußen wartenden Kollegen das Feld. »Kommst du heute Abend auf Brodericks Party?« fragte mich Gene, als ich an ihm vorbeieilte. Ein Kollege machte sich selbständig und feierte seinen Ausstand.

»Klar. Ich halte zwar um halb acht eine Vorlesung, aber ich schau danach noch mal kurz vorbei. Es sei denn, in meinem Fall tut sich etwas Unerwartetes.«

Kurz vor der Treppe traf ich auf Laura, die mir mitteilte, dass Battaglia mich sofort in seinem Büro sehen wollte.

»Hallo Rose, tolles Kostüm. Die Farbe steht Ihnen ausgezeichnet.«

»Guten Morgen, Alex. Danke für die Blumen. Warten Sie noch einen Augenblick; er telefoniert.«

Rose saß vor ihrem PC und bearbeitete die Tasten. Ich warf einen Blick auf die Berge von Korrespondenz, die sich auf ihrem Schreibtisch türmten, und versuchte dabei, nicht den »Covington« zu machen. Rod Squires machte sich des öfteren über unseren Kollegen Davy Covington lustig, der die verstohlene Lektüre von Battaglias Post zu einer Kunstform erhoben hatte. Dazu verwickelte er Rose in eine nette Unterhaltung und schielte mit einem Auge auf die Briefe, die zuoberst lagen. Battaglia hatte ihn mehr als einmal auf frischer Tat ertappt. Als Covington eines Tages die Ermittlungen wegen Betrugs gegen einen Kongressabgeordneten öffentlich ins Gerede gebracht hatte, bevor die Nachricht offiziell war, hatte ihn der Bezirksstaatsanwalt hochkant rausgeworfen. Die Versuchung, einen Blick zu riskieren, war zwar fast unwiderstehlich, aber die Aussicht auf eine drakonische Strafe war letztlich doch abscheckend genug.

Ich griff nach der aktuellen Ausgabe des *Law Journal* und überflog die Entscheidung, der die Schlagzeile galt. Da mir das Urteil des Berufungsgerichts bezüglich der Suche eines Polizisten nach einem verlorenen Koffer interessant erschien, machte ich mir eine Notiz, Laura zu bitten, diese Rechtsmeinung für meine Akten auszuschneiden.

Wenig später kündigte der vertraute Geruch der Monte Cristo No. 2 an, dass Battaglia mich im nächsten Augenblick in sein Büro rufen würde. Rod und ich waren ausgesprochen dankbar, dass Battaglia der unverkennbare Duft seiner Zigarre stets einige Sekunden vorauseilte – besonders dann, wenn Rod es sich mit den Füßen auf dem Schreibtisch bequem gemacht bzw. ich meine Schuhe unter meinem ausgezogen hatte.

»Gibt's Neuigkeiten, Alex? Kommen Sie rein.«

Er verfügte über die erstaunliche Gabe, vier Dinge gleichzeitig machen zu können. Er würde keines meiner Worte überhören oder vergessen, während er die Briefe überflog, die Rose ihm zur Unterschrift ausgedruckt hatte, und außerdem seine Telefonanlage mit den beiden Gesprächen in der Warteschleife im Auge behielt.

»Wenn Sie erst die beiden Gespräche annehmen wollen, Paul – kein Problem, ich kann warten.«

»Ach was, der Senator kann später noch mal anrufen. Das andere dauert nur noch 'ne Minute. Setzen Sie sich.«

Battaglia drückte den einen der beiden blinkenden Knöpfe und nahm das Gespräch wieder auf. »Sie ist jetzt da. Was willst du wissen?« Schweigen. »Warte.«

Er schaute mich an. »Was wissen Sie bereits über Dogens

Ex-Mann und ihre Familie?« Es folgten drei ähnliche Fragen, alle harmlos.

Ich gab ihm die Informationen, die ich hatte, und fragte mich, welcher Herausgeber wohl am anderen Ende der Leitung hing. Er beherrschte es meisterhaft, niemals zu viel Wissen herauszurücken und den Journalisten doch einige Informationsbrocken zuzuwerfen, die kurz darauf ohnehin in den Medien auftauchten. Er behielt im Gespräch die Oberhand und steuerte es nach Belieben. Eine Schmeichelei des Anrufers ließ auf seinem Gesicht ein breites Grinsen erscheinen, und auch ich musste lächeln. Battaglia hatte schmale Züge, eine ausgeprägte Adlernase und dickes, bereits ergrauendes Haar. Der Mann war im Umgang mit der Presse ein wahres Genie.

»So, das sollte denen fürs Erste genügen. Irgendwelche Spuren, von denen ich noch nichts weiß?«

Ich berichtete ihm vom Vorabend und davon, was ich den Tag über zu tun gedachte.

»Wissen Sie, die vom Krankenhaus sind nicht gerade begeistert über die Artikel, in denen die Sicherheitsmängel beschrieben werden.«

»Aber Paul, Sie müssen doch zugeben, dass ...«

»Versuchen Sie, diese Berichterstattung in Grenzen zu halten, Alex. Die Kranken flüchten aus der Klinik, als wäre die Lepra ausgebrochen. Das gilt nicht nur für das Mid-Manhattan – ich habe bereits Anrufe aus dem Columbia-Presbyterian und dem Mount Sinai bekommen. Man hat den Eindruck, es würde über die Grand Central Station oder die Bowery Mission geschrieben und nicht über ein Krankenhaus. Noch etwas: Eben war Pat McKinney bei mir und hat mir erzählt, Chief McGraw habe angerufen und sich über irgendwas aufgeregt, das Sie gestern Abend auf dem Revier ausgefressen haben.«

Ein Arschloch traf offenbar immer ein anderes. Und McKinney, einer meiner Supervisoren, hatte nichts Besseres zu tun, als zum Chef zu rennen und mich anzuschwärzen. Zähneknirschend schwieg ich, denn ich wusste, dass Battaglia nichts mehr hasste als Grabenkämpfe unter seinen Leuten.

»Wahrscheinlich haben Sie das Richtige getan, Alex. McGraw ist eine Landplage. Wir haben uns vor zwölf Jahren kennen gelernt, als er Manhattan-Süd unter sich hatte. Er war noch nie in der Lage, mit Frauen zusammenzuarbeiten. In dieser Hinsicht ist er ein richtiger Neandertaler. Lassen Sie sich nur nicht von ihm auf die Palme bringen.«

Er stand auf, ging zur Tür und beendete somit die Audienz. Die Zigarre zwischen den Zähnen, verabschiedete er mich mit breitem Grinsen. »Wenn er Ihnen das Leben schwer macht, richten Sie ihm viele Grüße von mir aus. Sagen Sie ihm, er soll seine Hosen hochziehen und Ihnen den Weg freimachen.«

Ich nahm die Telefonnotizen von Lauras Schreibtisch und blätterte sie durch, bis ich die gesuchte fand. David Mitchell hatte hinterlassen, dass er Maureen Forester an einen Neurologen überwiesen hatte. Aufgrund der Beschwerden, die sie gegenüber David angegeben hatte, würde sie am Freitagvormittag um zehn ins Mid-Manhattan eingewiesen. Dr. Mitchell hatte natürlich darauf bestanden, dass vor seiner Rückkehr Anfang der kommenden Woche keine weiterführenden Untersuchungen durchgeführt würden. Maureen stand also lediglich unter Beobachtung.

Ich rief Sarah an, um ihr die Neuigkeit mitzuteilen, und fragte sie, ob sie Mo am Freitagnachmittag besuchen konnte. Dann rief ich bei Bergdorf's Personal Shopping an und bestellte einen mokkafarbenen Morgenmantel, der am nächsten Tag mit einem Begleitschreiben in die neurologische Abteilung geliefert werden sollte: »Für unseren Wolf im Schafspelz – mach's gut, alles Liebe von Deinen Kollegen Mike, Mercer und Al.«

Nachdem ich aufgelegt hatte, betrat Gina Brickner, ausgerüstet mit ihren Notizen und einem Kassettenrecorder, den Raum. Sie schaute trübselig aus der Wäsche.

»Laura hat mir gesagt, du würdest gegen Mittag verschwinden. Aber bevor du weg bist, solltest du dir das hier anhören. Ich hab' eine Anklageschrift in der Party-Vergewaltigung an der Columbia University im letzten Monat erwirkt. Heute Morgen hab' ich die Aufzeichnung des Notrufs samt Niederschrift bekommen. Jessy Pointer, das Opfer, hat mir erzählt, sie habe an jenem Abend nur ein oder zwei Bier getrunken und sei absolut nüchtern gewesen, als sie die 911 wählte. Ich hab' mir das Band angehört, Alex, und sie war so sturzbesoffen, dass sie ununterbrochen gehickst hat.«

»Unglaublich.«

»Und es kommt noch schlimmer. Jedes Mal, wenn der Mann am anderen Ende nach ihrer Adresse fragt, weiß sie die Antwort nicht. Ihr fällt nicht einmal mehr der Name ihres Wohnheims ein. Und als er sie um eine Rückrufnummer bittet, für den Fall dass die Adresse, die sie schließlich angegeben hat, nicht richtig sei, nennt sie ihm eine sechsstellige Zahl, woraufhin die beiden darüber in Streit geraten, ob die Telefonnummern in der Stadt sechs oder sieben Stellen haben. Ich konnte kaum glauben, wie betrunken sie war.«

»Bestell sie für morgen her und lies ihr die Leviten. Spiel ihr das Band vor und mach ihr klar, dass sie nur eine einzige Chance hat – nämlich ihre Geschichte zu korrigieren. Und sag ihr, sie muss in der Verhandlung den Geschworenen mitteilen, dass sie in Bezug auf ihren Zustand nicht die Wahrheit gesagt hat. Ich werde nie verstehen, warum manche Frauen uns was vorlügen, wenn's um die Umstände geht, die zum Verbrechen geführt haben, und gleichzeitig erwarten, dass wir ihnen den Rest der Geschichte abnehmen. Wir sind schließlich da, um ihnen zu helfen – glauben die denn, wir wären so dumm, nicht herauszufinden, was wirklich passiert ist? Wenn sie will, dass wir ihren Fall durchfechten, müssen wir jetzt jede andere noch so kleine Einzelheit ihrer Geschichte nachprüfen.«

Nichts machte mich wütender als Opfer, die ihre eigene Glaubwürdigkeit beschädigten, indem sie versuchten, die Tatsachen zu verschleiern und ihre Rolle zu beschönigen. Und das Schlimme war, dass die wenigen, die das taten, nicht nur ihre eigene Glaubwürdigkeit reduzierten, sondern automatisch auch die aller anderen Opfer.

Als ich alle Rückrufe erledigt hatte, erschien auch schon Mercer, um mich abzuholen.

»Piepsen Sie mich an, Laura, falls Sie mich brauchen. Wir sind im Leichenschauhaus.«

9

Mercer manövrierte seinen Dienstwagen um die Baustelle auf der First Avenue herum, einen Block südlich von dem blaugrauen Gebäude, in dem sich das Büro des Gerichtsmediziners befand. Nachdem Mercer mich hatte aussteigen lassen und ich über einen Berg aus Eis und festgefrorenem Schneematsch auf den Gehweg geklettert war, stellte er das Auto an einer Parkuhr ab.

»Sieh dir nur den Idioten an«, bemerkte Mercer und deutete hinüber zur anderen Straßenseite auf Chapman. »Der Mann hat wohl noch nie was von 'nem Wintermantel gehört.«

Mike kam aus einem Supermarkt; bekleidet mit Blazer und Jeanshemd, dessen oberster Knopf offen stand, schien ihm die bittere Kälte nicht das Geringste auszumachen.

Ich winkte ihm zu, woraufhin er eine große Tüte hob und uns »Lunch« zurief. Mercer schaute mich kopfschüttelnd an. Niemand von uns war im Leichenschauhaus so zu Hause wie Chapman. Für ihn und seine Kollegen war es die normalste Sache der Welt, Autopsien beizuwohnen, wohingegen wir von der Sex Crimes Prosecution Unit das Glück hatten, es in den meisten Fällen mit Überlebenden zu tun zu haben – mit Verletzten zwar, aber solchen, die lebten und atmeten.

»Nicht durch den Haupteingang«, rief Chapman uns zu, als ich mich anschickte, die Treppe des Gebäudes zu betreten. »Kirschner ist noch unten im Keller.«

Ich hatte noch nie den Seiteneingang an der Dreiunddreißigsten Straße benutzt, also folgte ich Mike und Mercer um die Ecke bis zu der Parkbucht, in der Kranken- und Notarztwagen ihre toten Passagiere ablieferten. Ein Polizist prüfte unsere Dienstausweise und ließ uns eintreten. Auf der gewundenen Rampe gingen wir runter zu den Autopsiesälen.

Mike bemerkte, wie ich die grün getünchten Wände musterte; auf Hüfthöhe waren sie ziemlich ramponiert, an vielen

Stellen fehlte große Stücke des Putzes. Besonders schlimm sah es in der letzten Kurve am Ende der Rampe aus.

»Ich weiß schon, was du jetzt denkst. Am liebsten würdest du das ganze Ding neu streichen und hübsch dekorieren lassen. Vergiss es. Hier wird's nie anders aussehen, Blondie. Oben packen sie die Leichen auf Bahren und geben ihnen dann einen Schubs, so dass sie die Rampe runtersausen. Dabei lassen sich Kollisionen mit der Wand leider nicht vermeiden. Aber keine Sorge – die Patienten bekommen davon nichts mehr mit.«

»Ist er nicht ein sensibles Bürschchen«, murmelte Mercer.

Mike führte uns in ein kleines Besprechungszimmer am Ende des Korridors. Darin befanden sich ein drei Meter langer Tisch, ein Dutzend Stühle, eine Tafel und ringsum an den Wänden Schienen, an denen sich Röntgenbilder und Fotos befestigen ließen.

Noch bevor Mercer und ich unsere Mäntel ausziehen konnten, betrat Dr. Chet Kirschner den Raum.

Wir hatten im Lauf der vergangenen fünf Jahre, seitdem er vom Bürgermeister zum Chief Medical Examiner berufen worden war, bereits einige Male zusammengearbeitet, und ich schätzte ihn sowohl wegen seiner ruhigen, besonnenen Art als auch wegen seiner enormen Fachkenntnis. Chet war ein großer, spindeldürrer Mann mit dunklem Haar, einer ruhigen Stimme und einem verbindlichen Lächeln, das er allerdings während seiner Arbeit im Autopsiesaal nur selten zeigte.

Nach der Begrüßung setzten wir uns an den langen Tisch, und Mike förderte aus seiner Tüte Sandwiches und Erfrischungsgetränke zutage.

»Was ich Ihnen bis jetzt mitteilen kann, Alexandra, sind lediglich die allerersten Erkenntnisse. Es wird noch ein Weilchen dauern, bis wir die Laborergebnisse der toxikologischen und serologischen Proben bekommen. Beginnen wir also mit den allgemeinen Dingen.«

»Selbstverständlich.«

»Die vier Truthahn-Sandwiches sind Vollkorn mit Russischem Dressing. Wollt ihr?«

»Bitte nicht jetzt, Mike«, antwortete ich. Die sterile Umgebung, der Hauch von Formaldehyd in der Luft und die hässliche Aufgabe, die vor uns lag, verschlugen mir gründlich den Appetit.

Auch Mercer und Chet lehnten dankend ab. Mike packte sein üppig belegtes Sandwich aus und öffnete die Dose mit dem Root-Bier, während Dr. Kirschner einen Stapel Polaroid-Fotos auf dem Tisch ausbreitete; sie zeigten Gemma Dogens bluttriefenden Körper.

Er warf Mike, der sich zwischen den Sandwichbissen grinsend Chips in den Mund schob, einen kurzen Blick zu.

»Die Todesursache ist klar. Wie Sie ja bereits wissen, existieren zahlreiche Stichwunden – siebzehn, um genau zu sein. Einige von ihnen trafen lebenswichtige Organe; der tödliche Stich war wahrscheinlich der, der einen Lungenflügel kollabieren ließ. Auch der andere Lungenflügel wurde verletzt. Die meisten Stiche gingen ziemlich tief und verursachten innere Blutungen – intraabdominale und intrathorakale. Auf der Körpervorderseite haben wir einige oberflächliche Schnitte festgestellt, aber die meisten Stiche haben ihr Ziel nicht verfehlt. Sowohl am Rücken wie auch auf der Körpervorderseite sind Stichverletzungen zu finden. Es handelt sich ganz klar um ein brutales Gemetzel – weit mehr Stichwunden, als notwendig gewesen wären, um sie umzubringen.«

»Gibt es irgendwelche Anzeichen, dass sie sich gewehrt hat?« fragte Mercer.

Ich griff nach den Polaroidabzügen, um Kirschners Ausführungen nachzuvollziehen. Ich kannte Gemma Dogens Gesicht von den Fotos, die ich in ihrem Büro gesehen hatte – Fotos von Preisverleihungen und Auszeichnungen. Jetzt sah ich ihre Züge vor dem Hintergrund des Autopsietisches wieder – bleich, ausdruckslos, tot.

»Nein, überhaupt keine. Aber wenn Sie sich die Aufnahmen von ihren Handgelenken ansehen, werden Sie einige schwache Abdrücke erkennen. Auf den endgültigen Aufnahmen werden sie deutlicher zutage treten.«

Ich entdeckte die beiden Nahaufnahmen von Gemma Dogens Unterarmen und bemerkte die länglichen roten Verfärbungen.

»Sie war ganz offensichtlich gefesselt, und zwar bereits bevor sie niedergestochen wurde, nehme ich an. Darauf deutet auch der Mundknebel hin, den man am Tatort gefunden hat. Meiner Meinung nach hatte sie keinerlei Möglichkeiten, sich gegen die Messerstiche zu wehren. Die Fesseln waren möglicherweise aus demselben Material wie der Mundknebel. In Streifen gerissener Stoff, zu schmalen Bändern gedreht und um ihre Handgelenke gewickelt – auf diese Weise könnten die Striemen entstanden sein, die Sie hier sehen.«

Chapman nuckelte an seiner Limodose. »Haben Sie sich den Mundknebel ansehen können, Doc?«

»Im Augenblick wird er noch im Labor analysiert, aber ich habe ihn gesehen, als die Leiche eingeliefert wurde. Später kann ich Ihnen eine definitive Antwort geben, aber auf den ersten Blick sah das Material wie ganz normale, in lange Streifen geschnittene Krankenhauswäsche aus. Hätte aus jedem Krankenzimmer, aus jeder Wäschekammer, aus der Wäscherei oder von den Boten, die das Zeug verteilen, stammen können.«

»Notier das bitte für mich, Mercer. Ich nehme an, dass der Lieutenant auch jemanden von der Wäscherei befragen lässt, aber an die Botenleute, die dort den ganzen Tag ein und aus gehen, habe ich noch nicht gedacht.«

»Hör auf, Coop. Wäscherei, Küche, medizinische Versorgung, Blumen, Geschenkkörbe – die Liste ist endlos. Wir sprechen da über mindestens ein paar tausend Leute, die täglich ein und aus gehen.«

Chapman hatte sich die Hände abgewischt und schaute mir über die Schulter. Während ich die Abzüge langsam durchblätterte, deutete er auf die eine oder andere Wunde. »Wenn Sie mit ihrem jetzigen Wissensstand den Ablauf der Ereignisse rekonstruieren müssten, was wäre dann Ihrer Meinung nach passiert?«

»An diesem Punkt kann ich nur spekulieren, Mike, und das wissen Sie. Aber ganz unabhängig davon, wer der Täter ist – ob es mit einem Einbruch angefangen hat oder der Täter ein Herumtreiber auf der Suche nach einem Opfer ist –, er kam gut vorbereitet. Er hatte die Waffe bei sich, er hatte die Stoffstreifen, und wahrscheinlich stand seine Absicht von vornherein fest.

Ich gehe davon aus, dass Gemma Dogen vom Täter überrascht und sofort überwältigt worden ist. Die Frau war in ausgezeichneter körperlicher Verfassung; ihre Oberschenkel- und Wadenmuskulatur hätte von jemandem stammen können, der halb so alt ist wie sie. Tatsache ist, dass ihre Hände keinerlei Anzeichen von Gegenwehr aufweisen; offensichtlich hatte sie nicht die Möglichkeit, Widerstand zu leisten.«

»Zu welcher Uhrzeit könnte der Überfall stattgefunden haben?«

»Schwer zu sagen. Natürlich kennen wir den Todeszeitpunkt, denn sie starb erst, nachdem der Wachmann sie gefunden hatte. Jeder Arzt wird Ihnen sagen, dass man derartige Verletzungen gar nicht überleben kann. Ich bin sicher, dass sie nicht mehr bei Bewusstsein war, als der Täter auf sie einstach, und ich wette, dass er sie tot glaubte, als er sich aus dem Staub machte. Es grenzt schon fast an ein Wunder, dass sie überhaupt noch so lange übelebt hat – ganz gleich, ob es dreißig Minuten oder dreißig Stunden waren. Die kollabierte Lunge hat sofort ihre Funktion eingestellt, und die andere muss wie mit einem Leck gearbeitet haben. Mike hat mir berichtet, dass alle am Tatort Anwesenden angenommen haben, sie sei noch einmal kurz zu Bewusstsein gekommen und habe versucht, sich mit der letzten in ihrer Lunge verbliebenen Atemluft fortzubewegen. Das ist möglich.«

»Hätte sie denn noch genug Kraft gehabt, sich durch den Raum zur Tür zu schleppen?«

»Klinisch betrachtet, nein. Aber wir werden tagtäglich mit so vielen unglaublichen Dingen konfrontiert, die sich in Extremsituationen abspielen. Ich kann also nicht ausschließen, dass sich Gemma Dogen mit letzter Kraft in Richtung Tür geschleppt hat, um Hilfe zu rufen. Aber medizinisch betrachtet, gibt es keine Erklärung dafür, wirklich keine.«

»Chet, hat Mike Ihnen von dem … nun, von diesem Schnörkel berichtet, der neben der Leiche auf dem Boden gefunden wurde? Ich meine, in ihrem Blut.«

Mike stand immer noch hinter mir und zerzauste mein Haar, um die Unsinnigkeit meines Gedankens zu demonstrieren.

»Cooper glaubt, die Tote hätte versucht, uns etwas mitzuteilen.«

Kirschners Blick streifte mich; er nickte. »Ich nehme an, Sie haben entsprechende Fotos vom Tatort, die Sie mir zeigen können.«

»Ja. Bis heute Abend haben wir sie. Ich schicke sie Ihnen, Doc.«

»Darf ich?« Kirschner langte über den Tisch, um nach einigen der Autopsie-Aufnahmen zu greifen. Er hielt sie dicht vor die Augen, um die Details zu finden, die ihm auf die Sprünge helfen sollten. »Auf Ihren Aufnahmen wird es sicher besser zu sehen sein, aber das Muster in dem Blutfleck hier neben ihrem rechten Zeigefinger lässt tatsächlich Ihre Theorie plausibel erscheinen. Vergessen Sie nicht, dass es dort vor Blut nur so getrieft hat – auch ihre Arme und Hände waren blutüberströmt. Ich komme gleich darauf zurück, wenn wir darüber sprechen, warum der Täter ihr die Fesseln abgenommen hat. Aber hier an ihrem Finger sieht das Blut tatsächlich anders aus, sei es, weil sie sich durch eine Blutlache geschleppt hat oder weil sie den Finger mit Absicht in ihr Blut getaucht hat, um etwas zu schreiben – was ich allerdings noch nie erlebt habe. Ich würde gerne erst Ihre Bilder sehen, bevor ich mich in diesem Punkt festlege. Ich bin überrascht, Chapman, dass Sie so ein Zweifler sind. Hatten wir da vor ein paar Monaten nicht einen gemeinsamen Fall? Der Typ, dem man auf dem Bahnsteig in der U-Bahn sechsmal in den Rücken geschossen hat, der aber trotzdem noch in der Lage war, zwei Treppen hoch auf die Straße zu torkeln, wo er eine Telefonzelle fand und eine Nummer wählte? Erst dann fiel er tot um.«

»Ja, ›Lucky Louie‹ Barsky, der Kredithai. Er musste seiner Mutter unbedingt noch mitteilen, dass sie das Geld an sich nehmen sollte, das er im Schuhkarton mit der Aufschrift ›Größe 43, Schwarze Kroko-Slipper‹ auf dem dritten Regalbrett in seinem Kleiderschrank versteckt hatte. Er hatte Glück, dass er den Anruf noch machen konnte. Pech für seine Mutter allerdings, denn ich stand mit dem Durchsuchungsbefehl vor der Haustür, bevor sie die Trittleiter gefunden hatte. Doch, ich glaube sehr wohl an Wunder, Doc.«

Mercer kam wieder auf unseren aktuellen Fall zu sprechen. »Sie glauben also, die Fesseln wurden *nach* den Messerstichen abgenommen?«

»Am Tatort wurden keine Fesseln gefunden, ist das richtig? Nur der Mundknebel. Nachdem Gemma Dogen also ausgeschaltet war – ganz gleich, ob das mit den ersten Messerstichen oder danach war –, hat er ihr vermutlich die Fesseln abgenommen und ihren Körper auf den Boden gelegt.«

Mike hatte wieder am Tisch Platz genommen und schüttelte fassungslos den Kopf. »Er hat sie also vergewaltigt, während sie schon bewusstlos war und wie ein angestochenes Schwein blutete?« Er lehnte sich zurück, um seinen Oberkörper wieder nach vorne schnellen und seine Fäuste auf die Tischplatte herabsausen zu lassen. »Kann man sich vorstellen, dass ein Irrer beim Anblick einer blutüberströmten Leiche in Erregung gerät? Diesen Teil eurer Arbeit werde ich nie verstehen, Mercer, das schwöre ich. Wie bekommt ein Mann einen hoch, nachdem er den Körper einer Frau massakriert hat? Ich plädiere dafür, dass es für diese Art von Verbrechen eine eigene Art von Todesstrafe geben soll. Ich würde sie eigenhändig vollstrecken, verdammt noch mal.«

Kirschner schaltete sich mit ruhiger Stimme ein. »Mit dem, was ich jetzt sage, will ich das Verbrechen nicht beschönigen, Mike, aber vielleicht war euer Mörder ja gar nicht so erregt, wie er gehofft hatte zu sein. Wie Mike die Position der Leiche, die entfernte Unterwäsche und den hochgeschobenen Rock beschrieben hat, liegt es nahe, dass ein Sexualverbrechen beachsichtigt oder versucht worden ist. Aber es wurde nicht zu Ende geführt. Keinerlei Spuren von Sperma, weder in ihrer Vagina noch außerhalb. Kein Sperma. Ich habe die Vaginal- und die Analöffnung ausschaben lassen. Sie bekommen den Laborbericht, aber ich gehe davon aus, dass er negativ ist.«

Mercer zog eine Grimasse. »Denkst du das gleiche wie ich?« fragte er mich.

Auch ich war bestürzt. In den letzten Jahren hatten Mercer und ich uns daran gewöhnt, auf die DNS-Indizien und die verblüffenden Techniken in Sachen genetischer Fingerabdruck zu bauen, und mit dieser Methode immer mehr Fälle aufgeklärt.

Selbst wenn das Opfer – was meistens der Fall war – das Verbrechen überlebte und den Täter bei einer Gegenüberstellung identifizierte, konnte die Aussage des Opfers mit der DNS-Methode bestätigt werden, und dank der Zuverlässigkeit dieser Technolgie war die Erfolgsrate der Ankläger im ganzen Land in die Höhe geschnellt.

»Ich fürchte, ich habe mit Beweisstücken gerechnet, die wir nie bekommen werden«, bemerkte ich enttäuscht. »Ich bin ganz automatisch davon ausgegangen, dass wir irgendwo Sperma finden und einen genetischen Fingerabdruck erstellen lassen, den wir mit denen der Verdächtigen vergleichen können.«

»Das können wir uns jetzt wohl abschminken, Alex.«

»Besteht die Möglichkeit, dass er ein Kondom benutzt hat, Doc? Finden Sie vielleicht deshalb kein Sperma?«

»Ziemlich unwahrscheinlich, Mike. Ich meine, prinzipiell ist es natürlich möglich. Aber meistens hinterlassen Kondome im Körper der Opfer Substanzen, die wir während der Autopsie oder später im Labor aufspüren. Entweder Gleitmittel oder Spermizide.«

»Können Sie sagen, ob sie penetriert wurde?«

»Es liegt kein Trauma vor, weder ein vaginales noch ein anales. Aber das sagt nicht viel über eine mögliche vaginale Penetration aus.«

Mike hatte weniger Erfahrung mit Sexualverbrechen als Mercer und ich, also erläuterte ich ihm die Fakten, auf die sich Kirschner bezog. »Mehr als zwei Drittel aller vergewaltigten erwachsenen Frauen tragen kein Anzeichen eines physischen Traumas bzw. einer Verletzung davon. Jemand, der im normalen Leben Geschlechtsverkehr hat, weist nach einer Vergewaltigung meist keine inneren Verletzungen auf. Die Vagina ist ziemlich elastisch, und wenn Gemma Dogen nicht mehr bei Bewusstsein war, als der Täter sie penetrierte, ist es noch unwahrscheinlicher, dass er auf Widerstand gestoßen ist.«

Kirschner fuhr fort: »Was ich vor dem Hintergrund eines versuchten Sexualverbrechens jedoch noch ungewöhnlicher finde, ist die Tatsache, dass keinerlei andere Hinweise gefunden wurden. Wenn er versucht hätte, sie zu penetrieren, würde ich erwarten, zwischen ihren Schamhaaren auch einige von ihm zu finden.«

Das sorgfältige Durchkämmen der Schambehaarung des Opfers gehörte automatisch bei Vergewaltigungsfällen ebenso zur Beweisaufnahmen wie zur Autopsie.

»Bei einer Vergewaltigung ist der Körper des Opfers sozusagen der Tatort. Und in diesem Fall glaube ich sagen zu können, dass zu wenige Beweise vorliegen, die darauf hindeuten, dass der Angreifer tatsächlich ein Sexualverbrechen begangen hat.«

»Dann müssen wir jetzt herausfinden, was ihn gestoppt hat«, sagte Mercer. »Angefangen bei Geräuschen auf dem Flur, die ihn nervös gemacht haben, bis hin zum Verlust seiner Erektion. Vielleicht hat Mike ja recht. Wenn der Täter vorhatte, Gemma Dogen zu vergewaltigen, und mehr Kraft als geplant aufwenden musste, um sie ruhigzustellen, war er letztlich vielleicht so abgestoßen davon, dass seine Erektion nachließ.«

»Vergessen wir nicht«, fügte ich hinzu, »dass sich im und unter dem Krankenhaus jede Menge psychisch gestörter Typen rumtreiben. Einige von denen haben sicher Sexualstörungen; vielleicht hatte einer ja tatsächlich vor, Gemma Dogen zu vergewaltigen, konnte seinen Plan aber nicht in die Tat umsetzen. Okay, Jungs, wir sind jetzt nicht viel schlauer als am Anfang, oder?«

»Ich widerspreche Ihnen ja nicht gern, Alexandra, aber ich denke nicht, dass *ich* oder *mein* Labor Ihnen den Schlüssel zu Lösung liefern kann. Chapman wusste heute morgen vor seinem Besuch bei mir genauso viel über den Hintergrund von Gemma Dogens Tod wie jetzt. Was er aber nicht wusste, war, wo sich die Messerstiche genau befanden und welche inneren Verletzungen vorlagen. Das hat er erst erfahren, nachdem wir die Tote geöffnet haben. Tut mir leid, dass wir nicht mehr für Sie tun können, aber der Täter hat nicht die verräterischen Spuren hinterlassen, auf die wir alle gehofft haben. Wenn Sie ihn in näherer Zukunft finden«, bemerkte Kirschner an die beiden Polizisten gewandt, »werden sein Körper und seine Kleidung vermutlich mehr Aufschluss über die Tat liefern als die Tote. Ich habe keine Ahnung, ob sie ihn gebissen oder gekratzt hat, aber sicher hat er beim Verlassen ihres Büro ausgesehen, als käme er vom Schlachthof. Es muss mehr Blut an ihm geklebt haben als an einem Chirurgen nach einer Operation.«

Chet erinnerte uns daran, ihm die Bilder vom Tatort zukommen zu lassen, sammelte seine Polaroids ein und entschuldigte sich mit der Bemerkung, ihm bliebe bis zur nächsten Autopsie um drei nur noch eine halbe Stunde.

Mike, Mercer und ich packten unsere Sachen und verließen den Raum. »Ich verzichte auf mein Sandwich, Cooper. Sollen wir drüben noch 'nen Kaffee trinken, bevor's weitergeht?« fragte mich Mercer.

Auch mir war der Appetit vergangen. »Einverstanden. Vielleicht wird's mir dann wieder etwas wärmer.« Wir gingen die Rampe hoch und traten auf den Gehsteig.

»Fährst du dann mit Cooper in Dogens Wohnung?« wollte Mike von Mercer wissen.

»Ja.«

»Ich führe im Mid-Manhattan ein paar Befragungen durch. Sehen wir uns später auf dem Revier, Blondie?«

»Wie kann ich euch jetzt noch helfen? Ich bin immer noch geschockt von Chets Aussage. Ich habe fest damit gerechnet, dass das Labor uns irgendwelche Hinweise geben würde, so dass wir vor dem Wochenende noch ein Stück weiterkämen. Zu alledem muss ich heute Abend in der Julia Richman High School einen Vortrag halten.«

Mercer schickte sich an, die First Avenue zu überqueren. Ich drehte mich um und grinste Chapman an. »Warum fragst du? Brauchst du mich etwa, Mickey?«

»Träum weiter, Blondie, träum nur weiter.«

10

Zwei Türsteher in weinroten Uniformen flankierten den Eingang des Apartmenthauses am Beekman Place, in dem Gemma Dogen gewohnt hatte; das Gebäude war nur wenige Schritte vom Krankenhaus entfernt. Wallace hielt dem älteren der beiden seine goldene Polizeimarke unter die Nase, woraufhin uns bereitwillig die breite Glastür geöffnet wurde.

Wallace lotste mich durch die Halle, vorbei an einem riesigen Strauß aus Forsythien und Weiden, die der tatsächlichen Jahrezeit weit voraus schienen. Dann betraten wir den Aufzug, und Wallace drückte die Zwölf.

»Verdammt«, murmelte er, als sich Türen zu einem düsteren Flur hin öffneten, der durch die dunkel gemusterte Textiltapete noch bedrückender wirkte. »Ich hab' meine Kamera mitgenommen, falls du etwas fotografieren möchtest. Hab' sie leider im Wagen liegen lassen. Es ist die dritte Tür links – Apartment 12C. Hier sind die Schlüssel; der größere gehört ins untere Schloss. Geh schon mal vor – ich bin in fünf Minuten wieder da.«

Als sich die Lifttüren wieder schlossen, umfasste ich den Schlüsselbund etwas fester. Während ich einen Moment zögerte, fiel mir der herabbaumelnde Anhänger auf – eine Miniatur-Replik der Tower Bridge. Mit Mercer an meiner Seite hätte ich mich in Gemma Dogens Wohnung etwas wohler gefühlt.

Sei nicht albern, sagte ich mir. Es gibt keine Geister, und Mercer kommt gleich wieder.

Mit dem kleineren Schlüssel öffnete ich das obere Schloss, dann drehte ich den langen Sicherheitsschlüssel im unteren Zylinder. Der Knauf schien einen Augenblick lang zu haken, doch dann sprang die Tür auf. Im selben Moment hörte ich ein Geräusch hinter mir. Ich fuhr zusammen. Aber als ich mich umdrehte, sah ich nur die Schwingtür am Ende des Ganges in leichter Bewegung.

Auf dem Gang waren weder Stimmen noch andere Geräusche zu hören – und doch war ich mir ganz sicher, dass ich hinter der Glasscheibe in der Tür für Sekundenbruchteile ein Gesicht erspäht hatte. Ich fühlte mich unbehaglich, beobachtet, aber ich machte mir klar, dass es ganz normal war, dass die mehr oder weniger neugierigen Nachbarn natürlich ein Auge darauf hatten, welche Leute in der Wohnung einer Toten ein und aus gingen.

Der Lichtschalter für den Flur befand sich neben der Toilettentür; während ich die Wohnungstür hinter mir zuzog, machte ich Licht.

Mein Blick wanderte durch die geräumige Wohnung. Das Gebäude stammte aus der Nachkriegszeit, und die Räume waren großzügig geschnitten. Eine Seite der Wohnung war komplett verglast; man hatte einen herrlichen Blick über den East River. Allerdings hingen an diesem Tag die Wolken so tief, dass die Sicht kaum weiter als bis zur Brücke der Neunundfünfzigsten Straße reichte, über die der Verkehr in Richtung La Guardia Airport floss.

Gemma Dogen verfügte über einen einfachen, sachlichen Geschmack. Die Möbel im Wohnzimmer vermittelten den Eindruck, als stammten sie aus einem der zahlreichen preisgünstigen skandinavischen Einrichtungsgeschäfte. Sie wiesen klare Formen auf; die Bezugstoffe waren in neutralen Farben gehalten und wirkten strapazierfähig. Ich hätte ihr die satten, ausdrucksstarken Farben und die behaglichen, weichen Materialien meiner eigenen Wohnung gewünscht, die mich nach einem langen, harten Arbeitstag willkommen hießen und mir das Entspannen erleicherten.

Ich hängte meinen Mantel über einen der Esszimmerstühle und betrat den kurzen Flur, der zu ihrem Schlafzimmer führte. An beiden Seiten hingen altmodische britische Reiseposter von Brighton, den Cotswolds und Cambridge.

Auch das Schlafzimmer wirkte steril. Wenn die Fotos, mit denen sie sich umgab, etwas über sie aussagten, dann dass sie sich in ihrer Rolle innerhalb der akademischen Gesellschaft ausgesprochen wohl fühlte. Die Aufnahmen zeigten sie auf Podien und hinter Rednerpulten; die Flaggen, die auf den Bildern zu sehen waren, verrieten, dass sie sowohl in England als auch in den Vereinigten Staaten zu Hause war. Insgeheim zollte ich der Frau, die sich in einer von Männern beherrschten Domäne einen solche Namen geschaffen hatte, tiefen Respekt.

Der Wecker auf ihrem Nachttisch ging noch richtig. Ich drückt auf den länglichen Knopf, um zu sehen, wann Gemma Dogens Tag normlerweise begann. 5 Uhr 30 – ich bewunderte die Disziplin, die sie veranlasste, zu einer solchen Zeit aufzustehen – besonders an diesen hässlichen, kalten Märzmorgen –, um vor ihrem Dienst unten am Fluß zu joggen. Die schrille Türklingel riss mich aus meinen Gedanken. Ich öffnete Mercer.

»Wen erwartest du denn außer mir noch?« wollte er wissen; es amüsierte ihn, dass ich vor dem Öffnen der Tür durch den Spion gelinst hatte.

»Hat mir meine Mutter so beigebracht, Mercer.« Seitdem ich in Manhattan lebte, also seit über zehn Jahren, spähte ich vor jedem Öffnen der Tür durch das kleine runde Loch. »Als ich hier aufschloss, hat mich übrigens auch jemand beobachtet. Hast du zufällig jemanden gesehen?«

»Keine Menschenseele, Miss Cooper. Komm schon, Mädchen, keine Angst.«

»Hast du schon ihren Wecker in Augenschein genommen?«

»Nicht dass ich wüsste. Gibt's da was Interessantes?«

»Nein, nur die Uhrzeit, zu der sie normalerweise aufstand. Zuletzt war der Wecker auf halb sechs gestellt – wir sollten das notieren. Vielleicht hilft es uns, wenn's darum geht, den Zeitpunkt des Überfalls zu rekonstruieren.«

»Okay.« Mercer schlug seinen Block auf und kritzelte eine Notiz nieder. »Also: Dein Video-Mensch hat hier drinnen gefilmt, und außerdem haben wir die Spurensicherung durchgescheucht. George Zotos hat sich durch Berge von Akten gewühlt. Es scheint, als hätte Gemma Dogen nicht viel für Unterhaltung und Entspannung übrig gehabt – sie hat das Wohnzimmer eher als Büro genutzt. Die Schrankwand auf der linken Seite ist voll mit Büchern; aber die auf der rechten beherbergt Akten und Unterlagen aus der Klinik. Wir haben alles durchgeschaut, aber lass dir Zeit, ich bleibe so lange wie nötig. Sag Bescheid, wenn du etwas fotografieren möchtest.«

Ich ging in die Küche. Wie in meiner eigenen waren die Schränke und Regale fast leer. Die Standardutensilien eines gehobeneren Haushalts – Küchenmaschine, Kupfertöpfe, gute Edelstahlmesser und eine italienische Espressomaschine – schienen nur sporadisch in Gebrauch gewesen zu sein. Diese Seite von Gemma Dogen kam mir bekannter vor.

»Auch die Küche haben wir durchkämmt, Coop. Zotos hat den Inhalt des Kühlschranks notiert und das Zeug anschließend entsorgt. Magermilch, Karotten, ein Kopf Salat. Du kannst einen Blick auf seine Notizen werfen, aber es wird dich nicht viel weiter bringen.«

Ich ging zurück ins Schlafzimmer und setzte mich in den Armsessel neben dem Nachttisch. Das Bett war ordentlich gemacht; die straffgezogene Tagesdecke zeigte nicht die geringste Falte. Entweder war sie zu ihrer gewohnten Zeit aufgestanden und hatte das Bett nach dem Joggen gemacht, oder sie hatte in jener Nacht gar nicht in ihrem Bett geschlafen.

Ich nahm das Buch von ihrem Nachttisch – es war ein dünner Band, der Rückenmarksverletzungen behandelte und erst kürzlich von der John Hopkins University Press veröffentlicht worden war. Ich betrachtete die Seiten, die Gemma mit Eselsohren und Unterstreichungen versehen hatte, konnte damit aber nichts anfangen und legte das Buch neben die Nachttischlampe zurück.

Dann öffnete ich die Schiebetüren ihres Kleiderschranks und war gespannt, was mich dort erwarten würde. Auf der einen Seite hingen einige dunkle Kostüme – alle ohne besondere Verzierungen oder Details. Funktional, nicht besonders modisch. Auf der anderen Seite befand sich die Freizeitkleidung – ein paar khakifarbene Hosen, einfache Baumwollblusen und -jacken. Unten im Schrank standen Lauf- und Sportschuhe jeder Art und für jede Gelegenheit; die verschiedenen Paare solider englischer Pumps hatten sie wahrscheinlich durch ihr Berufsleben getragen. Zweckmäßig, aber nicht gerade aufregend. Außerdem entdeckte ich ein paar gestärkte weiße Laborkittel; sie hingen zwischen den Kostümen und der Freizeitkleidung. Ich griff nach dem Ärmel eines dunkelblauen Kostüms und fragte mich, ob sich jemand Gedanken darüber machte, in welcher Kleidung sie beerdigt werden sollte.

Ich ging zurück ins Wohnzimmer. Mercer erhob sich von Gemma Dogens Schreibtischstuhl und bot mir den Platz an; er hatte die Zeit damit verbracht, einige Akten durchzuschauen, die auf dem Tisch lagen.

»Hier ist die Post, die sie heute bekommen hat. Der Portier hat sie mir vorhin in die Hand gedrückt. Rechnungen von Con Ed und dem Kabelfernsehen, Kontoauszüge von der Chase Bank und eine Postkarte von ihrem Ex aus dem Himalaja. Lies mal – hört sich an, als hätten sie sich in ein paar Wochen in England treffen wollen. Ein Medizinersymposion an der Londoner Universität. Das bringen wir Peterson mit, okay?«

»Ja, gut.« Ich überflog die Karte und war angenehm überrascht, dass sie eine so gute Beziehung zu ihrem Ex-Mann Geoffrey pflegte, der sich auf das baldige Treffen mit ihr freute. Beim Gedanken an meine geschiedenen Freundinnen, von denen die meisten eher gespannte Beziehungen zu ihren Ex-Männern unterhielten, musste ich leise lächeln; erst als mir einfiel, dass Geoffrey noch gar nichts von Gemmas schrecklichem Schicksal ahnte, wurde ich wieder ernst.

Mercer betrachtete unterdessen die mit Büchern gefüllte Schrankwand. Er verfügte über ein auf Details geschultes Auge und notierte sich einzelne Titel. Ich öffnete die Schreibtischschubladen und blätterte verschiedene Terminkalender durch.

»Die Dame hat ihren Beruf wirklich ernst genommen – fast nichts, was nicht mit Medizin oder sonstwie mit ihrem Job zu tun hat. Nur ein paar Klassiker – das Zeug, was du auch magst: George Eliot, Thomas Hardy. Außerdem 'ne Menge CDs, ein Haufen deutscher Opern, viel von Bach. Kannst du dir 'ne CD-Sammlung ohne Jazz oder zumindest 'ne Motown-Scheibe vorstellen? Ist für meinen Geschmack 'ne Nummer zu intellektuell.«

»Hör mal, Mercer. Steht in ihrem Büro eigentlich ein Computer?« Erstaunt hatte ich festgestellt, dass sich in ihrer Wohnung keiner befand.

»Ja, sie haben 'ne Kopie von der Festplatte gemacht. Hier

hatte sie keinen, und deshalb war sie wahrscheinlich auch so oft noch spätabends in der Klinik. Als wir uns gestern dort umgehört haben, hat uns fast jeder erzählt, Dogen habe ihren Schriftkram am liebsten spätabends erledigt, wenn es ruhig war und sie nicht alle naselang unterbrochen wurde. Das wusste praktisch jeder, der sie kannte.«

Ich rutschte mit meinem Stuhl an die Wand gegenüber der, die Mercer gerade in Augenschein nahm. In der unteren Hälfte der Regale befanden sich Aktenregistraturen, die mit Hängeordnern angefüllt waren. Manche waren mit farbigen Markierungen unterteilt, alle waren nach Jahreszahlen geordnet. Darüber hinaus konnte ich kein Ordnungsmerkmal erkennen. Ebenso wie Mercer hatte ich meinen Block aufgeklappt und versuchte, Notizen über die verschiedenen Kategorien und Themen der Dokumente zu machen.

»Dafür, dass sie eine so logische Frau war, ergibt manches hier herzlich wenig Sinn. Ich habe keine Ahnung, nach welchem System sie ihre Unterlagen abgelegt hat. Sie hat ganze Abteilungen mit Ordnern, auf denen ›Berufsethik‹ steht …«

»Ja, das war einer ihrer Spezialbereiche, Coop. Darüber hat sie auch Vorlesungen gehalten.«

»Okay. Aber zwischen diesen und wiederum anderen, die mit ›Regeneratives Gewebe‹ beschriftet sind, befindet sich ein Ordner mit der Aufschrift ›Met-Spiele‹.«

»Die Gute war ganz offensichtlich ein Met-Fan.«

»Ja, aber Laura Wilkie hätte ihr ganz schön den Marsch geblasen und den Laden auf Vorderman gebracht. Stell dir mal vor: Du suchst deine Baseball-Dauerkarte, und sie steckt irgendwo zwischen Hirngewebe. Und zwei Ordner weiter findest du alle Unterlagen über Laufschuhe und -klamotten. Laura hätte da ganz entschieden klar Schiff gemacht – all das Hirnzeugs in eine Abteilung gesteckt und den Sportkram in eine andere.«

Ich sah nur noch Ordner, Ordner, Ordner. Ich hatte mir ein Bild von Gemma Dogen machen wollen, aber all diese Dokumente halfen mir da nicht viel weiter.

Während ich mich aus der Hocke erhob und streckte, fotografierte Mercer die Utensilien, die auf dem Schreibtisch lagen. »Ich mache ein paar Aufnahmen, damit wir später noch wissen, wie wir die Dinge hier vorgefunden haben.«

»Ja, kann nie schaden.«

»Du kannst übrigens jederzeit wieder hierherkommen. Die Miete ist bis April bezahlt, und Peterson will, dass hier nichts verändert wird, solange wir nicht wissen, wer sie beerbt. Und solange wir nicht wissen, ob sie ein gezieltes oder nur ein zufälliges Opfer war.«

Inzwischen dämmerte es. Es war schon nach sechs, und ich wurde eigentlich gerade auf einem kleinen Empfang des Lenox Hill Debs Board erwartet.

Mercer lichtete Gemma Dogens Wohnzimmer aus verschiedenen Perspektiven ab. Im Blitzlicht leuchtete ein kleiner goldener Gegenstand auf, der mir bis dahin in dem schmucklosen Raum entgangen war.

»Nur keine Aufregung, Cooper, es sind sicher keine Juwelen.«

Mercer nahm den etwa dreißig Zentimeter langen, schwarzen Gegenstand aus dem Regal und las die Inschrift vor, die in die bronzene Platte graviert war: *Für Gemma Dogen, anläßlich ihrer Aufnahme in den Orden des Goldenen Skalpells. 1. Juni 1985. Fellows of the Royal Infirmary, London, England.*

Auf dem Ebenholzsockel thronte ein solides goldenes Chirurgen-Skalpell mit Stahlklinge. Ich betrachtete es näher. »Sie muss eine hervorragende Ärztin gewesen sein, um bereits mit Mitte vierzig eine solche Auszeichnung zu erhalten.« Ich stellte mir gerade die altehrwürdige Aula der Londoner Universität vor, wo eine Versammlung älterer englischer Doktoren mit dicken Brillen und Kneifern der talentierten jungen Frau durch die Verleihung dieser Auszeichnung ihren Respekt erweisen. »Das Ding sieht ziemlich martialisch aus, aber irgendwie schön, findest du nicht auch?«

»Hätte sie es in ihrem Büro aufgestellt, wäre es ihr vielleicht nützlich gewesen. Möglicherweise hätte sie damit ihren Angreifer in die Flucht schlagen können.«

Aber wir beide wussten, dass es keine Waffe war. Es war das Handwerkzeugs einer Frau, die Tausende von Leben gerettet hatte.

Ich stellte es zurück ins Regal und teilte Mercer mit, dass wir gehen konnten. Wir zogen unsere Mäntel an, löschten das Licht, und ich schloss die Tür ab, während Mercer den Aufzug rief.

Um halb sieben verabschiedete ich mich von Mercer. Er setzte mich vor der Julia Richman High School ab, und ich eilte die Treppe hinauf.

Sexualverbrechen waren in den Sechzigern und Siebzigern, als ich aufwuchs, ein Tabuthema gewesen. »Brave Mädchen« – wie etwa unsere Schwestern, unsere Mütter, unsere Töchter und unsere Freundinnen – wurden nicht vergewaltigt. Vergewaltigungsopfer hatten die Tat provoziert, waren selbst Schuld. Und wenn es passierte, wurde das Mäntelchen des Schweigens darübergebreitet. Wenn man nicht darüber sprach, konnte man es vielleicht ungeschehen machen, so hoffte man.

Erst in den vergangenen zwei Jahrzehnten hatte in diesem Bereich eine tiefgreifende Gesetzesreform stattgefunden – doch Gesetze waren einfacher zu verändern als die öffentliche Meinung.

Deshalb verbrachten die meisten meiner Kollegen und ich eine Menge Zeit damit, Aufklärungsarbeit zu betreiben. Denn die Menschen, die wir zu erreichen versuchten – Angehörige religiöser Vereinigungen, Studenten an High Schools, Colleges und Universitäten, Mitglieder von Berufsverbänden und Bürgergruppen – konnten eines Tages in einem entsprechenden Fall zu Geschworenen berufen werden. Und dann sollten sie wissen, um welche Kategorien von Verbrechen es sich bei Sexualstraftaten handelte.

Ich freute mich über jede Gelegenheit, öffentlich über dieses Thema und die Fakten zu sprechen. Sarah Brenner und ich schlugen keine Einladung aus, wenn es darum ging, vor interessiertem Publikum aufzutreten. Je mehr wir an die Öffentlichkeit gingen, desto mehr halfen wir den Frauen, Kindern und Männern, die Sexualverbrechen zum Opfer fielen und auf das Urteil der zwölf Geschworenen angewiesen waren, um Gerechtigkeit zu erfahren.

In der Halle der Universität hingen gelbe Poster, die meinen Vortrag ankündigten; schwarze Pfeile wiesen den Weg zum Hörsaal. Kurz vor der geöffneten Tür blieb ich stehen.

Eine wuchtige Frau mit zu einem wirren Knoten aufgestecktem blonden Haar kam mit ausgestreckter Hand auf mich zugesegelt. »Hallo, Sie müssen Alexandra Cooper sein. Mein Name ist Liddy McSwain; ich bin in diesem Jahr verantwortlich für das Vortragsprogramm. Wir freuen uns wirklich sehr, dass Sie gekommen sind – trotz dieser schrecklichen Mordsache. Als ich heute Früh Ihren Namen in der Zeitung las, war ich sicher, dass Sie den Vortrag absagen würden.«

Sie führte mich in den Hörsaal, wo mich rund ein Dutzend ihrer Komiteemitglieder, die meisten sandwichkauend, erwarteten. Ich stellte mich einigen persönlich vor und beschloss, auch ein Sandwich zu verspeisen, bevor mein Blutzuckerspiegel zu sehr absank. Auf drei unterschiedlichen Tabletts befanden sich winzige entrindete Sandwiches, belegt mit Brunnenkresse, Eiersalat oder Tomate. Ich ärgerte mich, dass ich ein paar Stunden zuvor Chapmans üppig belegtes, köstliches Truthahn-Sandwich abgelehnt hatte, und lud einige der armseligen Mini-Dinger auf einen Pappteller.

Ich schlenderte durch den Raum, beantwortete höflich einige Fragen nach dem Oberstaatsanwalt und versicherte meinen Gesprächspartnerinnen, Paul Battaglia die aufgetragenen Grüße auszurichten. Mit der Zeit strömten immer mehr Frauen in den Saal. Die über fünfzig Jahre alten Damen trugen Vuitton-Handtaschen und flache Ferragamo-Schuhe; ihre Frisuren, eher künstlich aufgetürmt als natürlich herabhängend, waren blondiert. Die jüngeren Teilnehmerinnen bevorzugten ganz klar Dooney und Burke, und die Ferragamo-Schuhe hatten nicht ganz so flache Absätze. Ihre blonden Mähnen schienen in der Regel natürlich zu sein, nur hier und da erspähte ich einige aufgehellte Strähnchen. Die Menge wirkte äußerlich erstaunlich homogen.

Zehn Minuten vor Beginn meines Vortrags machte ich mich auf der Damentoilette frisch; dann betrat ich den großen Hörsaal. Mehr als zweihundert Zuhörerinnen hatten bereits Platz genommen; rasch überflog ich ein letztes Mal meine Notizkärtchen, um sicherzugehen, dass ich auch alle Punkte, über die ich in der bevorstehenden Stunde sprechen wollte, festgehalten hatte.

Mrs. McSwain kündigte mich an, indem sie einige schmeichelhafte Punkte meines Lebenslaufs hervorhob. Dann bestieg ich das Podium, trat hinter das Rednerpult und begann meinen Vortrag.

Ich informierte über die Geschichte der von Paul Battaglia ins Leben gerufenen Sex Crimes Prosecution Unit, die erste Einrichtung dieser Art in den Vereinigten Staaten. Mit Hilfe einiger schockierender Statistiken machte ich meinen Zuhörerinnen die traurige Bedeutung von Sexualverbrechen in unserem Land klar. Vor noch nicht einmal fünfundzwanzig Jahren – wir waren also schon alle geboren – herrschten in dieser unseren Stadt noch derart archaische Gesetze, dass von den jährlich über tausend unter dem Vorwurf der Vergewaltigung festgenommenen und angeklagten Männern lediglich achtzehn verurteilt wurden. Ein ungläubiges Raunen ging durch die Reihen.

Dann erläuterte ich, wie sich die Gesetze verändert hatten: Ich berichtete davon, dass nun neben der Aussage des Opfers nicht mehr die eines Zeugen benötigt wurde; davon, dass Opfer nun nicht mehr vom Anwalt der Gegenseite zu ihrer sexuellen Vergangenheit befragt werden durften; davon, dass die Opfer nun nicht mehr gezwungen waren, Widerstand gegen ihre oftmals schwerbewaffneten Angreifer zu leisten, um als Opfer anerkannt zu werden. All diese Fortschritte waren allein in den vergangenen zwanzig Jahren erreicht worden.

Ich illustrierte die juristische Sachlage mit zahlreichen Beispielen aus der Praxis, und die Stunde verging wie im Flug. Als die Zuhörerinnen aufgerufen waren, Fragen zu stellen, wurde mir schnell klar, dass die Frauen – im Gegensatz zu den früheren Generationen – sehr wohl begriffen hatten, dass Vergewaltigung ein Verbrechen war, das auch in ihrem Leben eine Rolle spielen konnte. Ich war sicher, dass sich in dem Raum keine Frau befand, die nicht in irgendeiner Weise – direkt oder indirekt – schon einmal mit einem Sexualdelikt in Berührung gekommen war. Fast jede Frau, die ich traf, konnte von einer Freundin oder Verwandten, von einem Kind oder einer Erwachsenen berichten, die Opfer von sexuellem Missbrauch geworden war.

Während ich eine Zuhörerin nach der anderen aufrief, ihre Frage zu stellen, gingen die Helferinnen von Liddy McSwains Komitee durch die Reihen und sammelten die Kärtchen ein, die zuvor neben dem Gästebuch ausgelegen hatten, und brachte sie mir zum Rednerpult. Zuhörerinnen, die anonym bleiben wollten, konnten ihre Fragen niederschreiben.

»Das ist eine gute Frage«, kommentierte ich das erste Kärtchen des Stapels. »Sie lautet: ›Welche Rolle spielt bei Ihrer Arbeit die DNS-Technologie?‹« Trotz der Tatsache, dass diese Technologie uns im Fall von Gemma Dogen bisher nicht weitergebracht hatte, beantwortete ich die Frage mit großer Begeisterung. »Es handelt sich dabei mittlerweile um das wichtigste Werkzeug, das uns zur Verfügung steht. Wenn sich im oder am Körper des Opfers Sperma befindet, können wir anhand der DNS-Methode den Täter identifizieren bzw. die vom Opfer durchgeführte Identifizierung des Täters bestätigen. Für die Frauen bedeutet das im Prozess eine enorme Erleichterung – die Beweisführung basiert dann nicht mehr ausschließlich auf ihrer Aussage.« Genauso wichtig ist diese Methode übrigens auch beim Ausschluss von Tatverdächtigen. Wenn mir ein Strafverteidiger mitteilt, sein Mandant habe sich am Tag der Tat in Ohio aufgehalten, bitte ich ihn einfach um eine Blutprobe. Wenn die DNS des Tatverdächtigen nicht mit der des tatsächlichen Täters übereinstimmt, kommt es zu keiner Festnahme. Außerdem gibt uns die DNS-Methode die Möglichkeit, Täter zu überführen, die wir anders gar nicht erwischt hätten. Allein in den vergangenen Monaten konnten wir mit Hilfe dieser Methode vier Vergewaltiger überführen, die sich entweder an blinden Frauen vergangen oder ihren Opfern die Augen verbunden hatten. Noch vor zehn Jahren haben wir vom Werkzeug der Zukunft gesprochen – heute ist die Zukunft Gegenwart. Dank dieser Methode können wir immer mehr Fälle aufklären.«

Auf den nächsten beiden Karten ging es um die Frage, ob und wie sich mein Beruf auf meine persönliche Sicherheit und mein Privatleben auswirkt. Tut mir leid, meine Damen, aber dieses Thema gehört nicht in eine öffentliche Veranstaltung.

»Diese Frage bezieht sich auf die Verurteilung von Vergewaltigern. Es ist nicht ganz einfach, diese Frage zu beantworten, da es unterschiedliche Verbrechensgrade gibt; auch Vorstrafen des Täters spielen bei der Verurteilung eine Rolle.« Nichtsdestotrotz ließ ich mich zu einem fünfminütigen Exkurs zum Tema Verurteilung und Festlegung des Strafmaßes hinreißen.

Liddy McSwain kam mir zu Hilfe, indem sie mir mitteilte, dass die Zeit nur noch für drei weitere Fragen reichte.

Ich griff nach dem nächsten Kärtchen, auf dem nach dem System im Umgang mit häuslicher Gewalt gefragt wurde, das das NYPD erst einige Wochen zuvor eingeführt hatte. Die folgende Frage war wieder einfacher; es ging um die medizinische Versorgung der Opfer von Kindesmissbrauch.

Bei der letzten Frage musste ich mir auf die Lippe beißen, um nicht laut loszulachen. Auf der Suche nach vertrauten Gesichtern ließ ich den Blick durch den Saal wandern.

In einer mir nur allzu gut bekannten Schrift stand auf der Karte: »Die Final Jeopardy-Antwort lautet: Es ist schwarz und zwölf Inches lang. Was ist …?« Am hinteren Ausgang des Saales standen Chapman und Wallace. Mercer kicherte mit nach vorne geneigtem Kopf, während Chapman mich todernst anblickte und mit dem Finger auf Wallace deutete.

»Tut mir leid, meine Damen, die restlichen Fragen beziehen sich auf den tragischen Tod von Dr. Gemma Dogen und die laufenden Ermittlungen. Sie werden verstehen, dass ich zu diesem Thema nichts sagen will und kann, aber Sie können sicher sein, dass in diesem Augenblick die besten Beamten der Stadt fieberhaft an der Aufklärung dieses Falls arbeiten. Ich danke Ihnen, dass Sie trotz des schlechten Wetters so zahlreich erschienen sind und so großes Interesse an diesem Thema gezeigt haben.«

Kaum war ich vom Podium gestiegen, umringte mich auch schon eine Schar von Zuhörerinnen. Einige beglückwünschten mich zu meinem gelungenen Vortrag, andere wollten wissen, wie sie sich mit dem Crime Victims Assistance Program in Verbindung setzen konnten, um an Beratungsgesprächen teilzunehmen, und drei Frauen wollten mit mir über »Vorfälle« in ihrer Vergangenheit sprechen – das erlebte ich immer wieder.

Ich hörte mir kurz ihre jeweiligen Anliegen an und bot ihnen dann an, die Gespräche in einer ruhigeren Atmosphäre fortzusetzen. Ich gab ihnen meine Visitenkarte und bat sie, am Montag in meinem Büro anzurufen, um einen Termin zu vereinbaren.

Nach jedem meiner Vorträge wurde ich von mindestens einer Frau angesprochen, die irgendwann einmal mit einer Sexualstraftat in Berührung gekommen war und nun den Mut hatte, darüber zu sprechen – ganz unabhängig davon, ob sie selbst, die Tochter einer Kollegin oder ihre beste Freundin das Opfer war. Tatsache war, dass es sich bei Vergewaltigung noch immer um ein Verbrechen handelte, das viel zu oft nicht zur Anzeige gebracht wurde.

Mein Mantel hing über einem Stuhl in der letzten Reihe. Mercer hatte ihn schon aufgepickt und hielt ihn mir auf, während ich näher kam. »Ihr müsst euch nicht entschuldigen, Gentlemen. Wie sonst hätte ich euch bemerken sollen, wenn nicht anhand eurer netten, unaufdringlichen Art? Aber was auch immer ihr mir heute noch zu bieten habt, ich lehne dankend ab. Ich hab' nämlich noch zu tun.« Mit diesen Worten öffnete ich die schwere Holztür.

In diesem Augenblick hörte ich Chapman hinter meinem Rücken flüstern. »Keine Angst, Mercer, falls sie's wirklich ernst meint, hab' ich immer noch Patrick McKinneys Handy-Nummer. Wenn der hört, dass wir Gemma Dogens Mörder in U-Haft haben, ist der sofort zur Befragung zur Stelle. Ein Anruf genügt.«

Bei dem Wort U-Haft schnellte mein Kopf herum, und ich blieb wie angewurzelt stehen.

»Tut mir leid, Blondie, falls ich deine Pläne für den Abend durchkreuze. Aber du hast schon richtig gehört – wir haben einen Verdächtigen. Sieht gar nicht so schlecht aus. Der Lieutenant hat uns geschickt, um dich abzuholen. Er will die Sache ganz korrekt abwickeln.«

»Ist es jemand aus dem Krankenhaus?« wollte ich wissen, während wir das Gebäude verließen. Draußen graupelte es.

»Nee, einer von den Jungs aus den Katakomben. Er war bis zu den Knien mit Blut beschmiert. Wie Chet gesagt hat: Er sieht aus, als käme er vom Schlachthof.«

»Seit ein paar Stunden haben wir ihn auf dem 17. Revier.«

»Spricht er?«

»Ich würd's eher stammeln nennen. Du wirst's ja gleich hören.«

Ich quetschte mich auf den Rücksitz von Mercers Wagen; es war nur eine kurze Fahrt die Lexington Avenue hinunter. In ein paar Minuten würde ich dem Monster in die Augen sehen.

11

»Kaum zu glauben«, bemerkte Mercer an Chapman gewandt, als wir vor dem Revier anhielten. »McGraw hat tatsächlich dichtgehalten.«

Mercer bezog sich auf die Tatsache, dass weit und breit weder Reporter noch Kameraleute zu sehen waren, die das Gebäude wie Haie umkreisten, welche das Blut eines Verdächtigen in einem spektakulären Fall witterten.

Wir stiegen aus, betraten das Gebäude, passierten den uniformierten Sergeanten und gingen hoch in den Einsatzraum. Angesichts der Aktivitäten wirkten diesmal sogar die Detectives und Cops des Reviers äußerst interessiert. In den kommenden vierundzwanzig Stunden würden auch sie beim Zusammensetzen aller Mosaiksteinchen gebraucht.

»Hey, Chapman, bist du auch mit diesem Scheißfall befasst?«

»Paulie Morelli. Verdammt, dich hab' ich nicht mehr gesehen, seitdem du mit deinem Partner den Sternzeichen-Killer eingebuchtet hast. Hat die Festnahme deinen Arsch nach oben katapultiert, oder was?«

»So ähnlich. Ins 17. Revier, um genau zu sein. Es ist ein bisschen langweilig hier, wenn man gewohnt ist, Mörder zu fangen.«

»Klar«, erwiderte Chapman. »Aber wenn du ab und zu mal 'ne hübsche Braut abschleppen willst, Paulie, hast du an der Upper East Side bessere Karten. Hilfst du uns im Mordfall Dogen?«

»Bin gerade unterwegs, um ein paar Gesichter für die Gegenüberstellung aufzutreiben.«

»Gegenüberstellung?« fragte ich erstaunt. »Könnte mich freundlicherweise mal jemand über den Stand der Dinge aufklären?«

»Deshalb bist du ja hier, Blondie.«

Wir betraten den Einsatzraum. Im Gegensatz zum vorigen

Abend waren nun alle aktiv in den Fall eingebunden. Einige Männer telefonierten, andere vernahmen Zeugen – manche von ihnen steckten in Schwesternuniformen oder Arztkitteln, andere trugen die Kluft einer Zulieferfirma, und einige waren an ihrer abgerissenen, schmutzigen Kleidung als Obdachlose zu erkennen.

Ich bemerkte, dass die Tür zur Arrestzelle noch immer sperrangelweit offen stand. Aber heute befand sich nur ein einziger Gast darin.

Es war ein Schwarzer, den ich auf ungefähr sechzig schätzte. Er saß mit dem Rücken an die Wand gelehnt, die Beine weit von sich gestreckt. Neben ihm standen zwei Einkaufswagen, deren Inhalt ich aus der Entfernung nicht erkennen konnte. Der Mann trug ein langärmliges Wollhemd, darunter ein T-Shirt. Als ich meinen Blick an ihm hinabwandern ließ, bemerkte ich, dass er in einer hellgrünen OP-Hose mit Tunnelzug in der Taille steckte. Beide Hosenbeine waren mit großen dunkelroten Blutflecken übersät. Mit Gemma Dogens Blut.

Lieutenant Peterson stand hinter seinem Schreibtisch, den Telefonhörer am Ohr. Noch während er sprach, winkte er mich zu sich. »Nein, Chief, keine Angst, ich lasse mir von ihr nicht sagen, was zu tun ist. Nein, bestimmt nicht. Ich hielt es nur für klüger, sie kommen zu lassen, damit alles korrekt vonstatten geht – Durchsuchungsbefehl, Gegenüberstellung, Befragung. Nein, ich versichere Ihnen, dass wir die Fäden in der Hand behalten. Ja, Chief, ich habe verstanden.«

»Hallo, Alex. Sieht aus, als hätten wir einen Durchbruch erreicht. Kommen Sie mit in die Umkleide, wir bringen Sie auf den neuesten Stand.« Mike und Mercer waren direkt in den Besprechungsbereich gegangen, wo seit dem Vorabend einige neue Gesichter hinzugekommen waren.

Ich setzte mich an den Tisch, und Peterson sprach ein paar einleitende Worte.

»Okay, hier also der Stand der Dinge. Team B hat den ganzen Tag im Mid-Manhattan verbracht. McGraw hat auch das Team A dorthin beordert. Die Jungs vom 17. Revier haben unterdessen die Tunnel unter den Gebäuden abgegrast. Meine Männer haben in einem Vorlesungssaal der Uniklinik die Erstvernehmung des medizinischen und des Verwaltungspersonals durchgeführt. Es waren um die vierzig Mitarbeiter aus der Neurologie und von der Minuit-Fakultät – ein ständiges Kommen und Gehen. Es ging um ihren Background, um ihre Beziehungen zu Dogen, um alles, was sie in der Nacht, bevor ihre Leiche gefunden wurde, gehört oder gesehen haben – das Übliche eben. In der ersten Runde rechnet ja niemand mit großen Überraschungen, man muss erst einmal einen Fuß auf den Boden bekommen. Gegen halb sieben erhielt Detective Losenti einen Anruf von zwei Ärzten, mit denen wir zuvor schon gesprochen hatten – sie sind übrigens beide hier, Alex, falls Sie mit ihnen reden wollen. Die beiden verließen gemeinsam die neurologische Abteilung, um runter in den zweiten Stock in die Radiologie zu gehen. Sie wollten sich einige Röntgenaufnahmen von einem Patienten ansehen, den sie gemeinsam betreuen. Als sie die Röntgenabteilung betreten, entdecken sie den Knaben, der drüben in der Arrestzelle sitzt. Er liegt zusammengerollt da und hält ein Nickerchen. Als sie ihn aufscheuchen, sehen sie, dass seine Hosenbeine über und über mit Blut verschmiert sind. Einer der beiden bleibt bei ihm, während der andere Losenti anruft – seine Pager-Nummer war auf dem Info-Handzettel angegeben, den wir an alle verteilt haben. Losenti war noch im Krankenhaus-Komplex und ist direkt rüber in die Radiologie gegangen.«

Ich betrachtete die Gesichter der Detectives; es war halb zehn Uhr abends, und alle waren seit dem frühen Morgen auf den Beinen – aber die Hoffnung, einen Durchbruch erzielt und den Fall in kürzester Zeit gelöst zu haben, vertrieb alle Anzeichen von Müdigkeit.

»Was sagt er?«

»Entweder stellt er sich dumm, oder wir haben es tatsächlich mit einem Fall für den Psychiater zu tun. Ein paar unserer Leute haben sich schon die Zähne an ihm ausgebissen. »Chapman und Wallace, bringen Sie ihn in einen Befragungsraum und versuchen Sie, etwas Vernünftiges aus ihm herauszubekommen. Aber machen Sie sich keine Illusionen – das kann Stunden dauern. Er redet nur wirres Zeug; fragt man ihn nach seinem Namen, ist das einzige, was er von sich gibt, ›Pops‹, und das rote Zeug an seiner Hose hält er für Farbe. Sagt, er sei in einen Eimer roter Farbe getreten. Im nächsten Augenblick sagt er, dass ihm leid täte, ›was mit der Dame passiert‹ sei.«

»Kann er nicht Recht haben?«

»Es ist Blut, Alex. Menschliches Blut. Wir haben es zwar noch nicht genauer untersucht, aber glauben Sie mir, ich habe in meinem Leben davon schon 'ne ganze Menge gesehen. Genau deshalb habe ich Sie kommen lassen. Ich will, dass alles korrekt abläuft, damit wir in diesem Fall nichts aufs Spiel setzen. Was McGraw macht, ist mir egal. Er kann meinetwegen einen Fernsehauftritt nach dem anderen abziehen – aber die Untersuchungen werden so geleitet, wie ich es will.«

»Was wird mit der Gegenüberstellung bezweckt. Ich meine, wer soll den Mann wobei gesehen haben?«

»Fast alle, mit denen wir gesprochen haben, haben am Dienstagabend oder in der Nacht zum Mittwoch irgend jemanden auf einem Flur, im Aufzug oder auf der Treppe gesehen. Ich habe keine Ahnung, ob es sich um Ärzte oder um Penner handelte. Wir werden jedenfalls Pops den Zeugen gegenüberstellen – mal sehen, ob er ihnen bekannt vorkommt.«

»Ich bin der Meinung, dass eine Gegenüberstellung an diesem Punkt keinen Sinn macht. Es gibt keinen einzigen Zeugen, der Geräusche aus Dogens Büro gehört oder gesehen hat, wie jemand den Raum verließ, oder? Eine Gegenüberstellung ist Zeitverschwendung.«

»Alex, wir haben eine Menge Leute, die die ganze Nacht in der Abteilung unterwegs waren – Putzpersonal, Pfleger, Schwestern, Studenten. Ich will wissen, ob jemand von ihnen den Knaben kennt – das kann ja nicht schaden.«

»Kann es, Loo: Angenommen, er ist der Täter – aber niemand hat ihn gesehen, was dann? Ich halte eine Gegenüberstellung für verfrüht. Das Wichtigste ist jetzt, dass seine Hose so schnell wie möglich ins Labor kommt. Zuerst muss sichergestellt sein, dass das Blut wirklich von Gemma Dogen stammt. Sind Kollegen von der Spurensicherung da, die ihn fotografieren?«

»Ja, Sherman wartet schon.«

»Gut. Schießt ein paar Bilder von ihm – auch seine Beine,

um festzuhalten, dass er nicht verletzt ist. Untersucht seine Arme und Hände auf mögliche Kratzspuren des Opfers ...«

»Schon passiert. Fehlanzeige.«

»Gut, Chet ist ja ohnehin der Ansicht, sie habe keine Chance gehabt, sich zu wehren. Gibt's hier etwas, das er anziehen kann, wenn er seine Hose abgelegt hat?«

»Wir haben hier jede Menge OP-Kleidung.«

Chapman erkundigte sich beim Lieutenant nach dem Inhalt der beiden Einkaufswagen in der Arrestzelle.

»Einer ist offensichtlich Pops *Zuhause*, Mr. Chapman. Also brauche ich einen Durchsuchungsbefehl, um mir einen Überblick über den Inhalt zu verschaffen, stimmt's? Der andere Wagen gehört seinem Freund, der gerade von Ramirez befragt wird.«

»Und die acht ›Gäste‹ von gestern Abend – sind die gegangen?«

»Machen Sie sich nicht lächerlich, junge Frau. Ralph«, Peterson warf einen Blick in Losentis Richtung, »wen besuchen meine Freunde heute?«

»Wir haben sie ins Anti-Crime Office verfrachtet, Loo. Heute Abend gibt's Basketball im Fernsehen. Vorhin haben wir ihnen leckere Ribs von Wylie's kommen lassen. Warum sollten die also gehen wollen?«

Peterson gab seine Anweisungen. Chapman und Wallace sollten Pops im Nebenraum befragen – dort fanden sonst die Gegenüberstellungen statt. Wenn er oder ich die Befragung beobachten wollten, konnten wir das durch die Spezialscheiben tun, durch die wir in den Raum schauen konnten, die jedoch den Blick in umgekehrter Richtung verwehrten.

»Die übrigen Personen für die Gegenüberstellung kommen erst in etwa einer Stunde, aber in der Zwischenzeit gibt's 'ne Menge anderes zu tun. Alex, was ist für Sie jetzt am drigendsten?«

»Zuerst will ich Battaglia anrufen – sonst erfährt er die Neuigkeit aus den Nachichten. Außerdem möchte ich mit Sarah Brenner sprechen; sie soll mich hier unterstützen. Ich brauche noch jemanden, der zupackt. Und dann möchte ich noch mal die beiden Ärzte befragen, die Pops gefunden haben, außerdem die Jungs, die die Gegenüberstellung organisieren. Oh, Mike, tu mir einen Gefallen und ruf Maureen an. Sag ihr, dass sie morgen auf alle Fälle eingewiesen wird – ganz egal, was sie sonst so in den Nachrichten hört. Es ist alles vorbereitet, und ich bin gespannt, was wir dadurch zusätzlich herausfinden.«

»Gut. Ihre Telefonate können Sie von dem Apparat in meinem Büro führen; inzwischen versuche ich, einen freien Raum für die Befragungen aufzutreiben.«

»Coop, weißt du, ob Steve's Pizza bis hierher liefert?« erkundigte sich Wallace.

»Warum nimmst du nicht den Laden um die Ecke?« wollte Peterson wissen.

Chapman versuchte zu vermitteln. »Das wird 'ne lange Nacht, Loo. Du willst doch nicht, dass einer von uns zusammenbricht, oder? Steve ist mit Abstand der Beste, und für Cooper kommt der Kerl sogar bis nach Jersey. In zwanzig Minuten ist er hier – hast du die Nummer?«

Steves Nummer kannte ich im Schlaf. Chapman bestellte sechs große Pizzen, extradünner Teig, mit allem – eine Hälfte allerdings ohne Sardellen, für Miss Cooper. »Setzen Sie's auf ihre Rechnung, okay?«

Wie dumm von mir zu glauben, ich könnte Paul Battaglia etwas erzählen, was er noch nicht wusste – zumal seine Frau im Verwaltungsrat des Mid-Manhattan saß.

»Wie schätzen Sie die Lage ein?«

»Ich bin gerade erst angekommen, Paul, aber Tatsache ist, dass sich auf der Kleidung des Mannes jede Menge Blut befindet. Sie haben ihn untersucht, um auszuschließen, dass es von einer eigenen Wunde kommt; er hat selbst keinerlei Verletzungen. Ich denke, ich werde die halbe Nacht hier verbringen. Vor morgen Früh melde ich mich nicht mehr, aber Sie wissen ja, wo Sie mich erreichen können.«

Sarahs Kleine schlief schon, als ich anrief. Sie und James hatten gerade ein ruhiges Abendessen hinter sich gebracht. »Ich springe sofort ins Taxi.«

»Bist du sicher, dass du es auch wirklich möchtest? Ich wollte dich nicht übergehen, möchte aber andererseits auch nicht, dass du dich übernimmest – immerhin bist du schwanger.«

»Ich übernehme mich nicht. Du weißt doch genau, wie gerne ich mit dir an diesem Fall arbeiten würde. Ich mache heute Nacht ein paar Stunden mit, und dann sehen wir, wie es geht. Alles, was ich brauche, ist ein Stuhl, auf dem ich ab und zu mal die Beine hochlegen kann. In einer halben Stunde bin ich da.«

»Ich bin fertig, Loo«, sagte ich zu Peterson, als ich wieder den Einsatzraum betrat.

Wallace lehnte an der Tür der Arrestzelle. Ich hörte, dass er mit Pops sprach; er forderte ihn auf, noch einmal seine Geschichte zu erzählen. Dann gingen sie in den Gegenübestellungsraum. Ich bat Peterson, Einsicht in die Notizen des ersten Verhörs nehmen zu dürfen, bevor ich mich mit den beiden Ärzten unterhielt.

»Chapman, hören Sie auf zu telefonieren und bringen Sie Cooper Ihre Unterlagen.«

Mike saß hinter einem Schreibtisch am anderen Ende des Raumes. Er legte auf, griff nach seiner Mappe und kam in Begleitung eines gutgekleideten Mannes Mitte fünfzig in Petersons Büro.

»Das hier, Mr. Dietrich, ist mein Vorgesetzter, Lieutenant Peterson. Und dies hier ist Alexandra Cooper, auch eine Art Boss«, fügte Mike lachend hinzu. »Sie ist die Staatsanwältin, die den Fall leitet. Darf ich vorstellen – William Dietrich, Direktor des Mid-Manhattan.«

»Sehr erfreut. Vielen Dank für alles, was Sie bis jetzt getan haben, Lieutenant. Wir alle sind bestürzt über den Mord an Gemma Dogen. Ich … ähm, ich würde gerne wissen, ob bereits etwas über …«

Peterson unterbrach in unsanft. »Wir wissen, wie Sie und Ihre Mitarbeiter sich fühlen, Mr. Dietrich. Sobald wir über Erkenntnisse verfügen, mit denen wir an die Öffentlichkeit gehen können, erfahren Sie als erster davon.«

Dietrichs solariumgebräunter Teint und sein dunkel getöntes Haar ließen ihn noch pathetischer erscheinen. Er gehörte zu jenen, die nun krampfhaft versuchten, das öffentliche Bild eines Krankenhauses zu retten, in dem ein komplettes Chaos herrschte.

Der Lieutenant zündete sich eine neue Zigarette an, während Dietrich sich bemühte, mit mir ins Gespräch zu kommen.

»Ich habe heute Erkundigungen über Sie eingeholt, Alexandra – es stört Sie doch nicht, wenn ich Sie so nenne?«

»Aber nein, Mr. Dietrich.«

»Sie genießen einen ausgezeichneten Ruf – in Bezug auf diese scheußliche Art von Verbrechen, meine ich.«

Bei wem hat er sich wohl nach mir erkundigt, fragte ich mich. Jetzt berührte er mich – mit seinen Fingerspitzen fasste er mich am Ellenbogen, um mich unauffällig aus Petersons Büro zu führen.

»Ich bin ein großer Bewunderer Ihres Vaters, Miss Cooper. Er ist in seinem Beruf eine wahre Legende. Ich nehme an, er genießt seinen wohlverdienten Ruhestand?«

Glaub ja nicht, du könntest mich mit billigen Komplimenten über meinen Vater ködern. »Oh ja, Mr. Dietrich, das tut er allerdings.«

»Richten Sie ihm meine besten Grüße aus. Ich würde mich sehr freuen, wenn er für unsere Studenten eine Vorlesung halten oder ab und an unserer kardiologischen Abteilung beratend zur Seite stehen könnte.«

»Nun«, antwortete ich und griff nach meiner Mappe, »wenn Sie ihm einen interessanten medizinischen Fall bieten können, setzt er sich ins nächste Flugzeug. Wenn Sie mich jetzt entschuldigen würden, Mr. ...«

»Meine Name ist Bill, Alex. Nennen Sie mich doch bitte Bill.«

»Ich wäre Ihnen dankbar, wenn Sie jetzt den Raum verließen. Detective Chapman und ich haben zu tun.«

»Ich rechne fest damit, dass Sie mich auf dem laufenden halten, Alexandra. Sie wissen besser als jeder andere hier, wie es in einem großen Krankenhaus wie dem unserem zugeht. Es stehen zu viele Menschenleben auf dem Spiel, als dass ich aus den Elf-Uhr-Nachrichten gleichzeitig mit dem Rest von New York die neuesten Neuigkeiten erfahren dürfte.«

»Wir werden unser Bestes tun, Mr. Dietrich«, erwiderte ich, während ich mich abwandte und zurück in Petersons Büro ging.

Mike schloss die Tür; ich setzte mich, um einen Blick auf seine Notizen zu werfen. »Dietrich ist hier mit den beiden Knaben aufgetaucht – mit den beiden Zeugen, meine ich. Die beiden sind drüben, im Zimmer vis-à-vis. Losenti hat den Fehler gemacht, sie gemeinsam zu befragen. Ich habe sie getrennt, so dass wir nacheinander mit ihnen reden können.«

»Mit wem haben wir's denn überhaupt zu tun?«

»Der Erste heißt John DuPre. Männlich, schwarz, zweiundvierzig Jahre. Verheiratet, zwei Kinder. Er ist Neurologe. Howard University, Tulane Medical School, stammt aus den Südstaaten. Hat vor zwei Jahren eine eigene Praxis in Manhattan eröffnet und unterhält seitdem Belegbetten im Mid-Manhattan. Der andere heißt Coleman Harper. Männlich, weiß, vierundvierzig. Geschieden, keine Kinder. Auch Neurologe. Vanderbilt und dann Medical School. Hat eine Weile praktiziert. Jetzt ist er als Fellow hier.«

»Was bedeutet das?«

»Das musst du ihn selbst fragen. So weit bin ich noch nicht vorgedrungen. Er ist einer von denen, die Spector – der Neurochirurg – aus den Zuhörern herausgepickt hat, damit sie ihm assistieren, nachdem Dr. Dogen nicht auftauchte.«

»Mit wem fangen wir an?«

»Ich hole zuerst DuPre.«

Kurz darauf kam Chapman mit Dr. John DuPre wieder. Ich erhob mich zur Begrüßung, und DuPre streckte mir die Hand entgegen. Er war acht Jahre älter und ein paar Zentimeter größer als ich, hatte kurz geschnittenes Haar, einen Oberlippenbart, eine Metallrandbrille und war gut durchtrainiert. Er trug ein sportliches Sakko, dunkelblaue Hosen und hatte einen ernsten Gesichtsausdruck, den man bei den meisten Zeugen antraf, die unvermutet in die Mühlen einer Mordfallermittlung gerieten.

»Sie hatten einen langen Tag, Dr. DuPre. Detective Chapman und ich möchten Ihnen trotzdem noch einige Fragen stellen. Können Sie uns bitte noch einmal Ihre Geschichte erzählen?«

»Gern. Ich hoffe, dass Sie damit etwas anfangen können. Es kommt mir so vor, als würde ich es schon zum tausendsten Mal erzählen. Also, ich kam am Nachmittag ins Krankenhaus. Meine Praxis, in der ich die meisten meiner Patienten behandle, befindet sich auf der Central Park West. Ich bin rüber zum Minuit gefahren, um in der Bibliothek etwas nachzuschlagen. Die Bibliothek liegt im sechsten Stock, wo Gemma Dogen ihr Büro hat ... ähm ... hatte. In der Bibliothek war viel los, wie meistens am späten Nachmittag. Ich wurde in ein Gespräch mit Kollegen verwickelt; es ging um einen medizinischen Fall, an dem Dr. Spector gerade arbeitet.«

»Bob Spector? Der Neurochirurg, dem Gemma Dogen an dem Morgen, an dem sie getötet wurde, assistieren sollte?«

»Genau. Spector betreibt wichtige Forschungen auf dem Gebiet der Huntington-Krankheit. Wissen Sie, worum es sich dabei handelt?«

Mit zur Seite geneigtem Kopf blickte uns DuPre an; in seiner Stimme schwang der Singsang der Südstaaten mit.

»Ich weiß nur, dass es eine Erbkrankheit ist, mehr leider nicht.«

»Das stimmt, Miss Cooper. Es handelt sich um eine Störung des zentralen Nervensystems, die sich durch zunehmenden geistigen Verfall und unkontrollierbare Körperbewegungen kennzeichnet. Spector widmet dieser Krankheit großes Interesse, und er ist auf diesem Gebiet eine Koryphäe, also ...«

»Aber Gemma Dogen war doch seine Chefin, oder?« fragte Chapman.

»Ja, schon, doch Gerüchten zufolge wollte sie Ende dieses Universitätssemesters wieder zurück nach England gehen. Und deshalb haben es die meisten von uns für ratsam gehalten«, DuPres Mund verzog sich zu einem ironischen Lächeln, »Spector schon mal vorsorglich in den Arsch zu kriechen. Bitte entschuldigen Sie meine Ausdrucksweise, Miss Cooper. Ja, die meisten haben sich bei Spector lieb Kind gemacht. Auch ich bin der Meinung, dass er unser nächster Chef sein wird.«

»Wie war Ihre Beziehung zu Gemma Dogen?«

»Zur eiskalten Jungfrau? Nun, sehr distanziert. Aber wir kamen miteinander aus, wenn es sein musste. Ich kannte sie nicht sehr gut, aber sie schien nicht viel von mir zu halten – das werden Sie sicher noch von anderen zu hören bekommen.«

»Warum war das so?«

»Keine Ahnung, wirklich keine Ahnung. Ich will hier nicht mit Hautfarbe und solchen Dingen anfangen, vielleicht war sie einfach nur arrogant und wollte ihre Zeit nicht mit mir verschwenden, weil ich kein Chirurg bin. Sie war sehr introvertiert. Ab und zu haben wir uns morgens beim Joggen getroffen, aber ich hatte immer das Gefühl, dass sie allein am glücklichsten war.«

»Sind Sie einer der beiden Ärzte, die Spector an dem fraglichen Morgen anstelle von Gemma Dogen assistiert haben?«

»Nein, nein, damit habe ich überhaupt nichts zu tun. Ich war am Mittwochmorgen nicht einmal im Krankenhaus. Ich bin Neurologe und darf gar nicht operieren, wissen Sie. Ich behandle zwar Patienten mit Gehirnkrankheiten, aber nicht im OP.«

»Welche Veranlassung hatten Sie, runter in die radiologische Abteilung zu gehen, Doktor?«

»Im Prinzip gar keine. Es geschah auf Veranlassung von Dr. Coleman Harper. Spector hatte Röntgenaufnahmen von einem Patienten mit der Huntington-Krankheit gemacht, er verfolgt die Krankheit bei diesem Patienten schon über Jahre hinweg. Wir sprachen über diesen Fall, und Coleman schlug vor, dass wir gemeinsam runtergehen und die aktuellen Röntgenbilder mit denen vom letzten Jahr vergleichen sollten. Also haben wir uns runter in den zweiten Stock begeben. Überrascht stellten wir fest, dass die Tür nicht abgeschlossen war. Aber Sie wissen ja, dass wir Probleme mit der Sicherheit haben – und nicht nur wir; ich habe in verschiedenen anderen Krankenhäusern ähnliches erlebt. Ich erinnere mich sogar an einen Mord im Bellevue – das war, kurz bevor ich nach New York kam.«

»Was passierte, als Sie den Röntgenraum betraten?«

»Der Mann, den Sie in Untersuchungshaft genommen haben, lag zusammgerollt auf dem Boden und schnarchte. Coleman machte das Licht an, und da sahen wir ihn. Mein erster Blick fiel auf die Hose – ich sah sofort, dass es sich um Blut handelte. Ich bat Coleman, schnell Hilfe zu rufen; ich blieb im Raum, damit der Mann nicht entwischen konnte.«

»Haben Sie ihn geweckt?«

»Erst als Coleman wieder da war. Ich habe bei ihm zwar keine Waffe gesehen, aber es hätte ja sein könne, dass er darauf lag. Wir haben ihn dann vorsichtig mit der Fußspitze berührt. Er öffnete die Augen und begann zu stammeln – immer wieder: ›Tut mir leid, tut mir leid.‹ Ich habe keine Ahnung, was genau er damit meinte – ob es ihm leid tat, dass er an einem Ort war, an dem er nicht hätte sein dürfen, oder ob er das meinte, was er mit Gemma Dogen getan hatte.«

»Und dann?«

»Innerhalb von zehn Minuten war der Detective da und führte den Mann ab.«

Chapman stellte DuPre noch einige Fragen, während ich mir Notizen machte. Dann bedankten wir uns für seine Mitarbeit und baten ihn, noch zu bleiben, bis wir den zweiten Zeugen befragt hatten. Außerdem erinnerten wir ihn daran, dass es ihm per Gesetz untersagt war, mit Dritten über seine Aussage zu sprechen.

Peterson führte ihn aus dem Raum, während Chapman Coleman Harper holte.

Dr. Harper trug immer noch seinen weißen Klinikkittel, obwohl er bereits seit Stunden auf dem Revier war. Er war kräftig gebaut und etwas kleiner als DuPre – ungefähr meine Größe –, und sein dunkelbraunes Haar wies bereits einige graue Strähnen auf. Wir begrüßten einander, und ich erklärte ihm, warum wir ihm noch einmal Fragen stellen mussten.

Während er mir auf der anderen Seite des Schreibtischs gegenübersaß, wippte er nervös mit dem Bein.

»Es ist wirlich verrückt, Miss Cooper. Mit so etwas habe ich noch nie zu tun gehabt. Wo soll ich anfangen?«

»Keine Angst, die meisten Zeugen sind zum ersten Mal mit

so einer Sache konfrontiert. Mike und ich stellen Ihnen einfach ein paar Fragen.«

Chapman begann mit den üblichen Fragen zum Hintergrund des Zeugen und ließ Harper über sich und seine Arbeit reden.

»Vor zehn Jahren habe ich zum ersten Mal mit dem Mid-Manhattan zu tun gehabt. Ungefähr ein Jahr, nachdem Dr. Dogen hierher kam, bin ich weggegangen; ich habe also von ihrer Amtszeit nicht allzu viel mitbekommen. Ich bin wieder runter nach Nashville gezogen, wo die Familie meiner Frau lebt, und habe dort praktiziert. Nachdem meine Ehe geschieden war, bekam ich wieder Lust, in einem großen Krankenhaus zu arbeiten und die Dinge zu tun, die ich schon immer tun wollte. Seit vergangenem September bin ich wieder hier.«

»Ich habe gehört, dass Sie als Fellow hier sind«, sagte ich nach einem kurzen Blick in Chapmans Notizen.

»Ja, stimmt. Ist zwar eine etwas ungewöhnliche Reihenfolge, aber nachdem meine Frau mich verlassen hatte, wollte ich etwas tun, bei dem ausnahmsweise mal *ich* glücklich und zufrieden bin. Neurochirurgie hat mich schon immer interessiert. Also habe ich finanziell zurückgesteckt und nehme nun an einer Art Praktikum teil. Die meisten der anderen Teilnehmer sind zwar 'ne Ecke jünger als ich, aber Hauptsache ist, dass ich jetzt im OP assistieren kann. Vielleicht habe ich ja Glück und kann demnächst meine neurochirurgische Facharztausbildung beginnen – das hätte ich schon vor Jahren tun sollen.«

Ich tauschte Blicke mit Chapman und schaute dann wieder auf Harpers wippendes Bein. Ich nahm an, dass Mike das gleiche dachte wie ich, und war dankbar, dass er keine dumme Bemerkung über die ach so ruhigen Hände eines Hirnchirurgen machte. Aber Mike und ich waren es gewohnt, dass die Menschen in unserer Gegenwart nervös wurden.

»Sie waren also gestern Morgen im OP, ist das richtig?«

»Ja, das stimmt. Dr. Spector operierte übrigens einen Schlaganfall-Patienten – Hirnschlag in der rechten Gehirnhälfte. Wann immer es mir möglich ist, sehe ich Spector zu. Er ist wirklich ein Genie.«

»Und er hat Sie als seinen Assistenten aus der Zuhörermenge gepickt?«

»Sozusagen. Es war nur ein knappes Dutzend von uns anwesend, und die meisten hatten noch nie mit ihm bei einer solchen Operation zusammengearbeitet. Aber es ist mir trotzdem eine Ehre gewesen.«

»Dem Patienten geht es gut, habe ich gehört.«

»Er ist zwar noch nicht über den Berg, aber im Augenblick sieht's ganz gut für ihn aus.«

»Nehmen Sie auch an der Huntington-Studie von Spector teil?«

»Offiziell nicht. Aber ich hoffe trotzdem auf seine Unterstützung, um in das neurochirurgische Programm zu kommen. Natürlich hatte ich im Lauf meiner beruflichen Karriere Gelegenheit, mich mit dieser Krankheit auseinander zu setzen. Man kann sicher sagen, dass ich seine Arbeit sehr interessiert verfolge.«

»Wie kam es, dass DuPre und Sie sich heute Abend trafen?«

»Ich ging in die Bibliothek, auf der Suche nach einem bestimmten Buch. Am Eingang zum Lesesaal traf ich auf eine Gruppe von Kollegen, die sich über Spectors neue Röntgenbilder von einem seiner Patienten unterhielten, und DuPre schlug vor, wir sollten uns die Aufnahmen einfach anschauen. Die Röntgenbilder hingen unten in der Radiologie aus. Ich wollte zwar erst nach dem Buch Ausschau halten, aber ...«

»Entschuldigen Sie bitte«, unterbrach ich ihn, »aber *wessen* Idee war es?«

»John DuPres. Er sagte, er habe nicht mehr viel Zeit, weil er zu Hause zum Abendessen erwartet werde. Deshalb bat er mich, gleich mit ihm zu runterzugehen.«

Prima. Schon nach einer halben Stunde hatten wir widersprüchliche Aussagen – und dazu noch zu einer völlig belanglosen Frage: DuPre sagte aus, es sei Harpers Idee gewesen, in die Radiologie zu gehen; Harper behauptete, DuPre sei die treibendende Kraft gewesen.

Widersprüche, so hatte mir Rod Squires beigebracht, waren die sichersten Anzeichen für die Wahrheit. Unsinn, wenn's nach mir ging. Es sei ganz natürlich, dass unterschiedliche Menschen dieselben Dingen aus unterschiedlichen Perspektiven sehen, hatte man uns gelehrt, aber mit diesem Glauben konnte man meiner Ansicht nach den besten Fall in den Sand setzen.

»Okay, also sind Sie und DuPre runter in den zweiten Stock gegangen. Was passierte dann?«

Von diesem Punkt an stimmte Harpers Schilderung wieder mit der von DuPre überein. »Ich meine, als ich das Blut gesehen habe, dachte ich sofort an Gemma. Hat der Kerl schon gestanden?«

»Wir stellen hier die Fragen, Dr. Harper. Hat er irgend etwas über Dr. Dogen oder den Mord gesagt?«

»Nein, in meiner Anwesenheit hat er kaum etwas von sich gegeben. Aber ich bin auch gleich runter in die Halle zum Telefon gerannt. Er schien ziemlich verwirrt zu sein. Und dann tauchte auch schon der Detective auf. Der Mann ist meiner Meinung nach nicht ganz bei Sinnen.«

»Haben Sie Dr. Dogen gut gekannt?«

»Kommt drauf an, wie Sie das meinen. Sie war keine sehr einfache ...«

Lieutenant Peterson öffnete die Tür. »Entschuldigen Sie mich, Alex. Sarah ist hier, und in Kürze können wir mit der Gegenüberstellung beginnen. Halten Sie sich übrigens im Einsatzraum von den Fenstern fern – die Presse hat Wind von dem Fall bekommen. Vor dem Gebäude lauern ein paar Kamerateams – wenn sie Sie vor die Linse bekommen, ist das für die ein gefundenes Fressen.«

»Danke, Dr. Harper. Entschuldigen Sie bitte die Störung. Würden Sie bitte noch einen Moment auf dem Gang warten? Wir machen mit Ihnen weiter, sobald wir die anderen Dinge geregelt haben.«

»Nehmen Sie sich 'n Stück Pizza, Doc«, bemerkte Chapman, während er aufstand und Harper einen Klaps auf den Rücken gab. »Drüben sitzen ein paar Obdachlose vor der Glotze. Die könnten alle mal 'nen Check-up brauchen. Vielleicht wollen Sie und DuPre sich ja 'n bisschen nützlich machen.«

12

»Was gibt's zu tun?« fragte Sarah, die ihren Laptop bereits aufgeklappt hatte.

»Kümmer dich um einen Durchsuchungsbefehl für die beiden Einkaufswagen; einer gehört Pops, der andere seinem Kumpel. Sprich mit Ramirez und Losenti über ein mögliches Tatmotiv – die beiden wissen da besser Bescheid als ich. Peterson will ein paar Gegenüberstellungen durchführen, und ich brauche ein bisschen Unterstützung bei Zeugenbefragungen. Aber lass dir nur Zeit.«

Ich machte ich auf den Weg zum Gegenüberstellungsraum. Wallace und Chapman wiesen Pops und den fünf Füllpersonen ihre Positionen zun. Jerry McCabe reichte jedem von ihnen ein sauberes OP-Hemd, so dass sie alle das gleiche trugen.

Pops hatte man die blutverschmierte Hose ausgezogen; er saß auf dem vierten Stuhl von links, hielt das Schild mit seiner Nummer in den Händen und sprach mit sich selbst.

»Keine Meisterleistung«, bemerkte ich, nachdem ich die anderen betrachtet hatte. »Die beiden hier sehen viel zu jung aus.«

»Dann versuch *du* mal, mitten in der Nacht passende Füller aufzutreiben. Die laufen einem nicht gerade nach.«

»Schick doch bitte einen von deinen uniformierten Jungs runter in den Drugstore an der Ecke, um Körperpuder zu kaufen. Ich würde ihnen gerne die Gesichter ein wenig grau färben, damit sie Pops ein bisschen ähnlicher sehen, okay?«

Mercer erklärte den Füllmännern, was sie für ihre fünf Dollar zu tun hatten: die Tafel mit der Nummer gut sichtbar halten, aufstehen, wenn sie dazu aufgefordert wurden, ein paar Schritte in Richtung Spiegelfenster gehen, sich im Profil zeigen und sich dann wieder hinsetzen.

Ich verließ den Raum, um nach Sarah zu sehen. Sie arbeitete an ihrem Laptop und blickte kurz auf, um mir mitzuteilen, dass Pops' Kleidung auf dem Weg ins Labor sei.

Anna Bartoldi betreute immer noch das Hotline-Telefon. Auf dem Weg zum Getränkeautomaten fragte sie mich: »Na, Alex, Hunger?«

Ich winkte Sarah zu uns, und zu dritt machten wir uns über eine lauwarme Pizza her. »Kommen immer noch Anrufe?« fragte ich Anna.

»Ich hab' schon mehr als dreihundertfünfzig entgegengenommen. Bis jetzt haben vier Frauen ihre Ehemänner angeschwärzt, und sechs verdächtigen ihre Freunde. Morgen, wenn sich rumgesprochen hat, dass wir einen Verdächtigen haben, wird sich die Sache beruhigen.«

Als ich Mercer meinen Namen rufen hörte, schnappte ich meine Limodose und setzte mich in Bewegung. Er war damit beschäftigt, den beiden jüngeren Füllmännern Johnson's Babypuder ins Gesicht zu schmieren, und ich betrachtete das Resultat durch die verspiegelte Scheibe. »Viel besser, Mercer. Jetzt können wir loslegen.«

Petersons Leute hatten hinter der Scheibe vier Zeugen versammelt, die sich die Männer anschauen sollten. Einer war Student am Minuit und hatte in der Mordnacht in der Bücherei, die auf demselben Gang wie Gemma Dogens Büro lag, bis ein Uhr morgens gearbeitet. Die beiden anderen gehörten der Putzkolonne an, die in der betreffenden Nacht Dienst hatte, und die Letzte war eine Hilfsschwester, die sich nachts ins Krankenhaus geschlichen hatte, um vom Stationstelefon aus mit ihrem Freund zu telefonieren.

Ich stand im hinteren Teil des abgedunkelten Raumes, während Wallace und McCabe die Zeugen nacheinander hereinführten. Dem Studenten und der Hilfsschwester kam keiner der Männer bekannt vor, doch die beiden Putzfrauen, die nachts die Büros der Professoren reinigten, erkannten den Mann, der sich selbst Pops nannte.

Ich verließ den Raum und bat Mike, nacheinander die beiden Frauen zu mir in Petersons Büro zu bringen.

Ich griff nach einem frischen Block und versah das erste Blatt mit Datum und Uhrzeit: 23 Uhr 45. Die Detectives hatten bereits die Angaben zur Person aufgenommen, und aus den Notizen konnte ich ersehen, dass Ludmila Grascowicz und

Graciela Martinez die Büros im fünften und sechsten Stockwerk des Minuit Medical Center putzten.

Beide Frauen waren Einwanderinnen – Ludmila stammte aus Polen und Graciela aus der Dominikanischen Republik. Ludmila Grascowicz arbeitete seit drei Jahren im Mid-Manhattan, Graciela Martinez seit sechs Monaten. Nach dem Mord an Gemma Dogen hatte Ludmila darum gebeten, in die Tagschicht versetzt zu werden, und Graciela hatte den Job ganz geschmissen. Beide kannten Gemma Dogen vom Sehen, denn sie war während der Nachtschicht der Putzkolonne – von Mitternacht bis acht Uhr morgens – oft in ihrem Büro. Die Frauen hatten allerdings nicht persönlich mit Dogen zu tun gehabt, weil es ihnen untersagt war, nachts das Büro der Professorin zu betreten; sie wollte bei ihrer Arbeit nicht gestört werden, also wurde ihr Zimmer tagsüber gereinigt, allerdings nur, wenn die Tür offen stand und die Ärztin ganz offensichtlich unterwegs war. Gemma Dogen schätzte keine Störungen und mochte es nicht, wenn jemand ihre Sachen berührte.

Ludmila, eine korpulente Person, sprach mit starkem Akzent. Bei jedem Atemzug hob und senkte sich ihr breiter Brustkasten, und nach jeder Antwort bekreuzigte sie sich. Ja, in den vergangenen Wochen habe sie den Mann mit der Nummer vier oft gesehen. Er habe mehrmals versucht, sie anzusprechen, aber sie konnte ihn nicht verstehen. Am Montagabend sei sie gegen halb zwölf zur Nachtschicht angetreten und habe den Mann auf der Treppe zwischen dem fünften und den sechsten Stock getroffen. Nein, weder an seiner Erscheinung noch an seiner Kleidung sei ihr etwas Ungewöhnliches aufgefallen. Allerdings gab sie an, ihn nicht weiter beachtet zu haben, da sie sich bei den Sicherheitsleuten wiederholt über sein Herumlungern im Medical College beschwert habe, ohne dass etwas geschehen sei. Sie bekreuzigte sich ein letztes Mal, murmelte einen letzten Segensspruch für Dr. Dogen und war am Ende ihres Berichts angelangt.

Im Vergleich zu der aufgeregten Graciela wirkte Ludmila im Nachhinein fast ruhig. Auch Graciela putzte in den beiden Stockwerken. Obwohl sie und Ludmila nur wenig miteinander sprachen, hatten sie sich zusammengetan, um sich über

Pops' nächtliche Streifzüge zu beschweren. Gracielas Hand zitterte so stark, dass der Inhalt des Wasserglases, das ihr jemand zur Beruhigung in die Hand gedrückt hatte, auf den Tisch schwappte. Graciela war ganz sicher, den Mann in den frühen Morgenstunden des Dienstags im sechsten Stock aus der Herrentoilette kommen gesehen zu haben. Sie verzichtete darauf, die Sicherheitsleute zu rufen, da diese bislang noch nie auf ihre Anforderungen reagiert hatten. Stattdessen beschloss sie, in der Bibliothek zu putzen, da sie wusste, dass dort selbst zu dieser Uhrzeit immer noch irgendein Student über seinen Büchern brütete.

Ich dankte den Frauen für ihre Mitarbeit und übergab sie dem Lieutenant, der dafür sorgte, dass sie nach Hause gebracht wurden.

Sarah erschien, um zu fragen, was als Nächstes passieren sollte. Die Durchsuchungsbefehle waren vorbereitet, und sie wollte sich darum kümmern, dass sie gleich am folgenden Morgen vom Richter unterschrieben würden.

Wir gingen wieder rüber in den Gegenüberstellungsraum und sahen durch die verspiegelte Scheibe. Die Füllpersonen waren inzwischen nach Hause geschickt worden, und Mercer saß mit Pops am Tisch; mit leiser, ruhiger Stimme redete er auf den Alten ein, um sein Vertrauen zu gewinnen. Sarah und ich hatten Mercer schon hunderte von Malen in ähnlichen Situationen gesehen.

»Ist es nicht seltsam?« bemerkte Sarah. »Wenn du diese Jungs auf dem Revier oder im Gerichtssaal siehst, hast du plötzlich Mitleid mit ihnen. Vorhin im Taxi habe ich diesen Mann gehaßt; selbst der Gedanke an die Todesstrafe schoss mir durch den Kopf. Wenn ich mir so ein grausames Verbrechen vorstelle, wäre ich in der Lage, eigenhändig die Todesspritze zu setzen.«

»Das ging mir genauso, als er vorhin vor mir stand – über und über besudelt mit Gemma Dogens Blut. Wie kann man einem anderen Menschen so etwas antun, ihm dann einfach den Rücken kehren und ihn in seinem eigenen Blut liegen lassen?«

»Und eine halbe Stunde später kommt einem der Kerl wie ein Häufchen Elend vor, nicht wahr?«

Mit verschränkten Armen beobachteten wir die beiden Männer. »Er wirkt gar nicht so stark, als könnte er es mit einer durchtrainierten Person wie Gemma Dogen aufnehmen. Ich denke, Chet Kirschner hat Recht: Er muss sie überrascht haben.«

»Wissen wir überhaupt schon, wer er ist?«

»Das versucht Mercer gerade herauszufinden. Losenti hat seine Fingerabdrücke genommen. Sie werden direkt durch den Computer gejagt, so dass wir morgen Früh hoffentlich mehr wissen.«

Sarah unterdrückte ein Gähnen.

»Lass uns besprechen, wie's morgen weitergeht, und dann fahr' ich dich nach Hause.«

Wir gingen zurück in Petersons Büro und riefen Mercer und Mike zu uns, um die letzten Neuigkeiten zu erfahren.

Mercer betrat kopfschüttelnd den Raum. »Er ist mitten im Gespräch eingeschlafen. Ich fürchte, heute bekommen wir nichts mehr aus ihm raus; es ist schon kurz vor eins. Er soll sich hinlegen, und morgen Früh geht's dann weiter.«

»Ihr Mädels solltet jetzt auch Schluss machen«, schaltete sich Peterson ein. »Pops haben wir in die Zelle verfrachtet. Was sollen wir in Sachen Mordfallermittlungen an die Öffentlichkeit geben?«

Sarah und ich schauten uns fragend an. Im Moment hatten wir noch nichts Brauchbares für einen Indizienprozess in der Hand. »McGraw soll der Presse mitteilen, dass noch keine Anklage erhoben ist. Die Ermittlungen sind noch nicht abgeschlossen. Wenn wir jetzt schon nähere Einzelheiten bekanntgeben, blühen die wildesten Spekulationen.«

Mike betrat den Raum und schloss die Tür hinter sich. »Gibt's was Neues?« wollte Peterson wissen.

»Ja«, anwortete Mike. »Fast 'ne Festnahme wegen Erregung öffentlichen Ärgernisses. Die Jungs aus den Krankenhaus-Katakomben hängen im Anti-Crime Office rum und glotzen alte Spielfilme. Dann stellt sich raus, dass der Kleine im grauen Jogginganzug T.T.Thompson ist. T.T. steht für ›Tippy Toes‹ – hat vierzehnmal wegen Einbruchs gesessen. Also, die Jungs gucken *Über den Dächern von Nizza*. Plötzlich lässt T.T. die Hosen runter und ist drauf und dran, sich vor versammelter Mannschaft einen runterzuholen. Keine Ahnung, weshalb: weil er Grace Kelly so geil fand, oder weil der Einbrecher, genannt die Katze, fettere Beute an Land zieht, als er es selbst jemals geschafft hat. Ich musste ihm praktisch eine kleben, damit er mit dem Mist aufhörte.«

»Gibt's noch was, das *uns* interessiert, Mikey?«

»Klar. Der zweite Einkaufswagen gehört einem anderen Tunnelpenner, der hier ist. Agosto Marín, auch ›Can Man‹ genannt. Er ist den ganzen Tag mit seinem Wagen rund ums Mid-Manhattan unterwegs und kramt leere Coladosen aus den Abfallkörben. Die verscheuert er dann, um sich von dem Geld Crack zu kaufen. Er sagt, in seinem Wagen seien nur 'n paar Dutzend Dosen – dafür braucht ihr keinen Durchsuchungsbefehl. Can Man ist im Moment jedenfalls nicht auf Drogen und schwört, dass er gemeinsam mit Pops von kurz nach Mitternacht bis zum Mittwochmorgen im Tunnel war. Erst dann haben sie den Tunnel zusammen verlassen. Er ist ganz sicher, dass es diese Nacht war, weil Schnee lag, als die beiden rauskamen. Am Mittwochmorgen hat's wirklich geschneit, falls ihr euch erinnert.«

»Was soll das alles?« fragte Mercer in den Raum.

»Wir haben einen blutdurchtränkten Verdächtigen, der uns nicht verrät, wer er ist. Hatte er die Gelegenheit, den Mord zu begehen? Allerdings. Weil er nämlich illegal im Krankenhaus lebt. Tatmotiv? Kommt drauf an, für welches wir uns entscheiden«, antwortete Mike. »Falls wir auf missglückte Vergewaltigung tippen, dann bezweifle ich, dass er überhaupt einen hochbekommen hat.«

»Moment mal«, unterbrach ich Mikes Redestrom. »Du willst mir doch nicht erzählen, du würdest es einem Typen ansehen, ob er einen hochbekommt oder nicht? Falls dem so ist, hätte ich da ein paar Freundinnen, die Ihre Dienste gern in Anspruch nehmen würden, Dr. Chapman. Tatsache ist, dass es eine gescheiterte Vergewaltigung *oder* Raub gewesen sein kann. Wir wissen immer noch nicht, ob etwas aus ihrem Büro fehlt.«

Jetzt ergriff Mike wieder das Wort. »Es gibt zwei Zeugen, die Pops zur mutmaßlichen Tatzeit im sechsten Stock oder in der Nähe gesehen haben wollen. Und wir haben einen Junkie mit Vorliebe für Alu-Dosen, der sein Alibi ist. Wir haben keine Tatwaffe, keine DNS. Den Leuten von der Spurensicherung zufolge sind Fingerabdrücke höchst unwahrscheinlich. Kein Wunder – ist ja nicht schwer, in einem Krankenhaus an OP-Handschuhe zu kommen.«

»Heute kriegen wir nichts mehr aus ihm raus. Lasst uns morgen Früh weitermachen«, sagte Mercer.

Die Aussicht, der Lösung des Falls ganz nah zu sein, hatte uns alle unsere Müdigkeit vergessen lassen – und jetzt brach mit einem Schlag die Erschöpfung über uns herein. Wir steckten fest. Die Beamten brachten die letzten Zeugen nach Hause, und wir sammelten unsere Notizblöcke und Mappen zusammen und besprachen kurz, was am nächsten Tag zu tun war. Mercer erbot sich, Sarah nach Hause zu bringen, und Mike erklärte sich bereit, mich mitzunehmen.

Unten in der Halle ließ uns der Dienst habende Beamte zum Hinterausgang raus, so dass wir den vorne lauernden Journalisten entgingen. Wir verabschiedeten uns von Mercer und Sarah und schlugen die entgegengesetzte Richtung ein.

»Was sagt dir dein Bauch in diesem Fall?« fragte ich Mike.

»Nichts Bestimmtes. Ich will den Typen kriegen, und das Blut spricht eindeutig gegen ihn. Aber irgendwie hab' ich das Gefühl, dass es da noch einen Zweiten gibt, einen Komplizen. Das würde auch erklären, warum sie keine Chance hatte.«

»Ja. Wir sind jetzt wahrscheinlich zu müde. Morgen sieht alles besser aus.«

»Ich hab' meine Mutter angerufen. Deinetwegen natürlich. Ich meine, damit du nichts verpasst. Sie sagte, dass die Final Jeopardy-Frage heute aus dem Bereich Physik kam – irgendwas mit der Quantentheorie.«

»Vergiss es – davon hab' ich keinen blassen Schimmer. Das ist übrigens mein Alptraum: in die Show zu kommen und dann zu verlieren, weil die letzte Frage mit Mathe, dem Neuen Testament oder sonst was zu tun hat, wovon ich keine Ahnung habe – mit Physik zum Beispiel.«

»Geht mir genauso.« Die roten Ampeln ignorierend, fuhr Mike die Third Avenue runter; in weniger als zehn Minuten standen wir vor meinem Haus.

»Sie sah echt gut aus. War 'ne richtige Klassefrau.«

Verwirrt blickte ich Mike an. »Wer? Gemma Dogen?«

»Nein, natürlich nicht. Ich hab' gerade an Grace Kelly gedacht. Wegen des Films heute Abend. Sie war toll neben Cary Grant. Aber regelrecht in sie verliebt habe ich mich, als ich sie in *Bei Anruf Mord* sah. Sie war wunderbar, so schlicht und einfach in den schäbigen Klamotten. Und dann noch der flimmrige Schwarzweißfilm.«

»Ja, wirklich ein toller Streifen.« Wir hatten beide eine Schwäche für Filmklassiker.

»Ich finde sie sogar noch schöner, wenn sie nicht so aufgestylt war – wie eben in *Bei Anruf Mord*. Sie saß wegen Mordes im Knast, bis man sich entschloss, ihre Geschichte zu überprüfen und sie nach Hause gehen ließ. Erinnerst du dich? Mann, sie wirkte so verletzlich – man konnte gar nicht anders, als sich in sie zu verlieben.«

»Hey, ich wusste gar nicht, dass du bei verletzlichen Frauen schwach wirst, Mike.« Meine Bemerkung sollte ein Witz sein.

Mike bog in die Auffahrt meines Apartmenthauses und wartete, bis mir der Türsteher den Wagenschlag öffnete. »Nicht jeder ist einer so selbstbewussten Frau wie dir gewachsen, Blondie. Es fühlt sich manchmal ganz gut an, gebraucht zu werden.«

Volltreffer, Chapman, dachte ich, während Mike abfuhr und ich das Foyer betrat. Was sollte ich nur tun, um dem Rest der Welt zu zeigen, wie verletzlich ich in Wirklichkeit war?

Ich nahm die Post aus dem Kasten und fuhr hoch in meine leere Wohnung. Ich hatte keine Lust, meinen Mantel aufzuhängen, und warf ihn auf das Wohnzimmersofa.

Das Wechselgeld aus dem Getränkeautomat des Reviers wog schwer in meiner Jackentasche, also fischte ich die Münzen heraus und stapelte sie auf meiner Kommode, bevor ich das Kostüm auf den Bügel hängte. Ich hatte vergessen, Mercer Gemma Dogens Wohnungsschlüssel zurückzugeben; ich legte den Bund mit der Londoner Tower Bridge auf meinen Nachttisch, neben den dicken Band von Trollope. Heute Nacht brauchte in niemanden mehr.

Morgen um diese Zeit würde ich zumindest in Gesellschaft eines kalt nasigen Weimaraners sein, der mich tröstete.

13

Als ich am Freitagmorgen um sieben unter der Dusche hervorkam, klingelte schon das Telefon. Es war Mike. »Mach das Radio aus und stell die Glotze an. Jim Ryan bringt unseren Fall als Titelstory in der *Today Show*. Er scheint erstklassige Quellen zu haben – berichtet von der Festnahme eines blutüberströmten Psychopathen.«

Ich griff nach der Fernbedienung, aber Ryan war schon bei der nächsten Meldung – einer Schießerei in einer U-Bahn-Station in der Bronx. »Verdammt, schon vorbei.«

»Wenn du auf dem Weg ins Büro schnell auf dem Revier vorbeischauen willst, kann ich dich abholen, okay?«

»Prima. Ich bin in zwanzig Minuten fertig. Warte an der Ecke vor P.J. Bernstein's auf mich.« Ich fönte mir schnell durchs Haar und versuchte, mit Rouge und Wimperntusche ein bisschen Leben in mein Gesicht zu bekommen. Ich hatte die dunklen Winterfarben langsam satt und beschloss, meine Stimmung mit etwas Farbigem aufzuhellen. Ich ging meinen Kleiderschrank durch und entschied mich für mein knallrotes Escada-Kostüm.

Als ich Bernstein's Feinkostgeschäft betrat, grüßte mich der Besitzer freundlich. Ich bestellte zwei Dutzend Bagels, Gebäck und Doughnuts, dazu ausreichend Kaffee, um mir auf dem Revier eine halbwegs freundliche Begrüßung zu sichern.

Draußen wartete Mike schon im Wagen. Wenig später steuerte er in Richtung Revier, in der linken Hand einen Doughnut balancierend. Ich hatte die *Post* auf den Knien liegen und schlug Seite drei auf: ÄRZTIN STIRBT IM KAMPF GEGEN VERGEWALTIGER – VERDÄCHTIGER FESTGENOMMEN.

Glücklicherweise wurden wir vor dem Revier nicht von Reportern erwartet.

Lieutenant Peterson saß bereits hinter dem Schreibtisch, der seit Mittwochmorgen zu seiner Kommandozentrale geworden war. Er wohnte fünfzig Meilen außerhalb der Stadt und hatte die Nacht – oder besser: die drei Stunden Schlaf, die er sich gegönnt hatte – auf einer schmalen Pritsche in der Mordkommission verbracht.

»Guten Morgen, Alexandra. Morgen, Mike. Es gibt Neuigkeiten. Albany hat mit den Fingerabdrücken Erfolg gehabt – wir wissen jetzt, wer Pops ist.«

Peterson reichte Mike den Ausdruck aus dem New York State Identification System. Chapman las vor. »Austin Charles Bailey. Geboren am 12. Oktober 1934. Vierundsechzig ist er also. Hm, um die zwanzig Vorstrafen. Diebstahl, Raub, Hehlerei, wieder Diebstahl.« Er blätterte um und überflog die Liste der Delikte schneller, als er sie hätte vorlesen konnte.

»Die letzte Tat ist zwölf Jahre her. Mord. Nicht verurteilt wegen Unzurechnungsfähigkeit.«

Peterson wusste schon Bescheid. »Ja, eingewiesen in die Psychiatrie für geistesgestörte Straftäter in Rockland County. Das Dumme daran ist, dass er vor zweieinhalb Jahren ausgebrochen ist und niemand sein Verschwinden gemeldet hat.«

»Wen hat er umgebracht?«

»Seine Frau. Den größten Teil seines Lebens hat er in psychiatrischen Anstalten verbracht. Beide waren Trinker. Sie hat ihm 'nen 45er Colt übern Schädel gezogen – einen kaputten, wohlgemerkt. Das erklärt die Narbe, die quer über seine Wange und den Hals verläuft. Er ist ausgerastet und ...«

»Lass mich raten«, unterbrach ihn Chapman. »Und hat sie erstochen. Und womit? Mit einem Küchenmesser.«

»Mit einem gezackten Steakmesser.«

»Und er hat nicht ein- oder zweimal zugestochen, stimmt's, Loo?«

»Ungefähr zweiundzwanzig Stichwunden. Ganz zu schweigen von den Schnitten quer übers Gesicht.«

»Typischer Fall von häuslicher Gewalt«, murmelte ich. Diese Schilderung passte in das Muster, dem die meisten Morde innerhalb der Familie folgten. Nicht nur tödliche Wunden, sondern obendrein eine wüste Verstümmelung des Opfers. Unglaublich, wie tief der Hass zwischen Menschen sein konnte.

Manche Täter fielen außerhalb ihrer vier Wände niemals

durch Gewaltaktionen auf, sondern sparten sich ihre Grausamkeiten allein für die Angehörigen auf. Andere hingegen legten mit dem ersten Mord jegliche Hemmungen ab und richteten die Gewalt dann auch gegen andere.

»Tut dir der alte Knabe immer noch leid, Coop?«

Mich beschäftigte in Gedanken schon der nächste Schritt. Die Herausforderung bestand nun nicht mehr darin, Gemma Dogens Mörder zu finden. Vielmehr ging es jetzt darum, einen hieb- und stichfesten Indizienprozess aufzubauen, der vor Gericht standhielt.

»Redet er inzwischen?«

»Ich hab' noch niemanden in seine Nähe gelassen. Mercer hat bis jetzt das beste Verhältnis zu ihm. Ich werde ihn zu ihm schicken, sobald er eintrifft.«

»Mike, warum bringst du ihm nicht sein Frühstück und freundest dich mit ihm an, während wir auf Mercer warten?«

Während Mike die Tüten mit dem Essen und dem Kaffee öffnete, um die Jungs im Einsatzraum zu versorgen, meldete sich mein Pager. Ich nahm das kleine schwarze Ding von meinem Gürtel und warf einen Blick auf die Nummer im Display.

»Schaeffer«, sagte ich. Chapman hielt inne und wartete, bis ich zum Hörer griff und Bill Schaeffer zurückrief. Schaeffer war Serologe und leitete das gerichtsmedizinische Labor.

Er war sofort am Apparat. »Ich wollte Sie nicht mitten in der Nacht stören, dachte mir aber, Sie sollten's gleich morgens als Erstes erfahren. Das Zeug an der Hose, die Sie mir gestern Abend haben schicken lassen, ist tatsächlich menschliches Blut. Natürlich haben Sie das schon vermutet, aber ich wollte es so schnell wie möglich bestätigen.«

Alles schien zu passen. Während ich mich bei Dr. Schaeffer bedankte, formte ich mit den Lippen das Wort ›Blut‹ und hob triumphierend den Daumen in Mikes Richtung.

»Was können Sie mir sonst noch berichten?«

»Voraussichtlich morgen haben wir das vorläufige Ergebnis der DNS-Untersuchung; wir arbeiten schon daran. Können Sie mir außerdem noch eine Blutprobe des Verdächtigen zukommen lassen? Nur für den Fall, dass er sich selbst verletzt hat und das Blut nun an der Kleidung der Ermordeten klebt.«

»Natürlich. Sarah wird sofort eine gerichtliche Anordnung zur Blutentnahme erwirken. Schicken Sie schon mal jemanden rüber, der die Entnahme macht. Vielen Dank für Ihren Anruf, Bill. Ich melde mich im Lauf des Wochenendes wieder.« Vorbereitung und Erstellung des genetischen Fingerabdrucks konnten bis zu drei Monate in Anspruch nehmen. Dank einer neuen Technik, des so genannten PCR-Tests, war Schaeffer in der Lage, innerhalb von achtundvierzig Stunden ein vorläufiges Resultat zu erzielen, das durch folgende Tests bestätigt werden musste.

»Nichts Wichtiges, aber ich hab' sie trotzdem für Sie kopieren lassen«, sagte Peterson, während er mir die von ihm abgezeichneten Polizeiberichte reichte. Jeder Bericht fasste eine Zeugenbefragung zusammen.

Ich überflog die Berichte, aber meine Gedanken kreisten um Austin Bailey. Ich wusste, dass jeder Schritt, den wir von nun an unternahmen, sowohl vom erstinstanzlichen als auch vom Berufungsgericht genauestens unter die Lupe genommen wurde.

»Tut mir leid«, entschuldigte sich Wallace schon beim Betreten des Raumes. »Ich hatte keine Ahnung, dass ihr heute schon vor Sonnenaufgang Kriegsrat haltet.«

»Kommen Sie rüber«, rief Peterson. »Sie müssen sofort Pops in die Mangel nehmen. Spätestens gegen Abend müssen wir ihn dem Haftrichter vorführen, andernfalls können wir ihn gleich wieder laufen lassen«, sagte Peterson. »Hier, damit Sie wissen, mit wem Sie's zu tun haben.«

Die New Yorker Gerichte verfügen über strenge Regelungen bezüglich der Zeitspanne, in der ein Angeklagter vernommen werden darf, ohne die Möglichkeit gehabt zu haben, vor dem Richter zur Haftanhörung zu erscheinen. In letzter Zeit kam es immer häufiger vor, dass die Gerichte den Verdächtigen von den Anschuldigen freisprachen, wenn Polizei und Staatsanwaltschaft sich zu lange Zeit damit ließen, den vermeintlichen Täter in den Gerichtssaal zu bringen.

Peterson klärte Wallace über Baileys Vorleben auf. »Sieht so aus, als würde er schnurstracks auf die Gummizelle zusteuern. Mal sehen, was er mir heute zu sagen hat.«

Wallace schnappte sich zwei Plastikbecher mit Kaffee und balancierte sie zusammen mit einem Bagel hinüber zu der immer noch sperrangelweit offenstehenden Tür der Arrestzelle. Er begrüßte Bailey, der auf der Holzpritsche lag. Der Gefangene, dessen Gästestatus in der vorhergehenden Nacht hinfällig geworden war, rappelte sich auf und brachte sogar so etwas wie ein Lächeln zustande, als er Mercer sah.

Nachdem der Detective Pops das Frühstück ausgehändigt hatte, führte er ihn in den Befragungsraum.

Mercer schlüpfe noch einmal schnell aus dem Zimmer, um sich bei Peterson einen frischen Block zu holen und uns vorzuschlagen, dass wir uns das Gespräch durch die verspiegelte Scheibe ansehen sollten. »Ich will nicht, dass die Sache schief geht«, bemerkte er. Dann nickte er mir zu. »Denk an Eddie Floyd, Coop«, sagte er grinsend, und während er uns den Rücken kehrte, um den Raum zu verlassen, pfiff er den Refrain des einzigen großen Hits des Sängers: Knock on Wood.

»Kennt er schon seine Rechte?« erkundigte ich mich. Der Supreme Court legte größten Wert darauf, dass jeder Tatverdächtige über seine Rechte aufgeklärt wird.

»Keine Sorge, das ist das Erste, was ich tun werde. Ich lese ihm die entsprechenden Paragraphen vor, aber ich fürchte, der Knabe hat keinen Schimmer, wovon ich rede. Wir haben einfach nicht die gleiche Wellenlänge.«

Mercer ging rüber zu Pops, während ich mich in die Nebenkammer begab und durch die verspiegelte Scheibe schaute. Die beiden Männer saßen sich an dem Tisch in der Mitte des Raumes gegenüber: Mercer in aufrechter Haltung, glatt rasiert und gutgekleidet; Bailey halb über den Tisch gelümmelt, mit gesenktem Kopf seinen Doughnut kauend und aus dem Plastikbecher schlürfend.

Wallace sprach in lockerem Plauderton mit dem Mann; er erzählte von sich selbst, von seinem Vater und versuchte auf diese Weise, eine gemeinsame Ebene mit der gebrochenen Gestalt zu finden, mit der er ein zusammenhängendes Gespräch führen wollte.

Ich verließ den Nebenraum und verfluchte mich für das Mitleid, das erneut in mir aufstieg, wenn ich Pops sah.

Da tauchte Chapman auf. Gemeinsam gingen wir wieder in den Nebenraum. Mercer hatte inzwischen die Plastikbecher entsorgt und fixierte Austin Bailey über den Tisch hinweg. Geduldig erklärte er seinem Gegenüber das Aussageverweigerungsrecht und tat dies in einer Sprache, die selbst ein Grundschüler verstanden hätte.

Ich fragte mich, ob Mike wohl das Gleiche wie ich dachte – nämlich dass diese Vernehmung vollkommen zwecklos war. Ein Mörder mit diesem Hintergrund musste von einem Fachmann befragt werden; in meiner Vorstellung führte ich schon das Kreuzverhör der Psychiater durch, die zu Gunsten der Verteidigung aussagen würden, dass Austin Bailey verhandlungsunfähig sei.

Während Wallace sich darum bemühte, die Aufmerksamkeit seines Gegenübers zu gewinnen, griff Bailey nach dem alten schwarzen Telefonapparat am anderen Ende des Tisches. Mercer ignorierend, nahm er den Hörer ab und wählte eine Nummer.

»Hallo, Ma? Ja. Charlie ist wieder da …«

Mercer nahm Pops mit sanfter Gewalt den Hörer aus der Hand und legte ihn wieder auf die Gabel.

»Er hätte den Alten sprechen lassen sollen«, flüsterte ich Chapman zu. »Jetzt wird er behaupten, er habe nicht telefonieren dürfen.«

»Coop, weißt du, wohin die Leitung führt? Es ist nur ein interner Apparat – man kann damit kein Auswärtsgespräch führen. Er spricht weder mit seiner Mutter noch mit sonstwem. Ich hab' sowieso keine Ahnung, weshalb wir mit diesem Unsinn Zeit verschwenden. Wir sollten ihn so schnell wie möglich dem Haftrichter vorführen, und die Sache ist gelaufen«, knurrte Mike, während er den stickigen Raum verließ.

Ich folgte ihm in Petersons Büro. Dort überlegten wir, was als Nächstes zu tun war, bis plötzlich Wallace auftauchte.

»Er will mit dir sprechen, Cooper. Komm mit und sieh ihn dir an. Aber auf Video würde ich die Vernehmung nicht aufzeichnen – der zieht entweder eine zirkusreife Nummer ab oder ist wirklich durchgeknallt. So ein Video kann man keiner Jury zumuten.«

Achselzuckend folgte ich Mercer in den Vernehmungsraum.

Als wir die Tür hinter uns schlossen, blickte Pops auf und schickte ein Grinsen in meine Richtung. »Der Mann ohne Skrupel und ohne Zähne, Ma'am«, waren Baileys Begrüßungsworte. »So haben mich die Doktors genannt.«

Wallace erklärte ihm, wer ich war und worin meine Aufgabe bestand, während ich mich setzte.

»Ich möchte mit Ihnen über ein paar Dinge sprechen, die im Krankenhaus passiert sind, Mr. Bailey. Verstehen Sie mich?«

»Das mit dem Krankenhaus tut mir leid, Ma'am. Tut mir leid, tut mir wirklich leid.«

Ich stellte mir vor, wie grausam es für Gemma Dogen gewesen sein musste, mit einem Verrückten um ihr Leben zu kämpfen, der ihr Flehen und Betteln um Gnade gar nicht begriff.

»Darüber möchte ich mit Ihnen sprechen. Ich will wissen, *was genau* Ihnen so leid tut, und das werden wir dann dem Richter erzählen.«

Es war für mich von entscheidender Bedeutung, dem Richter sowie den Geschworenen zu beweisen, dass man Bailey in einer Weise über seine Rechte aufgeklärt hatte, die er auch wirklich verstand. Nur so hatte seine Aussage Bestand.

»Mr. Bailey, hat Detective Wallace Ihnen erklärt, dass Sie nicht mit mir sprechen *müssen*?«

»Ich *will* aber mit Ihnen reden, Lady. Seit meine Frau tot ist, hab' ich nicht mehr mit einem netten Mädchen gesprochen.«

»Sie müssen meine Fragen nicht beantworten, haben Sie das verst…«

»Sie hat mit dem Messer gesprochen, nicht wahr? Die Frau Doktor hat mit dem Messer gesprochen.«

Ein Schauder überlief mich. Redete er von Gemma?

»Was meinen Sie?«

»Hat nicht mit mir gesprochen. Hat mit niemandem gesprochen. Sie hat mit dem Messer gesprochen.«

Irgendwie musste ich die Unterhaltung wieder in vernünftige Bahnen lenken. Ich musste ihn vollständig über sein Aussageverweigerungsrecht aufklären und gleichzeitig dafür sorgen, dass er nicht die Lust verlor, über den Mord zu sprechen.

Plötzlich veränderte sich Pops' Miene. Er kniff die Lippen fest zusammen und hielt sich mit den Händen beide Ohren zu. Mercer packte seinen linken Arm und zog die Hand vom Ohr weg. Pops wiegte seinen Oberkörper nervös hin und her und bat uns winselnd um ein Kleenex. Mercer nickte mir zu, woraufhin ich den Raum verließ, um ein paar Papiertaschentücher aus meiner Handtasche zu holen. Ich reichte Pops die ganze Packung. Er bedankte sich mit einem schiefen Lächeln und begann, die Papiertücher in kleine Fetzen zu reißen, die er zu Kugeln formte und sich in die Ohren steckte.

Auch nachdem er sich die Ohren zugestopft hatte, schaukelte er immer noch hin und her. Der weiße Zellstoff quoll ihm aus den Ohren. »Charlie spricht mit mir«, bemerkte er zu Mercer. »Ich hab's Ihnen doch schon gesagt. Das ist der Mann, der mir sagt, was ich tun soll. Ich hab' keine Schuld, weil ich nur tue, was Charlie mir sagt.«

»Sag ihr, wer Charlie ist, Pops.«

»Er ist mein Bruder, Lady. Ist am selben Tag wie ich geboren, ist aber nie aus dem Krankenhaus rausgekommen. Er musste die ganze Zeit dort bleiben, aber er spricht mit Mama und mir. Jeden Tag. Er sagt mir, was ich tun soll.«

Ich warf Mercer einen Hilfe suchenden Blick zu. Den Kopf in die Hände gestützt, überlegte ich, wie es weitergehen sollte. Stellte sich Pops nur dumm? Oder verschwendete ich tatsächlich meine Zeit mit jemandem, der wegen Unzurechnungsfähigkeit niemals vor Gericht gestellt werden würde?

»Was hat Charlie Ihnen denn genau gesagt? Was sollten Sie mit der Ärztin tun? Charlie hat mir aufgetragen, Sie danach zu fragen.«

Bei der Erwähnung von Charlies Namen huschte ein Lächeln über Pops' Gesicht. »Ja, aber jetzt kann ich ihn nicht hören. Ich kann Ihnen nur sagen, dass es mir leid tut, dass sich die Frau Doktor heute nicht gut fühlt.«

In den nächsten zwanzig Minuten redeten wir alle drei ziemlich wirres Zeug. Mercer und ich versuchten, auf Pops' unzusammenhängende Erzählungen einzugehen, aber irgendwann hatte er keine Lust mehr, legte die Arme auf den Tisch und bettete seinen Kopf darauf.

Wallace führte mich aus dem Raum. Chapman und Peterson hatten das Ganze durch die Scheibe beobachtet. Ich war enttäuscht und ärgerlich – nichts von dem, was Pops von sich gegeben hatte, war vor Gericht gegen ihn zu verwenden.

»Das hat alles keinen Sinn.«

»Tatsache ist, dass es sich nicht lohnt, das hier per Video aufzuzeichnen.«

Mercer zog sein Sakko aus, krempelte die Ärmel hoch und verkündete, er werde das Gespräch mit Pops so lange weiterführen, bis wir uns entschieden hätten, ihn dem Haftrichter vorzuführen.

»Ich rufe Battaglia an und frage, wie ich weiter verfahren soll. Außerdem muss ich die Presseabteilung auf den Medienansturm vorbereiten. Gebt mir bitte 'ne halbe Stunde Zeit.«

»Sie können das Telefon in meinem Büro benutzen«, bot mir Peterson an. »Ich bin derweil im Einsatzraum. Ach, übrigens, Alexandra – es gibt weitere Neuigkeiten.«

»Schießen Sie los.«

»Steve Rubinstein vom Capital Defenders Office hat angerufen. Ihm ist zu Ohren gekommen, dass wir einen Tatverdächtigen haben, und sie wollen ihn vertreten. Sie schicken jemanden rüber, der mit Pops sprechen soll und unsere Vernehmung beendet.«

»Sag denen, sie sollen Charlie anrufen«, knurrte Chapman.

1996 hatte man in New York die Todesstrafe wieder eingeführt, und jemandem, der im Zuge einer Vergewaltigung eine Frau umbrachte, drohte nach der Verurteilung die Todesspritze. Battaglia hatte sich gegen das neue Gesetz gestellt; wahrscheinlich befriedigte ihn die Tatsache, dass Pops aufgrund seines Geisteszustandes kein Kandidat für die Todeszelle war.

Peterson reichte mir einen Zettel mit Rubinsteins Nummer, aber zuerst wollte ich mit Battaglia sprechen.

Rose war am Apparat und teilte mir mit, ihr Chef sei unterwegs zur Citizens Crime Commission, wo er eine Rede halten sollte. Sie stellte mich zu seinem Autotelefon durch.

»Gute Arbeit, Alex. Gratulieren Sie auch Peterson von mir.«

»Ich brauche Ihren Rat, Paul. Im Augenblick haben wir lediglich eine Hand voll Indizien. Keine Aussage von ihm, kein Geständnis. Er redet nur sinnloses Zeug. Frühestens morgen bekommen wir das Ergebnis der DNS-Untersuchung. Ich hoffe, dass wir bis dahin ein paar hieb- und stichfeste Beweise haben – zum Beispiel irgendeinen Gegenstand, den er aus Dogens Büro mitgenommen hat, oder vielleicht sogar die Tatwaffe. Im Augenblick werden alle Müllbehälter des Krankenhauses durchkämmt und sämtliche Straßen rundherum abgesucht. Um ehrlich zu sein, ich weiß nicht, ob dem Haftrichter das, was wir bisher gegen den Kerl in der Hand haben, ausreicht.« In kurzen Worten schilderte ich Battaglia Pops' Äußerungen.

»Er ist niemals aus der Rockland State-Psychiatrie entlassen worden?« fragte Battaglia.

»Nein, er ist ausgebüchst.«

»Dann setzen wir jetzt alles auf eine Karte. Schieben Sie die Haftvorführung solange auf, bis Sie die Beweise haben, die Sie brauchen, lassen Sie ihn in die psychiatrische Abteilung des Bellevue einliefern und bitten Sie Rockland um eine Anhörung in Sachen Flucht aus der Anstalt. Auf diese Weise ist der Verdächtige unter Verschluss, und wir haben etwas mehr Zeit, den Fall zusammenzubekommen. Als mutmaßlicher Mörder wird er dem Haftrichter erst vorgeführt, wenn Sie das Okay dazu geben.«

»Habe ich Ihre volle Unterstützung, Chef?« fragte ich, denn ich wusste, dass Pat McKinney, der Leiter der Prozessabteilung, jede Entscheidung, die ich in diesem Fall traf, genauestens unter die Lupe nehmen würde.

»Haben Sie, Alex. Und wir werden uns solange bedeckt halten, bis wir über ausreichende Beweise verfügen. Wimmeln Sie auch die Leute vom Capital Defenders Office ab. Erstens hat Bailey nicht um einen Verteidiger gebeten, und zweitens steht er noch nicht unter Mordanklage. Um die Presse kümmere ich mich selbst.«

Als nächstes rief ich im Mid-Manhattan Hospital an; an diesem Morgen war Maureen Forester eingewiesen worden. Die Frau von der Vermittlung gab mir die Durchwahl und verband mich mit ihrem Zimmer.

»Wie geht's dir?«

»So weit, so gut. Jedenfalls schon besser, seitdem ich weiß, dass ihr den Kerl habt. Danke übrigens für den Morgenmantel.«

»Ich hab' gehört, dass auf deinem Flur ein Solarium ist. Ich dachte, wenn du die bestgekleidete Frau weit und breit bist, findest du vielleicht ein paar Mitpatienten, die einen Plausch mit dir halten.«

»Ich hab' das dumpfe Gefühl, du willst mich trotzdem ein paar Tage hier schmoren lassen?«

»Ja. Uns fehlt im Augenblick noch einiges. Mike glaubt, Pops könnte einen Komplizen gehabt haben. Vielleicht hat der eine oder andere von seinen Kumpels nach dem Mord etwas gehört oder gesehen. Wir wollen nur auf Nummer sicher gehen, wenn es dir nichts ausmacht.«

»Ausmachen? Nein, es ist richtig nett hier. Meine erste Untersuchung findet um halb zwölf statt. Ich soll ein paar Assistenzärzten meine Symptome beschreiben.«

»Beschreiben oder vorführen?«

»Nein danke, keine Vorführung. Eine Beschreibung muss fürs erste reichen.«

»Gut. Sarah wird dich nachher besuchen, und ich melde mich auch wieder. Viele Grüße übrigens auch von Mercer und Mike. Bis später.«

Ich erledigte noch einige weitere Telefonate, dann warf ich einen Blick in den Einsatzraum. Fast alle Männer waren ausgeschwärmt und durchsuchten das Krankenhaus nach Beweisstücken und weiteren Zeugen. Wallace kümmerte sich immer noch um Bailey, hatte aber keine Erfolge zu verbuchen.

Der Lieutenant schaute die Notizen von zwei seiner Männer durch. »Battaglia hatte eine tolle Idee, wie wir Baileys Haftvorführung noch etwas hinauszögern können.« Ich erklärte ihm den Plan, der darin bestand, den Ausbrecher Bailey vorläufig wieder in psychiatrischen Gewahrsam zu geben, um in der Zwischenzeit weitere Beweise sammeln und den Fall sauber aufbauen zu können. Ich bat Peterson, Chapman und Wallace und den Rest des Teams über diese neue Entwicklung zu informieren.

»Ich komme mir jetzt hier ziemlich überflüssig vor, Loo. Wahrscheinlich ist es am besten, wenn ich rüber in mein Büro fahre. Rufen Sie an, falls irgend etwas passiert, und ich komme sofort.«

Ich sammelte meine Unterlagen zusammen, verließ das Revier durch den Hinterausgang, schnappte mir ein Taxi und überflog während der Fahrt die Polizeiberichte. Als ich in der Staatsanwaltschaft ankam, waren die meisten meiner Kollegen auf dem Weg zum Mittagessen. Laura drückte mir einen Stapel Notizzettel in die Hand und erbot sich, mir etwas zu essen zu holen. Ich entschied mich für Thunfischsalat und eine Coke; dann machte ich mich an die Rückrufe.

Der Nachmittag zog sich endlos hin. Kein Anruf vom Revier, und Sarah war im Krankenhaus, um Maureen bei Laune zu halten. Am frühen Nachmittag verabschiedeten sich die meisten meiner Kollegen ins Wochenende.

Gegen halb fünf meldete Laura, dass Jordan Goodrich, ein guter alter Freund aus Studienzeiten, in der Leitung sei.

»Susan hat mich eben angerufen und mir erzählt, du hättest einen großen Fall übernommen. Vielleicht hast du ja trotzdem Lust und Zeit, heute mit uns und den Kindern zu Abend zu essen?«

»Vielen Dank für die Einladung, aber ich fürchte, ich muss sie ablehnen. Ich bin fix und fertig und freue mich schon drauf, früh ins Bett zu gehen.«

»Und wie wär's mit einem Drink gleich nach dem Büro?«

»Gute Idee.«

In den zehn Jahren, die seit unserem Studienabschluss vergangen waren, trafen wir uns alle paar Wochen freitags nach dem Büro, um die letzten Neuigkeiten auszutauschen. Jordan stammte aus einer einfachen Familie, war in einer Kleinstadt in Georgia aufgewachsen und hatte im Laufe seiner brillanten Karriere die meisten unserer Kommilitonen weit hinter sich gelassen. Er und Susan gehörten zu meinen engsten Freunden.

Bevor ich mein Büro verließ, meldete ich mich noch einmal bei Peterson, der mir mitteilte, dass Wallace und Ramirez Austin Bailey in Kürze in die Psychiatrie der Strafanstalt Bellevue bringen würden und dass Chapman und die anderen noch immer im Krankenhaus zugange seien. Dann berichtete er, dass Chief McGraw beabsichtigte, der Presse mitzuteilen, im Mordfall Dogen sei zwar ein Durchbruch erreicht, aber noch keine Festnahme erfolgt. Nach dieser Verlautbarung würde die Presse abziehen, und sie konnten Pops unbehelligt abtransportieren. Ich versicherte Peterson, dass ich meinen Pager eingeschaltet lassen würde, bis ich zu Hause ankam, wo ich auch den Rest des abends zu verbringen gedachte.

Dann verließ ich mein Büro und machte mich auf den Weg zu dem Treffen mit Jordan in der Bemelmans Bar des Carlyle.

Jordan erwartete mich bereits. Während ich auf seinen Tisch zusteuerte, gab der Pianospieler seine Interpretation von »I'll Never Fall in Love Again« zum besten.

»Gutes Timing«, bemerkte ich lachend.

George, der uns bereits an unzähligen Freitagen bedient hatte, war mit meinem Dewar's zur Stelle, noch bevor ich meinen Mantel ausgezogen hatte. Jordan hatte seinen ersten Stoli Martini bereits zur Hälfte geleert. Wir begrüßen uns mit einer freunschaftlichen Umarmung, dann rutschte ich neben ihn auf die lederbezogene Bank.

Ich hatte kaum Zeit gehabt, mich nach Susan und den Kindern zu erkundigen, als sich mein Pager meldete. Ich warf einen Blick auf das Anzeigefeld und erkannte sofort Bill Schaeffers Nummer.

»Prima. Lass mich ihn schnell zurückrufen; vielleicht habe ich danach doch noch Lust auf ein Abendessen bei euch zu Hause. Es geht um die Ergebnisse der Blutanalyse, die ich mit Spannung erwarte.«

Um zu den öffentlichen Telefonen zu gelangen, musste ich die Hotelhalle durchqueren. Ich warf eine Münze in den Fernsprecher und wählte die Nummers des gerichtsmedizinischen Labors. »Hallo, Bill, hier spricht Alex. Gibt's was Neues?«

»Ja, aber ich fürchte, es wird Ihnen nicht gefallen. Es ist *nicht* ihr Blut.«

»Was?« fragte ich fassungslos. »Aber es *muss* ihr Blut sein.«

»Ist es aber nicht. Ich weiß, dass Bailey keinerlei Verletzungen aufwies, aber das Blut an der Hose ist identisch mit seiner

Blutgruppe. Die entsprechende DNS-Analyse liegt zwar noch nicht vor, aber ich bin ziemlich sicher, dass es sein eigenes ist. Ich fürchte, der Mann, den ihr festhaltet, ist nicht der Mörder.«

Ganz ruhig, befahl ich mir selbst, während ich versuchte, mir vorzustellen, welche Auswirkungen Schaeffers Informationen hatten.

Ich wählte die Nummer des 17. Reviers und teilte Peterson die Neuigkeit mit. »Ich komme sofort rüber. Bestellen Sie jemanden vom Emergency Medical Service. Ich will, dass Bailey in meiner Gegenwart untersucht wird, und zwar so schnell wie möglich. Vierundzwanzig Stunden haben wir mit einer falschen Spur verschwendet. Sagen Sie McGraw, er solle zur Abwechslung mal durchsickern lassen, dass wir *keinen* Verdächtigen haben. Sagen Sie auch Maureen Bescheid, was Sache ist. Vielleicht geistert der Mörder noch durchs Krankenhaus.«

Jordan hatte schon die nächste Runde bestellt, um mit mir auf meinen vermeintlichen Erfolg anzustoßen. »Vielleicht das nächste Mal«, knurrte ich und griff nach meiner Handtasche. »Tut mir leid, Jordan, aber ich bin von einem Mörder in die Irre geführt worden.«

Ich überließ ihm die Drinks und die Rechnung. Mein Kopf hämmerte.

14

An diesem Freitagabend eilte ich kurz vor sieben die Stufen des 17. Reviers hinauf. Die Aufregung, die die Männer morgens noch angetrieben hatte, war verflogen; statt dessen war Enttäuschung spürbar.

Jerry McCabe telefonierte. Als er mich sah, bedeckte er mit der Hand die Sprechmuschel und rief mir zu: »Hallo Alex, sie sind mit Bailey im Umkleideraum gegenüber. Geh gleich rüber.«

Ich legte meinen Mantel in Petersons Büro ab und überquerte den Gang. Der Lieutenant und Wallace kehrten mir ihre Rücken zu, ein paar andere Männer lehnten ringsum an der Wand, und Pops saß in der Mitte des Raumes auf einem Tisch; er trug nichts bis auf schmutzige grüne Boxer-Shorts.

Ein Arzt vom Emergency Medical Service kniete vor Austin und war damit beschäftigt, sein linkes Bein vom Oberschenkel bis zur Fußsohle zu untersuchen.

»Nicht der geringste Kratzer«, teilte der Arzt dem Lieutenant mit, während er sich erhob.

Peterson stellte mir Juan Guerra vor, der Austin Bailey soeben von Kopf bis Fuß in Augenschein genommen hatte. Bailey blieb mit gesenktem Kopf reglos sitzen, sein Kinn ruhte auf der nackten Brust, und er murmelte unter den Blicken der Polizisten, die ihn anglotzten wie ein Tier im Zoo, unverständliches Zeug vor sich hin.

»Mercer, hast du einen Abzug von dem Polariod, auf dem Pops' blutverschmierte Hose zu sehen ist?« fragte ich.

Während Wallace einen Packen Fotos aus seiner Jackentasche zog, grinste Bailey mich an. »Ich hab' Ihnen doch gesagt, dass es nur Farbe ist, Lady.«

Ich reichte Guerra das entsprechende Foto, deutete auf die deutliche Verfärbung des linken Hosenbeins und erklärte ihm, dass außerdem sowohl Pops' rechtes Hosenbein als auch seine Schuhe voller Blut gewesen seien.

Nachdem Guerra das Foto eingehend betrachtet hatte, nickte er langsam und sagte ein einziges Wort. »Krampfadern.«

Ein vielstimmiges, entgeistertes »Waaas?« erfüllte den Raum.

»Ich war angesichts dieses Blutbades schon so weit, den Kerl eigenhändig auf den elektrischen Stuhl setzen zu wollen, und Sie erzählen uns, dass Krampfadern die Ursache sind?« fragte Wallace fassungslos.

»Ja, allerdings. Solche Krampfadern sieht man relativ oft, besonders bei Obdachlosen, die nicht regelmäßig ärztlich versorgt werden.« Guerra kniete sich erneut vor Bailey und bat ihn mit ruhiger Stimme, beide Beine auszustrecken. Der Arzt griff nach Austins Füßen und fuhr mit seinen Händen über die Innenseiten der Knöchel. »Er leidet eindeutig unter Krampfadern. Und wenn die aufplatzen, tritt so viel Blut aus, dass er daran theoretisch verbluten könnte.«

Während wir über ihn sprachen, schaute Pops teilnahmslos in die Runde und kratzte seinen nackten Bauch.

Ich ging neben dem Arzt in die Hocke und ließ mir die Stellen an Baileys Knöcheln zeigen.

»Meine Großmutter hatte Krampfadern«, bemerkte Peterson.

»Dann sollten Sie aufpassen«, erwiderte der Arzt, »die Dinger sind nämlich erblich. Und das hier«, Guerra deutete auf zahlreiche kleine Punkte an Baileys Armen und Oberschenkeln, »könnten Überbleibsel einer Drogenabhängigkeit oder ...«

Wallace deutete auf die alten Nadeleinstiche. »Verdammt, das sind ja mehr Stiche, als ein ganzer Hornissenschwarm zustande brächte.«

»Aber keine frischen, nur alte. Kein Kratzer, keine Narbe, keine Verletzung«, fasste ich zusammen.

Guerra ergriff wieder das Wort. »Miss Cooper, ob Sie's glauben oder nicht, ich habe schon Krampfadern gesehen, die gesprudelt haben wie Ölquellen. In der letzten Woche hatte ich einen Notruf in der sechsunddreißigsten Straße – ein alter Mann, aus dessen Schuhen das Blut quoll. Ich legte den Finger auf seine Vene – hier, es war diese, direkt neben dem Knöchel –, übte eine Minute lang Druck aus, und die Sache war behoben. Eine halbe Stunde später habe ich mir den Fuß noch einmal angeschaut, und es war nichts mehr zu sehen. Das Blut tritt lediglich an einer winzigen Stelle aus – entweder man stillt die Blutung umgehend, oder der Patient verblutet möglicherweise.«

»Und warum hat er uns nicht gesagt, dass es sein eigenes Blut war?« fragte Mercer in den Raum gerichtet.

Als ich mich erhob, griff Pops nach meiner Hand. »Hab' Ihnen doch gesagt, dass es ein Farbeimer war. Hab' Ihnen doch gesagt, dass mir das mit der Lady leid tut.«

Bailey war eindeutig nicht Herr seiner Sinne, und wahrscheinlich hatte er auch nicht begriffen, woher das Blut auf seiner Hose stammte.

»Zieht ihn wieder an«, sagte ich, während ich den Raum verließ. »Und wenn ihr ihn im Bellevue einliefert, stellt ihr bitte sicher, dass er ärztlich behandelt wird. So hat der arme Kerl wenigstens was davon.«

Im Einsatzraum war es relativ ruhig. Peterson und die anderen folgten mir, während der Arzt seine Utensilien zusammenpackte.

Ich wählte Chet Kirschners Nummer und berichtete ihm, was ich soeben von Juan Guerra über Krampfadern erfahren hatte; der Gerichtsmediziner bestätigte Guerras Darstellung und versicherte mir, dass dies tatsächlich eine logische Erklärung für Baileys blutverschmierte Hose sei.

Als ich aufgelegt hatte, hörte ich, dass Peterson mit Bill Dietrich sprach. Er teilte ihm mit, dass der Mord noch nicht aufgeklärt und die mögliche Gefahr für Patienten und Krankenhauspersonal noch nicht gebannt sei.

»Kümmert sich jemand um Maureen?« fragte ich.

»Charles hat sich mit unserem Plan einverstanden erklärt und ist heute Abend bei ihr.« Maureens Mann hatte seinen Polizeidienst quittiert und leitete die Sicherheitsabteilung eines großen Unternehmens. »Bis jetzt ist alles glatt gelaufen. Unsere Techniker haben heute getarnt als Fernsehfritzen eine versteckte Mikrokamera in ihrem Zimmer installiert. Der Monitor steht im Übertragungswagen, der gleich hinter dem Minuit Medical College geparkt ist. Maureen kann also ruhig schlafen.«

»Und wie geht's jetzt weiter?«

»Ich schlage vor, dass wir für heute Schluss machen und uns morgen Früh in alter Frische drüben im Krankenhaus treffen. Dort geht's dann weiter – ober- und unterirdisch. Ich denke, dass uns Gemma Dogen den Weg zum Täter weisen wird. Als Pops unser Tatverdächtiger war, haben wir geglaubt, Gemma Dogen sei zufällig sein Opfer geworden. Aber mittlerweile wissen wir, wie distanziert und eigen, um nicht zu sagen wie unbeliebt, sie war. Deshalb sollten wir zu unserer ursprünglichen Annahme zurückkehren, dass der Angriff ganz gezielt ihr gegolten hat.«

»Ich kann einfach nicht glauben, dass wir vierundzwanzig Stunden lang in die Irre gelaufen sind.«

»Wo ist Chapman?« fragte Peterson mit einem Blick auf seine Uhr.

Mercer und ich sahen uns an, und zum ersten Mal seit Schaeffers schlechter Nachricht musste ich grinsen. Mike hatte sich zweifelsohne eine kurze Pause genehmigt, war in eine Kneipe irgendwo zwischen dem Mid-Manhattan und dem Revier abgetaucht, und genoss bei einem kühlen Bier Alex Trebeks Quiz-Show.

»Ich gehe besser, bevor er auftaucht – andernfalls bleibe ich den restlichen Abend hier hängen. Ich bin das ganze Wochenende zu Hause, Loo. Sie können mich jederzeit anrufen, hören Sie?« Mit diesen Worten griff ich nach meiner Mappe.

»Ich weiß Bescheid. Ruhen Sie sich aus, ich hab' das Gefühl, dass dies nicht der letzte Rückschlag war. Soll ich Sie nach Hause fahren?«

»Danke, Loo. Der Sergeant unten am Empfang soll mich in 'ne Streife setzen, ist ja nicht weit. Nacht, Mercer; nacht, Loo. Bis morgen.«

Kurz darauf stieg ich zu den beiden jungen Polizisten in den Streifenwagen. Zu Hause angekommen, teilte mir der Portier mit, er habe einiges für mich entgegengenommen. Er verschwand in seinem Kämmerchen und kam mit einem Stapel Post und Zeitschriften sowie einer Ladung Kleidung aus der Reinigung zurück.

Als ich meine Wohnungstür öffnete, sah ich als erstes Prozac, ausgestreckt auf meinem Teppich. Noch bevor sie den Kopf hob, wedelte sie schon mit dem Schwanz; ich freute mich, dass ich das Wochenende nicht allein verbingen musste.

David Mitchells Zugehfrau hatte Prozac zu mir rübergebracht und einen Zettel auf dem Garderobentisch hinterlassen. »Abendessen hat sie schon bekommen; heute Abend noch einmal Gassi gehen.«

Ich schlüpfte in meine Leggings und ein bequemes Hemd und tupfte mir ein paar Spritzer Calèche hinter die Ohren – mein geliebtes Chanel hatte ich nach der letzten geplatzten Liebesaffäre ad acta gelegt.

In der Küche nahm ich den Inhalt meines Gefrierschranks in Augenschein – im unteren Fach standen ein paar Packungen Eiscreme; in den Schubladen darüber fanden sich verschiedene Diät-Fertigmenüs und eine Plastiktüte mit Eiswürfeln – alles, was man für einen netten Abend zu Hause brauchte.

Ich entschied mich für eine 143-Kalorien-Lasagne, entfernte die Zellophanhülle und schob die Aluschale in die Mikrowelle. Während sich der gefrorene Block in eine köstliche Mahlzeit verwandelte, ließ ich eine Hand voll Eiswürfel in ein wunderschönes Baccarat-Glas klimpern. Kristallgläser und Porzellan gaben mir das Gefühl, eine richtige Mahlzeit zu mir zu nehmen – selbst wenn ich allein war.

Die Karaffe mit dem Scotch stand im Wohnzimmer, wohin mir Zac treu ergeben folgte. Nachdem ich mir einen Drink gemacht hatte, deckte ich meinen Platz am Tisch, der mir einen herrlichen Ausblick auf die Stadt bot. Dann verriet mir das Klingeln der Zeitschaltuhr der Mikrowelle, dass mein Essen fertig war.

Die *Times* war zu unhandlich, um sie beim Essen zu lesen, die Zeitschriften wimmelten derart vor Verbrechen, dass ich nicht abschalten konnte, und die leidvollen Geschicke von Trollopes Heldin Lady Eustache waren besser als Bett- denn als Tischlektüre geeignet.

In der Hoffnung, ein Ausblick auf die neue Frühjahrsmode würde meine Laune heben, nahm ich die Aprilausgabe von *In Style* aus dem Zeitschriftenständer.

Nach dem Essen machte ich es mir auf dem Sofa bequem, um ein paar Freunde anzurufen. Die Wahrscheinlichkeit, an einem Freitagabend um diese Uhrzeit jemanden zu Hause anzutreffen, war sehr gering, also wählte ich Nina Baums Nummer – in der Hoffnung, durch die dreistündige Zeitverschiebung zwischen Ost- und Westküste würde einem Plausch nichts im Wege stehen. Fehlanzeige – nur der Anrufbeantworter. Ich bat sie, im Lauf des Wochenendes zurückzurufen.

Als ich gegen zehn kaum noch die Augen offen halten konnte, kramte ich meinen Skianorak aus dem Schrank und schnappte mir Zacs Leine. Der Wind hatte nachgelassen, und die Nachluft tat mir gut. Ich führte Zac die Third Avenue entlang und bog dann ich Richtung Central Park ab.

In einem kleinen südamerikanischen Geschäft kaufte ich Orangensaft und Zimtrollen für den nächsten Morgen.

Außer ein paar Hundebesitzern, Joggern und Rollerbladern waren kaum Fußgänger unterwegs. Zac und ich gingen noch einen Block weiter, vorbei an Reihenhäusern und einer Schule, die leer und dunkel dalag. Ich wartete an der Ampel, um auf die Third Avenue zu kommen. Als das grüne Signal aufleuchtete, trat ich auf die Straße.

Auf der gegenüberliegenden Straßenseite setzte sich ein untersetzter Mann mit einem Boston-Terrier an der Leine in Marsch. Zac zog mich mit aller Macht in Richtung des anderen Hundes. »Langsam, Mädchen«, murmelte ich und versuchte, sie zurückzuhalten. Ich stand noch auf der Fahrbahn.

Mit einem Ohr hörte ich das scharfe Quietschen von Autoreifen. Ich hatte meine volle Aufmerksamkeit auf den Hund gerichtet, aber instinktiv drehte ich den Kopf in die Richtung, aus der das Quietschen kam. Mit halsbrecherischer Geschwindigkeit fegte ein Wagen um die Ecke und schoss direkt auf mich zu – zwei der Reifen schienen förmlich in der Luft zu hängen.

Zac machte einen gewaltigen Satz nach vorn auf den Terrier zu. Ich ließ die Leine los und warf mich gegen das letzte

Auto, das vor der Ecke parkte. Der Wagen raste wenige Zentimeter an mir vorbei.

Das Herrchen des Terriers packte Zac am Halsband und rief mir vom Gehsteig aus zu: »Sind Sie okay? Oder hat er Sie erwischt?«

Mit angehaltenem Atem stürzte ich auf Zac zu, kniete mich neben sie und stellte erleichtert fest, dass sie nicht verletzt war. Meine Hände zitterten.

»Keine Sorge«, bemerkte der Mann. »Der Hund war nicht in Gefahr – aber *Sie*. Wie fühlen Sie sich?«

»Gut«, antwortete ich, während ich mich langsam erhob und mir den Schmutz von der Jacke klopfte. »Der Kerl muss verrückt gewesen sein, oder betrunken oder ...«

»Wenn Sie mich fragen, hat's der Kerl auf Sie abgesehen gehabt. Er ist wie ein Geschoss direkt auf Sie zugerast.« Er zerrte an der Leine, um seinen Terrier von Zac zu trennen. Dann fragte er belustigt: »Soll ich vielleicht die Polizei rufen? Haben Sie Feinde?«

»Mehr als Sie ahnen. Haben Sie sich zufällig das Nummernschild gemerkt?« Lächerlich, tadelte ich mich im nächsten Augenblick selbst. Als ob mich jemand auf diese Weise kaltstellen wollte! Aber eine Sekunde später kam mir diese Möglichkeit schon gar nicht mehr so weit hergeholt vor.

»Nein. Der Idiot hat beim Davonfahren seine Scheinwerfer gelöscht. Ich konnte nichts erkennen, außer dass der Wagen ziemlich groß und dunkel war.«

Ich dankte dem Mann für seine Hilfe und strich auf dem Nachhauseweg alle paar Schritte liebevoll über Zacs weiches Fell.

Vor dem Zubettgehen genehmigte ich mir einen Schlaftrunk, um meine angespannten Nerven zu beruhigen. Obwohl ich krampfhaft versuchte, mir einzureden, der Wagen sei nur zufällig einen Augenblick lang außer Kontrolle geraten, fragte ich mich, wer mich lieber tot als lebendig sehen wollte.

15

Zum ersten Mal seit Tagen weckte mich die Sonne. Der Zwischenfall vom Vorabend und meine Mutmaßungen kamen mir wie ein böser Traum vor. Wahrscheinlich war meine Phantasie mit mir durchgegangen.

Zac und ich drehten unsere Runde diesmal in der entgegengesetzten Richtung und machten einen großen Bogen um die betreffende Kreuzung. Ich ließ Zac an meiner der Fahrbahn abgewandten Seite laufen und ging entgegen der Fahrtrichtung, um den herannahenden Verkehr im Blick zu haben.

Wieder zu Hause angekommen, packte ich meine Gymnastiksachen und fuhr zur West Side. Meinen Jeep parkte ich direkt vor dem Gebäude, in dem sich das Ballettstudio befand.

Fünf oder sechs bekannte Gesichter hatten sich bereits zu den Aufwärmübungen versammelt. Als William den Raum betrat, nahmen wir unsere Plätze an den Stangen ein.

Tschaikowskijs Symphonie Nummer 6 in b-Moll. Mit gestrafften Schultern und majestätisch erhobenem Kopf führte uns William in der Mitte des Raumes das erste Plié und Relevé vor.

Wie immer genoss ich es, mich in der Musik zu verlieren und mich auf die Schritte und Positionen zu konzentrieren, die William vorgab. Meine Mutter hatte mich mit vier zum Unterricht angemeldet, und seitdem war Ballett meine Lieblingsentspannung.

William hatte viele Jahre beim American Ballet Theater getanzt, bevor er sich von der Bühne zurückzog und nur noch unterrichtete. Die für diese Kunstform erforderliche Disziplin und Konzentration ermöglichten es mir, die manchmal unerfreuliche Realität, in der ich tagsüber lebte, für die Dauer einer Übungsstunde zu vergessen.

William schritt seine an der Stange aufgereihten Eleven ab und studierte die Positionen. »Bauch und Po rein, Judith«, korrigierte er die schlanke junge Frau hinter mir. »Schultern zurück, Alex. Ich möchte eine gerade Linie sehen, junge Dame, bis in die Fußspitzen.« Ich streckte meinen Fuß und machte meinen großen Zeh so lang, wie es die weißen Übungsschuhe erlaubten.

William ließ uns eine zweite, vierte und fünfte Position einnehmen; dann wiederholten wir die Übungen mit der anderen Seite. Als Mädchen hatte ich nach meinem Unterricht immer noch die Älteren bei den komplizierteren Positionen beobachtet und versucht, ihre Schritte nachzumachen. Und dabei hatte ich von dem Tag geträumt, an dem ich als Odette und Odile, als Giselle oder Ophelia auftreten würde – damit, dass später einmal der Gerichtssaal meine Bühne sein würde, hatte ich nie gerechnet.

William dirigierte uns in die Mitte des Raumes, wo wir Pirouetten und Fouettés übten, bis uns der Schweiß herunterlief. Ich hoffte, diese Stunde würde nie enden und ich würde nie wieder aus dieser Phantasiewelt entlassen und ins wirkliche Leben zurückgestoßen. Aber nachdem das *Adagio lamentoso* verklungen war, verbeugte sich William vor uns; wir erwiderten diese Geste und verabschiedeten ihn in der Tradition von Schülern großer Meister mit dezentem Applaus.

Ich duschte und schlüpfte in meine aus Leggings und Schlabberpulli bestehende Wochenenduniform. Mein nächstes Ziel war ein Parkhaus an der East Side, von wo aus ich zu Louis' Salon eilte. Dort waren ein neuer Haarschnitt und das Aufhellen meiner wenigen blonden Strähnen fällig, die ich den finnischen Vorfahren meiner Mutter verdankte. Als ich es mir auf Elsas Stuhl bequem machte, warf ich einen Blick auf den Pager an meinem Gürtel. »Mit etwas Glück meldet sich das Ding nicht, bis wir fertig sind«, bemerkte ich und tätschelte das kleine schwarze Kästchen, das eine Art Nabelschnur zwischen mir und dem Police Department darstellte.

»Zum Glück werden keine Bilder übertragen; die Jungs von der Mordkommission bekämen einen Mordsschrecken, wenn sie Sie so sähen«, erwiderte Elsa, während sie einzelne dünne Haarsträhnen mit Alufolie umwickelte.

Ich hörte mir Elsas Empfehlungen in Sachen Kino und Broadway an – irgendwie schaffte sie es, sich alles Neue anzusehen, bevor ich überhaupt erfuhr, was es an Neuem gab. Wie auf einem Fließband glitt ich sanft von ihrer Obhut in die von Louis, der meine frisch aufgehellte Haarpracht um zwei Zentimeter kürzte und mich nebenbei über mein Liebesleben interviewte. Louis, durch und durch Franzose, bedauerte wieder einmal zutiefst die Tatsache, dass es in meinem Leben keinen festen Mann gab, und wie immer überschüttete er mich mit guten Ratschlägen, wie ich einen solchen finden könne. Als der Schnitt saß, erschien auf ein Fingerschnippen hin Nana, die mich besonders sorgfältig fönte, nachdem ich ihr verraten hatte, dass ich am Abend zu einer Dinner Party bei Freunden eingeladen sei.

Die Hälfte des Tages hatte ich schon hinter mich gebracht. Ich fuhr nach Hause und parkte den Jeep in der Tiefgarage. In meiner Wohnung empfing mich das rote Blinklämpchen des Anrufbeantworters. Nina hatte zurückgerufen und wollte wissen, ob es in meinem Mordfall etwas Neues gab. Maureen langweilte sich und wollte nur mal hallo sagen. Chapman unterrichtete mich über die letzten Neuigkeiten in unserem Fall – aber aufregende Nachrichten waren das nicht.

Ich rief im Mid-Manhattan an und ließ mich mit Maureen verbinden. Ich berichtete ihr kurz von meinem bisherigen Tag, dann war sie an der Reihe. »Nur ein kleiner Diebstahl, nichts weiter. Ich war vorhin im Solarium. Mann, *das* war vielleicht interessant. Jeder erzählt jedem, was *sein* behandelnder Arzt von Gemma Dogen gehalten hat – wer sie gemocht hat und wer nicht. Ich hab' schon eine Liste angelegt, damit ich nicht den Überblick verliere.«

»Von welchem Diebstahl sprichst du?« erkundigte ich mich.

»Nicht der Rede wert. Als ich im Solarium war, kam eine der Hilfsschwestern vorbei, um die Mittagstabletts einzusammeln. Als sie sah, dass ich nicht alles aufgegessen hatte, verzog sie sich hinter den Vorhang, der mein Bett abschirmt, und machte sich über die Reste her – einen halben Toast, den scheußlichsten Vanillepudding, den man sich vorstellen kann, und eine Scheibe Truthahn. Sie ahnte nicht, dass die versteckte Kamera sie aufnahm. Dann öffnete sie die Nachttischschublade und durchwühlte meine Kosmetiktasche. Aber offenbar haben ihr meine Lippenstiftfarben nicht gefallen – jedenfalls hat sie nichts geklaut. So etwas kommt an einem Ort wie diesem vermutlich einige Male am Tag vor.«

»Einsam, Mo?«

»Noch kann ich mich nicht beklagen. Keine Betten zu machen, kein Geschirr zu spülen. Und nachher bekomm' ich Besuch von meinen Lieben. Viel Spaß heute Abend, und ruf bald mal wieder an.«

Ich meldete mich bei Chapmans Pager und vertrieb mir bis zu seinem Rückruf die Zeit in der Küche mit einem Joghurt.

»Ich bin im Krankenhaus«, meldete er sich wenig später. »Wir haben den Großteil des Unipersonals zum zweiten Mal vernommen – diesmal unter dem Aspekt, etwas mehr über Gemma Dogen zu erfahren. Ich denke, du solltest dir Dr. Spector noch mal selbst vornehmen. Er kannte Dogen besser als irgend jemand sonst. Ich hab' ihn heute Vormittag nur kurz bei der Visite gesehen – wir haben uns für Montagnachmittag zwei Uhr verabredet. Passt dir das?«

»Klar.«

»Die einzige halbwegs bemerkenswerte Neuigkeit ist, dass die Jungs vom 17. Revier in einem Abfalleimer in der Tiefgarage ein paar Aktenordner gefunden haben. Wallace glaubt, dass sie aus Dogens Büro stammen. Sie haben Blutflecken – aber andererseits ist das bei dem Müll hier nichts Ungewöhnliches.«

»Was für Aktenordner?«

»Leere. Drei oder vier. Sie haben irgendwas mit Sport zu tun, nichts mit Medizin. Auf den Etiketten stehen Dinge wie Mets, Braves, Cubs. Ich weiß, dass sie selbst sportlich war und sich gerne Baseball angeschaut hat. Am Montag wird ihr Ex-Mann in London zurückerwartet – vielleicht kann der uns ein paar persönliche Dinge über sie erzählen.«

»Gut. Heute Nachmittag bin ich unterwegs. Ich nehme an, dass du morgen frei hast, oder?«

»Stimmt. Heute Abend treff' ich mich mit der Reporterin von der italienischen Zeitschrift, die im letzten Monat einen Bericht über die Mordkommission gemacht hat. Wir gehen ins Primola. Vielleicht vergisst sie zwischen Giuliano und Adolfo, dass ich ein alter Ire bin.«

Ich hoffte, dass meine Stimme ehrlich klang, als ich ihm viel Spaß wünschte.

Dann brachte ich einen Arm voll Klamotten in die Reinigung und drei Röcke zum Kürzen. Neben dem Schneider war ein Wäschegeschäft, wo ich ein Dutzend Strumpfhosen kaufte und mir von der Verkäuferin Spitzenunterwäsche in der neuen Farbe der Saison – Pflaumenblau – aufquatschen ließ. Anschließend füllte ich am Geldautomaten mein mittlerweile leeres Portemonnaie auf.

Um kurz nach drei war ich im Nagelstudio. Meine Hände hatten eine gründliche Maniküre bitter nötig, und der sehnliche Wunsch, nicht die einzige Frau mit wuchernder Nagelhaut und unlackierten Nägeln an Joans Tisch zu sein, ließ mich das wilde Geschnatter ertragen, das in dem überfüllten Salon herrschte.

Anschließend gab ich Zac Futter und führte sie noch einmal Gassi. Zu aufgedreht, um ein Nickerchen halten zu können, legte ich mich mit der *Times* vom Samstag aufs Bett und kämpfte mit der linken untere Ecke des Kreuzworträtsels: Deutscher Astronom, Entdecker des Neptun. Nachdem ich alle anderen Felder ausgefüllt hatte, erschien der Name, der mir nicht hatte einfallen wollen: Galle.

Joans Dinner Partys waren immer schicke Veranstaltungen, und ich genoss die Aussicht, einen festlichen Abend im Kreis ihrer Freunde zu verbringen. Außerdem gaben mir ihre Einladungen die Gelegenheit, meine elegante Abendgarderobe und den wunderschönen Schmuck zu tragen, den mir meine Mutter vor ihrem Umzug auf die kleine Karibikinsel übergeben hatte. Ich machte mich fertig und rief ein Taxi.

Joans Haushälterin öffnete mir die Tür und nahm meinen Mantel sowie die Bestellung für den ersten Drink entgegen. In den Vasen im Foyer und im Salon waren französische Tulpen und helle Rosen arrangiert. Joan unterhielt die ersten Gäste in der Bibliothek mit einer Anekdote, die sich vor einigen Jahren während der Produktion eines ihrer Stücke an einem Broadway-Theater zugetragen hatte. Joan hatte eine beachtliche Entwicklung von einer Stückeschreiberin zur Romanautorin vollzogen; ihr jüngstes Buch war gerade in die vierte Auflage gegangen.

Jim Hageville, der Mann, mit dem sie seit einigen Monaten zusammen war, sah mich zuerst. Er war Fachmann in Sachen Außenpolitik und Autor einer international erscheinenden Kolumne; in den ersten Wochen ihrer Beziehung hatten sie sich nur kurz auf diversen Flughäfen getroffen. Joan wollte die Dinnerparty zum Anlass nehmen, ihn ihrem Freundeskreis vorzustellen.

Wir begrüßten uns mit einer Umarmung, und Joan stellte mich den Leuten vor, die ich noch nicht kannte. Dann wurden Cocktails serviert, und ich widmete mich dem Small Talk, wobei ich bemüht war, jedes Mal das Thema zu wechseln, wenn sich jemand nach den Ermittlungen erkundigte.

Kurz nach neun führte uns Joan zu den drei runden Tischen. »Du kannst nicht behaupten, dass ich es nicht gut mit dir meine«, flüsterte sie mir mit der Miene einer Katze zu, die einen Kanarienvogel verschluckt hatte. »Der nette Typ, mit dem du eben über den *New Yorker*-Artikel über deinen Boss geplaudert hast, ist nämlich zufällig auch dein Tischherr. Drew Renaud.«

Mit einem geschickten Griff rückte Joan die antike Brosche an meinem Kleid zurecht. »So, so. Und wohin hast du seine Frau verfrachtet, Joanie? Ich gebe ja zu, dass der Typ nicht uninteressant ist, aber er hat einen Fehler: Er trägt einen Ehering«, erwiderte ich lachend.

»Er ist Witwer.«

Ich biss mir auf die Lippe. »Oh, tut mir leid. Gott sei Dank weiß ich es jetzt – sonst wäre ich wahrscheinlich ins Fettnäpfchen getreten. Aber wenn du ernsthaft glaubst, du könntest mich verkuppeln, bringe ich dich um. Du weißt genau, dass ich es nicht ausstehen kann, wenn du …«

»Komm, reg dich nicht auf, Alex. Es ist doch nur eine harmlose Dinnerparty, und er ist ein alter Freund von Jim. Sie kennen sich aus Princeton; er ist Partner bei Milbank, Tweed. Seine Frau starb vor zwei Jahren mit siebenunddreißig an einem Gehirntumor. Es war eine schreckliche Geschichte, und Drew hat ewig gebraucht, um darüber hinwegzukommen. So, und jetzt kannst du zur Abwechslung mal wieder lächeln. Es ist schließlich kein Blind Date – du kennst doch fast alle hier.

Er wollte dich unbedingt kennen lernen; er hat mir erzählt, er habe dich im vergangenen Jahr bei einem Podiumsgespräch der Bar Association gesehen, aber du seiest offensichtlich mit jemandem zusammengewesen. So, und jetzt schaltest du deinen verdammten Pager aus und genießt den Abend, versprochen?«

»Du hättest mich wenigstens vorwarnen können, Joanie«, erwiderte ich lachend und bemerkte die Aufregung, die mich erfaßt hatte. Mit einem verstohlenen Blick in den Wandspiegel hinter Joan prüfte ich meine Frisur und mein Make-up.

»Hört sich schon besser an, Schätzchen. Ich habe ihn übrigens zwischen uns gesetzt. Du siehst phantastisch aus, also geh jetzt zu deinem Platz.«

Auf der Suche nach der richtigen Tischkarte schwärmten die Gäste durch den Raum. Drew stand bereits am Tisch und wartete darauf, sowohl der Gastgeberin als auch mir die Stühle zurechtzurücken.

Er nahm das Thema aus der Bibliothek wieder auf und brachte dann unser Zusammentreffen im vergangenen Sommer zur Sprache. Ich nahm einige Schlucke Wein, kostete die ausgezeichnete Paté de Foie Gras, die Joans Koch meisterhaft zubereitet hatte, und genoss die amüsante Unterhaltung mit meinem Tischherrn.

Als die Kalbmedaillons serviert wurden, bemerkte ich, dass ich mit Drew flirtete, war mir aber nicht ganz sicher, ob der hervorragende Margaux oder wirkliches Interesse der Grund war. Ich kostete das prickelnde Gefühl aus, das ich schon so lange nicht mehr gespürt hatte.

Wir unterhielten uns über gemeinsame Bekannte, über seinen letzten Sommerurlaub, den er auf meiner geliebten Insel Vineyard verbracht hatte, über Joans unvergleichliche Eigenschaften als Gastgeberin und Freundin und über die Bücher, die wir in jüngster Zeit gelesen hatten. Dann kamen wir auf Hunde, Restaurants, Filme und Basketball zu sprechen, und im Gegensatz zu so vielen anderen Unterhaltungen mit Männern hatte ich zu keinem Zeitpunkt den Eindruck, dass er mein berufliches Engagement in Sachen Sexualstraftaten mit meinem Privatleben in Zusammenhang brachte. Ich war so vertieft in das Gespräch mit Drew, dass ich Hugh Gainer zu meiner Linken vollkommen vergaß.

»Hast du nicht das Palais Soubise besucht, Alex?« fragte Joan. Sie hatte ein erstaunliches Gedächtnis für Details jeder Art. »Ich finde, dass es eine der schönsten Fassaden von ganz Paris hat. Ludwig XIV. hat es für die Prinzessin von Soubise erbaut. Wenn der Prinz auf Reisen war, trug die Prinzessin bei Hofe einen Smaragdohrring, und der König wusste, dass die Luft rein war. Nicht der schlechteste Weg, sich für den schönsten Palast der Stadt zu bedanken, oder? Also Hugh, du musst ihn dir unbedingt ansehen, wenn du drüben bist. Er ist wirklich göttlich. Kaffee und Cognac im Salon?«

Beim Aufstehen streifte mich Drew wie zufällig. Als ich meinen Stuhl zurück an den Tisch schob, legte er seine Hand auf meine. »Willst du noch einen Cognac oder …?«

»Ja, sehr gerne.«

»Du hast mich gar nicht ausreden lassen, Alex«, flüsterte er mir leise ins Ohr. »Oder möchtest du deinen Schlummertrunk lieber bei mir zu Hause zu dir nehmen?«

»Ich … ähm … ich glaube, das … ähm … geht nicht. Ich muss nach Hause, weil dort … ähm …« Stammelnd suchte ich nach den richtigen Worten; es kam schließlich nicht jeden Tag vor, dass ich nach Hause musste, weil dort ein Hund auf mich wartete, der noch Gassi geführt werden wollte.

»Kein Problem, du musst mir nichts erklären«, unterbrach mich Drew mit kühler Stimme. Offensichtlich glaubte er, ich würde ein unfaires Spiel mit ihm spielen und mit ihm flirten, während zu Hause ein anderer auf mich wartete.

»Nein, nein, es ist … nur ein Hund.« Drew brach in schallendes Gelächter aus, während ich meine Erklärung fortführte. »Der Hund meines Nachbarn, um genau zu sein. Ich bin es einfach nicht gewohnt, zeitlich gebunden zu sein und die Verantwortung für ein anderes Lebewesen zu haben.«

»Mein Rivale ist ein *Hund*? Nun, damit kann ich leben. Wie wär's dann mit einem Cognac bei dir und einem mitternächtlichen Spaziergang zu dritt?«

»Verlockendes Angebot. Verabschieden wir uns von der Gastgeberin.«

Eine Mokkatasse in der Hand, machte Joan die Runde bei ihren Gästen, während Jim den unbeirrbaren Rauchern Zigarren anbot.

Drew und ich bedankten uns für den Abend. Während Drew die Mäntel holte, umarmte mich Joan. »Ausnahmsweise bin ich dir mal nicht böse, dass du so früh verschwindest. Hab' ich dir zuviel versprochen?«

»Bis jetzt nicht. Kann ich dich morgen anrufen?«

»Hast du Lust auf einen gemeinsamen Brunch bei Mortimer's?«

»Lust schon, aber keine Zeit, fürchte ich. Ich muss in Sachen Gemma Dogen Berge von Unterlagen durcharbeiten und in sieben anderen Fällen Anklageschriften lesen. Das wird mich den größten Teil des Tages kosten.«

»Aber tu mir einen Gefallen, Alex, spiel heute Nacht nicht die Sex-Staatsanwältin, sondern sei ausnahmsweise mal eine ganz normale Frau.«

»Du solltest dich wieder um deine anderen Gäste kümmern, Joan,« erwiderte ich lächelnd. In diesem Augenblick erschien Drew mit den Mänteln, und wenig später saßen wir im Taxi.

Prozac begrüßte uns erfreut und folgte mir schwanzwedelnd, während ich in der Wohnung die Lichter anknipste. Ich goss jedem von uns einen Cognac ein. Drew schlenderte durch das Wohnzimmer, betrachtete die Fotos, die ich überall aufgestellt hatte, und wollte wissen, wer darauf zu sehen war. Ich schaltete den CD-Player ein, und als uns wenig später die samtige Stimme von Sam Cooke umschmeichelte, merkte ich, wie das Prickeln in Verliebtheit umschlug.

Wir machten es uns mit unseren Cognacschwenkern auf dem Sofa bequem; ich hatte die Schuhe ausgezogen, und Zac schmiegte sich an meine Füße. Drew und ich plauderten über meine Freundinnen, über seine Kindheit, seine Karriere und seinen Job, und die ganze Zeit wünschte ich mir nichts sehnlicher, als dass er mich in die Arme nahm und küsste.

Als ich von meiner ersten College-Romanze erzählte, passierte es. Ich spürte seinen Mund und seine Zunge und zog seinen Kopf mit dem weichen braunen Haar, das sich im Nacken lockte, fester an mich.

Drew ließ sich in die Polster zurücksinken und zog mich mit sich. Immer wieder flüsterte er meinen Namen. Ich löste seine Krawatte, öffnete die Knöpfe seines Hemdes und küsste seinen Hals und seine Brust. Dann hob er mit seinen Händen meinen Kopf, so dass er mein Gesicht sah, und lächelte mich an. Ich löste mich aus seiner Umarmung und suchte wieder seinen Mund.

Mir kam es vor, als würde dieses zärtliche Vorspiel Stunden dauern, aber nur drei, vier Songs später setzte Drew mir einen Kuss auf die Nase und schlug vor, Zac Gassi zu führen, bevor er sich verabschiedete.

Zu allen guten Eigenschaften ist er auch noch zurückhaltend, dachte ich, während ich aufstand, meinen Rock glatt strich, wieder in meine Schuhe schlüpfte und versuchte, mit den Fingern notdürftig Ordnung in mein zerzaustes Haar zu bringen.

Alles hatte sich so toll angefühlt, dass ich eigentlich gar nicht aufhören wollte. Mein Gesicht glühte, und mein Körper zitterte noch vor Erregung – ein Gefühl, das ich seit Monaten nicht mehr verspürt hatte. Ich wollte es genießen, noch weiter auskosten, und ich wollte, dass Drew mich ebenso begehrte wie ich ihn. Ich hatte mir schon vorgestellt, wie wir miteinander schliefen, aber auch mir war klar, dass wir es nicht in beschwipstem Zustand tun sollten.

Ich nahm Zac an die Leine, wir zogen unsere Mäntel an und stiegen in den Aufzug. Draußen liefen wir durch die Straßen; Drew hielt mit einer Hand Zacs Leine und mit der anderen mich. Ich wünschte mir, der Spaziergang möge nie enden, und spürte nicht einmal die kalte Nachtluft – vielleicht weil der März schon fast vorüber war, vielleicht aber auch, weil mich mein Begleiter sie vergessen ließ.

Als wir wieder vor meinem Haus angekommen waren, verabschiedete sich Drew mit einem Kuss. »Ich rufe dich morgen an. Nächste Woche fliege ich nach San Francisco, um ein Geschäft zum Abschluss zu bringen. Reservierst du mir danach ein bisschen Platz in deinem Terminkalendar?«

»Tage oder Wochen?« fragte ich. Ich wollte nicht zurück ins Haus gehen.

»Ist es vermessen, um einige Monaten zu bitten?« entgegnete er, und angesichts der Begeisterung in seiner Stimme musste ich lachen. »Nimmt dich ein Fall wie dieser nicht vollkommen in Anspruch? Wahrscheinlich ist es schwer, dich telefonisch zu erreichen.«

Das war die erste Bemerkung, mit der er die Ermittlungen in meinem aktuellen Fall erwähnte, und der plötzliche Gedanke an Gemma Dogen vertrieb mit einem Schlag den letzten Rest von Erregung.

»Wenn du mich wirklich erreichen willst, Drew, wirst du mich schon aufstöbern.« Wir trennten uns, und er wandte sich zum Gehen.

Ich sah ihm hinterher, wie er in Richtung Straße lief und ein Taxi heranwinkte. Dann fuhr ich mit meinem vierbeinigen Gefährten nach oben und ging schlafen.

Ich liebte es, mir am Sonntagvormittag die *Times* ins Bett zu holen. Ich hatte schon recht früh mit Zac eine Runde gedreht und beim Nachhausekommen die Zeitung mit reingenommen. Dann schlüpfte ich noch einmal ins Bett und las mit Genuss jede Nachricht und jeden Bericht, bevor ich mich duschte und anzog.

Um elf rief Joan an. »Kannst du reden?«

»Du meinst, ob Drew noch hier ist?«

»Nun, könnte ja sein, oder?«

»Nein, er ist nicht mehr hier. Aber ich glaube, ich schulde dir trotzdem etwas. Ja, ich hatte einen wunderbaren Abend. Ja, das Dinner war phantastisch. Und ja, wir werden uns wiedersehen. Kannst du einen Moment dranbleiben? Da kommt gerade ein anderes Gespräch herein.«

Ich drückte einen Knopf – und hatte Chapman in der Leitung. »Ich hab' Neuigkeiten, Blondie …«

»Ich ruf' dich gleich zurück, Mike. Lass mich nur noch das andere Gespräch beenden.«

»Okay, aber ich bin nicht zu Hause. Warte, ich geb' dir die Nummer.«

Ich notierte die Zahlen; dann sagte Mike, ich solle mich mit Apparat 638 verbinden lassen.

Während ich Joan erklärte, ich müsse unser Gespräch wegen einer dienstlichen Sache beenden, konnte ich meine Neugier nur mühsam zügeln.

Dann wählte ich die Nummer und hörte wenig später die Stimme der Frau aus der Telefonzentrale. »Saint Regis Hotel. Mit wem darf ich Sie verbinden?«

Ich nannte ihr die Nebenstelle; wenige Sekunden später meldete sich eine rauhe Frauenstimme mit starkem ausländischen Akzent. »Hallo?«

»Mike Chapman, bitte.«

»Einen Moment«, antwortete sie, und kurz darauf übernahm Mike den Hörer.

»Geht das Zimmer auf ihre Rechnung oder auf deine?« fragte ich.

»Als *ich* das letzte Mal ein Hotelzimmer bezahlt habe, war das Bad ein Stockwerk tiefer, und die Frau hatte sich verflüchtigt, bevor ich den Schalter für den Heizstrahler gefunden hatte. Hier in *diesem* Hotel gibt's 'ne Mini-Bar, mit der ich mich länger am Leben halten könnte als mit dem Inhalt deines Kühlschranks.«

»Ist es die Mailänder Reporterin, die über unsere Polizei berichtet hat?«

»Ja, ich bin also sozusagen im Dienst, Blondie. Werd aber bitte nicht neidisch. Peterson hat mich heute Morgen angerufen, und ich dachte, die Neuigkeit interessiert dich. Einer von den Jungs im Revier kam heute Morgen mit einem 61er an.«

61er wurden die Fomulare genannt, auf denen die Polizeibeamten in den Revieren Anzeigen aus der Bevölkerung entgegennahmen.

»Und rat mal, wer die Anzeige erstattet hat? Gemma Dogen. Vor gut einem Monat, Ende Februar, rief sie hier auf dem Revier an und erstattete Anzeige wegen telefonischer Belästigung.«

»Was genau steht in der Anzeige? Wer hat sie aufgenommen?«

»Ich hab' sie im Moment nicht vorliegen und kann dir den Inhalt nur sinngemäß widergeben. Dogen hat auf ihrem Anrufbeantworter eine Reihe von Drohungen vorgefunden. Der

Anrufer war männlich. Sie hat die Stimme nicht erkannt, war aber der Meinung, sie sei verstellt gewesen. Verschleierte Drohungen ...«

»Wie lauteten sie?«

»Peterson sagt, Dogen habe angegeben, sie seien nicht lebensbedrohend gewesen. Größenteils vages Zeug: Sie solle die Stadt verlassen, wenn sie wisse, was gut für sie sei – in diesem Stil. Peterson will, dass ich mit dem Cop spreche, der die Anzeige aufgenommen hat. Das ist alles, was ich bisher weiß.«

»Und was passierte, nachdem die Anzeige aufgenommen war? Hat irgend jemand mit Dogen gesprochen?«

»Sie haben's versucht. Zweimal. Der erste Detective hat eine Woche lang täglich versucht, sie zu erreichen, aber sie war unterwegs und hat nicht zurückgerufen. Der zweite Versuch wurde etwa zwei Wochen vor dem Mord gestartet. Der Detective wollte Dogen zur Vernehmung einbestellen, aber die Dame lehnte ab. Mit der Begründung, die Anrufe haben aufgehört und sie wolle die Sache nicht weiterverfolgen. Sie sagte, das Problem habe ich von selbst gelöst.«

»Wow. Vielleicht stehen die Anrufe ja mit dem Mord in Zusammenhang. Wir müssen herausfinden, mit wem sie Ärger hatte. Beruflich oder privat.«

»Ich fahr' jetzt raus nach Queens. Der Cop, der die Anzeige entgegengenommen hat, schiebt dort Parkplatzdienst.« Mike spach von dem großen Gelände, auf dem die New Yorker Polizei abgeschleppte, gestohlene oder beschlagnahmte Autos abstellte.

»Hast du nicht gesagt, die Anzeige sei auf dem 17. Revier erstattet worden?«

»Stimmt. Dort hat der Cop gearbeitet, bis ihn deine Lieblingsassistentin gefeuert hat.«

»Sarah?«

»Ja. Sie hat ihn vor zehn Tagen aus dem Revier entfernt. Wahrscheinlich wollte sie dich vor einem wie ihm bewahren. Nein, jetzt im Ernst. Eine Zahnarzthelferin hat 'nen Typen von 'ner Party mit nach Hause geschleppt. Auf dem Rücksitz seines Wagens hatten sie Sex – auf der First Avenue. Später in ihrer Wohnung ist er dann angeblich ausgerastet und hat sie vergewaltigt. Am nächsten Morgen hat sie auf dem Revier angerufen, während er selig neben ihr schlummerte. Sie wollte, dass ein Cop vorbeikommt und den Typen rausschmeißt, weil sie selbst sich nicht getraut hat.«

»Das gibt's doch nicht …«

»Doch. Und der Cop sagt doch glatt: ›Lady, wir sind kein Weckdienst.‹ Das Mädchen hat Beschwerde gegen ihn eingereicht, Sarah hat den Beamten befragt, und einen Tag später füllte der arme Kerl mutterseelenallein Formulare zu geklauten Chevys und Cadillacs aus. Ein paar Wochen Kollegenkontaktsperre. Ein Benimmtraining folgt.«

Im Hintergrund hörte ich Miss Mailand kichern.

»Vielleicht solltest du ihm bei diesem Kurs Gesellschaft leisten, Mike.«

»Sehr witzig. Also, kümmerst du dich darum, eine Aufstellung aller bei Gemma Dogen eingegangenen Anrufe anzufordern?«

»Ja, mach' ich. Laura hat am Freitag bei der Grand Jury die Beweismittelbeschaffung beantragt. Damit bekommen wir auch die Telefoninformationen. Wenn du mir die Daten und Uhrzeiten der betreffenden Anrufe gibst, kümmere ich mich gleich morgen Früh darum.«

Wenn es uns gelang, Datum und Uhrzeit der Drohanrufe so eng wie möglich einzugrenzen, konnten wir möglicherweise den Apparat des Anrufers ausfindig machen. Diese Prozedur kostete die Telefongesellschaften eine Menge Geld – um die fünfhundert Dollar für eine Liste mit Anrufen aus einem Zeitraum von drei Tagen –, und deshalb wurde die Beschaffung dieses Beweismittels in den meisten Fällen gar nicht zugelassen. Aber in einem Fall wie diesem galten andere Regeln.

»Aber wir bekommen frühestens in einer Woche eine Antwort, stimmt's?«

»Ja, das ist das Problem. Aber besser spät als nie.«

»Also, ich mach' mich jetzt auf den Weg nach Queens. Ich melde mich später wieder.«

Ich legte auf und ging in mein Arbeitszimmer. Der Schreibtisch war mit Unterlagen übersät, und nach einigem Suchen fand ich die Mappe, die mit Gemma Dogens Namen versehen war. Ich setzte mich, um zu notieren, was ich soeben über ihre Anzeige vom vergangenen Monat erfahren hatte.

Dabei fielen mir wieder einmal die Fotos vom Tatort in die Hände. Entsetzt betrachtete ich die grausame Szene. Ich griff nach dem Vergrößerungsglas und nahm einmal mehr Gemma Dogens massakrierten Körper in Augenschein, um vielleicht doch noch irgendwelche verborgenen Hinweise zu entdecken.

Dann klappte ich den Notizblock auf und setzte auf das erste Blatt das Wort ›Blut‹, gefolgt von einem Fragezeichen. Hatte sie versucht, ein Zeichen zu malen, das einen Hinweis auf ihren Mörder geben sollte? War es ein Buchstabe, mit dem ein Wort oder ein Name begann? Am Rand des Blattes listete ich alle Buchstaben des Alphabets auf, die möglicherweise hätten herauskommen können, wenn sie die Kraft gehabt hätte, das Zeichen zu vollenden. Ich nahm mir vor, am nächsten Tag die Vergrößerung mit nach Hause zu nehmen und zu prüfen, welcher Buchstabe mit dem Schnörkel auf dem Teppich gemeint sein konnte.

Welche Dämonen mögen diese begnadete Ärztin wohl verfolgt haben, fragte ich mich, während ich das Foto betrachtete. Was hatte den Mörder ihre Aktenordner – und nicht ihr Portemonnaie – durchsuchen lassen?

Ich verbrachte fast den ganzen Nachmittag am Schreibtisch. Um fünf rief Drew aus dem Büro an – auch er arbeitete an diesem Sonntag. »Ich weiß nicht, wie produktiv *dein* Tag war – meiner war jedenfalls für die Katz'. Ich konnte an nichts anderes als an gestern Abend denken. Hast du Lust, mit mir zu Abend zu essen? Danach muss ich hier zwar weitermachen, aber ich würde dich trotzdem gerne sehen.«

»Einverstanden.«

»Sag mir ein Restaurant in deiner Nähe – einfach, aber gut. Ich bin in Jeans.«

»Butterfield 81, gleich bei der Third. Riesige Steaks, tolle Salate.«

»Perfekt. Ich reserviere einen Tisch. Sagen wir, um sieben?«

Ich gab Zac Futter, führte sie Gassi und lief dann zu Fuß die zehn Blocks zum Restaurants. Drew erwartete mich bereits, und noch während ich mich setzte, legte er die Speisekarte zur Seite, um zärtlich meine Hände zu küssen.

Wir bestellten, aßen, tranken nach dem Essen noch einen Kaffee, und dabei unterhielten wir uns ohne Pause.

»Morgen Abend fliege ich rüber an die Westküste. Kannst du nicht nächstes Wochenende nachkommen? Wir nehmen uns ein schönes Hotelzimmer mit Blick über die Bucht und …«

»Nichts lieber als das, Drew, aber bei dem Stand der Ermittlungen ist das vollkommen ausgeschlossen. Wenn die Polizei nächstes Wochenende immer noch nicht weiter ist als jetzt, sind immer noch Vernehmungen angesagt. Und wenn's bis dahin einen Durchbruch gibt, dann lastet die volle Verantwortung ohnehin auf mir. Im Augenblick kann ich wirklich nicht weg.«

»Dann bleibt mir nichts anderes übrig, als meine Verhandlungen so schnell wie möglich über die Bühne zu bringen und bald wieder zurückzufliegen.

»Komm, wir rufen ein Taxi, und ich setz' dich zu Hause ab. Oder soll ich mit hochkommen?«

»Ich muss morgen früh raus.« Ich wollte nicht, dass unsere erste gemeinsame Nacht unsanft vom Klingeln meines Weckers beendet wurde.

Arm in Arm verließen wir das Restaurant. Während der Fahrt küssten wir uns auf dem Rücksitz, und als der Wagen vor meinem Apartmentgebäude hielt, trennte ich mich nur sehr widerwillig von Drew.

Der Portier hielt mir die Tür auf. »Ich habe Sie gar nicht rausgehen sehen, Miss Cooper. Sie müssen während meiner Pause gegangen sein. Vor ein paar Minuten hab' ich den Lieferjungen vom Delikatessen zu Ihnen hochgeschickt. Ich wollte Sie anrufen, bin aber unterbrochen worden, weil bei 24C die Terrasse undicht war. Notfall, Sie verstehen.«

»Ich habe nichts bestellt. Ich war zwei Stunden unterwegs. Der Lieferjunge hat sich wahrscheinlich in der Wohnung geirrt.«

Viele der Jugendlichen, die für die kleinen Lokale auslieferten, waren Einwanderer, und die meisten sprachen kaum Englisch. Es kam ziemlich oft vor, dass der Portier zu den unmöglichsten Zeiten anrief und eine Mahlzeit ankündigte, die ein Nachbar bestellt hatte. Mr. Hooper im neunzehnten Stock bekam öfter, als ihm lieb war, Miss Coopers Pizza geliefert, und ich wurde regelmäßig mit Kupler aus dem dreiundzwanzigsten verwechselt.

Vor mich hinträumend kramte ich den Wohnungsschlüssel aus meiner Jackentasche und schloss die Tür auf. Zac saß aufrecht in der Diele – so als hätte sie meine Rückkehr schon erwartet. Ihre linke Pfote ruhte auf einem Blatt Papier, das jemand unter der Tür hindurchgeschoben haben musste.

Ich hob den weißen Zettel auf – und starrte auf die großen roten Buchstaben, die mit der krakeligen Handschrift eines Kindes darauf gemalt waren. »VORSICHT. ES IST NICHT ALLES SCHWARZWEISS. DAS IST EIN TÖDLICHER IRRTUM.«

Ich zog die Tür hinter mir ins Schloss. Mein Herz raste. Zac folgte mir auf den Fersen, als ich zum Telefon stürzte und Petersons Büronummer wählte. Es klingelte und klingelte. Niemand hob ab. Ich warf einen Blick auf die Uhr: halb elf. Dann ging ich zur Sprechanlage und rief Victor unten im Empfang an.

»Den Jungen, den Sie hochgelassen haben, den Lieferanten – haben Sie ihn wieder rausgehen sehen?«

»Ja, der ist hier unten angekommen, während Sie mit dem anderen Aufzug hochgefahren sind. Hatte immer noch seine volle Tasche dabei und sagte, er habe das falsche Gebäude erwischt – musste einen Block weiter. Tut mir leid, Miss Cooper, ich hätte das nachprüfen sollen.«

Wütend knallte ich den Hörer hin. Ich konnte jetzt unmöglich Chapmans italienische Nacht stören oder Battaglia aus den Federn scheuchen. Ich bezahlte jeden Monat die horrende Miete für dieses Apartment, um von dem Sicherheitsdienst geschützt zu werden, der ein solches Luxusgebäude bewachte. Ganz offensichtlich wollte mir jemand Angst einjagen. Und das war ihm gelungen.

16

Als ich am Montagmorgen um halb neun vor dem Gericht aus dem Taxi stieg, durchkämmten Justizbeamte auf allen vieren das Gebüsch vor dem Gebäude. Es war ein offenes Geheimnis, dass dieser Grünstreifen in ganz Manhattan der aussichtsreichste Ort war, um eine geladene Waffe zu finden.

Direkt hinter den Eingangstüren des Gebäudes befanden sich Metalldetektoren, durch die jeder Passant geschleust wurde. Und jeden Tag durchliefen Hunderte von Verbrechern auf dem Weg zu ihren Vernehmungen die Hallen der Justiz. Manche von ihnen waren zu unterbelichtet, um zu kapieren – zumindest beim ersten Besuch –, dass sie durchsucht und durchleuchtet wurden. Doch wann immer man den Eingang des Gerichtsgebäude beobachtete, konnte man Männer und Frauen sehen, die vor dem Betreten kurz im Gebüsch verschwanden, um dort ihre Gewehre, Pistolen, Messer und sonstigen Waffen zu verstecken.

Die zwei bis drei Justizbeamte, die mehrmals täglich die Anlage durchkämmten, sammelten die Utensilien jener Besitzer ein, die nicht damit gerechnet hatten, das Gerichtsgebäude durch den Hintereingang zu verlassen, wo der vergitterte Bus in Richtung Haftanstalt abfuhr.

»Na, fette Beute?« rief ich Jimmy O'Mara zu, der gerade einen Metallgegenstand in seine Ledertasche steckte.

»Zwei Automatische und ein Teppichmesser. Unterm Strich eher schlapp, Alex.«

Am Bagel-Stand in der Halle traf ich Sarah. Wir holten uns einen Kaffee und gingen zusammen hoch. Aber ich war nicht die Erste in meinem Büro: Chapman erwartete mich bereits. Er hatte es sich auf meinem Schreibtischstuhl bequem gemacht, seine Füße ruhten auf der Tischplatte, und er lachte schallend ins Telefon. Als wir den Raum betraten, legte er den Hörer auf, erhob sich und begrüßte uns mit der glatten Stimme eines Fernsehmoderators.

»Bitte keine Anrufe mehr, meine verehrten Damen und Herren, der Gewinner steht bereits fest!«

»Was ist los? Wovon redest du?«

»Das Krankenhaustreiben hat mal wieder einen Höhepunkt erreicht, und Detective Forester hat möglicherweise das große Los gezogen.«

Bei dem Gedanken, dass Maureen in Gefahr gewesen war, während ich den herrlichen Abend mit Drew genossen habe, zuckte ich zusammen. Wie aus einem Mund fragten Sarah und ich, ob Mo etwas zugestoßen sei.

»Nein, nichts, gar nichts. Mo geht's prima. Sie hatte das ganze Wochenende Besuch von ihrem Mann und den Kindern. Gestern, kurz vor der Nachtruhe, kam eine Krankenschwester vorbei und wollte Maureen, angeblich im Auftrag ihres Arztes, einen Einlauf verpassen. Da Mo wusste, dass ihr Arzt gar nicht in der Stadt ist, weigerte sie sich, sich das Ding setzen zu lassen. Die Schwester bestand darauf, und so gings zwanzig Minuten hin und her, bis die Schwester abdampfte, um ihren Chef zu holen. Kurz darauf klingelte Maureens Telefon. Ein Mann, der sich als Dr. Haven vorstellt. Er sagt, Maureens Arzt habe angeordnet, sie solle einen Seifenlauge-Einlauf bekommen. Maureen tut so, als habe sie ihn schon erhalten. Dann fängt der Typ an, ihr 'ne ganze Menge verrückter Fragen zu stellen – wie es sich angefühlt habe und so. Er wollte es bis ins kleinste Detail wissen.«

Kopfschüttelnd ließ sich Sarah in einen Sessel fallen.

»Während Mo telefonierte, gab sie den Jungs im Übertragungsungswagen ein Zeichen, die Fangschaltung zu drücken. Der Idiot hatte natürlich keine Ahnung, dass die Patientin, die er belästigte, voll verdrahtet und verkabelt war. Sie schaffte es, den Knaben acht Minuten bei der Stange zu halten. Dann bedankte er sich und legte auf.«

Dank der neuen Technik ist es kein Problem, eingehende Anrufe zurückzuverfolgen und festzustellen, von welchem Apparat aus sie geführt wurden.

»Lass mich raten – war es jemand aus dem Mid-Manhattan?«

»Falsch. Der Anruf kam von außerhalb, und zwar aus der Praxis von Arthur J. Simonsen. 710 Park Avenue.«

»Tut mir leid, sagt mir gar nichts.«

»Mr. Simonsen ist Präsident und Vorstandsvorsitzender von Pharmaceutical Industry Life Line Support, kurz PILLS, dem größten Arzneimittelvertreiber des Landes.«

Bei der Vorstellung, wie die Sensationspresse diese Neuigkeit ausschlachten würde, stöhnte ich leise auf.

»Und das war beileibe nicht das erste Mal, Ladies. Gestern Abend kurz nach elf teilte Peterson die Neuigkeit Bill Dietrich mit. Und offenbar geht im Lenox Hill und im Mount Sinai ähnliches vor sich – in mindestens einem halben Dutzend anderer Krankenhäuser. Dietrich war bereits darüber informiert, aber die Krankenhausverwaltung ist bemüht, die Sache nicht publik werden zu lassen. Als Pharmaunternehmen erhält Simonsens Firma aus sämtlichen Krankenhäusern alle Patientendaten, einschließlich der Information, wer der behandelnde Arzt ist. Simonsen geht dann offensichtlich die Listen durch und sucht sich Frauen in Privatzimmern aus. Am frühen Abend, nachdem die Ärzte ihre letzte Visite gemacht haben und nach Hause gegangen sind, ruft er die jeweilige Stationsschwester an und behauptet, einen Anruf vom behandelnden Arzt bekommen zu haben, der angeblich einen Einlauf oder eine rektale Fiebermessung angeordnet habe. Etwa eine Stunde später meldet er sich selbst bei der Patientin – in der Hoffnung, seine Anweisung ist inzwischen ausgeführt worden. Er fordert die Patientin auf, bis ins letzte Detail zu beschreiben, was die Schwester mit ihr getan hat. Er hört zu, und weiß der Teufel, was er dabei am anderen Ende der Leitung sonst noch tut. Ich habe jedenfalls keine Lust, selbst herauszufinden, was den Reiz der Sache ausmacht. Das soll Mikey Diamond erledigen.«

Diamond hatte sich als altgedienter Gerichtsreporter der *New York Post* auf Perverse aller Art spezialisiert. »Ich wette, Mickey leckt sich alle Finger danach, unseren Mann auf die Titelseite zu bekommen«, bemerkte ich. Die Wände von Mickeys Büro waren mit Headlines über die grausamsten Verbrechen der Stadt gepflastert. Sarah und ich fungierten für ihn als Covergirls, da unsere Fälle oft genug seine Aufmacherstorys waren.

»Verlass dich drauf, dass spätestens in einer Viertelstunde Mickey hier auf der Matte steht; er hat heute Morgen die Info bekommen. KLISTIER-MANN BELÄSTIGT PATIENTINNEN oder so ähnlich könnte die Schlagzeile lauten.«

»Apropos Patientin. Wie geht's Maureen?«

»Ausgezeichnet, wie sonst? Ihr ist kein Härchen gekrümmt worden; mit dem Telefongespräch war der Fall für sie erledigt. Simonsen hat bereits alles gestanden. Er steht wegen Selbstmordgefahr unter ständiger Beobachtung. Neben seinem Geständnis haben wir als Zeugen genug Patientinnen aus anderen Krankenhäusern, so dass wir Mo noch nicht enttarnen müssen. Sie fühlt sich pudelwohl, lutscht Bonbons, liest Krimis und wartet auf David Mitchells Besuch. Ruf sie doch einfach an; sie freut sich bestimmt, dich zu hören.«

Dann wandte Mike sich an Sarah. »Warum schaust du eigentlich schon den ganzen Vormittag so finster drein?«

Lachend strich sie über ihren runden Bauch. »Hab' nur nachgedacht. Eigentlich wollte ich drei Wochen vor der Entbindung aufhören zu arbeiten, damit das Baby nicht im Taxi zur Welt kommt und wir es nach dem Taxifahrer Vito oder Jesús nennen müssen. Aber angesichts der Dinge, die in den Krankenhäusern vor sich gehen, wäre eine Taxi-Entbindung vielleicht gar nicht das Schlechteste.«

»Hey, du kennst doch Warren Murtaghs Gesetze.« Ein langjähriger Freund von mir und Inhaber einer großen Anwaltskanzlei hatte ein Regelwerk entworfen, das für fast jede Situation unseres Berufsalltags etwas Passendes bot. »Murtaghs Regel Nummer neun: ›Alle Verrückten treffen sich im selben Fall zum selben Zeitpunkt am selben Ort.‹ So gesehen sind unsere Aussichten, den Mörder bald zu finden, gar nicht schlecht.«

Dann griff ich in meine Aktentasche, zog das Blatt Papier heraus und reichte es Mike. »Schau dir das mal an.«

Schlagartig veränderte sich sein Gesichtsausdruck. »Woher kommt das? Warum hast du mich nicht angerufen?« Er ließ den Bogen auf meinen Schreibtisch segeln.

Sarah griff danach. »Wir müssen Battaglia informieren, und zwar schnell. Das wird ihm gar nicht gefallen.«

»Gib mir 'ne Plastikmappe – eine von den Klarsichthüllen da drüben. Wir müssen nach Fingerabdrücken suchen.«

»Ja, aber zuerst sollten wir die Spuren deines Lieblingsweimaraners sichern. Ein Typ hat den Bogen unter der Tür durchgeschoben, und Zac hat ihn in die Pfoten bekommen. Ich bin zwar so vorsichtig wie möglich damit umgegangen, aber ich fürchte, viele Fingerabdrücke werden wir nicht mehr finden.«

»Hast du denn nichts an der Tür gehört? Niemanden gesehen?«

»Ich war nicht zu Hause, Mike. Ich war zum Abendessen verabredet, und der Portier hat in der Zwischenzeit irgendeinen Botenjungen hochgelassen. Als ich zurückkam, habe ich den Zettel gefunden.«

»Deine Verabredung macht mich fast genauso neugierig wie der Drohbrief«, bemerkte Sarah.

»Wer auch immer das Blatt unter meiner Tür hindurchgeschoben hat, irgendjemand versucht, mich einzuschüchtern, nicht mehr und nicht weniger. Der Typ hat schließlich nicht mal gewartet, bis ich wieder nach Hause kam.«

»Ja, und was wäre passiert, wenn er auf dich gewartet hätte? Es war purer Zufall, dass du einen Hund in der Wohnung hattest, der einen Eindringling in die Flucht geschlagen hätte, hab' ich Recht?«

Wahrscheinlich, ja. Ich wählte Battaglias Nummer, und Rose hob ab. Ich bat sie um einen eiligen Termin, und sie bestellte mich sofort rüber.

»Kommt mit, das geht uns alle an.«

Wir überquerten den Gang und wurden von dem Sicherheitsmann in Battaglias Büro gelassen. Rose freute sich über unser Erscheinen und führte uns direkt zu ihrem Chef. Er winkte uns an den Besprechungstisch in der Mitte des Raumes, während er sein Telefongespräch beendete. Dann kam er zu uns rüber, nickte Sarah und mir zu und begrüßte Chapman mit einem Handschlag. »Eine Zigarette, Mike? Die Damen?«

»Nein, danke, Mr. Battaglia«, lehnte Mike ab.

»Das mit der Drogenhändlerschießerei in der dreiundvierzigsten Straße haben Sie prima gemacht. Schnelle, saubere Festnahme – Glückwunsch.«

»Je dümmer die sind, desto einfacher haben wir's, Mr. B. Schießt einer um Viertel vor acht in 'ner Absteige mitten im Amüsierviertel vier Leute übern Haufen und sagt dem Fahrer des Fluchtfahrzeugs, er solle auf die Tube drücken. Ich glaube, es waren dreißig oder vierzig Zeugen, die sich die Nummer gemerkt haben. Ich wünschte, unser Mid-Manhattan-Fall wäre auch so einfach zu lösen.«

»Was gibt's Neues?«

Wir unterrichteten den Bezirksstaatsanwalt über die aktuellsten Entwicklungen und zeigten ihm dann den Brief, der mir ins Haus geflattert war. Außerdem erzählte ich ihm von dem Wagen, der mich gern als Kühlerfigur gehabt hätte, versuchte aber, den Zwischenfall so weit wie möglich herunterzuspielen.

»Muss ich nun damit rechnen, dass Sie …«

»Nein, ganz bestimmt nicht, Paul. Ich wollte Sie lediglich über die Vorfälle in Kenntnis setzen und hören, was Sie dazu sagen.«

»Mein Vorschlag ist, dass Sie den verdammten Fall so schnell wie möglich aufklären. Am Donnerstag fliege ich nach London, zu einer interdisziplinären Konferenz über ethische Grundsätze. Richtlinien fürs nächste Jahrtausend oder so ein Unsinn. Ich hab' vor 'nem halben Jahr meine Teilnahme zugesagt, aber der Zeitpunkt ist jetzt nicht gerade glücklich.«

»Hey, Mr. B., vielleicht könnten sie am Rande der Konferenz den einen oder anderen Zeugen vernehmen. Ich weih' Sie vor Ihrem Abflug auch noch gern in die Tricks und Geheimnisse unserer Vernehmungstechnik ein«, stichelte Chapman.

Battaglia erhob sich und ging zu seinem Schreibtisch zurück; für ihn war das Gespräch beendet. »Vielleicht komme ich auf Ihr Angebot zurück, Mike. Ist jedenfalls interessanter, als sich in einem stickigen Konferenzraum die Klagen irgendwelcher europäischer Soziologen anzuhören, deren größtes Kriminalitätsproblem Ausschreitungen bei Fußballspielen sind. Und Sie, Cooper, passen gut auf sich auf, verstanden?«

Wir hatten den Raum noch nicht verlassen, da hing Battaglia schon wieder an der Strippe.

Unter den Blicken Dutzender Bezirksstaatsanwälte aus vergangenen Zeiten, deren Porträts den Gang zu Battaglias Büro säumten, traten wir den Rückweg an. Ich hatte im Lauf meiner zehn Jahre als Staatsanwältin so viele Stunden mit Warten vor Pauls Büro zugebracht, dass ich ihre Namen und die jeweilige Amtsdauer in- und auswendig kannte.

»Wie geht's jetzt weiter?« fragte ich, nachdem wir wieder in meinem Zimmer angekommen waren. Chapman setzte sich an meinen Schreibtisch und erstellte eine Liste aller Personen, mit denen wir sprechen mussten, während ich über seinen gebeugten Kopf hinweg die Tauben auf den barock geschwungenen Fenstersimsen des gegenüberliegenden Gebäudes beobachtete.

»Sarah hält hier die Stellung. Und wir fangen mit Bob Spector an. Außerdem hat uns Spector den Tip gegeben, uns mit Gig Babson vom New York Hospital zu unterhalten; sie war 'ne gute Freundin von Gemma Dogen. Weiterhin müssen wir prüfen, ob an dem Gerücht, dass Dogen das Krankenhaus verlassen wollte, etwas dran ist. Und dann, denke ich, ist der Nachmittag auch schon vorbei.«

Langsam stellte sich in meinem Vorzimmer der gewöhnliche Besucherreigen ein.

Stacy Williams hielt Laura ein Formular unter die Nase; sie brauchte meine Unterschrift, um ein Flugticket zu kaufen. Sie musste ein Vergewaltigungsopfer aus Kansas City zur Verhandlung nach New York holen.

»Hey, wo hast du so lange gesteckt, Stace?« fragte Chapman. Stacy war Praktikantin in meiner Abteilung und traf sich seit einem halben Jahr mit einem von Mikes Kollegen aus der Mordkommission.

»Es ist vorbei, Mike. Ich bin seit ein paar Wochen nicht mehr mit Pete zusammen. Der Kerl hat mich angelogen; die ganze Zeit hat er mir erzählt, er hätte sich von seiner Frau getrennt.«

Ich warf einen Blick auf den Flugplan und unterschrieb dann den Reiseantrag. Sarah übernahm inzwischen die Rolle der mütterlichen Freundin. »Aber Stacy, erinnerst du dich nicht an Pat McKinneys Einführungsrede? Wenn dir ein Cop erzählt, er lebe getrennt, dann bedeutet das, dass seine Frau irgendwo am anderen Ende des Long Island Expressway etwa achtig Meilen entfernt sitzt und die vier Kinder hütet. *Das* versteht ein Polizist unter ehelicher Trennung.«

Ein Blick in Stacys hübsches Gesicht genügte mir, um zu wissen, dass sie Pete nicht lange nachtrauern würde. »Hier ist der unterschriebene Antrag. Sag mir doch bitte Bescheid, wann die Verhandlung stattfindet, Stacy, ja?«

Sarah veraschiedete sich, um in ihrem eigenen Büro ihre Arbeit zu erledigen. »Ruft an, wenn's Neuigkeiten gibt, okay?«

Mike forderte bei Peterson einen Detective an, der den Drohbrief in meinem Büro abholen und zur Analyse ins Labor bringen sollte. Dann riefen wir Bob Bannion an, um zu besprechen, wann wir uns das Video vom Tatort ansehen konnten; wir wollten noch einmal Gemma Dogens Aktenschränke unter die Lupe nehmen, um eventuell darüber Aufschluss zu erhalten, welche Teile oder Ordner durchwühlt worden waren.

Wenig später saßen Chapman und ich in einer der winzigen Vorführkabinen der Video Unit und spielten die Sequenz wieder und wieder ab, vergrößerten diesen und jenen Ausschnitt, um festzustellen, worauf es der Mörder abgesehen hatte. Ähnelten die Ordner, die wir auf dem Bildschirm sahen und die wir uns zweifelsohne noch einmal in natura anschauen würden, jenen, die die Polizisten im Müll gefunden hatten? Falls die gefundenen Ordner tatsächlich aus Dogens Büro stammten – wo genau hatte der Mörder sie dann her? Hatten sie auf dem Schreibtisch gelegen oder in einem der zahlreichen Aktenschränke gestanden?

»Na, habt ihr was gefunden?« erkundigte sich Bob.

»Hätten wir bestimmt, wenn wir wüssten, wonach wir eigentlich suchen.«

Als wir wieder in mein Büro runterkamen, erwartete uns dort Janine Borman, eine der Assistentinnen in der Prozessabteilung.

»Der Richter von AP5 hat mir 'ne halbe Stunde Zeit gegeben, um mich auf ein Gesetz zu berufen, andernfalls wird er dem Antrag der Verteidung auf Niederschlagung der Klage stattgeben. Ich hab' jetzt keine Zeit mehr für Recherchen und kann mir vorstellen, dass Sie diese Situation auch schon mal hatten. Deshalb wollte ich Sie um Rat fragen.«

Keine Zeit für Recherchen – tolle Ausrede. Wahrscheinlich hat sie keinen blassen Schimmer, wie man eine Recherche durchführt, dachte ich bei mir. »Worum geht's denn?«

»Um sexuelle Belästigung. Es passierte in der U-Bahn – die Frau hat aber keine Strafanzeige erstattet. Alles, was ich habe, ist die Aussage eines Cops, der das Ganze beobachtet hat.« Bei kleineren Straftaten machten wir oft die Erfahrung, dass die Betroffenen keine Anzeige erstatteten, denn sie wussten, dass die Wahrscheinlichkeit, dass der Täter gefasst wurde, sehr gering war – und die, dass er eine Strafe erhielt, noch viel geringer. Kaum einer Frau, die tagtäglich mit der U-Bahn zur Arbeit fuhr, war es nicht schon mindestens einmal passiert, dass irgendjemand seine Weichteile an ihrem Po rieb; der einzige Vorteil der kalten Jahreszeit bestand darin, dass sich zwischen Täter und Opfer eine zusätzliche Schicht Stoff befand.

»Die Tat?«

Janine schien sich bei der Schilderung dessen, was meinen Berufsalltag ausmachte, nicht besonders wohl zu fühlen. Peinlich berührt suchte sie nach Worten und schielte dabei mehrmals verschämt rüber zu Chapman. »Nun, der … ähm … der Angeklagte, Anthony Gavropoulos, befand sich auf dem … ähm … Bahnsteig. Auf dem Bahnsteig gegenüber stand der Cop. Der Cop sagt aus, der Angeklagte sei hinter die Frau getreten und habe sich … ähm … wie soll ich sagen … ähm … entblößt.«

»Er hat seinen Penis entblößt?« fragte ich.

»Ähm … ja. Und dann bekam er eine … ähm … eine Erektion. Möglicherweise weil er sich an der Frau gerieben hat.«

»Hat er sich an der Frau gerieben oder hat er nicht? Schauen Sie, Janine, das eine ist eine Straftat, das andere nicht.«

»Tut mir leid, ich …«

»Hören Sie mir mal zu, Janine. Wenn Sie mit einem solchen

Fall zu tun haben, dann müssen Sie auch die betreffenden Worte aussprechen und die entsprechenden Körperteile benennen. Mit vagen Umschreibungen und rotem Kopf kommen wir da nicht weiter.«

Janine sammelte sich und fuhr fort. »Wir haben der gegnerischen Partei das Angebot gemacht, das Ganze nur als minderes Vergehen zu verfolgen – unter der Bedingung, dass der Angeklagte nach dem Urteilsspruch an einem Besserungsprogramm für Sexualstraftäter teilnimmt.«

»Prima. Und weiter?«

»Der Verteidiger lehnt unser Angebot ab und behauptet, der Cop lüge. Gavrapoulos sagt nämlich, sein Ding sei zu klein, als dass der Cop es vom gegenüberliegenden Bahnsteig aus hätte sehen können – selbst dann nicht, wenn er, Gavrapoulos, eine Erektion gehabt hätte. Hatten Sie so was schon mal?«

Chapman hob den Finger, um auf sich aufmerksam zu machen. »In diesem Fall brauchen Sie weder ein Gesetz noch eine Recherche. Das müssen Sie ganz anders machen: Schicken Sie den Richter aus dem Gerichtssaal, den brauchen Sie hier nämlich gar nicht. Und dann sagen Sie zu Gavrapoulos: ›Hey, Anthony, du bist doch kein Schlappschwanz, oder? Hast du denn gar kein Fünkchen Stolz? Ein richtiger Kerl würde eher eine Verurteilung in Kauf nehmen als zuzugeben, dass sein Ding so klein ist, dass man es gar nicht sieht.‹«

Janines Kinnlade klappte runter. Einen Augenblick lang glaubte sie wirklich, Chapmans Rat sei ernst gemeint.

»Er hat nur einen Witz gemacht, Janine.« Ich führte sie aus meinen Büro und erklärte ihr auf dem Gang, wie sie in diesem Fall am besten vorging.

Als ich wieder zurückkam, hielt Chapman schon meinen Mantel bereit. »Komm schon, Blondie, lass mich dich aus diesem Irrenhaus entführen. Wir sammeln Mercer auf und machen uns an einen richtigen Fall. Erinnerst du dich noch, was deine Granny Jenny mir vor ein paar Jahren auf der Überraschungsparty erzählte, die deine Mutter gegeben hat?«

Ich wusste genau, was jetzt kam: Die Lieblingsklage meiner jüdischen Großmutter, die als Kind aus Russland in dieses

Land gekommen und bis zum heutigen Tag stolz darauf war, allen ihren Söhnen einen Collegeabschluss und ein Studium ermöglicht zu haben.

Als ich ihr Mike vorstellte, bemerkte sie wie so oft seufzend: »Ihr Vater hat ihr die beste Ausbildung bezahlt, und was hat dieser Paul Battaglia aus ihr gemacht? Eine Expertin für Pimmels und Muschis. So was gibt's nur in Amerika.«

17

»Geld oder Liebe?«

»Fifty-fifty, würde ich sagen.«

»Ich glaube, eins überwiegt.«

»Und wozu zählst du die bloße Lust? Worunter fällt Affekt? Oder Sexualmord? Unter Liebe? Das kann wohl nicht sein.«

»Selbst wenn – ich glaube, dass Geld sehr viel häufiger der Auslöser ist als Liebe.«

»Nimm nur mal alle deine Fälle von häuslicher Gewalt. Da geht's nicht um das, was man sich unter Liebe so vorstellt. Da geht's um Liebe, die ins Gegenteil umgeschlagen ist.«

»Ach ja? Ich habe aber die Erfahrung gemacht, dass bei häuslicher Gewalt Geld mindestens genauso oft eine Rolle spielt wie Beziehungsprobleme.«

Ich kam aus der Damentoilette der Cafeteria des Mid-Manhattan und platzte mitten in die Unterhaltung zwischen Chapman und Wallace. Es ging um Tatmotive bei Mord.

»Was ist deine Erfahrung, Coop?«

»Hm, keine Ahnung, wahrscheinlich ist Geld das häufigste Motiv.«

»Womit wir's meist zu tun haben, Mercer, sind Bandenkriege zwischen Crack-Dealern – das ist die Realität. Manchmal schießt ein Dealer den anderen übern Haufen, weil's Streit um 'ne Frau gibt, das kommt natürlich vor«, fuhr Mike fort, »aber meistens ist die Frau Teil des Geschäfts. Liebe spielt da bestimmt keine Rolle. Alles, was diese Jungs lieben, sind ihre Pitbulls, ihr Pythons und ihre tätowierten Schwänze – aber nicht ihre Bräute.«

»Also, was war's bei Gemma Dogen? Geld oder Liebe?« fragte Mercer. Weder Mike noch ich hatten eine Antwort. »Ich bin gespannt, was uns Spector dazu sagen kann.«

Wir bahnten uns den Weg durch zahllose Türen, Gänge und Aufzüge von der Cafeteria bis hoch in den sechsten Stock des Minuit Medical College.

»Werden Sie von Dr. Spector erwartet?« wollte die Rezeptionistin hinter dem Empfangstresen wissen.

»Ja. Wir beide sind von der Mordkommission, und Miss Cooper ist die ermittelnde Staatsanwältin.«

Hätten wir ihr, anstatt unsere Tätigkeiten zu erwähnen, erzählt, wir seien mit Typhus infiziert, wäre die Reaktion nicht sehr viel anders ausgefallen. Stirnrunzelnd betrachtete sie uns, rollte auf ihrem Stuhl einen Meter von uns weg in die andere Richtung und vermied jeglichen weiteren Blickkontakt, während sie Spectors Nummer wählte und ihm mitteilte, »diese Leute« seien da.

»Letzte Tür rechts, direkt vor der Bibliothek.«

Wir gingen den Gang entlang, vorbei an dem unbeleuchteten Raum, in dem sich Gemma Dogens Büro befunden hatte.

Spector begrüßte uns bereits an der Tür mit der Offenheit und Freundlichkeit, für die er bekannt war. Er war kleiner als wir alle drei, und sein rötlich braunes Haar begann sich zu lichten.

Trotzdem wirkte er jünger als zweiundfünfzig – das Alter, das Mercer in seinen Unterlagen notiert hatte.

Ähnlich wie Gemmas Büro war auch das von Spector mit medizinischem Gerät, Fotos und Auszeichnungen vollgestopft. Doch im Gegensatz zu ihrem fanden sich hier zahlreiche persönliche Gegenstände – Kinderbilder in Plexiglasrahmen, Poster und witzige Geschenke von Studenten.

»Sie sind also die Leute, die in unserem kleinen Laden wieder für Ruhe und Ordnung sorgen wollen?«

»Ganz das Gegenteil scheint der Fall zu sein, der charmanten Begrüßung der Dame am Empfang nach zu schließen«, erwiderte Mike.

»Wie Sie sich vorstellen können, sind wir hier noch weit entfernt von jeglicher Normalität – wenn man einen Moloch wie diesen überhaupt jemals als ›normal‹ bezeichnen kann. Die Presse ist nicht gerade freundlich mit uns umgegangen; die haben uns hingestellt, als seien wir nicht in der Lage, eine Routineoperation hinzubekommen. Und Sie, junge Dame«, bemerkte er mit Blick auf mich, »tragen auch nicht gerade zur Beruhigung bei. Sobald ein Anwalt auf der Bildfläche erscheint, geraten viele Ärzte in Panik – die schlechten Witze über das Misstrauen zwischen diesen beiden Berufsgruppen sind schon fast Realität geworden. Ich habe mich bemüht, meinen Leuten klarzumachen, dass Sie nichts mit der Verfolgung von Kunstfehlern zu tun haben, sondern lediglich Staatsanwältin sind.«

»Wir hoffen, dass Sie uns einiges über Dr. Dogen erzählen können«, begann ich. »Es ist schwierig, etwas über sie zu erfahren. Sie schien sehr verschlossen gewesen zu sein.«

»Das war sie allerdings. Ich kann Ihnen sicher einige Informationen beruflicher Art geben, und Dr. Babson, mit der Sie ja später noch sprechen werden, weiß gewiss das eine oder andere über ihr Privatleben. Gemma kam vor mir ans Mid-Manhattan, vor etwa zehn Jahren. Einen Ruf von dieser Abteilung zu bekommen und sie schließlich zu leiten, ist für eine Frau – nein, eigentlich für jeden – ein großer Erfolg. Sie war ein brillanter Kopf und auf ihrem Fachgebiet ausgesprochen innovativ.«

Es folgte eine zwanzigminütige lebhafte Schilderung des Eifers und der Begeisterung, mit der Dogen die neurochirurgische Fakultät des Minuit aufgebaut hatte und die Studenten für die Facharztausbildung auswählte.

Als Chapman genug Lobpreisungen gehört hatte, unterbrach er Spectors Bericht. »Gut, das war also Gemma Dogen, die Märtyrerin. Und wer wollte sie aus dem Weg räumen?«

Überrascht von dieser Frage, ließ sich Spector in seinen Sessel zurücksinken. »Soll ich mich selbst an die erste Position dieser Liste setzen, oder wäre das unbescheiden?«

»Ganz wie Sie meinen.«

»Sie haben wahrscheinlich schon von den Gerüchten gehört. Gemma plante, zurück nach England zu gehen, und die Chancen, dass ich ihre Nachfolge antreten würde, standen gar nicht schlecht. Vorausgesetzt natürlich, Bill Dietrich und seine Leute hätten die Stelle nicht über meinen Kopf hinweg mit jemandem von außerhalb besetzt.«

»Wie sicher war es denn, dass sie gehen würde?« fragte Mercer.

»Ganz genau wusste das keiner. Sie hat zu diesem Thema wie zu allem anderen, was sie tat, nicht viel rausgelassen. Ich weiss, dass sie nach ihrer letzten Bosnien-Reise einen Zwischenstop zu Hause in London eingelegt hatte. Von Freunden an der Universität habe ich gehört, dass man sie dort mit offenen Armen empfangen hätte. Wegen ihrer großen Verdienste. Und natürlich«, fügte er mit einem verständnisheischenden Nicken in meine Richtung an, »aufgrund der Tatsache, dass sie eine Frau war.«

»Bis wann hätte sie ihre Entscheidung fällen müssen?«

»In den nächsten Wochen stehen hier eine Menge Entscheidungen an. Bis zum fünfzehnten April, um genau zu sein. Bis zu diesem Datum muss die Fakutät die Personalverträge für den kommenden Herbst gemacht haben, und bis dahin entscheiden wir, welche Studenten an der neurochirurgischen Facharztausbildung teilnehmen dürfen. Genaueres darüber erfahren Sie von Dietrich; seine Abteilung ist verantwortlich für alle administrativen Entscheidungen.«

»Ja, wir haben bereits ...«

»Allerdings sollten Sie das, was er sagt, mit Vorsicht genießen. Er hatte eine Schwäche für Gemma – auch noch nachdem sie sich vor ein paar Monaten getrennt hatten.«

Wir waren zu abgebrüht, um uns von dieser Bombe zu einer Reaktion oder einem Kommentar verleiten zu lassen.

Ohne mit der Wimper zu zucken, stellte Mike Spector die nächste Frage. »Also werden Sie im nächsten Monat voraussichtlich die Leitung der Abteilung übernehmen. Wie wird sich dadurch Ihr Leben verändern, Doc?«

»Wenn Sie mir diese Frage als einem potentiellen Verdächtigen stellen, Mr. Chapman, muss ich Ihnen antworten: So gut wie gar nicht.«

»Gehaltsmäßig?«

»Keine Veränderung. Sollte ich mir eines Tages eine Privatpraxis zulegen, kann ich höhere Honorare verlangen, aber hier im Krankenhaus wirkt sich die Beförderung finanziell nicht aus. Hier geht's nur um den Titel und ums Prestige.«

»Aber Sie wollen den Job, oder etwa nicht?«

»Natürlich. Ich wäre verrückt, wenn ich ihn nicht wollte. Schauen Sie, ich will offen zu Ihnen sein: Schon jetzt betrachten viele diese Abteilung als *meine* Abteilung. Dogen hat sich immer mehr zurückgezogen, hat sich vom Tagesgeschäft entfernt, weil sie die meiste Zeit in irgendwelchen Dritte-Welt-Ländern unterwegs war. Wenn von der Neurochirurgie des Mid-Manhattan die Rede ist, dann meint man Bob Spectors Abteilung – ganz gleich, ob die heilige Gemma noch hier ist oder nicht. Das *ist* einfach so.«

»Wie viele Neurologen haben Sie …«

»Falsch, Mr. Chapman. Neurochirurgen, nicht Neurologen.« Spector schleuderte Mike diesen Einspruch entgegen, als sei die Unterscheidung zwischen Neurochirurgen und Neurologen wichtiger als die Frage, ob Gemma lebte oder tot war.

»Tut mir leid, Doc, ich habe die Begriffe bisher gleichbedeutend benutzt. Könnten Sie mich über den Unterschied aufklären?«

»Der Unterschied besteht in etwa einer halben Million Dollar pro Jahr, das ist alles«, antwortete Spector lachend. »Nein, im Ernst, Chapman, wir sind die Jungs mit Säge und Faden. Wir operieren, die Neurologen nicht.«

»Und warum, glauben Sie, wollte Gemma nach diesem Semester das Mid-Manhattan verlassen?«

»Ich glaube es nicht, ich weiß es. Die meisten von uns leben vom Entfernen von Gehirntumoren und von operativen Eingriffen an den Bandscheiben. Manche betreiben ergänzend zu ihrem chirurgischem Handwerk Studien auf dem Gebiet unterschiedlicher Erkrankungen – ich beispielsweise erforsche die Huntington-Krankheit. Gemma hat sich in diesem Punkt ursprünglich nicht von uns unterschieden, aber irgendwann begann sie, sich für Traumata, sprich Gehirnverletzungen, zu interessieren. Das war bereits hier in New York – all die Schußverletzungen und Autounfälle, Sie verstehen? In London sind ihr wahrscheinlich nicht so viele Opfer von Schießereien über den Weg gelaufen. Und kaum hatte sie ihr Interesse für Traumata entdeckt, reiste sie von einem Kriegsgebiet zum nächsten. Sie musste nur von einem Gemetzel in irgendeinem Land mit unaussprechlichem Namen hören, das vor zehn Jahren noch gar nicht existierte, schon saß sie im Flugzeug.«

»Wäre es ihr nicht möglich gewesen, weiterhin am Mid-Manhattan zu bleiben und trotzdem ihr Steckenpferd zu betreiben? Hört sich doch sehr nobel an, oder? Hätte nicht der Ruf des Krankenhauses von ihrem Engagement profitiert?« warf Mercer ein.

»Trauma-Behandlungen bringen leider nichts ein, denn die meisten der bedauernswerten Bürgerkriegsopfer haben keine Krankenversicherung. Es mag sich krass anhören, aber ich bringe dem Krankenhaus mit meiner Arbeit in kurzer Zeit viel mehr Geld in die Kasse, als Gemma es mit ihren Wohltätigkeiten in hundert Jahren vermocht hätte. Die Trauma-Behandlung existiert für die meisten Neurochirurgen nur am Rande. Und davon abgesehen praktiziert der beste Neuro-Trauma-Experte der Welt hier in New York. Sein Name ist Jam Ghajar. Er ist schon jetzt der führende Mann auf diesem Gebiet und hat seinen Zenit noch lange nicht erreicht. Er ist wesentlich jünger als Gemma und viel extrovertierter. Ich kann mir vorstellen, dass sie deshalb in dieser Stadt keine Zukunft mehr für sich gesehen hat. Das hat wahrscheinlich ihr Heimweh nur noch größer gemacht.«

Spectors Verhalten bewegte sich auf einem extrem schmalen Grad zwischen Offenheit und Großspurigkeit.

Chapman versuchte, das Gespräch zurück auf Dogens gesellschaftliches Leben zu bringen. »Was wissen Sie sonst noch über ihre Beziehung zu Bill Dietrich, Doc?«

»Zuerst einmal, dass ich darüber gar nichts hätte wissen dürfen. Ich habe Geoffrey, ihren Ex-Mann, in den letzten Jahren recht häufig getroffen – mal hier, mal dort, auf Konferenzen und Kongressen. Ich glaube, ihm ging es nach der Scheidung besser als zuvor – seine zweite Frau ist ein offener, herzlicher Mensch. Gemma hat mich nie besonders gereizt, besonders nicht sexuell. Mit ihr ins Bett zu gehen, habe ich mir immer so ähnlich vorgestellt wie – bitte entschuldigen Sie, Miss Cooper – seine Weichteile in einen Schraubstock zu klemmen. Aber viele andere Männer hier schienen das anders zu sehen. Dietrich kann Ihnen genauer als ich über ihre Namen Auskunft geben. Soweit ich weiß, wollte er sie sogar heiraten – er betrachtete es als so 'ne Art Mega-Gehaltserhöhung. Auf diese Weise hätte er sich ein nettes Polster verschafft und seiner Liebe zu Oldtimer-Automobilen frönen können.«

»Zu Beginn unseres Gesprächs preisen Sie in einer begeisterten Rede Gemma Dogens Eigenschaften, und jetzt ziehen Sie plötzlich über sie her. Aber Tatsache ist doch, Doctor, dass Sie Ihnen an dem Morgen, an dem ihre Leiche gefunden wurde, bei einer Operation assistieren sollte. Ist das richtig?«

»Über ihre fachlichen Qualitäten besteht gar kein Zweifel«, erwiderte Spector. »Mit ihr an der Seite fühlte ich mich im OP absolut sicher. Deshalb habe ich sie häufig gebeten, mir zu assistieren. Aber außerhalb des OPs reagierte ich allergisch auf sie. Sie ging sowohl mit den Studenten als auch mit den Kollegen überkritisch ins Gericht. Sie hat zweifelsohne Großes für dieses Krankenhaus und diese Universität getan, aber es war an der Zeit, dass sie sich verabschiedete. Ich will gar keinen Hehl daraus machen: Ich konnte es kaum erwarten, dass sie endlich ging – allerdings hätte ich sie lieber in der Concorde anstatt in einer Zinkwanne gesehen.«

Spector hatte uns nichts mehr zu sagen. Er erhob sich und teilte uns mit, er werde zu einer Besprechung erwartet.

Erst als sich die Türen des Aufzugs hinter uns geschlossen hatten, ergriff Mike das Wort. »Ich kann's nicht glauben: Bill Dietrich. Bei der bloßen Vorstellung, wie morgens sein Bettlaken aussieht, wird mir schlecht: Pomade, Bräunungsmittel und all so ein Zeug. Der Mann hätte sich besser mit der Besitzerin eines Waschsalons eingelassen. Was wollte Dogen mit so einem Lackaffen?«

»Schwer zu sagen. Wie fandet ihr Spector?«

»Naja, er hat mit offenen Karten gespielt. Er schien ziemlich geradeheraus – nach dem Motto: Angriff ist die beste Verteidigung.«

Auf der Fahrt ins New York Hospital gingen wir gemeinsam jede seiner Äußerungen durch. Der Sicherheitsbeamte am Haupteingang erklärte uns den Weg zu Dr. Babsons Büro.

Auf mein Klopfen hin öffnete uns eine zierliche Frau um die fünfzig mit schulterlangem braunen Haar und sanften haselnussbraunen Augen.

»Ich bin Gig Babson. Katherine, um korrekt zu sein. Bitte kommen Sie rein.«

Ich war gespannt auf eine Beschreibung von Gemma Dogen aus weiblicher Sicht. Während Mercer uns vorstellte, warf ich einen kurzen Blick auf die Diplome an der Wand – Vassar College '69 und Harvard Medical School '73.

Gig Babson berichtete, wie sie Gemma Dogen kennengelernt hatte. »Es war erst vor drei Jahren. Wir haben uns bei der Arbeit kennen gelernt. Wir waren beide im selben Ärzteteam – es ging um die Trauma-Behandlung der kleinen Vanessa, vielleicht erinnern Sie sich?«

Natürlich erinnerten wir uns. Die Geschichte hatte keinen Menschen in New York unberührt gelassen. Bei dem Absturz eines Privatjets auf dem La Guardia-Flughafen waren acht Erwachsene ums Leben gekommen; einzige Überlebende war die damals vierjährige Vanessa, die aus dem Flugzeugwrack geschleudert worden und so dem Flammentod entkommen war, aber sechzehn Wochen im Koma lag. Ihre Verwandten hatten gefordert, die lebenserhaltenden Maschinen abzuschalten, da anscheinend keine Hoffnung mehr auf eine Heilung der schweren Hirnverletzungen bestand.

Doch ein aus Neurochirugen bestehendes Spezialteam – an einzelne Namen konnte ich mich nicht mehr erinnern – hatte so etwas wie ein medizinisches Wunder erreicht. Das Mädchen erwachte aus dem Koma und erlangte innerhalb weniger Monate ihre geistigen Fähigkeiten vollständig wieder. Das Bild von dem lächelnden Mädchen auf den Treppen des Mid-Manhattan, umringt von dem Ärzteteam, das ihm ein neues Leben geschenkt hatte, war allen, die es gesehen hatten, im Gedächtnis geblieben.

»Gemma war auf ihrem Gebiet einfach brillant. Sie war es, die Vanessas Leben gerettet hat. Sie entdeckte die Quetschung der vorderen Großhirnrinde, die ein massives Blutgerinsel verursacht hatte. Während wir anderen angesichts der Risiken einer Operation noch zögerten, krempelte Gemma die Ärmel hoch und entfernte den Bluterguss – mutig, ruhig und tadellos. Ohne Gemma wäre das Mädchen ein Pflegefall geblieben.«

»Wenn ich das höre, Doctor«, warf ich ein, »frage ich mich, warum jemand ein Interesse daran hatte, sie zu töten.«

»Glauben Sie wirklich, der Täter hat es gezielt auf Gemma abgesehen? Ich meine, ist sie nicht vielmehr zufällig einem Obdachlosen oder einem Einbrecher zum Opfer gefallen? An einen gezielten Mord habe ich bisher noch gar nicht gedacht. Wissen Sie, wir haben ihr immer wieder gesagt, dass sie verrückt sein müsse, nachts zu arbeiten, aber wir befürchteten natürlich, dass ihr auf dem Weg etwas zustoßen könne, nicht im Krankenhaus selbst. Aber sie ließ sich nicht beirren. Sie brauchte nicht viel Schlaf, und es war für sie das Normalste der Welt, nachts zu arbeiten und erst gegen drei Uhr morgens nach Hause zu gehen. Dann schlief sie ein paar Stunden, und noch vor Sonnenaufgang ging sie zum Joggen. Wenn man Gemma nur ein bisschen kannte, wusste man, wo und wann man sie im Minuit antraf.«

»Was wussten Sie über Ihre Pläne, New York zu verlassen?«

»Nicht viel, außer dass sie darüber nachdachte. Noch nichts Endgültiges, aber sie wollte weg vom Mid-Manhattan.«

»Gab es dort nicht genügend Arbeit in Sachen Trauma?«

Babson starrte mich ungläubig an. »Machen Sie Scherze? In New York nicht genügend Arbeit auf dem Gebiet Trauma?«

»Nun, Dr. Spector hat uns erzählt ...«

»Vergessen Sie, was Spector sagt. In beruflichen Dingen vertraute sie sich nur einem Menschen an – und das war Geoffrey Dogen, ihr Ex-Mann. Nicht einmal mir hätte sie Einzelheiten erzählt.«

»Warum nicht?«

»Sie wollte mich da nicht reinziehen. Sie versuchte, mich aus den politischen Grabenkämpfen mit der Verwaltung rauszuhalten. Ich bin ein paar Jahre jünger als sie, und sie wollte nicht, dass meine Karriere ähnlich entgleiste wie die ihre.«

Wallace, Chapman und ich waren verwirrt. Um welche Grabenkämpfe ging es? Offensichtlich nicht um das, wovon uns Spector berichtet hatte.

»Warum die Entgleisung?«

»Ihnen ist wahrscheinlich bekannt, dass sie einiges wusste

und auspacken wollte. Bill Dietrich hat Ihnen sicher davon erzählt.«

»Um ehrlich zu sein«, bemerkte ich erstaunt, »hat uns noch niemand davon berichtet. Auch wir sind davon ausgegangen, dass der Mord an ihr ein zufälliges Verbrechen war, Dr. Babson. Wissen Sie, wer Gemma bedroht hat?«

»Bedroht? Nein, davon hat sie mir gegenüber nie etwas erwähnt. Aber wenn sie ihren Posten abgegeben hätte, hätte sie einige offene Worte gesprochen, das kann ich Ihnen versichern. Sie wäre niemals in einer Nacht-und-Nebel-Aktion verschwunden.«

»Nun, und worüber wollte sie auspacken?«

»Das weiß ich nicht genau. Es ging wohl um ethische Fragen und hatte eher mit dem Minuit, also der Universität, als mit dem Krankenhaus zu tun. Sie wollte alle anderen auf die Maßstäbe verpflichten, die sie bei sich selbst angelegt hatte. Das ist eine schwere Bürde – manche würden es als unerträglich bezeichnen. Es gab da mal einen Medizinstudenten von der Westküste, der sich um die Teilnahme an Gemmas neurochirurgischer Facharztausbildung beworben hatte. Irgendjemand hat sie darauf aufmerksam gemacht, dass er in seiner Bewerbung unrichtige Angaben gemacht hatte – seinen Lebenslauf frisiert hatte oder etwas Ähnliches. Sie lehnte seine Bewerbung ab, obwohl einige ihrer Kollegen ihn haben wollten. Solche Dinge trieben sie zur Weißglut. Immer wenn so etwas publik wurde, versuchten die anderen, sie mundtot zu machen. Sie wollten nicht, dass in der Öffentlichkeit schmutzige Wäsche gewaschen wurde. Das schädige den Ruf des Krankenhauses, vertreibe die Patienten und so weiter. Aber wenn sie einmal in Fahrt war, konnte man sie kaum mehr stoppen.«

Das schrille Geräusch eines Pagers unterbrach ihre Worte. Alle vier griffen wir an unsere Gürtel, dann sahen wir uns an und mussten lachen.

»Was haben wir eigentlich getan, bevor diese Dinger erfunden wurden?« fragte Gig Babson. Es war ihr Pager gewesen, der sich gemeldet hatte. Sie griff zum Telefon.

»Können wir Schluß machen?« fragte sie. »Ich muss runter

in den OP. Auf der Second Avenue ist ein Bus außer Kontrolle geraten und hat den Gehsteig gerammt. Gleich werden einige verletzte Passanten eingeliefert, und ich muss mich einsatzbereit halten.«

»Nach unserem Gespräch mit Bill Dietrich würde ich mich gerne noch einmal mit Ihnen unterhalten, Dr. Babson.«

»Natürlich, gern. Rufen Sie mich vorher kurz an.«

Babson führte uns zur Tür. »Können Sie uns etwas über die Beziehung zwischen Gemma Dogen und Bill Dietrich sagen?« fragte ich, als wir den Raum verließen. »Ich meine, Ihre persönliche Einschätzung.«

»Ich war froh, als sie die Sache beendet hatte. Ich habe ihm nie vertraut, wirklich nicht. Irgendwie kam er mir immer schmierig vor. Aber sie war einsam, und seine Aufmerksamkeit schmeichelte ihr. Er war ganz verrückt nach ihr. Aber nachdem die Geschichte zu Ende war, hat sie nicht mehr viel über ihn gesprochen. In ihren jüngsten Auseinandersetzungen schienen sie immer gegensätzlichere Positionen zu vertreten. Er ist ein Schmarotzer. Ich habe wirklich keine Ahnung, was sie an ihm gefunden hat, ich habe sie auch nie danach gefragt.«

Ich rief den Aufzug, während Babson die Metalltür zum Treppenhaus öffnete. Mercer wollte noch eine letzte Frage loswerden. »Haben Sie Gemma Dogen jemals zu einem Spiel begleitet?«

»Wie bitte?«

»War sie Sport-Fan? Baseball? Oder Football?«

»Gemma war selbst eine hervorragende Sportlerin. Sie liebte physische Herausforderungen. Laufen, Kajakfahren, Ski – all solche Dinge, die ich als Zeitverschwendung betrachte. Nein, ich habe nie ein Spiel mit ihr besucht. Und ich kann mich nicht erinnern, dass Gemma jemals eines erwähnt hätte. Einmal im Jahr gehe ich zum Hot-Dog-Essen ins Yankee-Stadion, das ist aber auch schon alles. Über diese Seite ihres Lebens kann ich Ihnen nichts sagen, tut mir leid.«

Bevor der Aufzug ankam, war Dr. Babson bereits im Treppenhaus verschwunden. Kurz nach fünf verließen wir das Krankenhaus.

»Wohin?«

»Was haltet ihr zur Abwechslung von einem netten, selbstgekochten Essen?« fragte Mercer.

»Mein Kühlschrank ist leider leer, Jungs.«

»Macht nichts, wir gehen einkaufen. Mike und ich kochen. Alles, was du tun musst, ist, danach das Geschirr in die Spülmaschine zu räumen.«

»Einverstanden.«

Wir waren nur ein paar Blocks von meinem Apartment entfernt. Ich wartete im Wagen, während Mike und Mercer im Supermarkt verschwanden. Zehn Minuten später tauchten sie mit Tüten beladen wieder auf.

»Also, es gibt Salat, Hühnchenbrustfilets in Senfsauce nach dem Rezept meiner Mutter und dazu sautierte Stangenbohnen.«

»Mit Knoblauch«, ergänzte Mike. »Ist das für dich ein Problem? In Sachen Liebesleben, meine ich.«

»Er ist derzeit nicht in der Stadt, Mickey. Also los.«

Wir parkten in der Third Avenue und liefen zu mir. Anstelle von Zacs Leine fand ich auf dem Tischchen in der Diele einen Blumenstrauß und eine kurze Notiz von Davids Zugehfrau vor, die Zac abgeholt hatte.

Mike und Mercer machten sich in der Küche an die Arbeit, während ich in meine bequemen Leggings schlüpfte und den Anrufbeantworter abhörte: eine Nachricht von Drew, der erfolglos versucht hatte, mich im Büro zu erreichen, ein Anruf von meiner Mutter, die mich an den Geburtstag meiner Schwägerin erinnerte, und ein kurzes Hallo von Nina, die in einem Stau auf dem Santa Monica Freeway steckte.

Dann beobachtete ich die beiden Köche bei der Arbeit. Mikes Sakko und Mercers Jacke lagen auf dem Wohnzimmersofa, die Krawatten steckten zusammengerollt in den Taschen. »Wir sind so weit«, verkündete Mercer schließlich. »Lasst uns vor dem Essen noch die Nachrichten sehen, okay?«

Wir gingen rüber ins Wohnzimmer und genehmigten uns einen Aperitif, während wir auf die 18-Uhr-30-Nachrichten warteten. Mike rief Peterson an, um ihm von den beiden Gesprächen zu berichten und zu hören, was der Rest des Teams herausgefunden hatte; doch es gab keine großen Neuigkeiten – die Detectives hatten weiter alle Gänge der unterirdischen Katakomben durchkämmt, sich mit den Bewohnern unterhalten und nach Spuren gesucht.

Mike legte auf und blickte uns an. »Peterson will wissen, zu welchen Schluss wir nach dem heutigen Tag gekommen sind. Ich hab' ihm gesagt, dass wir noch keine Gelegenheit hatten, uns darüber zu unterhalten.«

»Diese Frage ist mir den ganzen Nachmittag im Kopf herumgegangen – was denke ich? Ich bin inzwischen davon überzeugt, dass wir von Anfang an schiefgelegen haben. Und zwar von dem Augenblick an, als ihr am Tatort ankamt.«

Mercer beugte sich vor und nickte nachdenklich; er ahnte, worauf ich hinauswollte.

»Ich will damit sagen, dass ihr genau das gesehen habt, was der Mörder wollte, dass ihr seht: einen Sexualmord. Ein Opfer, das im Kampf gegen seinen Vergewaltiger den kürzeren gezogen hat. Die Tat eines Gestörten, der mitten in der Nacht ganz zufällig auf diese Frau trifft, die jede andere hätte sein können. Und genau daran glaube ich nicht mehr.«

Mike schaltete den Ton des Fernsehers ab und starrte mich an.

»Gemma Dogen ist einem ganz gewöhnlichen Mord zum Opfer gefallen«, fuhr ich fort. »Der Mörder hat seine Tat als Sexualverbrechen getarnt, damit wir nach jemandem suchen, der in keinerlei Verbindung zum Opfer steht. Nach jemandem wie Pops oder Can Man. Und von solchen wimmelt's im Mid-Manhattan nur so. Der Mörder hat sie kühl berechnend getötet, ihr die Strumpfhose ausgezogen und ihren Rock hochgeschoben. Ich glaube nicht, dass jemand wirklich versucht hat, sie zu vergewaltigen. Im Gegenteil: Eine sexuelle Beziehung mit Dr. Dogen ist wahrscheinlich das Letzte, woran der Mörder Interesse hatte.«

»Vielleicht war mein Wunsch, dich bei diesem Fall dabeizuhaben, so stark, dass ich gar nichts anderes als ein Sexualverbrechen in Betracht gezogen habe«, bemerkte Mike.

»Ist das Ganze nicht logisch? Der Mörder arrangiert die Leiche so, dass alles auf eine Vergewaltigung hindeutet – oder zumindest auf den Versuch einer Vergewaltigung. Aber es gibt keinerlei Spuren von Sperma, keine der Verletzungen ist typisch für ein solches Verbrechen, nicht einmal ein einziges Schamhaar des Täters wird gefunden. Ich wette, dass der Mörder an alles andere als Vergewaltigung gedacht hat. Je mehr wir über Gemma Dogen wissen, desto mehr komme ich zu der Überzeugung, dass sie aus anderen Gründen umgebracht wurde und der Mörder uns ganz gezielt in die falsche Richtung lockt.«

»Dann ist es also pure Zeitverschwendung, durch die Katakomben zu laufen und die Penner zu befragen. Der Mörder ist nicht umnachtet, sondern bei vollem Verstand – wie die Jungs in den teuren Anzügen und in den weißen Kitteln«, fasste Mike zusammen.

»Es ist so, wie Spector gesagt hat«, entgegnete Mercer. »Die Ärzte werden allmählich paranoid, weil du die Ermittlungen führst.«

»Das ist doch Unsinn. Sie werden kaum jemanden finden, der mehr Respekt vor Ärzten hat als ich. Die beiden Männer, die ich in meinem Leben am meisten geliebt habe«, antwortete ich und dachte dabei an meinen Vater und Adam, meinen tödlich verunglückten Verlobten, »waren Ärzte – die engagiertesten, herzlichsten Menschen, die man sich vorstellen kann.«

»Es hat ja niemand behauptet, der Mörder sei unter den Ärzten zu suchen«, wandte Mike ein. »Aber es ist ziemlich wahrscheinlich, dass er Dogen gut gekannt hat – ihre Gewohnheiten, ihren Tagesablauf.«

»Den morgigen Tag werden wir wohl im Mid-Manhattan verbringen«, schlug Mercer vor. »Weiß der Ex-Mann eigentlich schon Bescheid?«

»Ja. Der Lieutenant hat heute Nachmittag in London angerufen und ihm die Nachricht mitgeteilt. Er war tief getroffen und schockiert. Er sagte, es sei, als habe er seinen besten Freund verloren.«

»Ich hoffe, dass er in die Staaten rüberkommt und uns für Vernehmungen zur Verfügung steht. Ich wette, er kann Licht ins Dunkel bringen.«

Wir diskutierten noch eine Weile, sprachen über die Zeugen und überlegten, wen wir im Lauf der Woche noch vernehmen mussten.

Als auf dem Bildschirm der Vorspann von »Jeopardy« erschien, schaltete Mike den Ton wieder ein.

Mercer rief derweil Maureen an, um zu hören, wie es ihr ging. Dann reichte er den Hörer an uns weiter.

Sie berichtete, dass sie eine Visite von John DuPre gehabt habe. »Ist das nicht einer von den beiden, die Pops im Röntgenraum aufgestöbert haben? Ich musste mich schwer beherrschen, ihn nicht um einen persönlichen Untersuchungstermin zu bitten. Sag bloß, dir gefällt er nicht, Alex? Also *ich* finde ihn toll.«

»Ich verrat dir morgen, wie ich ihn finde. Mike will, dass wir ihn noch einmal befragen. Denk dran, Mo, wir haben deinem Mann versprochen, keinen Arzt an dich ranzulassen, also beherrsch dich.«

»Was soll eine einsame Frau denn hier sonst tun? Die einzige Neuigkeit, die ich heute erfahren habe, stammt von meiner Zimmernachbarin. Sie sagt, ihr Internist habe behauptet, Gemma hätte 'ne Schwäche für junge Männer gehabt.«

»Wie jung? Hat sie Namen genannt?«

»Nun, die Dame, die mir diese Geschichte erzählt hat, ist zweiundachtzig. Ich schätze, jeder Sechzigjährige ist für sie ein Jüngling. Nein, Namen hat sie nicht genannt.«

»Sarah kommt dich morgen besuchen. Während wir sprechen, werde ich übrigens von meinen beiden Musketieren bekocht und bedient.«

»Mach mich nicht neidisch. Ruf mich später noch einmal an.«

Das Quiz steuerte seinem Höhepunkt entgegen; der blinde Kandidat, ein Linguist aus Tampa, führte mit einem Vorsprung von viertausend Dollar vor seinen beiden Kontrahenten. »Die heutige Preisfrage«, verkündete Trebek, »kommt aus dem Bereich Kunst. Nach einer kurzen Werbepause sind wir wieder da, bitte bleiben Sie dran.«

Mike konnte es nicht fassen. »Wie kann man einem Blinden eine Frage über Kunst stellten? Das ist doch eine Unverschämtheit, eine Diskriminierung, das ist ...«

»Und am allerschlimmsten ist, dass du keine Ahnung von Kunst hast, Detective Chapman, stimmt's?«

»Ich setze fünf Dollar, Coop.«

»Tut mir leid, Chapman, unter zehn Dollar geht hier gar nichts. Ich schlage fünfzig vor, will schießlich mein Geld wieder.«

Mercer fungierte wie gewöhnlich als Unparteiischer. »Zehn Dollar, und die Wette gilt.«

Unter den Blicken seiner gespannten Kandidaten verlas Trebek die Frage: »Niederländischer Maler des siebzehnten Jahrhunderts, der für seine Miniaturen von reichen Bürgern bekannt war. Sein bekanntestes Werk heißt *Der Friede von Münster*.«

Während die Uhr tickte, bezweifelte Mike knurrend, dass auch nur einer der Kandidaten die Antwort auf solch eine merkwürdige Frage wusste.

»Tut mir leid, Mr. Kaiser«, beschied Trebek dem ersten Kandidaten. »Frans Hals war ein Jahrhundert früher.«

»Soll ich's dir verraten, bevor er es sagt, damit du mir auch glaubst, dass ich es weiß?« fragte ich Chapman, als der zweite Kandidat mit Rembrandt danebenlag.

»Siehst du, Mercer? Das ist der Quatsch, den man in den teuren Privatschulen lernt. Und deshalb sind die, die da rauskommen, auch so arrogant. Also schieß los, Blondie, wie heißt der Knabe?«

»Wer war Gerard Terborch?« antwortete ich und erfüllte mit der Frageform eine der grundlegenden Regeln dieses Quiz.

Trebek richtete gerade den Linguisten aus Tampa wieder auf, der keinen blassen Schimmer hatte und dessen Blindenschrift-Antworttafel leer geblieben war.

»Kaum zu glauben, was für nutzloses Zeug ihr im College gelernt habt. Erstaunlich, dass du damit 'nen Job bekommen hast.«

»Den hab' ich ja auch nicht dort gelernt«, parierte ich, während Mercer noch auf die korrekte Auflösung der Frage wartete. Dann schaltete er den Fernsehapparat aus und legte *Rod Stewart in Concert* auf.

»Ich weiß, ich weiß. Dein alter Herr hat wahrscheinlich den Schinken an der Wand hängen, hab' ich Recht? *Meine* Mutter hat in jedem Zimmer 'nen Norman Rockwell; die gab's 1952 als Serie auf der Titelseite der *Saturday Evening Post*. Wenn du wirklich unser Kumpel wärst, Coop, würdest den kleinen Scheißer, den Terborch meine ich, verkaufen, und wir könnten uns ein flottes Leben machen. Kommt, lasst uns jetzt essen.«

Gemeinsam trugen wir das Essen auf. Ich zündete die Kerzen an, nahm zwischen den beiden Platz und war dankbar für den netten Abend, der mich von unseren Problemen bei den Ermittlungen ablenkte.

Ich schob die Sardellen an den Tellerrand und führte die erste Gabel zum Mund. Ich hatte Gemma Dogen völlig vergessen – bis Rod Stewart mich mit seiner heiseren Stimme wieder an sie erinnerte: *The First Cut is the Deepest.* Schnitte, Wunden, Blut, Tatort – ich hatte vergessen, meine Buchstabenliste mit den Blutflecken auf dem Teppich zu vergleichen.

18

Als ich am Dienstagmorgen um acht in mein Büro kam, erwartete mich eine Nachricht von Rose Malone auf meinem Anrufbeantworter. »Hallo Alex, Mr. Battaglia hat mich aus dem Auto angerufen. Er hat um neun 'ne Besprechung mit dem Polizeichef und will Sie gleich danach sprechen. Ich sollte versuchen, Sie zu erreichen, bevor Sie wegen Ihrer Termine das Haus wieder verlassen.«

Komm schon, Rose, gute oder schlechte Nachrichten? Aber ihre Stimme klang geschäftsmäßig wie immer und verriet nichts.

Die erste Stunde verbrachte ich am PC und erledigte meine Korrespondenz. Dann kam Rod Squires vorbei, um sich über den Verlauf der Ermittlungen zu erkundigen und mir von dem neuen Job seiner Frau zu berichten.

Eigentlicher Grund seines Besuchs unter Kollegen war die Tatsache, dass er mitbekommen hatte, wie Patrick McKinney hinter meinem Rücken mal wieder das Messer gegen mich wetzte. Rod hatte zufällig gehört, wie Pat McKinney Battaglia erzählt hatte, dass ein paar Detectives – und zwar die, die immer noch glaubten, der Täter sei unter Pops, Can Man und deresgleichen zu suchen – der Meinung seien, ich setze dem medizinischen Personal des Mid-Manhattan und des Minuit allzusehr zu.

»Verdammt noch mal. Das ist wahrscheinlich der Grund, weshalb mich der Chef sprechen will. Ich veranstalte ihm zu viel Wirbel im Krankenhaus, und der Verwaltungsrat – natürlich einschließlich Mrs. B. – hat beantragt, dass mir der Fall entzogen wird. Soll ich mich direkt in der Stuyvesant-Psychiatrie in die Zwangsjacke begeben, oder unterstützt du mich, wenn ich gegen McKinney zurückfeure?«

»Natürlich kannst du auf mich zählen, Alex. Aber du solltest dich langsam daran gewöhnt haben, dass sich gewisse Dinge nie ändern – Pat wird dich immer auf dem Kieker haben.«

Rod hatte mich schon in meinen ersten Tagen bei der Staatsanwaltschaft unter seine Fittiche genommen, und ich war ihm für seine Loyalität ausgesprochen dankbar. Ich konnte mich felsenfest darauf verlassen, dass er mich vor Schlingen und Fallstricken jeder Art warnte, wenn ich selbst zu beschäftigt war, um darauf zu achten.

Laura war noch nicht da, also ging ich selbst ans Telefon. Der dritte Anruf kam von Drew.

»Guten Morgen, und ich meine wirklich *Morgen*. Hier ist's nämlich erst sechs. Störe ich dich bei der Arbeit?«

»Nein, perfektes Timing. Mein Kollege hat sich gerade verabschiedet, und die Kunden stehen noch nicht Schlange.«

»Ich ziehe soeben die Vorhänge zurück und genieße den atemberaubenden Blick über die Bay, einfach traumhaft. Ich wollte dir noch 'ne Chance geben und dich fragen, ob du nicht doch übers Wochenende ...«

»Ich kann nicht, Drew. Ich habe keine Ahnung, wie weit wir am Wochenende sind, aber auf alle Fälle stecken wir mitten drin.«

»Dann komme ich mit dem Donnerstagabendflug zurück – vorausgesetzt, du hast am Wochenende Zeit für mich. Wie wär's mit Freitagabend?«

»Sehr gern.«

»Okay, reservier einen Tisch. Ich melde mich später noch mal, Alex.«

Ich blätterte in meinem Zeitplaner, um mir einen Überblick über meine Termine zu verschaffen. Kein Wunder, dass sich meine Laune so dramatisch verbessert hatte – nicht nur ein neuer Mann, nein, auch ein neuer Monat.

Laura brachte mir einen Kaffee und ein Stück selbstgebackenen Kuchen. »Essen Sie den«, sagte sie und stellte den Teller vor mir ab. »Kommt nicht allzu oft vor, dass Sie den Tag mit 'nem richtig guten Frühstück beginnen. Patti hat angerufen. Sie war im ECAB« – im Early Case Assessment Bureau, der Stelle, bei der täglich alle Festnahmen zusammenliefen, die zwischen acht Uhr morgens und Mitternacht stattgefunden hatten. »Sie hat 'nen Fall, der Sie interessieren könnte; sie ist schon unterwegs zu Ihnen, zusammen mit dem Cop.

Außerdem hat Ihr Zahnarzt angerufen. Soll ich den Termin zur Zahnreinigung am nächsten Montag bestätigen?«

»Ja, bitte. Ich kümmere mich um Patti.«

Ein paar Minuten später erschien Chapman in Begleitung von Mickey Diamond, der auf seinem täglichen Gang zur Presseabteilung mal hier, mal dort reinschaute. Der schlanke, große Reporter mit dem weißen Haar und der abgeschabten Lederjacke war schon so etwas wie eine Legende. Ich versuchte, ihn zügig abzufertigen, so dass er nicht gleich mitbekam, dass es einen neuen Fall gab, und ich war sicher, er merkte, dass ich ihn schnell loswerden wollte.

Kaum hatte Mickey mein Büro verlassen, erschien bereits Patti Rinaldi, eine langjährige Mitarbeiterin meiner Abteilung. Sie war intelligent, nett, schlank, etwa so groß wie ich und hatte dunkles, gelocktes Haar. Im Schlepptau hatte sie Police Officer Kerrigan, den ich noch nicht kannte; während sie eintraten, verzog sich Chapman in die hintere Ecke meines Büros und blätterte sich durch die Sensationspresse.

»Bis jetzt kamen heute zwei neue Fälle. Beim ersten handelt es sich um eine gewöhnliche Vergewaltigung – kein Problem. Ich trage ihn morgen der Grand Jury vor; die Zeugin ist sehr glaubhaft, Studentin an der New York University. Aber der andere Fall ist irgendwie verrückt, und ich dachte, du und der Boss, ihr solltet darüber Bescheid wissen. Der Name des Beschuldigten lautet Fred Werblin. Schon mal gehört?«

»Nein«, erwiderte ich kopfschüttelnd, »sollte ich?«

Kerrigan kicherte. Mit breitem irischen Akzent und ebenso breitem Grinsen teilte er mir seine Neuigkeit mit. »Er ist Rabbi, Miss Cooper. Können Sie sich das vorstellen? Ein Rabbi, der Frauen vergewaltigt?«

»Langsam, Brian«, warnte Chapman ihn. »Miss Cooper ist Jüdin.«

»Oh«, war sein überraschter Kommentar. »Das hab' ich nicht gewusst, wirklich nicht. Der Name hört sich gar nicht so an, oder?«

»Ellis Island macht's möglich«, erwiderte Chapman. »Irgendein Einwanderungsbeamter hat den Namen deines Opas drastisch verkürzt, stimmt's, Coop?«

»War auch nicht so gemeint«, wiegelte Kerrigan ab. »Es ist nur, weil … ach, die Zeitungen haben in der letzten Woche so ein Trara um die Verurteilung dieses Priesters in Rhode Island gemacht. Der, der die kleinen Jungs belästigt hat. Schlimme Sache für die Kirche. Irgendwie fand ich's beruhigend zu hören, dass das nicht nur bei uns passiert. Ich wollte Sie wirklich nicht beleidigen, Miss Cooper.«

»So hab' ich's auch nicht verstanden, Officer. Aber eines kann ich Ihnen versichern: Sexualstraftaten kommen überall vor. Unsere Angeklagten stammen aus allen nur möglichen ethnischen, rassischen und religiösen Gruppen, aus allen sozialen Schichten. So, und jetzt möchte ich wissen, worum es genau geht.«

»Wenn's nicht so traurig wäre, könnte man drüber lachen«, begann Patti. »Werblin ist fünfundfünfzig und lebt in den East Sixties. Er hat keine eigene Gemeinde, sondern ist Gelehrter und Schriftsteller. Außerdem ist er manisch-depressiv.«

»Wird er behandelt?«

»Er sagt, er sei im Payne Whitney in Behandlung gewesen, habe aber auf eigene Faust das Lithium abgesetzt. Und zwar zu dem Zeitpunkt, als die Zwischenfälle begannen.«

»Zwischenfälle? Gab es mehrere?«

»Ja. Wir haben drei Anzeigen gegen ihn vorliegen. Von drei unterschiedlichen Damen.«

»Und was ist passiert?«

»Es gibt da einen Reinigungsservice namens ›Die Fröhlichen Elfen‹. Man ruft an und bestellt jemanden, der die Wohnung oder das Büro putzt. Werblin bestellt also eine Putzdame. Er öffnet ihr im Morgenmantel die Tür. Die Frau tritt ein und macht sich an die Arbeit. Normalerweise wartet er, bis sie in der Küche sind. Dann kommt er aus dem Schlafzimmer angeschlichen – splitterfasernackt. Er treibt sie in die Enge, begrabscht sie, befummelt sie, küsst sie. Jede der Frauen konnte sich befreien und flüchten. Der letzten ist er mit einer Gabel, so 'ner Art Grillwerkzeug, durch den Gang gefolgt.«

»Haben alle drei das gleiche berichtet?«

»Na ja, Miss Cooper, nicht ganz. Sehen Sie, die Frauen sind alle Ausländerinnen, Illegale. Zwei aus Osteuropa, eine aus

China. Die ersten beiden haben zuerst gar nichts gesagt, sondern sich nur geweigert, noch einmal bei ihm zu arbeiten. Wahrscheinlich hatten sie Angst, ausgewiesen zu werden, wenn sie Anzeige gegen ihn erstatteten. Als dann die Dritte auspackte, hat der Besitzer des Reinigungsservices die ersten beiden gefragt, was in der Wohnung des Rabbis vorgefallen sei. Erst dann haben sie geredet.«

»Hast du die Frauen schon vernommen?« fragte ich, an Patti gewandt.

»Nein, Officer Kerrigan wird das für mich in die Wege leiten.«

»Gut. Ich werde Paul Battaglia gleich von dem Fall berichten. Achte bei der Vernehmung der Frauen bitte darauf, dass sie dir auch wirklich alles erzählen.«

Es passierte häufig, dass Frauen ihre Rolle als Opfer herunterspielten – besonders dann, wenn sie, aus welchen Gründen auch immer, kein Interesse daran hatten, mit der Justiz in Berührung zu kommen. Illegale befürchteten oft die Ausweisung oder Strafverfolgung und gingen nicht davon aus, dass auch sie unter den Schutz unserer Gesetze fielen.

»Wird Patti Dolmetscher brauchen, Officer?«

»Ja. Ich frage in der Agentur nach, welche Sprachen die Frauen sprechen. Können Sie die Dolmetscher anfordern?« fragte er.

»Klar.« Wir hatten eine Liste von Dolmetschern, die mehr als fünfzig unterschiedliche Sprachen und Dialekte abdeckten. Wenn die Vernehmung in der Muttersprache des jeweiligen Zeugen durchgeführt wurde, konnte man mit sehr viel genaueren und korrekteren Aussagen rechnen, und der Zeuge bzw. die Zeugin fühlte sich wesentlich wohler.

»Trag den Fall so schnell wie möglich der Grand Jury vor, Patti. So können wir einem Einspruch wegen geistiger Unzurechnungsfähigkeit des Täters zuvorkommen; ich stehe dir jederzeit gerne für Fragen zur Verfügung. Danke, dass du mich so schnell informiert hast. Falls der Mann vorbestraft ist, beantrage die Erhebung einer Kaution. Und sorge bitte dafür, dass die Frauen begreifen, dass wir ihnen nichts Böses wollen.«

Als sich Patti und Kerrigan verabschiedeten, klingelte ein Telefon – Battaglia.

»Haben Sie ein paar Minuten Zeit?« fragte er. »Bringen Sie auch Ihren Kumpel mit, falls er gerade in der Nähe ist.«

»Er will uns beide sehen, Mikey. Also los.«

Rose freute sich, uns zu sehen. »Das nächste Mal, wenn ich hier zu tun habe, lade ich Sie zum Lunch ein. Sie sind die einzige Frau, die von Jahr zu Jahr besser aussieht«, schmeichelte ihr Mike. »Der Zigarrenrauch Ihres Chefs muss Wunder wirken.«

»Gehen Sie schon rein«, sagte sie und wischte Mikes Komplimente, wie immer, mit einer vagen Geste weg. Rose hatte seit zwanzig Jahren mit Cops zu tun und wusste ganz genau, was sie von ihren Schmeicheleien zu halten hatte. Aber immerhin konnte ich aus ihrem angedeuteten Lächeln schließen, dass Paul nicht vorhatte, mir den Fall zu entziehen.

»Setzen Sie sich«, forderte Battaglia uns auf, während er an einer noch nicht angezündeten Zigarre kaute. »Ich hab' mich gerade mit Ihrem Boss unterhalten, Chapman. Hab' versucht, meine Mannschaft hier zu verstärken, aber der Mann kann wirklich stur sein.«

»Darf ich fragen, wer gewonnen hat?«

Battaglias Mund verzog sich um die Zigarre herum zu einem Grinsen. »Ich bin sturer als er. Im kommenden Monat bekomme ich sechs weitere Detectives. Außerdem habe ich ihn gefragt, ob wir Sie für ein paar Tage ausborgen dürfen, aber ich denke, ich frage auch Sie persönlich.«

»Stets zu Diensten, Mr. B.«

»Meine Frau hat heute Morgen um sieben einen Anruf bekommen – vom Verwaltungsratsvorsitzenden des Mid-Manhattan. Er hat ihr mitgeteilt, dass Geoffrey Dogen ihn angerufen habe. Geoffrey ist der Ex-Mann, richtig? Er war sehr bemüht zu helfen, kann aber nicht rüberkommen, da er gerade drei Wochen im Himalaja unterwegs war und wichtige Operationen anstehen – er arbeitet an der University of London. Sie erinnern sich bestimmt, dass ich zu einem Kongress nach London eingeladen war.«

Battaglia führte ganz klar etwas im Schilde, und langsam dämmerte uns, was er vorhatte.

»Sie beide tun mir einen großen Gefallen, wenn Sie an meiner Stelle rüberfliegen. Alex kann an den Meetings teilnehmen, und Sie, Chapman, stellen Dogen die Fragen, die Sie eigentlich mir auftragen wollten.«

»Meinen Sie das ernst?«

»Der Polizeichef ist einverstanden und übernimmt die Kosten für Ihr Ticket. Zimmer und Verpflegung werden vom Kongressveranstalter getragen. Es ist nur ein 48-Stunden-Trip, aber wenn der Sie in den Ermittlungen weiterbringt, dann nichts wie los.«

»Mein Koffer ist schon so gut wie gepackt.« Chapman war begeistert.

»Und auch Sie, Alex, werden auf Ihre Kosten kommen. Der Kongress findet auf einem prachtvollen Landsitz etwa eine Stunde außerhalb von London statt. Cliveden. Schon mal gehört?«

»Lady Astor?« Ich wusste, dass die amerikanische Erbin Nancy Astor gegen Ende des Ersten Weltkrieges als erste Frau im Parlament einen Sitz im Unterhaus erhalten hatte und dass das so genannte ›Cliveden Set‹ ein Jahrzehnt später bekannt für sein pronazistische Haltung war.

Chapman erinnerte sich an etwas anderes. »John Profumo, Christine Keeler, Sex-Spielchen und russische Agenten?«

»Ich dachte, Sie seien zu jung, um darüber Beischeid zu wissen«, bemerkte Battaglia an Mike gewandt.

»Profumo war Verteidigungsminister, und ich bin Geschichtsfan. So einen Skandal würde ich doch nie vergessen.«

»Gut, dann ist die Sache ja geritzt. Meine Frau wird entzückt sein. So kann sie den Verwaltungsrat beruhigen und in Ruhe ihr Bild fertig malen.« Amy Battaglia war eine ausgesprochen talentierte Malerin, deren Werke in verschiedenen amerikanischen Museen zu sehen waren.

Battaglia wühlte in einem Stapel Unterlagen, förderte schließlich das Programm des Kongresses zu Tage und reichte es mir.

»Sie kennen doch Commander Creavey, nicht wahr?« erkundigte er sich.

»Ja, wir haben schon zusammengearbeitet.« Commander

John Creavey war Leiter des Nachrichtendienstes bei Scotland Yard. Der Mann hatte die Statur eines Bären, trug eine Nickelbille und einen buschigen Schnauzbart, sprach mit einem starken Cockney-Akzent und verfügte über ein enzyklopädisches Wissen in Bezug auf alles, was mit Jack the Ripper zu tun hatte. Vor etwa einem Jahr war Creavey zwei Wochen in New York gewesen, um sich über die Ermittlungsmethoden der Mordkommission des NYPD zu informieren.

»Er vertritt als britischer Kongressteilnehmer sein Land. Die Leitung hat Lord Windlethorne, ein Oxford-Professor, inne. Ich habe ihn noch nicht kennen gelernt. Er hält eine Rede, der Rest der Veranstaltung besteht aus Diskussionsrunden und Seminaren.«

»Creavey ist ein brillanter Ermittler, Paul. Vielleicht hat er ja auch in unserem Fall 'ne gute Idee.«

»Sie fliegen mit American Airlines, morgen um Viertel nach sechs. Und passen Sie auf, Alex, dass Chapman nicht in irgendeinem Pub versackt. Rose organisiert alles Notwendige für Sie.«

Mike verließ den Raum, um mit Rose alles Nötige zu besprechen, während ich Battaglia über die am Vortag durchgeführten Vernehmungen und Pattis neuen Fall informierte.

Anschließend bat ich Laura, meinen Kalender durchzugehen und die für die zweite Wochenhälfte anberaumten Termine zu verschieben.

»Die Vernehmungen, die ich für Donnerstag und Freitag vereinbart hatte, können um ein paar Tage nach hinten verschoben werden, da ist nichts Eiliges dabei. Sagen Sie Gayle, dass ich morgen Früh zur Urteilsverkündung komme. Und rufen Sie bitte Natalie an und geben Sie ihr meine Ballettkarte für Donnerstagabend. Sagen Sie ihr, dass Kathleen Moore und Gil Boggs *Manon* tanzen, und sie wird sie Ihnen aus der Hand reißen. Falls ein Mann namens Drew Renaud anruft, stellen Sie ihn bitte durch, ganz egal, was ich gerade tue. Es ist sehr wichtig.«

Das Letzte, womit ich gerechnet hatte, war eine Dienstreise über den großen Teich. Etwas Spannenderes als Ausflüge in die Bronx, nach Brooklyn und manchmal auch nach Albany war mir in Sachen Dienstreisen noch nicht passiert. Mike und ich flogen am Mittwochabend los und würden Samstagnachmittag wieder in New York landen. Schon jetzt ahnte ich, dass sich meine Beziehung zu Drew angesichts unserer beider Terminkalender ziemlich problematisch gestalten würde.

Laura stellte ein Gespräch für Mike durch. Es war David Mitchell, der aus Maureens Krankenzimmer anrief, um sich zurückzumelden und zu hören, ob es schon etwas Neues gab.

»Versuchen Sie doch mal, etwas aus Ihren Krankenhauskumpels herauszubekommen, Doc. Eine von Dogens Kollegen hat angedeutet, dass Gemma auf dem Kriegspfad wandelte. Irgendwelche Probleme mit der Zulassung eines Studenten zu ihrem Programm. Seltsamerweise hat niemand vom Mid-Manhattan die Sache erwähnt. Vielleicht sind sie Ihnen gegenüber ja auskunftsfreudiger.«

David versprach uns, sich zu bemühen.

Mike legte den Hörer erst gar nicht auf, sondern begann, die Termine für die nächsten Vernehmungen am Minuit Medical College zu vereinbaren. Bill Dietrich erklärte sich bereit, uns sein Büro zur Verfügung zu stellen und die Ärzte, Schwestern, Praktikanten und Studenten, mit denen wir sprechen wollten, dorthin zu bestellen.

»Was für mich dabei?« erkundigte sich Mickey Diamond und verrenkte sich dabei den Hals, um einen Blick über Lauras Schulter hinweg in meinen Terminkalender zu werfen. »Dem Herausgeber hat die heutige Geschichte gefallen. Gibt's irgendwelche Neuigkeiten?«

»Kaum zu glauben, dass Sie davon schon wissen – die Tinte auf der Strafanzeige ist noch feucht. Haben Sie's von uns oder von der Polizei?«

»›Der geile Rabbi‹ – Seite vier der Spätausgabe. Sie wissen doch, dass ich meine Quellen niemals preisgebe.«

»Nein, ich habe nichts Neues für Sie«, knurrte Laura. »Und versuchen Sie ja nicht, mir irgendwelche Aussagen unterzujubeln. Zu einem schwebenden Verfahren sage ich *gar* nichts. Haben Sie mich verstanden?«

Chapman und ich schlüpften in unsere Mäntel.

»Na, wohin des Weges?« Diamond war wirklich hartnäckig. »Wieder mal die Penner besuchen, Alex? Oder haben Sie inzwischen eine vielversprechendere Spur? Ich meine, ernstzunehmende Verdächtige?«

»Bitte Mike, erschieß ihn. Auf der Stelle. Wann verkrümeln Sie sich endlich, Mickey? Ist nicht bald Redaktionsschluss?«

»Nee. Ich werde Laura noch etwas Gesellschaft leisten und sehen, was ich aus ihr herausbekomme.«

Es war so gut wie unmöglich, Mickey durch Beschimpfungen oder Beleidigungen loszuwerden; er schien immun gegen alle Arten von verbalen Angriffen zu sein.

Mike und ich waren in Bill Dietrichs Büro mit Mercer verabredet. Dietrich hatte dafür gesorgt, dass im Verwaltungsratszimmer ein Lunch serviert wurde, so dass wir ohne große Unterbrechung durcharbeiten konnten.

Chapman steuerte den Wagen durch die City; der warme, sonnige Tag ließ die Stürme der vergangenen Tage vergessen. »Dietrich hat angefragt, ob jemand von der Rechtsabteilung des Krankenhauses bei den Vernehmungen dabei sein darf. Ich hab' ihm gesagt, dass du das entscheidest.«

»Abgelehnt.«

»Ahne ich den Grund, Coop?«

»Ja. Sie wollen die Klagen gegen das Krankenhaus in Grenzen halten. Denen geht die Muffe. Seit dem Mord müssen sie bei jedem Patienten, der irgendeine Beschwerde über das Krankenhaus hat, mit einer Klage rechnen. Und das Letzte, was wir brauchen können, ist ein Anwalt des Krankenhauses, der alles, was uns jemand erzählen will, brühwarm der Verwaltung berichtet. Was meinst du dazu?«

»Ganz deiner Meinung. Ich sag's Dietrich.«

Wir parkten vor dem Krankenhauskomplex, und Mike legte seine polizeiliche Parkplakette gut sichtbar hinter die Windschutzscheibe. Der zivile Sicherheitsdienst am Eingang schien diesmal ausgeschlafen genug, um uns zu erkennen, und winkte uns ohne die übliche Ausweisprozedur durch.

Mercer erwartete uns bereits vor Dietrichs Büro. Dietrichs Sekretärin führte uns in den Sitzungsraum des Verwaltungsrats und erklärte sich bereit, Dietrich mitzuteilen, dass wir die Vernehmungen in Abwesenheit seines Juristen führen wollten. Diese Nachricht schien ihm nicht zu gefallen, und er ließ uns eine halbe Stunde warten, bevor er endlich auftauchte.

Chapman schielte bereits mit einem Auge auf das Buffet, das man für uns aufgebaut hatte. Schließlich schnappte er sich einen Teller und bereitete sich ein gigantes Sandwich mit Schinken, Käse und Tomaten zu. Ich nahm etwas Salat, während Mercer von den schier endlosen Reihen von Patienten berichtete, die er an beiden vorangegangenen Vormittagen in der Stuyvesant-Psychiatrie vernommen hatte.

Das Sitzungszimmer des Verwaltungsrats war mahagonigetäfelt; in der Mitte des Raums stand ein langer Konferenztisch mit zwanzig ledergepolsterten Stühlen. An den Wänden rechts und links hingen die Ölporträts von sechs elegant aussehenden Herren mit weißen Schläfen und gestärkten Hemdkragen; von der gegenüberliegenden Wand blickte uns Peter Minuit, der Namensgeber der Universität, entgegen. Er zeigte eine selbstzufriedene Miene; wahrscheinlich freute er sich noch darüber, dass es ihm gelungen war, dem Indianerhäuptling die Insel Manhattan für billigen Glasschmuck im Wert von vierundzwanzig Dollar abzujagen.

Gegen halb zwei erschien endlich Bill Dietrich, und seine Miene war noch selbstzufriedener als die Minuits.

»Tut mir leid, dass ich Sie so lange habe warten lassen«, sagte er zur Begrüßung, aber ich nahm ihm nicht ab, dass es ihm leid tat.

»Also, wie ist der Stand der Dinge? Um ehrlich zu sein, waren wir ausgesprochen erleichtert, als wir von der Festnahme des blutverschmierten Obdachlosen erfuhren. Ist er denn endgültig von der Liste der Verdächtigen gestrichen?« Alle paar Sekunden fuhr sich Dietrich mit der linken Hand durch seine schmierige Frisur. Und jedesmal erwartete ich, Farbspuren an seinen Fingern zu entdecken, denn sein Haar sah aus, als habe er es mit Schuhcreme oder Dieselöl bearbeitet.

Ungeachtet der Tatsache, dass wir nicht viel Neues zu bieten hatten, verspürte Chapman keine Lust, Dietrich über mögliche Verdächtige zu informieren. »Noch ist niemand endgültig von der Liste gestrichen, Mr. Dietrich. Deshalb drehen wir hier ja jeden Stein um.«

»Wir sind jedenfalls bereit, Ihnen zu helfen, Detective. Je eher Sie Ihre Pflicht getan haben und uns den Rücken kehren, desto besser.«

»Gut, dann legen wir los. Sollte Gemma Dogens Vertrag verlängert werden, oder war ihre Zeit am Mid-Manhattan abgelaufen?«

Dietrich sülzte eine Zeitlang herum, sprach von dem Respekt, den ihr alle entgegenbrachten, und pries ihre herausragenden Leistungen. Chapmans Verärgerung war offensichtlich. Schließlich erhob er sich, vergrub die Hände in den Hosentaschen und fixierte Dietrich.

»Wollen Sie, dass wir ernst machen, Mr. Dietrich? Wollen Sie Ihre Verwaltung und den Unibetrieb für ein paar Tage ruhen lassen und lieber vor der Grand Jury aussagen? Oder ist es Ihnen doch lieber, die Sache kurz und schmerzlos über die Bühne zu bringen?«

Dietrich warf mir einen irritierten Blick zu, den ich jedoch ignorierte. Chapman sollte ihn ruhig in die Zange nehmen.

»Nun ... ähm ... Gemma war sehr starrsinnig. Sie weigerte sich bis zu ihrem Tod, die Verwaltung über ihre Pläne in Kenntnis zu setzen. Wir wussten, dass sie andere Angebote vorliegen hatte, und trotzdem machte sie es uns sehr schwer, für das nächste Jahr vorauszuplanen.«

»Um welche Inhalte ging es bei ihrer Arbeit, Mr. Dietrich?«

»Das haben Sie wahrscheinlich schon von Dr. Spector erfahren. Es ging ihr darum, die Abteilung zu einem Trauma-Zentrum auszubauen. Sie war sehr an dieser Arbeit interessiert, wollte aber nicht die Verantwortung für die lästige Finanzierung übernehmen.«

Auf dieser Schiene ging es weiter; er klagte über die vielfältigen Probleme, die Gemma Dogen der Verwaltung bereitete. Fast schien es, als habe Dietrich das Skript für seinen Auftritt gemeinsam mit Spector verfasst.

»Einfache Frage«, unterbrach Chapman Dietrichs abschweifende Berichte. »Waren Sie daran interessiert, dass Gemma blieb, oder wollten Sie sie loswerden?«

»Diese Entscheidung lag nicht in meiner Macht, Detective

Chapman. Die Entscheidung dafür liegt beim Präsidenten des Minuit, der völlig unabhängig vom ...«

Die Art und Weise, wie er sich bemühte, sich von Gemmas beruflichem Schicksal zu distanzieren, machte deutlich, auf welch verlorenem Posten Dogen innerhalb der Institution stand.

»Eine solche Entscheidung wäre in der Fachwelt außerhalb des Mid-Manhattan auf großes Unverständnis gestoßen, nicht wahr?«

»Welche Entscheidung? Die, Gemmas Vertrag nicht zu verlängern?«

»Sie vor die Tür zu setzen, zu feuern, auszubooten.«

»Nun, diese Worte würde ich nicht benutzen, Detective. Ich weiß, dass einige ihrer Kollegen hofften, sie würde diese Konsequenz von sich aus ziehen und zurück nach London gehen; davon hat sie oft gesprochen. Sie stellen die Sache dramatischer dar, als sie tatsächlich war. Gemma war dickköpfig und eine Kämpfernatur, aber trotz allem war sie für dieses Krankenhaus von großem Wert. Ihr Tod stellt für uns einen großen Verlust dar, das können Sie mir glauben.«

Chapman hatte keine Lust, noch weitere Zeit mit Trauerbekundungen zu verschwenden. »So, dann lassen Sie uns jetzt zu den Unterlagen kommen, die die Grand Jury sehen will. Alex, zeigst du Mr. Dietrich die Anträge zur Beweisaufnahme?«

»Aber gern.« Ich öffnete meine Mappe und zog einen ganzen Stapel Papiere hervor, die Laura am Vormittag vorbereitet hatte.

»Wir brauchen sämtliche schriftlichen Unterlagen, die über die Teilnehmer der neurochirurgischen Facharztausbildung existieren. Soweit ich weiß, handelt es sich lediglich um acht oder zehn Studenten. Wir hätten gerne ihre Bewerbungen, Zeugniskopien ...«

Dietrich fuhr sich nervös durchs Haar, seine Stirn war ärgerlich gerunzelt. »Ich ... ähm ... ich verstehe nicht, was Ihnen das nützen soll. Diese Unterlagen ...«

Ich schnitt ihm das Wort ab. »In dieser Liste geht es um die Personalakten der anderen Fakultätsmitglieder. Wie Sie sehen, bezieht sich die Anfrage auf ihren beruflichen Werdegang, ihr Gehalt, eventuelle Beschwerdeverfahren gegen sie, mögliche Korrespondenz mit Gemma Dogens Institut. Die Liste ist noch länger, aber die Punkte sind an und für sich klar.«

Dietrich überflog die Papiere, die ich ihm reichte. »Das muss ich zuerst mit unseren Juristen durchgehen. Bei vielen der Informationen handelt es sich um vertrauliche Daten, und ich werde mich hüten …«

»Ich gehe davon aus, dass Ihre Juristen mit mir darüber sprechen werden, Mr. Dietrich, aber die ärztliche Schweigepflicht wird durch diese Anfragen in keiner Weise verletzt, denn es geht hier nicht um Patientendaten, sondern lediglich um Personalinterna. Ich bin sicher, dass Ihre Juristen Ihnen raten werden, uns die gewünschten Informationen baldmöglichst zu liefern. Je rascher wir sie haben, desto schneller sind Sie uns los.«

Auf Dietrichs Stirn hatten sich Schweißperlen gebildet. Chapman fand es nun an der Zeit, zum privaten Teil der Veranstaltung zu kommen.

Er war hinter dem Tisch hervorgekommen und hatte sich hinter Dietrichs Stuhl aufgebaut. »Ich weiß, dass der Mord viele sehr betroffen gemacht hat, aber für Sie muss es ganz besonders schlimm gewesen sein.«

Dietrichs Kopf schoss herum. Er hob den Blick, um Chapman ins Gesicht zu sehen.

»Wir wissen von Ihrem Verhältnis mit Dr. Dogen. Auch dazu haben wir ein paar Fragen an Sie.«

Dietrich wandte sein Gesicht wieder nach vorn, um sich mit einem schnellen Blick davon zu vergewissern, dass die Tür geschlossen war. »Hören Sie, ich weiß nicht, was man Ihnen darüber erzählt hat, aber Gemma und ich waren seit Monaten – seit mindestens einem halben Jahr – nicht mehr zusammen. Ich verstehe nicht, was das mit ihrem schrecklichen Tod zu tun haben soll.« Sein Gesicht war rot angelaufen, und seine Stimme klang erregt.

Mercer Wallace schob sofort die nächste Frage nach. »Erzählen Sie uns doch bitte, wie diese Beziehung vor sechs Monaten ausgesehen hat und wie sie sich in den letzten Wochen gestaltete.«

Dietrich ähnelte jetzt einem in die Enge getriebenen Tier. »Nun ... ähm ... das ist ganz einfach. Vor etwa einem Jahr – es können auch vierzehn Monate gewesen sein – haben wir im Rahmen eines sehr zeitaufwendigen Projekts zusammengearbeitet. Wir haben gemeinsam eine Konferenz der WHO zum Thema Gehirntrauma vorbereitet. Gemma war intelligent und schön – und so hat sich unser Verhältnis entwickelt. Eines abends habe ich sie von hier nach Hause gebracht, sie lud mich auf einen Drink zu sich ein, und was dann folgte, Mr. Wallace, muss ich Ihnen wohl nicht näher erläutern, oder?«

Mercer fragte das Übliche: Wie oft sie sich sahen, wo sie sich trafen, und wie die Affäre endete.

»Gemma zog den Schlussstrich. Ich wollte sie heiraten, sie schien anfangs nicht abgeneigt, entschied sich dann aber plötzlich dagegen. Das war im Spätsommer, nachdem sie in England gewesen war. Sie erklärte mir Knall auf Fall, dass sie mich nicht mehr sehen wolle.«

»Und das haben Sie einfach so akzeptiert?«

»Ach, Sie glauben, ich hätte mich zum Narren machen und sie mit einem Fleischermesser um den OP-Tisch jagen sollen? Nein, Gentlemen, das ist nicht meine Art.«

»Haben Sie nicht mehr versucht, sie zu treffen, sie anzurufen?« fragte ich.

»Zu Beginn natürlich schon, ja. Aber wie ich Ihnen bereits gesagt habe: Sie war sehr dickköpfig. Gegen eine gelegentliche gemeinsame Nacht hatte sie auch nach der Trennung nichts einzuwenden, aber eine weitergehende Bindung lehnte sie strikt ab. Ebenso wie Gespräche übers Krankenhaus.«

Wallace horchte auf. »Wann haben Sie denn die letzte Nacht mit ihr verbracht?«

Dietrich zögerte. Dann gab er sich einen Ruck. »In der Woche vor ihrem Tod. Gemma fragte mich, ob wir gemeinsam zu Abend essen wollten. Wir kamen ziemlich spät hier raus und fuhren zu Billy's auf der First Avenue. Anschließend gingen wir zu ihr und schliefen zusammen. Ich verließ ihre Wohnung, als sie zum Joggen aufbrach. Das war's. Derjenige, der

Sie über unser Verhältnis unterrichtet hat, hat Sie wahrscheinlich auch über das Geld informiert, das Gemma mir geliehen hat«, fügte er sarkastisch hinzu.

»Klar«, log Chapman. »Wir haben's außerdem auf ihren Kontoauszügen gesehen.« Was wir natürlich nicht hatten.

»Keine Angst, Detective, ich habe das Geld. Ich werde es umgehend auf ihr Konto überweisen.«

»War es nur diese eine Zahlung?« bluffte Chapman.

»Ja, im vergangenen Juli. Vierzigtausend Dollar.«

Ich wusste, was Mike jetzt dachte – vierzig Riesen, das war mehr, als die meisten Menschen in einem Jahr verdienten. Dogen hatte es ihm geliehen, als ihr Verhältnis noch intakt war, und er hatte es noch nicht zurückgezahlt.

»Hat sie es zurückverlangt?« fragte Mike und ließ das Wort ›kürzlich‹ unausgesprochen. Er wollte wissen, ob das Thema zwischen den beiden in den vergangenen zwei Wochen zur Sprache gekommen war.

»Geld spielte für Gemma keine sehr große Rolle. Wir verbrachten damals ein Wochenende an der Küste und besuchten eine Oldtimer-Auktion. Dort sah ich einen DeLage und verliebte mich sofort in ihn. Baujahr zweiunddreißig, ziemlich selten. Sie drängte mich, ihn zu kaufen, aber so etwas kann ich mir nicht leisten. Also bot sie mir das Geld an. Ursprünglich hatte sie es als Geschenk gedacht, aber als der Kauf etwas später zu Stande kam, hatte sie unsere Beziehung bereits beendet. Sie sagte, ich könne ihr das Geld irgendwann später zurückzahlen. Sie haben sicher schon erfahren, dass sie alles andere als materialistisch war. Sie hatte mehr als genug Geld, um sich das, was sie brauchte oder wollte, zu kaufen.«

Dietrich erhob sich. »Alle weiteren Fragen können Sie mir später stellen. Ich schlage vor, Sie machen jetzt mit dem Personal weiter, das ich für Sie einbestellt habe, so dass der Betrieb so schnell wie möglich weitergehen kann. Ich werde mich wegen dieser Unterlagen umgehend mit meinen Juristen in Verbindung setzen.«

Er fuhr sich ein weiteres Mal durchs Haar, bevor er nach dem Stapel Papiere griff. Dann zog er einen dicken Schlüsselbund aus der Hosentasche und fingerte solange daran herum, bis er den richtigen Schlüssel – vermutlich den zu seinem Büro – gefunden hatte.

Ohne weiteren Kommentar wandte er sich zum Gehen. Während er sich umdrehte, bemerkte ich, dass von dem Schlüsselbund eine Nachbildung der Londoner Tower Bridge herabbaumelte – es war der gleiche Schlüsselanhänger, den auch Gemma Dogen besessen hatte und der noch immer auf meinem Nachttisch lag, weil ich vergessen hatte, ihn Mercer zurückzugeben. Und im selben Augenblick fragte ich mich, ob Dietrich wohl auch Gemma Dogens Wohnungsschlüssel besaß.

19

John DuPre war der erste, den wir zu den Umständen befragten, die am Abend von Gemma Dogens Tod im Minuit geherrscht hatten. Und während er mir zur Begrüßung lächelnd die Hand entgegenstreckte, begriff ich, warum Maureen Forester ihn so attraktiv fand. Er gab uns nicht das Gefühl, dass wir ihm mit unseren Fragen seine kostbare Zeit stahlen, sondern war sehr bemüht, uns bei den Ermittlungen weiterzuhelfen.

Ich erklärte ihm, warum wir ihn nach der Vernehmung auf dem Revier einige Tage zuvor, bei der er von der Entdeckung Pops' in der radiologischen Abteilung berichtet hatte, nun noch einmal befragen mussten.

»Was haben Sie in der vergangenen Woche so alles getan?« fragte ich. »Lassen Sie uns die Tage von Montag bis einschließlich Mittwoch durchgehen.«

Er blickte mir direkt in die Augen; seine Stimme klang fest und angenehm. »Das alles erinnert mich an damals, als unser Priester umgebracht worden war, während meiner Kindheit in Mississippi. Ich war zwar erst acht, aber die Polizei hat bei den Verhören keinen ausgelassen. Das hat mich wahnsinnig beeindruckt. Beinahe wäre ich in der Strafverfolgung anstatt in der Medizin gelandet. Ich bewundere Ihre Arbeit. Ich weiß, dass Sie nach der sprichwörtlichen Nadel im Heuhaufen suchen, und mir ist klar, dass sich einige meiner Kollegen durch Ihre Fragen belästigt fühlen, aber ich freue mich, Ihnen zu helfen.«

DuPre zog einen Taschenkalender hervor und schlug die vorangegangene Woche auf. »Sie können gerne einen Blick auf meine Termine werfen, aber ich bin ganz sicher, dass ich nicht vor Dienstagnachmittag, als ich in die Bibliothek musste, im Krankenhaus war.«

DuPre berichtete uns von seiner neurologischen Praxis, in der er seit zwei Jahren seine Sprechstunde abhielt. Seine beiden Helferinnen waren ebenso wie er jeden Tag anwesend.

»Und was machen Sie abends, Doc? Wo wohnen Sie?«

»In der Striver's Row, Detective, Höhe einhundertneununddreißigste Straße«, antwortete DuPre und bezog sich auf eine elegante Reihenhaussiedlung aus dem letzten Jahrzehnt des vorangegangenen Jahrhunderts. »Meine Frau ist Designerin, Miss Cooper. Seitdem wir unser Haus bezogen haben, sind wir fleißig am Restaurieren. Ich mache 'ne Menge Schreinerarbeiten selbst, abends nach dem Essen, wenn die Kinder im Bett sind. Sie sollten mal bei uns vorbeischauen.«

Diese Antwort verriet uns drei Neuigkeiten: DuPre brauchte viel Geld, um sich ein Haus in diesem Viertel leisten zu können. Er befand sich in der Nacht, als der Mord geschah, einige Meilen vom Krankenhaus entfernt – vorausgesetzt, er war wirklich zu Hause. Und falls jemals der Verdacht auf ihn fallen würde, verfügte er über das am schwersten zu knackende Alibi: eine Frau und zwei Kinder.

Wallace lenkte das Gespräch weg von DuPres familiärer Situation und hin zur Ermordeten. »Wie war der Ausdruck, mit dem Sie Dr. Dogen letzte Woche beschrieben haben? Die eiskalte Jungfrau?«

»Vielleicht bin ich da ein bisschen zu weit gegangen, Mr. Wallace, aber ich habe Ihnen auch gesagt, dass ich sie nicht gut genug kannte, um viel über sie zu sagen. Sie war mir gegenüber immer so steif und distanziert – ich konnte einfach keinen Zugang zu ihr finden, wie sehr ich mich auch bemüht habe.«

»Wir haben eben Mr. Dietrich gebeten, uns einige Informationen aus den Personalakten offenzulegen, Dr. DuPre. Wir werden die Daten in wenigen Tagen bekommen; vielleicht gibt es etwas, das Sie uns lieber vorab persönlich …«

»Sie nehmen sich wohl sehr ernst, Detective, was? Sie wollen *unsere* Personalakten einsehen? Daten des medizinischen Personals? Hören Sie, Coleman Harper und ich haben Ihnen einen heißen Tip gegeben und Sie zu jemandem geführt, der weitaus gefährlicher ist als alle meine Kollegen zusammengenommen, aber das scheint Sie nicht weiter zu interessieren. Man muss sich nur ein paar Stunden hier aufhalten, um zu wissen, dass es kein Problem ist, irgendwo unbemerkt hereinzukommen.«

John DuPre feuerte eine volle Breitseite ab – ein ziemlich cooler Typ.

»Wo wir schon bei der ersten Vernehmung sind, Dr. DuPre«, leitete Chapman seine Frage ein, »war es Ihre oder Dr. Harpers Idee, runter in die Röntgenabteilung zu gehen?« Chapman war es genauso wenig wie mir aus dem Sinn gegangen, dass die beiden Männer in diesem Punkt Widersprüchliches ausgesagt hatten.

»Es war eindeutig Colemans Vorschlag gewesen. Hab' ich Ihnen das damals nicht schon gesagt? Ich wollte an diesem Nachmittag in der Bibliothek arbeiten und wechselte ein paar Worte mit einigen von Spectors Schützlingen – Coleman bezeichnet sich mit Vergnügen als einen solchen, glaube ich –, und da hat er mich aufgefordert, zusammen mit ihm unten in der Röntgenabteilung die Aufnahmen anzusehen. Ich hätte ansonsten gar keinen Grund gehabt, mich da unten aufzuhalten.«

Mike wollte noch mehr Hintergrundinformationen. »Was hat Sie dazu gebracht, ausgerechnet in New York City zu praktizieren?«

»Eine Verkettung verschiedener Umstände, Mr. Chapman. Zum einen ist meine zweite Frau in dieser Stadt aufgewachsen und hat hier ihre Familie. Zum anderen ist mir die Kleinstadt zu eng geworden; ich habe hier an Konferenzen teilgenommen, habe mit New Yorker Ärzten zusammengearbeitet, die meine Vorträge gehört haben, und irgendwann kam ich zu dem Schluss, es einfach hier zu versuchen.«

»Unterrichten Sie am Minuit?«

»Nein, nein. Ich habe lediglich Belegbetten im Krankenhaus. Eigentlich, um den Fuß in die Tür zu bekommen – das ist nicht so einfach, wenn man nicht aus der Stadt stammt. Politik spielt hier eine große Rolle.«

So sehr Mike und Mercer auch nach Einzelheiten bohrten, DuPre konnte uns nichts Neues über das Krankenhaus und die neurologische Abteilung erzählen. Umso überraschter reagierten wir, als der Arzt darum bat, einen Moment mit mir unter vier Augen sprechen zu dürfen.

»Ich muss sowieso noch den Lieutenant anrufen«, bemerkte Chapman. »Wir sind in zehn Minuten mit dem nächsten Zeugen da.«

Erst als sich die Tür hinter Chapman und Wallce geschlossen hatte, ergriff John DuPre das Wort. »Zwei Dinge möchte ich Ihnen sagen, Miss Cooper. Zum einen geht's um meine Personalakte. Sie werden feststellen, dass ich mitten in einem scheußlichen Prozess um einen angeblichen Kunstfehler stecke. Sie können jederzeit mit meinen Anwälten darüber sprechen, aber ich möchte die Sache um jeden Preis aus den Zeitungen heraushalten.«

Ich ließ ihn weitersprechen.

»Einer meiner Patienten starb. Noch unten in Atlanta, bevor ich nach New York kam. Es hat nichts mit dem Mid-Manhattan zu tun, und natürlich noch viel weniger mit diesem Vorfall. Ein junger Mann kam wegen bestimmter Beschwerden zu mir – Schwindelgefühl, Gewichtsverlust und so weiter. Ich untersuchte ihn, verschrieb ihm ein Medikament und gab ihm einen Termin für weitere Untersuchungen. Zwei Tage später war er tot. Ich versichere Ihnen, dass ich Ihnen nichts verheimlichen will, aber ich möchte andererseits auf keinen Fall in diesen verdammten Mord hineingezogen werden. Sie sind Juristin, und ich hoffe, dass Sie mehr Verständnis für meine Position und die juristischen Auswirkungen haben als die Cops.«

»Wusste Gemma Dogen von dem Prozess?«

»Davon gehe ich aus. Ganz sicher weiß ich es allerdings nicht, da wir nie darüber gesprochen haben. Es könnte natürlich sein, dass sie mich deshalb so kühl behandelt hat, aber das werden wir wohl nie erfahren.«

»Und die andere Sache?«

DuPre schien erleichtert aufzuatmen, dass das Unangenehme hinter ihm lag. »Falls in meiner Personalakte Informationen fehlen, können Sie mich jederzeit anrufen. Wissen Sie, ich habe vor ein paar Jahren eine ziemlich hässliche Scheidung durchgemacht, hab' meine erste Frau wegen der zweiten verlassen. Julia ist durchgedreht und hat meine Praxis in Atlanta angezündet. Ich musste mir natürlich Kopien von sämtlichen Abschlüssen und Diplomen besorgen, und ich weiß nicht genau, ob meine Personalakte tatsächlich komplett ist. Aber in meiner Praxis habe ich alle Unterlagen.«

»Danke, Doktor. Das alles hätten Sie mir aber auch in Anwesenheit der Detectives sagen können. Ich denke, dass wir damit klarkommen.«

»Gut, Miss Cooper. Vielleicht sind es ja nur meine Südstaaten-Erfahrungen mit der Polizei, die mich so skeptisch haben werden lassen, aber ich vertraue mich lieber Ihnen als denen an«, sagte er und ergriff über den Tisch hinweg meine Hand. »Ich bin sicher, dass wir uns nochmal sprechen werden.«

Wallace wartete draußen; bei ihm war Banswar Desai, einer der beiden Ärzte, die Spector an jenem Vormittag anstelle von Gemma Dogen bei der Operation assistierten.

Desai war ein kleiner, untersetzter Mann, dessen Haut einige Nuancen dunkler als die DuPres war. Sein pakistanischer Akzent stand im Kontrast zu dem Hauch britischer Höflichkeit, die seine Internatszeit auf der Insel hinterlassen hatte. Ich holte ihn in den Sitzungsraum, zog Mercer einen Moment zu Seite und bat ihn leise, telefonisch bei Sarah eine Überprüfung DuPres in Auftrag zu geben; ich wollte wissen, was die Zeitungen in Georgia über den Kunstfehlerprozess berichteten.

Dann stellte ich mich Dr. Desai vor und nahm gegenüber von ihm Platz. Wenig später erschien auch Chapman.

Desai gehörte dem neurochirurgischen Team noch nicht lange an; Gemma Dogen hatte ihn erst ein Jahr zuvor eingestellt. Er beantwortete unsere Fragen sehr präzise und schien Gemma Dogen gegenüber ausgesprochen loyal zu sein. Sie war seine Mentorin gewesen, und Desai war aufrichtig erschüttert über ihren Tod.

Mikes Fragen konzentrierten sich zunächst auf die Operation, bei der er und Harper Spector assistiert hatten. »Was ging in Ihnen vor, als Dr. Dogen nicht zur Operation erschien? Haben Sie sich Gedanken gemacht?«

»Ihr Fernbleiben war ganz und gar untypisch«, erwiderte Desai. »Gemma war hochprofessionell, Mr. Chapman. Aber Gedanken? Nein, Gedanken habe ich mir nicht gemacht. Ich ging davon aus, dass ihr etwas Dringenderes dazwischengekommen war. Oder dass sie und Spector mal wieder Ärger miteinander hatten und …«

»Mal wieder Ärger hatten? Worüber?«

»Das entzieht sich meiner Kenntnis. Ich weiß nur, dass sie über bestimmte Fragen im Zusammenhang mit dem Minuit immer wieder Auseinandersetzungen hatten, aber ich als einer der Jüngsten in der Abteilung habe an solchen Unterhaltungen niemals teilgenommen.«

»Sie verstanden sich gut mit Dr. Dogen, nicht wahr? Sie waren auf ihrer Seite, richtig?«

»Das stimmt, Mr. Chapman, aber ich war nicht ihr Vertrauter. Unsere Beziehung beschränkte sich strikt auf den beruflichen Bereich. Gemma zog eine scharfe Grenze zwischen ihrer Arbeit und dem Privatleben, und ich kenne niemanden, der es gewagt hätte, diese Grenze zu überschreiten.«

»Und obwohl Sie bekanntermaßen einer von Dogens Schützlingen waren, hat Spector Sie an jenem Vormittag aus der Schar der Anwesenden herausgepickt und als Assistenten nach vorne geholt?« fragte ich.

»Man kann über Spector denken, was man will, aber sein erstes Interesse gilt dem Wohl seiner Patienten. Ich habe mich immer aus den politischen Rangeleien herausgehalten, und das wussten sowohl Spector als auch Dogen zu schätzen. Außerdem befanden sich unter den Anwesenden nur ein paar, die qualifiziert genug für diese Operation waren. Es war mir trotzdem eine Ehre, ihm zu assistieren. Ich habe ihm ein paar Instrumente gereicht, aber eigentlich waren Coleman und ich in die glückliche Lage gekommen, Spector bei seinem perfekten Handwerk mal ganz aus der Nähe zu beobachten. Zu der Operation selbst haben wir herzlich wenig beigetragen.«

Banswar Desai strahlte etwas Altmodisches, Beruhigendes aus; Eigenschaften, angesichts derer ich mich wohlfühlte. In meiner Familie wurde der Arztberuf hoch geschätzt und respektiert; mein Vater hatte es mit seinen Leistungen zu weltweiter Anerkennung gebracht, und meine Brüder und ich waren es gewohnt, dass in unserem Elternhaus herausragende Ärzte verkehrten.

Bei diesen Gedanken kamen mir unweigerlich die Erinnerungen an meine erste große Liebe Adam Nyman in den Sinn; unser Glück fand ein jähes Ende, als er nur wenige Stunden vor unserer Hochzeit tödlich verunglückte. Wie in einem Tagtraum sah ich das verschwommene Bild Adams, der sich nach einem langen Tag im OP zum letzten Mal mit einem Kuss von mir verabschiedete. Während meines kurzen Abstechers in die Vergangenheit war das Gespräch, das Chapman und Desai führten, vollkommen an mir vorbeigerauscht.

»Das ist für heute alles, Dr. Desai. Wenn Ihnen noch etwas einfällt, das für uns von Interesse sein könnte, melden Sie sich bitte«, sagte Chapman und reichte Desai seine Karte.

Mike begleitete den jungen Arzt bis zur Tür und winkte anschließend Coleman Harper herein.

»Vielen Dank für Ihre Geduld, Mr. Harper. Sieht so aus, als hätten Detective Chapman und ich Sie ein weiteres Mal warten lassen«, entschuldigte ich mich in Anspielung auf die erste Vernehmung auf dem Revier, an dem Abend, nachdem Harper und Coleman Pops in der blutverschmierten Hose entdeckt hatten.

Mike blätterte in seinen Notizen, bis er die Seite gefunden hatte, auf der er damals die Informationen festgehalten hatte. Als Antwort auf Mikes erste Frage erklärte Harper, dass DuPre vorgeschlagen habe, runter in die Röntgenabteilung zu gehen.

»Ich will Sie nicht wieder so nervös machen wie letzte Woche auf dem Revier, Doc, aber DuPre ist sich ganz sicher, dass Sie es waren, der vorschlug, runter in den Röntgenraum zu gehen.«

Harper zögerte; sein Kopf verharrte reglos, aber sein Blick schoss zwischen mir und Chapman hin und her, so als versuchte er fieberhaft herauszufinden, was Mike mit dieser Frage bezweckte.

»Wollen Sie damit behaupten, ich hätte schon im vorhinein gewusst, dass der Alte da unten war?«

»Haben Sie's gewusst, Doc?«

»W-woher? Natürlich hatte ich keine Ahnung – ich war den ganzen Nachmittag nicht in der Röntgenabteilung gewesen. Und welchen Unterschied hätte es gemacht?«

Keinen großen, dachte ich und ging davon aus, dass Mike

Harper, der an diesem Tag genauso nervös wie in der vorangegangenen Woche wirkte, nur ein bisschen ärgern wollte.

»Ich glaube, wir haben uns noch nicht über Ihre Beziehung zu Dr. Dogen unterhalten, stimmt's, Dr. Harper?«

»Mir ging's wie wohl den meisten – ich respektierte ihre Arbeit, hatte aber ansonsten wenig mit ihr zu tun.«

Chapman warf einen Blick auf seine Notizen. »Sie kannten sich seit Ihrem ersten Tag am Krankenhaus, also seit fast zehn Jahren, richtig?«

»Ja, das stimmt.«

»Haben Sie für sie gearbeitet?«

»Nicht direkt. Ich kam nach meinem Examen an dieses Krankenhaus, absolvierte hier mein praktisches Jahr und meine Assistenzzeit und begann meine neurologische Facharztausbildung. Zu diesem Zeitpunkt haben wir uns kennen gelernt. Dr. Dogen hatte gerade angefangen, am Minuit zu unterrichten.«

»Hat sie Sie unterrichtet?«

»Ja, wir mussten alle die neurochirurgische Abteilung durchlaufen.«

»Wollten Sie nie Chirurg werden, Doc? Ich meine, das wäre für einen Arzt doch die Krönung, oder?«

»Ja, stimmt, mehr oder weniger. Ich meine, ich habe mich gleich nach meiner Assistenzzeit um die Zulassung zur neurochirurgischen Facharztausbildung beworben, bin aber abgelehnt worden. Doch andererseits war ich mit dem, was ich hatte, zufrieden und habe mich um das andere nicht sonderlich bemüht. Wie Sie ja bereits wissen, ist das Ausbildungsprogramm auf sehr wenige beschränkt und ziemlich elitär. Viele von uns stoßen nie in diese Sphären vor, was auch kein Beinbruch ist. Ich habe dann noch ein Jahr am Metropolitan Hospital gearbeitet und bin anschließend mit meiner Frau nach Nashville gegangen, wo ich meine eigene Praxis eröffnet habe.«

»Was genau machen Sie im Rahmen Ihrer Zeit als Fellow?«

Harpers dickliche Finger umklammerten die Armlehnen des Stuhls und kneteten das glatte Holz, während er uns seine aktuelle Funktion erläuterte.

»Ich … ähm … war nach zehn Jahren reif für eine Veränderung. Vielleicht ist es mir auch nie ganz aus dem Sinn gegangen, dass ich vielleicht doch Neurochirurg hätte werden wollen. Manchmal glaubte ich, zu früh aufgegeben zu haben, nachdem ich die Zulassung nicht auf Anhieb geschafft habe. Im Rahmen dieses … ähm … Praktikums darf ich als Fellow schon erste OP-Erfahrungen sammeln, während ich auf die Ergebnisse meiner Bewerbung warte.«

»Welcher Bewerbung?«

»Oh, ich dachte, Dr. Spector hätte es Ihnen erzählt. Ich absolviere dieses Praktikum und hoffe, danach nun doch meine neurochirurgische Facharztausbildung beginnen zu können; ich rechne jeden Tag mit dem Bescheid. Aus diesem Grund habe ich an dem Praktikum teilgenommen und ein Jahr lang Gehaltseinbußen in Kauf genommen.«

»Was haben Sie als Neurologe denn so verdient?«

»Etwa einhundertfünfzigtausend Dollar pro Jahr.«

»Und in diesem Jahr?«

»Nun, während des Praktikums wird natürlich nur eine Art Stipendium gezahlt, um die dreißigtausend Dollar, aber wenn ich fertig bin, dann …«

»Was? Sie leben in dieser Stadt von dreißigtausend Dollar? Ihnen scheint wirklich etwas an dem Job zu liegen, Doc.«

»Ist ja nur vorübergehend, Detective. Außerdem hab' ich genug auf der hohen Kante«, erwiderte Harper nervös lachend. »Viel Zeit zum Geldausgeben bleibt mir neben der Arbeit sowieso nicht.«

»Es lockt der Topf voller Gold am Ende des Regenbogens, was?«

»Das ist nicht der Grund. Es geht mir um die größte Herausforderung für einen Arzt, Chapman. Es handelt sich um ein sehr kreatives, innovatives Fachgebiet. Jede Woche kommen neue Verfahren und noch bessere Techniken heraus. Man rettet Leben und stellt Funktionen wieder her, die zuvor unrettbar verloren geglaubt wurden. Und man …«

»Und man macht jedes Jahr 'ne halbe Million Dollar mehr als früher«, warf Mike ein.

»Ist das verboten, Detective?«

»Ganz im Gegenteil. Ich versuche nur mir vorzustellen, was einen Mann in Ihrem Alter dazu treibt, eine erfolgreiche Praxis aufzugeben und auf die Chance zu hoffen, noch mal 'ne Facharztausbildung zu machen. Wenn Sie fertig sind – vorausgesetzt, Sie schaffen die Zulassung –, sind Sie ...«

»Fast fünfzig. Ja, das stimmt. Aber das ist im medizinischen Bereich kein Hindernis. Sehen Sie, ich habe eine solide Laufbahn aufzuweisen, keine Schulden, keine Familie durchzubringen – und ich habe einen Traum.«

»Wer hat sich Ihnen denn beim ersten Mal in den Weg gestellt?«

»Sie meinen damals, vor fast zehn Jahren? Keine Ahnung. Wie Spector Ihnen bestätigen wird, trifft eine Kommission auf der Grundlage von Beurteilungen, Empfehlungen und persönlichen Gesprächen die Auswahl. Es hat einfach nicht geklappt, und ich habe es akzeptiert. Ich habe trotzdem Karriere gemacht und möchte es nun eben noch einmal versuchen.«

»Hat Dr. Dogen Sie unterstützt?«

»Keine Ahnung, wirklich nicht. Ich hatte mit Gemma Dogen nur sehr wenig zu tun.« Coleman Harper war an die vordere Stuhlkante gerutscht, so als wolle er aufspringen und fluchtartig den Raum verlassen, sobald Mike sein Fragenbombardement einstellte. »Ich hatte nicht viele Gelegenheiten, mit ihr zusammenzuarbeiten, und ich bin ihr auch nicht in den Hintern gekrochen wie manch andere junge Schleimer.«

»Wie war es, als sie sich kennen lernten, Doc?«

»Himmel, das ist fast zehn Jahre her. Ich hatte im Rahmen der üblichen Rotation ein paarmal mit ihr zu tun. Wir waren ganz verschieden. Ich war jedenfalls froh, als ich von hier wegging, rüber ins Metropolitan.«

»Glauben Sie, dass sich in Ihrer Personalakte auch noch Informationen von damals finden?« fragte ich mit ruhiger Stimme.

Harper warf mir einen scharfen Blick zu, dachte einen Augenblick nach, schüttelte dann den Kopf und antwortete, dass seines Wissens nach keine Akten aufbewahrt wurden, die älter als sieben Jahre waren. »Ich habe selbst versucht, an ältere Daten zu kommen; es ging um Empfehlungsschreiben, die ich damals hier und am Metropolitan bekommen hatte.« Er stieß ein gezwungenes Lachen aus. »Wenn man eine eigene Praxis hat, bekommt man keine Empfehlungsschreiben. Und die Meinung der werten Patienten bemisst sich weniger nach den Fähigkeiten des Arztes, sondern nach der Höhe der Rechnung. Falls Sie die alte Akte in nächster Zeit doch noch aufstöbern, sagen Sie mir bitte Bescheid. Spectors Kommission gibt am fünfzehnten dieses Monats die Zulassungen bekannt; vielleicht können mir die netten Worte von damals noch etwas nützen.«

»Auch Gemma Dogens Beurteilung?«

Harper erhob sich und steuerte auf die Tür zu. »Ich wünschte, ich hätte damals alles kopiert – aber nicht nur, um es Ihnen zeigen zu können. Nein, ich denke, dass mir die eine oder andere Beurteilung heute von Nutzen gewesen wäre. Dogen war vielleicht nicht mein größter Fan, aber ich kann mich nicht erinnern, dass sie mir Knüppel zwischen die Beine geworfen hätte.«

»Können Sie sich vorstellen, warum jemand Dogens Tod wünschte?«

Harper hatte bereits die Hand an der Türklinke. »Das weiß hier niemand, Detective. Uns geht es darum, Leben zu retten. Ich kann mir nicht vorstellen, warum ein Mensch so etwas tut, ich habe wirklich keine Ahnung.«

Das Gespräch mit Coleman Harper war nicht aufschlußreicher als die anderen Unterhaltungen gewesen. Irgendwie schien es absurd, diese hoch geachteten Ärzte zu dem abscheulichen Mord an einer Kollegin zu befragen, aber andererseits musste es sein; letztlich unterschieden sie sich durch nichts von anderen potentiellen Verdächtigen.

Mercer gesellte sich wieder zu uns, und den Rest des nachmittags ließen wir weitere Zeugen an uns vorüberdefilieren. Wir sprachen mit sieben Krankenschwestern, drei weiteren Professoren, die ihre Büros auf demselben Gang wie die Ermordete hatten, und außerdem einer Hand voll junger Studenten und Assistenzärzte, die in irgendeiner Form mit Gemma Dogen zu tun hatten.

Man konnte die Befragten ganz klar in zwei Gruppen unterteilen: in jene, die Gemma Dogen gemocht und bewundert hatten und denen sie zumindest einen Hauch kollegialer Beachtung geschenkt hatte, und in jene, die sie aufgrund ihres kalten Wesens und ihrer Distanziertheit fürchteten und ablehnten.

Der Versuch, ihre letzten Stunden zu rekonstruieren, war völlig aussichtslos. Gemma hütete ihre selbst gewählte Abgeschiedenheit und ließ Gesellschaft nur zu, wenn es ihr paßte. Ihren Lieblingstätigkeiten – Joggen, Schreiben, Reisen und Forschen – ging sie bevorzugt alleine nach, ganz ungestört von dem Klatsch und den politischen Intrigen jener, die nur allzu gern in ihren Orbit vorgedrungen wären.

Gegen sechs hatte der letzte Zeuge den Raum verlassen, und Dietrichs Sekretärin erinnerte uns daran, dass sie das Zimmer abschließen musste, wenn wir fertig waren. Ich teilte ihr mit, dass wir demnächst aufbrächen. Wir packten unsere Notizen und Unterlagen ein und machten uns auf den langen Weg durch die Korridore in Richtung Ausgang.

»Und weiter? Neue Ideen?« fragte Mercer.

»Das waren eindeutig zu viele Gespräche für einen Tag«, erwiderte ich stöhnend. »Mein Kopf dreht sich. Ich geh' jetzt nach Hause, sortiere meine Gedanken, werfe noch einen Blick auf meine Notizen und packe für morgen.«

»Wollen wir noch etwas essen gehen?«

»Ich passe. Hab' vor dem Abflug noch zu viel zu tun. Außerdem habe ich das Gefühl, dass wir heute keinen Schritt vorangekommen sind.«

»Okay, dann setzen wir dich zu Hause ab. Ich hab' mich vorhin nach Maureen erkundigt. Heute Morgen hat der Chief gesagt, er werde sie nur noch bis Freitag im Krankenhaus lassen. Er hält die ganze Aktion für Zeit- und Geldverschwendung. Heute Nachmittag ist ihr aber von einem Boten eine Schachtel Pralinen gebracht worden; auf der Karte stand, das Geschenk sei von ihren Kindern. Richtig teure Pralinen waren das, französische.« Mich durchfuhr ein Schreck, während Mercer weitersprach. »Das Problem ist, dass Mo allergisch gegen Schokolade ist. Jeder, der sie kennt, weiß das. Also, Leute, was schließen wir daraus? Jemand hat es auf sie abgesehen.«

»Tatsache ist, dass der Chief vollkommen schiefliegt. Peterson kämpft darum, dass sie noch länger drinbleibt. Die Pralinen sind bereits im Labor; bin mal gespannt, was die Jungs darin finden.«

»Irgendwie werde ich das Gefühl nicht los, dass meine Idee, Maureen ins Mid-Manhattan einzuschleusen, doch nicht so gut war.«

»Mach dir keine Sorgen, Coop«, beruhigte mich Mercer, »Mo ist absolut sicher.«

Wenig später waren wir vor meinem Apartmenthaus angekommen.

»Wie geht's weiter?«

»Mercer fährt uns morgen Nachmittag zum Flughafen. Bring am besten deinen Koffer ins Büro mit, wir sammeln dich dann dort auf.«

»Gute Idee. Bis morgen dann.«

Ich holte meine Post aus dem Kasten und fuhr hoch. Dann schaltete ich den Fernsehapparat im Schlafzimmer an, so dass ich beim Packen die Nachrichten sehen konnte. Ich zappte zu »Jeopardy«, um die Preisfrage mitzubekommen, gab aber gleich auf, als Trebek verkündete, dass sie aus dem Bereich Astronomie kam.

Die nächste Stunde verbrachte ich mit Telefonieren. Zuerst meldete ich mich bei Maureen, die von den Ereignissen des Tages reichlich unberührt schien – wahrscheinlich weil Charles noch neben ihrem Bett saß. Danach sprach ich mit meiner Mutter, mit Joan Stafford, David Mitchell und Ninas Anrufbeantworter; gegen halb neun wussten alle, dass ich ein paar Tage unterwegs sein würde. Schließlich bestellte ich bei P.J. Bernstein's eine Hühnersuppe.

Meine Unterlagen bedeckten den gesamten Esstisch. Oben rechts lag das Polaroid, das Mercer auf meine Bitte hin von dem seltsam geformten Blutfleck auf Gemmas Teppich gemacht hatte. Was dies ein Zeichen, das von der sterbenden Frau mit Absicht gemalt wurde, fragte ich mich zum hundertsten Mal, und ist es wirklich ein Buchstabe oder Teil eines Wortes? Ich nahm einen Zettel und schrieb die Initialen sämtlichen Personen nieder, die wir bislang vernommen hatten.

Dann verglich ich die Buchstaben mit dem verstümmelten Schnörkel, der mir in der vergangenen Woche ins Auge gesprungen war. Als nichts zu passen schien, gab ich meine Bemühungen auf und ordnete meine bisherigen Notizen.

Bis ich gepackt hatte und endlich im Bett lag, war es kurz vor Mitternacht. Ich rief in Drews Hotel in San Francisco an und hinterließ ihm eine Nachricht auf dem Voice-Mail-System. Ich berichtete ihm von meiner überraschenden Dienstreise nach London und bat ihn, mich anzurufen, sobald er meine Nachricht erhalten hatte.

Dann stellte ich meinen Wecker auf sieben und löschte das Licht. Ich machte mir große Sorgen um Maureen und fragte mich, ob es meine Schuld war, wenn sie nun in Gefahr schwebte. Um endlich einschlafen zu können, zwang ich mich, an alles mögliche außer an den Mord zu denken. Aber das Rätsel um Gemma Dogen und ihren Tod ließ mich nicht los, und ich lag noch einige Stunden wach.

20

»Noch eine Todeskandidatin.«

»Wovon sprichst du?« Mit einem Blick auf den Wecker stellte ich fest, dass es erst kurz nach sechs war.

»Tut mir leid, dass ich dich geweckt habe«, schickte Mike hinterher. »Aber ich dachte, du wolltest es so schnell wie möglich erfahren. Diese hier hat's Uptown erwischt, direkt vor dem Columbia-Presbyterian. Das wirft unsere bisherigen Ermittlungen komplett über den Haufen.«

Noch kapierte ich gar nichts. »Warum?«

»Die Sache ist fast unheimlich – es könnte unser Mörder gewesen sein. Vielleicht hat Dogens Tod ja wirklich nichts mit dem Mid-Manhattan zu tun. Vielleicht ist es ein Perverser, der auf Frauen in weißen Kitteln steht.«

»Jetzt red endlich Klartext.«

»Der Lieutenant hat gerade angerufen; er hat's von den Kollegen der Nachtschicht erfahren. Es geschah zwischen drei und vier Uhr morgens, wieder in einem Krankenhaus, in dessen unmittelbarer Umgebung sich jede Menge Gesindel herumtreibt. Eine Assistenzärztin wollte nach ihrem Dienst nach Hause fahren. Als sie sich ihrem Wagen nähert, sieht sie, dass ein Reifen platt ist. Ein ›barmherziger Samariter‹ bietet ihr an, den Reifen zu wechseln – wahrscheinlich hat er ihn zuvor eigenhändig plattgestochen. Er sagt, er müsse nur schnell im Gebäude gegenüber, einer fünfstöckigen Mietskaserne, bei seiner Schwester das richtige Werkzeug holen, und bietet ihr an, im Foyer auf ihn zu warten, damit sie nicht draußen in der Kälte stehen muss. Sie überqueren gemeinsam die Straße – drei Zeugen haben das beobachtet. Ihren Aussagen nach benimmt sich der Mann sehr höflich, hält sie am Arm und warnt sie vor dem Verkehr. Im Foyer muss er dann ein Messer gezückt haben. Dafür gibt's natürlich keine Zeugen mehr. Alles, was wir haben, ist eine vertrauensselige junge Ärztin im weißen Kittel, die mit acht Stichen in Brust und Unterleib, ohne Unterwäsche und mit heruntergezogenem Rock hinter der Treppe aufgefunden wurde. Und wieder kein Hinweis auf ein Sexualverbrechen – kein Sperma, keine Schamhaare, keinerlei Spuren einer Vergewaltigung. Und jetzt sag *du* mir, ob es sich um eine aus welchen Gründen auch immer missglückte Vergewaltigung handelt, oder ob der Täter ihr zehn Mäuse und den Pager geraubt und den Diebstahl als Vergewaltigung getarnt hat, um uns auf eine falsche Fährte zu führen? Ist es Zufall, oder hat unser Mann zum zweiten Mal zugeschlagen?«

Ich wusste keine Antwort. Ich versuchte, mir das Verbrechen vorzustellen, und empfand angesichts des Verlustes eines weiteren wertvollen Menschenlebens tiefe Bestürzung.

»Ist sie tot?«

»Kann nicht mehr lange dauern, bis sie's ist. Es sind nur noch sehr schwache Hirnströme messbar.«

»Du hast von Zeugen gesprochen.«

Ja, die Leute, die gesehen haben, wie der Typ vor dem Krankenhauseingang rumhing und sie dann später bei ihrem Wagen ansprach. Latino, männlich, ein Meter siebzig, drahtige Figur. Sah ziemlich schmutzig und abgerissen aus; möglicherweise ist er obdachlos wie die anderen tausend in den Straßen rund ums Krankenhaus. Er trug ein Wollhemd und eine grüne OP-Hose. Jedenfalls war er kein Kollege, so viel steht fest.«

»Was denkst du jetzt?« fragte ich, und im selben Moment wurde mir klar, wie dumm die Frage war.

»Keine Ahnung, was ich denke. Ich weiß nicht, ob es nur ein blödes zeitliches Zusammentreffen zweier voneinander unabhängiger Verbrechen ist, oder ob es sich um das Werk eines Irren handelt, den wir aus den Katakomben des Mid-Manhattan vertrieben haben und der sich nun das Columbia-Presbyterian ausgesucht hat. Ich bin mir mittlerweile nicht mal mehr sicher, ob Gemma Dogen nicht doch einer versuchten Vergewaltigung zum Opfer gefallen ist und sterben musste, weil sie versuchte, sich zu wehren – wie die Frau von heute Nacht. Genauso gut kann aber auch deine Vermutung zutreffen, dass Gemma Dogens Ermordung nur als Vergewaltigung getarnt werden sollte. Ich habe keine Ahnung.«

»Und wie viele Frauen müssen noch sterben, bis wir es endlich wissen?«

»Hey, Blondie, Kopf hoch, wir werden's herausfinden. Wir haben sechs zusätzliche Kollegen aus der Mordkommission dazubekommen. Ich ruf' dich im Büro an, sobald ich mehr Einzelheiten habe.«

Ich ging in die Küche und machte mir einen Kaffee, dann verschwand ich unter der Dusche. Ich fragte mich, warum Drew nicht angerufen hatte. Wenig später schlüpfte ich in die Klamotten, die ich schon am Vorabend bereitgelegt hatte. Der Portier half mir, mein Gepäck im Taxi zu verstauen, und ich beschloss, in der einen Stunde, die ich früher als gewöhnlich im Büro war, meinen Schreibtisch aufzuräumen.

Als beim Betreten meines Zimmers um Viertel nach sieben schon das Telefon klingelt, konnte ich es kaum glauben.

»Hallo, Alex? Hier ist Stan.«

Stan Westfall. Einer meiner Mitarbeiter, der zwar im Gerichtssaal nicht schlecht war, sich aber im täglichen Leben etwas ungeschickt anstellte.

»Ich hab' da ein Problem. Gerade hab' ich versucht, dich zu Hause zu erreichen, aber da nur der Anrufbeantworter ranging, dachte ich mir, du wärst vielleicht schon im Büro.« Seine Stimme hörte sich leicht panisch an.

»Was kann denn schon am frühen Morgen so Schreckliches passiert sein?« Mein Bedarf an Hiobsbotschaften war bereits gedeckt, doch ich fürchtete, dass Stan eine weitere schlechte Nachricht zu verkünden hatte.

»Meine Zeugin ist abgehauen, Alex. Du weißt schon, es geht um den Prozess vor Richter Sudolsky. Also, gestern wurde die Beweisaufnahme abgeschlossen, aber meine Zeugin ist noch nicht verhört worden. Du erinnerst dich – die Frau, die ich eigens aus Pittsburgh geholt habe, damit sie hier aussagt und …«

»Wo war sie untergebracht?«

»Nun, das ist der Punkt. Du warst so beschäftigt mit deinem Fall, und ich wollte dich nicht damit belästigen. Also bin ich zu Pat McKinney gegangen und hab' mir von ihm die Erlaubnis geholt, sie in einem Hotel unterzubringen. In einem ganz billigen natürlich. Im Big Apple, drüben in der Vierundsechzigsten.«

»Na toll. Du quartierst 'ne Nutte mitten im Rotlichtviertel ein. Hoffentlich mit 'nem Bodyguard vor der Tür?«

»Alex, sie hat mir hoch und heilig versprochen, dass sie nicht mehr auf den Strich geht. Ich hab' ihr wirklich geglaubt.«

Ich verdrehte die Augen. Stan war wirklich zu dämlich – eher würde ihn der Blitz treffen, als dass er jemals das Vergnügen hätte, eine *Ex*-Nutte kennenzulernen.

»Also, was ist passiert? Sie ist rausgeschmissen worden, weil sie's mit Freiern in einem Hotelzimmer getrieben hat, für das die Steuerzahler aufkommen?«

»So ähnlich. Der Hotelmanager hat sie erwischt, als sie sich um zwei Uhr morgens mit 'nem Typen im Schlepptau aufs Zimmer schleichen wollte. Der Manager wusste, dass sie von uns kommt, hat den Jungen vor die Tür gesetzt, sie aber aufs Zimmer gehen lassen. Na ja, und nachdem auch sie weg war, hat mich der Manager angerufen.«

»Nur keine Panik. Wahrscheinlich macht sie draußen noch 'ne schnelle Mark, bevor wir sie wieder nach Hause schicken.«

»Der Manager ist da anderer Meinung. Sie ist weg, abgehauen, und hat alles, was in dem Zimmer nicht niet- und nagelfest war, mitgehen lassen: das gesamte Bettzeug und die Handtücher. Sogar die Bibel hat sie mitgenommen«, stöhnte er verzweifelt.

Bei der Vorstellung, wie McKinney angesichts dieser Neuigkeit fluchen würde, musste ich lachen. Das war mit Sicherheit der letzte Zeuge gewesen, den wir im Big Apple einquartiert hatten – in einem der wenigen Manhattaner Hotels, die sich die Staatsanwaltschaft leisten konnte.

»Ich weiß nicht, ob es Sinn hat, sie von der Polizei suchen zu lassen; bei den Geschworenen ist sie jedenfalls unten durch, wenn die davon erfahren.«

»Du darfst sie ihnen eben als nichts anderes als das, was sie ist, verkaufen, auch wenn sie nur 'ne Nutte statt 'ner Ex-Nutte ist. Wenn ich mich recht erinnere, hattest du doch haufenweise medizinisches Beweismaterial, auf dem in diesem Fall die Hauptbeweislast liegt. Spiel ihre Verletzlichkeit aus und mach ihnen klar, was für ein Dreckskerl der Angeklagte ist.«

»Und wie soll ich sie so schnell wiederfinden? Vor halb zehn steht mir kein Polizist zur Verfügung.«

»Ruf auf dem Revier Midtown South an und versuch, vor Schichtende noch ein paar Cops von dort an die Strippe zu bekommen. Gib ihnen eine Beschreibung von der Frau und frag sie, ob sie sie zufällig auf ihrer Tour gesehen haben.« Die Polizisten, die den Strich kontrollierten, machten selten vor acht Uhr morgens Schluss. »Und am wichtigsten ist, dass du jetzt nicht ausrastest. Bitte den Richter, den Prozess um einige Stunden zu verschieben, falls sie nicht gleich wieder auftaucht. Auch das ist kein Weltuntergang.«

»Danke, Alex, ich melde mich später wieder.«

Bis Laura erschien, erledigte ich meine Korrespondenz, dann diktierte ich ihr einige Briefe, die noch vor meiner Rückkehr rausmussten. Um halb zehn erinnerte sie mich daran, dass ich rüber zur Urteilsverkündung des Richters Torre im Prozess gegen den Serienvergewaltiger musste, den Gayle Marino drei Wochen zuvor überführt hatte.

Ich schlüpfte in eine halbvolle Zuhörerbank, als Gayle gerade das Wort ergriff. Obgleich der Richter Johnny Rovaros kriminelle Vorgeschichte kannte, zählte Marino gewissenhaft die Vorstrafen des Angeklagten auf, um vor diesem Hintergrund eine besonders harte Bestrafung zu fordern. Sie erinnerte den Richter Torre daran, dass Rovaro acht Jahre zuvor für ein ähnliches Verbrechen verurteilt worden war und im Gefängnis sogar an einem Therapieprogramm für Sexualstraftäter teilgenommen hatte. Nach seiner Entlassung auf Bewährung war Rovaro in sein altes Viertel in Brooklyn zurückgekehrt – mit der Auflage, an einem weiteren Therapieprogramm eines Zentrums im Greenwich Village teilzunehmen.

Drei Monate nach seiner Entlassung fanden in der ruhigen Wohngegend um das Therapiezentrum herum mehrere sexuelle Übergriffe statt. Der erste Überfall galt einem irischen Kindermädchen, dem es gelang, das ihr anvertraute Kind in

Sicherheit zu bringen, bevor sich der Täter an ihr verging. Das zweite Opfer war eine mit Einkaufstüten beladene Hausfrau, die der bewaffnete Angreifer im Hauseingang überfiel. Das dritte Opfer war ein Kind: Der Täter verfolgte das Mädchen auf dem Weg von der Schule nach Hause, wo er es im Hausflur missbrauchte.

Gayle hatte den Fall hervorragend aufgebaut; die absolut glaubhaften Zeuginnen sprachen für sich, und das Alibi der Verteidigung, das aus Verwandten und Freunden des Angeklagten bestand, erschütterte Gayle durch eine gewissenhafte Vorbereitung und ein kluges Kreuzverhör. Dank ihrer hartnäckigen Fragen gelang es ihr, Rovaros Lügengeflecht auffliegen zu lassen und ihn derart aus der Fassung zu bringen, dass er vor den Geschworenen einen Wutausbruch bekam. Zufrieden nahm Gayle auf ihrer Bank Platz und überließ das Schicksal des Angeklagten einem der strengsten Richter New Yorks.

Jetzt war Edwin Torre an der Reihe. Er erhob sich von seinem ledergepolsterten Stuhl, trat hinter die Rückenlehne und stützte beide Ellbogen darauf. Zuerst warf er der Ehefrau sowie der Mutter des Angeklagten, die während Gayles Plädoyer laute Flüche ausgestoßen und wild gestikuliert hatten, einen kühlen Blick zu. Torres dunkles Haar und seine kantigen Züge hoben sich scharf vor der hellen Holztäfelung des Gerichtssaals ab. Bevor er das Wort ergriff, streifte sein Blick Gayle Marino. In seiner entschlossenen Art charakterisierte er das Verhalten des Vergewaltigers; dabei ließ er Rovaro keine Sekunde aus den Augen. »Ihre Taten sprechen für sich – oder besser: schreien zum Himmel«, kommentierte er die Verbrechen. »Aber was Sie tatsächlich aus der Zivilisation ausschließt, was Sie jenseits von Mitgefühl und Menschlichkeit stellt, ist die Tatsache, dass Sie sich an einem Kind vergangen haben. Sie sind ein Sinnbild des Schlechten, des Verkommenen. Allein für diesen Akt der Grausamkeit wären Sie in anderen Gesellschaften gepfählt worden oder hätten stundenlang in der gnadenlosen Sonne der Sahara schmoren müssen.«

In der Reihe hinter mir stenografierte Mickey Diamond wie besessen mit; dann beugte er sich zu mir vor und flüsterte mir zu: »Er ist einfach toll – bei ihm muss ich nichts dazudichten.«

Lächelnd konzentrierte ich mich wieder auf Torre, der sich nun anschickte, das Urteil zu verkünden: einhundert Jahre Gefängnis. Als persönliche Bemerkung fügte der Richter hinzu: »Dem Berufungsgericht, das jemals auf die Idee kommt, Sie wieder auf die Gesellschaft loszulassen, wünsche ich schon heute die Pest an den Hals.«

Dann schickte Torre ein Zwinkern in meine Richtung und ordnete an, die Gerichtsbeamten mögen den Gefangenen zurück in die Zelle bringen. Mit unbewegter Miene ließ sich Rovaro zum Ausgang führen, doch kurz vor der Tür drehte er sich um und spuckte in Richtung der Bank der Staatsanwaltschaft. Der Beamte packte ihn unsanft am Kragen und zerrte ihn aus dem Raum. Ich gratulierte Gayle, als einer der Gerichtsdiener nochmals erschien, um sich zu vergewissern, dass die Staatsanwältin keinen Schaden genommen hatte.

»Rovaro spuckt Gift und Galle«, teilte er uns grinsend mit. »Mit dem haben Sie nie wieder Ärger, Miss.«

Gayle nickte zufrieden und verabschiedete sich mit einem Winken von Torre, der den Gerichtssaal verließ. Ich konnte nur hoffen, dass Gemma Dogens Mörder auf einen ebenso strengen Richter traf – vorausgesetzt, wir fanden den Täter.

»Sie haben gerade Drew Renauds Anruf verpasst«, waren die Worte, mit denen Laura mich empfing. »Er sagte, er müsse jetzt raus aus seinem Hotelzimmer. Er wollte Sie nicht mitten in der Nacht stören und meinte, er werde später, kurz vor Ihrem Abflug, noch einmal versuchen, Sie zu erreichen. Außerdem will McKinney Sie sprechen; er möchte wissen, was Sie in dem Fall der Ärztin aus dem Columbia-Presbyterian zu tun gedenken und wer während Ihrer Abwesenheit die Ermittlungen leiten soll. Er schien auch etwas ärgerlich zu sein – hat irgendwas mit Phil zu tun, was genau, wollte er mir nicht sagen.«

»Okay, Laura, danke.«

Noch bevor ich meinen Schreibtisch erreicht hatte, leuchteten beide Gesprächslämpchen der Telefonanlage auf. Irgendwie hatte ich das Gefühl, dass dies einer der ganz wilden Tage werden würde – wie meistens, wenn ich wegmusste.

Über die Sprechanlage teilte Laura mir mit, dass das Gespräch auf der ersten Leitung Mercer sei und das auf der zweiten ein Reporter von *New York One*. »Stell den Reporter rüber in die Pressestelle. Mercer nehme ich natürlich.«

»Morgen. Ich nehme an, Mike hat dich schon über den Vorfall im Columbia informiert? Ich mache mich jezt auf den Weg dorthin. Kannst du Laura bitten, einen Beweisaufnahmeantrag für Dietrichs Konto zu stellen? Ich hab' heute Morgen mit einer Angestellten seiner Bank gesprochen, die mir sagte, dass Dietrichs Konto ziemlich in den Miesen sei. Hat 'nen Haufen Schulden bei verschiedenen Leuten. Ohne Genehmigung der Grand Jury rückt die Dame natürlich keine weiteren Informationen heraus.«

»Können wir ihr den Wisch zufaxen? In einer Viertelstunde ist er fertig.«

»Prima. Dann hab' ich wenigstens was zu tun, während Chapman und du mit der Queen Tee trinken. Bis später.«

Ich legte auf und bemerkte, dass das Lämpchen der zweiten Leitung immer noch aufleuchtete. Offenbar war der Reporter so hartnäckig, dass Laura ihn nicht hatte abwimmeln können. »Alex, der Typ auf der zweiten Leitung behauptet, er wolle keine Infos, sondern habe einen Tip für dich. Genaueres will er mir nicht verraten. Willst du mit ihm sprechen?«

»Okay.« Ich drückte den Knopf.

»Miss Cooper? Sie leiten doch die Ermittlungen im Mid-Manhattan, richtig? Wissen Sie oder Ihre Kollegen irgend etwas über den Einbruch, der heute Nacht im Metropolitan Hospital stattgefunden hat?«

Der Mann war offensichtlich besser informiert als ich. Ich verneinte seine Frage und nahm meinen Block zur Hand, um mir Notizen zu machen. »Was ist passiert? Wurden Patienten verletzt?«

»Das würden wir auch gerne wissen. Bislang haben sie bestritten, dass Patienten in die Sache verwickelt wurden, aber wir sind uns da nicht so sicher. Keiner will gerne im gleichen Atemzug mit dem Mid-Manhattan genannt werden, und was im Columbia-Presbyterian passiert ist, wissen Sie ja wahrscheinlich schon.«

»Ja. Also, was geschah heute Nacht im Metropolitan.«

»Sie spielen es runter. Behaupten, der Typ habe es nicht geschafft, an den Sicherheitsleuten vorbeizukommen, und weder das Personal noch die Patienten seien in Gefahr gewesen. Die üblichen Floskeln.«

»Wer hat den Einbruch entdeckt?

»Die Nachtschicht des Reinigungspersonals. Die Putzfrau kam gegen drei Uhr morgens in einen Raum der Buchhaltung. Das Licht brannte, sie hörte Schritte, sah aber niemanden flüchten. Das Türschloss war aufgebrochen worden.«

»Ich weiss, dass Sie Ihre Quellen grundsätzlich nicht preisgeben, aber …«

»Gar kein Thema, es weiß ohnehin schon jeder Bescheid. Die Putzfrau macht die Nachtschicht im Met, und dann kommt sie rüber und putzt bei uns. Als sie heute Morgen in unserer Redaktion ankam, war sie total aufgeregt. Sei redete von nichts anderem als dem Einbrecher im Krankenhaus – praktisch im Nebenzimmer des Präsidenten, mitten in der Nacht. Sie hat den Job sofort gekündigt – hat die Nase voll von Kankenhäusern.«

»Verständlich. Richten Sie ihr aus, dass sie da nicht die Einzige ist.«

»Jetzt fragen wir uns, ob der Typ erst anfangen wollte, als unsere Putzfrau ihn aufstöberte, oder ob er schon fertig war.«

»Gute Frage. Ehrlich, ich habe noch gar nichts von der Sache gehört. Das nächste Mal, wenn ich einen heißen Tip habe, revanchiere ich mich. Geben Sie mir Ihre Nummer, und ich melde mich, wenn ich was auf Lager habe. Vielen Dank für die Information.«

Ich rief sofort Mercer an. »Gott sei Dank, dass ich dich noch erwische. Noch 'ne schlechte Nachricht. Schau doch mal im Metropolitan vorbei und überprüf folgende Geschichte.« Ich berichtete, was ich von meinem Informanten erfahren hatte.

»Hoffentlich war der Bursche nur auf ein paar Schecks oder offen herumliegendes Bargeld aus«, bemerkte Mercer. »Natürlich hatte die Krankenhausleitung keinen Grund, uns darüber zu informieren. Aber ich bin trotzdem mal gespannt, ob sie den Einbruch auf dem nächsten Revier gemeldet hat und ob überhaupt etwas gestohlen wurde. Ich halte dich auf dem Laufenden.«

Drei Anklageschriften warteten auf meine Unterschrift, anschließend hatte ich ein Dutzend Rückrufe zu erledigen. Über Mittag fand in Rod Squires' Büro ein Treffen aller Abteilungsleiter statt, in dem es um organisatorische Fragen ging.

Während ich, den Telefonhörer am Ohr, darauf wartete, mit jemandem vom St. Luke's Crime Victims Intervention Program verbunden zu werden, steckte Faith Griefen den Kopf durch die Tür. »Sarah sagte, du hättest immer ein paar Ersatz-Strumpfhosen in der Schreibtischschublade. Kannst du mir mit einer aushelfen?«

Ich nickte und gab ihr mit einer Handbewegung zu verstehen, sie möge sich einen Augenblick gedulden, bis ich meiner Gesprächspartnerin erklärt hatte, wie wichtig es war, dass sich Vergewaltigungsopfer auf eine HIV-Infektion testen ließen.

»Ich hatte einen Gerichtstermin und bin an der Anklagebank hängengeblieben«, berichtete Faith und deutete auf eine breite Laufmasche, die am Knöchel begann und sich bis hoch unter ihren Rock zog. »Die alten Holzmöbel im Saal 52 rauben mir noch den letzten Nerv; jedesmal, wenn ich dort eine Verhandlung habe, passiert mir das Gleiche.«

»Die Geschworenen haben dabei ihren Spaß, soviel ist sicher«, erwiderte ich mit einem Blick auf Faith' schlanke Beine und öffnete die Schublade mit der Aufschrift »Abgeschlossene Fälle«. Darin befanden sich neben mehreren Paaren Escada-Pumps mit unterschiedlichen Absatzhöhen einige Packungen Strumpfhosen, diverse Schminkutensilien, eine Zahnbürste und Zahnpasta – also alles, was einer Staatsanwältin aus der Klemme helfen konnte. Ich reichte Faith eine Strumpfhose und klärte sie darüber auf, dass die sehr geringe Anzahl weiblicher Kollegen einer der unangenehmsten Begleitumstände war, als ich damals vor zehn Jahren bei der Staatsanwaltschaft angefangen hatte. Die Männer waren zwar gute Kumpels und brauchbare Mentoren, doch nachdem Battaglia sich entschlossen hatte, mehr Frauen einzustellen, hielt mit den neuen Kolleginnen in unserer Abteilung ein ganz anderer, zuvor undenkbarer Teamgeist Einzug. Nicht, dass man sich nun auch über andere

Themen als Demi Moores Brustimplantate unterhalten konnte, nein, es wurde auch einfacher, im Bedarfsfall eine Strumpfhose, einen Tampon oder eine Nagelfeile zu organisieren, ohne dass man wegen jeder Kleinigkeit die Praktikantinnen ins Kaufhaus schicken musste.

Faith war schon zum Umziehen in die Toilettenräume verschwunden, als Rose Malone mit einer Liste von Stichpunkten hereingeschneit kam, die Battaglia bereits für seinen Vortrag in England zusammengestellt hatte.

»Der Chef möchte, dass Sie sich das hier ansehen. Er lässt Ihnen ausrichten, dass Sie Ihren Vortrag selbst gestalten können, dass aber diese Positionen in Sachen kontrollierter Waffenbesitz, Umgang mit der Drogenproblematik, Behandlung von Drogenabhängigen und Todesstrafe enthalten sein sollten. Außerdem sollen Sie Ihre eigenen Standpunkte in Bezug auf Sexualstraftaten und Gewalt innerhalb der Familie einbringen. Einverstanden?«

»Klar. Ich überarbeite das Papier sofort, so dass Laura es gleich sauber abtippen kann. Gibt es noch weitere Richtlinien?«

»Mr. B. hat Lord Windlethorne angerufen und ihm die personelle Umdisponierung erläutert; sie freuen sich sehr, dass Sie an der Veranstaltung teilnehmen. Geoffrey Dogen wird am Freitagvormittag raus nach Cliveden kommen; da Sie Ihren Vortrag bereits am Donnerstagnachmittag halten, haben Sie und Mike den ganzen Freitag Zeit für ihn. Am Montag erwartet Mr. B. natürlich gleich in aller Frühe Ihren Bericht.«

Ich dankte Rose für die Informationen und unterrichtete sie über die jüngsten Zwischenfälle im Columbia-Presbyterian und im Metropolitan, so dass sie Battaglia umgehend darüber informieren konnte. »Falls er Fragen hat, weiß er, wo er mich findet. Also dann, bis nächste Woche.«

Pauls Vortrag war knapp und prägnant und brachte die Themen auf den Punkt. Die meisten seiner Positionen waren mir vertraut, so dass ich nur noch meine Aussagen zu meinen eigenen Themen hinzufügen musste. Nachdem ich Laura meine handschriftlichen Notizen zum Abtippen gegeben hatte, bekam ich die Nachricht, dass die Teilnehmer des Gesprächskreises allmählich in Rods Besprechungszimmer eintrudelten.

Der Kontrast zu dem Konferenzraum des Mid-Manhattan hätte kaum größer sein können: Zu vierzehnt saßen wir dicht gedrängt um zwei kunststoffbeschichtete Besprechnungstische herum – keine Spur von eleganten, hochglanzpolierten Holzmöbeln; anstelle von ledergepolsterten Sesseln mussten wir uns mit vinylbezogenen Stühlen zufriedengeben, und an den Wänden hingen billige Reproduktionen in Plastikrahmen. Normalerweise musste man bei den Mittagsbesprechungen sein eigenes Sandwich mitbringen; beim Verzehren tat man gut daran, keinen Blick in die Zimmerecken zu werfen, wo man Spuren jenes grünen Pulvers entdecken konnte, mit dem man seit einiger Zeit versuchte, den nagenden Untermietern des Gebäudes den Garaus zu machen; die Pelztierchen hatten sich allerdings so sehr an das Zeug gewöhnt, dass sie es mittlerweile als Naschwerk betrachteten.

Rod, ein intelligenter, humorvoller Mann, war in all den Jahren immer mein Lieblingssupervisor gewesen; er war sehr aufgeschlossen, hatte immer ein offenes Ohr und verfügte über ein sicheres Urteilsvermögen. Unzählige Male hatte er mich dadurch, dass er meine Fälle mit mir ruhig und sachlich durchsprach, vor übereilten Aktionen bewahrt. Sowohl seine freundschaftliche Unterstützung als auch sein enormes Wissen waren für mich von unschätzbarem Wert.

Ich organisierte mir einen Stuhl und rückte ihn neben John Logan; während ich meinen fettarmen Joghurt öffnete, packte er ein köstlich duftendes Sandwich aus.

Wir begrüßten einander, während Rod und Pat die Tagesordnungspunkte bekannt gaben und auf die letzten Nachzügler warteten. »Haben Sie schon von dem Überfall auf die junge Ärztin gehört?« erkundigte sich Logan. »Welche Auswirkungen hat das auf Ihren aktuellen Fall?«

»Oh, falls Sie jemanden kennen, der bereit ist, beide Taten zu gestehen, sagen Sie mir bitte Bescheid. Dann bin ich aus dem Schneider.«

»Gern«, erwiderte Logan grinsend.

Rod wollte allmählich anfangen. »An die Arbeit, Leute. Wir

haben keine Zeit zu verlieren, zumal Alex demnächst mit Chapman in die Flitterwochen aufbricht.«

Einige Köpfe flogen herum; alle waren gespannt auf meine Reaktion – wie gewöhnlich brodelte es natürlich auch diesmal in der Gerüchteküche. Aber ich kannte Rods Scherze und tat ihm nicht den Gefallen, rot anzulaufen.

»Schön jedenfalls, Alex, dass du trotzdem noch zu unserem Meeting gekommen bist. McKinney sagte, er sei nicht sicher, ob du überhaupt noch hier arbeitest.«

»Sein übliches Wunschdenken, Rod«, erwiderte ich und warf Pat ein aufreizendes Lächeln zu.

Rod ging zum ersten Tagesordnungspunkt über; es ging darum, eine andere Lösung für die Anklagevernehmungen zu finden, die zwischen Mitternacht und acht Uhr morgens stattfanden. In der Vergangenheit waren diese Vernehmungen von ganz jungen Assistenten durchgeführt worden, doch in den letzten Monaten hatte sich diese Praxis als viel zu langsam und unproduktiv erwiesen, so dass wir nun gezwungen waren, über ihren Sinn nachzudenken. Während die unterschiedlichsten Meinungen durch den Raum schwirrten, war ich mit meinen Gedanken ganz woanders; ich überlegte, was Mercer während meiner und Mikes Abewesenheit am sinnvollsten tun konnte.

Gegen halb drei löste Rod die Sitzung auf und rief mich zu sich, um mir mitzuteilen, er sei im Mid-Manhattan-Fall auf einen weiteren Verdächtigen gestoßen. Er überreichte mir einen Stapel Unterlagen, die ihm ein Staatsanwalt aus Detroit zugeschickt hatte.

»Hast du schon einmal von einem Arzt namens Thangavelu gehört?«

»Nein, noch nie gehört. Wer ist das?«

»Ein Arzt, dem vorgeworfen wurde, während einer vaginalen Untersuchung an einer Patientin Cunnilingus praktiziert zu haben. Er wurde rechtskräftig verurteilt, doch ein Berufungsgericht in Michigan verwarf das Urteil; die Richter kamen zu dem Schluss, dass die Staatsanwaltschaft niemals zweifelsfrei widerlegt habe, dass die von dem Arzt praktizierte ›Untersuchungsmethode‹ nicht doch ein sinnvoller Bestandteil der Behandlung hätte sein können. Ich kann dir nur eines raten, Alex: Falls es dir in Michigan irgendwann mal schlecht geht, fahr in jedem Fall noch über die Grenze nach Ohio. Stell am besten möglichst bald fest, ob sich dieser Typ in New York aufhält und sich im Mid-Manhattan eingenistet hat.«

»Danke für den Tip, Rod, du bist mir wie immer eine große Hilfe. Dieser Fall ist mir und Sarah bei unserer Recherche ganz offensichtlich durch die Lappen gegangen. Ich kümmere mich darum, sobald ich wieder aus England zurück bin.«

Nachdem ich Laura die letzten Anweisungen gegeben und sämtliche Rückrufe erledigt hatte, blieb mir nur noch eine Stunde. Sarah schaute noch kurz vorbei und versicherte mir, dass sie in den folgenden Tagen die Stellung halten werde.

Ich packte die Fotos vom Tatort zusammen, und außerdem noch einige der Polizeiberichte sowie das Video, das Bob Bannion von Gemma Dogens Büro aufgenommen hatte. Vielleicht kamen Inspector Creavey oder Geoffrey Dogen neue Ideen, wenn sie die blutige Szene unvoreingenommen betrachteten.

»Ich glaube, auf dem Gang hat gerade Ricky Nelson 'nen Auftritt«, bemerkte Sarah und streckte den Kopf zur Tür hinaus. Und tatsächlich: Chapman brachte Laura und Rods Sekretärin zu deren großem Entzücken mit breitestem Grinsen ein Ständchen zur Melodie des »Traveling Man« dar. Die Zuhörerinnen waren zutiefst beglückt.

»Als ich meiner Mutter erzählt habe, dass Alex Cooper mich mit nach London nimmt, glaubte die alte Dame doch glatt, ich wolle sie verschaukeln. Sie hat mich förmlich angefleht, auf dem Rückweg 'nen Zwischenstop in Dublin einzulegen und die ganze Sippschaft zu besuchen. Was hältst du davon, Blondie?«

»Warum nicht?«

»Zumindest musste ich ihr versprechen, dass ich versuche, dich zum Konvertieren zu bewegen. Vielleicht binge ich dich auch dazu, dem Dewar's abzuschwören und Gefallen am guten alten irischen Whiskey zu finden. Das ist also mein Ziel, Ladies. So, Blondie, und jetzt her mit deinem Gepäck; unten wartet schon Mercer.« Mike folgte mir in mein Büro, um meinen Koffer abzuholen. »Wie lautet deine Schätzung, Sarah? Wie oft wird sich die gnädige Dame in den kommenden zweiundsiebzig Stunden umziehen? Wie viele Paar Schuhe hat sie wohl eingepackt? Wenn ich mir mit dem Gepäck 'nen Bruch hebe, beantrage ich jedenfalls Frührente.«

Chapman hob meinen Koffer an, packte mit der anderen Hand Sarahs Arm und zog sie in Richtung Lift. Er flüsterte ihr etwas ins Ohr, woraufhin sich ihr Gesichtsausdruck veränderte und sie die Hand vor den Mund schlug. Ich bildete mir ein, Maureens Namen gehört zu haben.

»Was ist los?«

»Geht dich nichts an, Coop. Gar nichts ist los. Ich hab' nur vergessen, ihr was zu sagen. Komm, wir müssen jetzt gehen.« Die Türen des Lifts glitten auf, und der rote Pfeil in Richtung Erdgeschoß leuchtete auf.

Mein Blick wanderte von seinem zu ihrem Gesicht, aber ich konnte mir keinen Reim machen. »Ging es um Maureen?«

»Das hätte ich dir doch gesagt, oder etwa nicht? Los, komm, wir müssen uns beeilen.«

Ich folgte ihm in den Aufzug, und im nächsten Augenblick schlossen sich die Türen hinter uns.

21

Mercer parkte vor dem Gebäude und erwartete uns bereits mit geöffnetem Kofferraumdeckel. Ich schob zwei alte Krawatten, eine halb offen stehende Sporttasche, aus der schmutzige Klamotten quollen, und eine verbeulte Baseball-Mütze beiseite, damit ich auf dem Rücksitz Platz nehmen konnte.

Über das Gewirr holpriger Highways steuerten wir in Richtung Kennedy Airport.

»Was gibt's Neues in den beiden Fällen von gestern Nacht?«

»Die Assistenzärztin hängt noch immer an den Maschinen, aber es sieht nicht gut für sie aus. Bislang gibt's noch keine Verdächtigen. Und die Sache im Metropolitan sieht wie ein missglückter Einbruch aus.«

»Ist irgend etwas gestohlen worden?«

»Nichts von Belang. Der Täter könnte die Medikamentenausgabestelle im Visier gehabt haben, um sich Drogen und Spritzen zu beschaffen, hat es aber nicht bis dahin geschafft. In der Verwaltung hatte er nur mäßigen Erfolg. Etwas Bargeld fehlte, und Dutzende Personalakten waren im Raum verstreut.«

»In diesem Punkt herrscht noch Unklarheit. Der Typ hat auf die Unterlagen geschissen; deshalb konnte sich noch niemand den … ähm … richtigen Durchblick verschaffen.«

»Bitte erspart mir Einzelheiten.«

»Gerne.«

Der Berufsverkehr lief so zäh wie gewöhnlich, und die letzte Meilen, bevor die riesigen Frachtabfertigungshallen in Sicht kamen, legten wir im Schritttempo zurück. Nachdem wir den Terminalbereich erreicht hatten, beschleunigte sich der Verkehr wieder, und als Mercer unvermittelt vor der Flughafenkapelle in die Bremsen stieg, konnte ich mich nur mit Mühe am Vordersitz abstützen. Hunderte von Malen war ich schon an dem kleinen, unscheinbaren Gebäude vorbeigefahren, hatte es jedoch noch nie betreten.

»Coop und ich warten gern im Wagen, während du ein Stoßgebet gen Himmel schickst.«

»Mann, verscheißer mich nicht.« Chapman litt unter schrecklicher Flugangst, gab es aber nicht gern zu.

»Ich mein' doch gar nicht den Flug – da wird der Pilot sich schon Mühe geben. Nein, nur damit in England alles glatt läuft.«

Mercer fuhr wieder an und nahm die Ausfahrt, die zum American Airlines-Terminal führte.

Er wartete, bis Mike meinen Koffer aus dem Wagen gehievt hatte, dann ließ er die Bombe platzen. »Der Lieutenant hat mich vorhin wegen der Laborergebnisse hinsichtlich der Pralinen von Maureens geheimem Bewunderer angerufen.«

Ich warf Mike einen kurzen Seitenblick zu und wusste, dass er deshalb mit Sarah getuschelt hatte.

»Kirschen im Schokomantel – gekrönt mit einem Hauch Borsäure. Irgendein Verrückter hat das Zeug mit einer haarfeinen Nadel eingespritzt, die kaum eine Einstichstelle hinterlassen hat.«

Als ich den Mund öffnete, packte Mercer mit beiden Händen mein Gesicht und sah mir direkt in die Augen. »Es ist alles in Ordnung, Alex. Maureen ist nichts passiert, hörst du? Genau aus diesem Grund haben wir Maureen ja eingeschleust – um den Mörder auf den Plan zu rufen.«

»Aber …«

»Kein Aber. Du hast gestern Abend selbst mit Maureen gesprochen. Du hast dich selbst davon überzeugen können, dass es ihr gutgeht. Und jetzt steigst du in das Flugzeug und erledigst deinen Job.«

»Aber ich kann doch nicht …«

»Schau mich noch mal an, Mädchen. Willst du mir damit etwa sagen, du traust mir nicht zu, dass ich mich um Maureen kümmere?«

Langsam schüttelte ich den Kopf.

»So, und jetzt geh, Coop, ich hasse lange Abschiede.«

Mike und ich verschwanden im Terminal. Dann erklärte mir Mike, dass es Mercers Idee gewesen sei, mir diese Neuigkeit erst so spät wie möglich mitzuteilen. Ich litt, weil ich jetzt nicht bei Mo sein konnte, aber andererseits wusste ich, dass sie die richtige Entscheidung getroffen hatten.

Für Flüge nach Europa herrschten strenge Sicherheitsmaßnahmen, und es dauerte Ewigkeiten, bis unsere Pässe und Tickets geprüft, unser Gepäck durchleuchtet und die Sitzplätze vergeben waren.

»Wir haben noch eine halbe Stunde Zeit, lass uns hoch in den Admiral's Club gehen.« Mike folgte mir den Gang entlang und in den Aufzug, der uns zu der privaten Lounge brachte. Ich zeigte der Dame am Eingang meine Mitgliedskarte, während Mike das nächste Telefon ansteuerte, um sich ein letztes Mal in seinem Büro zu melden. Als sich das Paar vor mir umdrehte, erkannte ich überrascht den elegant gekleideten Herren, der gerade sein Ticket in der Tasche verstaute und im selben Moment auch mich entdeckte.

»Beruflich oder privat, Alex? Wohin geht die Reise?« Justin Feldman begrüßte mich mit einem Kuss auf die Wange.

Justin war ein hervorragender Strafverteidiger und Fachmann auf dem Gebiet Finanzwesen und Wertpapierhandel, was zur Folge hatte, dass er sich gewöhnlich in der etwas feineren Atmosphäre der Bundesgerichte anstatt in unseren Niederungen bewegte.

»Nach London«, antwortet ich. »Diesmal allerdings rein beruflich. Glückwunsch übrigens zu dem, was ich letzten Monat im *American Lawyer* gelesen habe – eine Auszeichnung als einer der zehn besten Finanzanwälte des Landes, wirklich nicht schlecht.«

»Falls du dich eines Tages entschließt, das Lager zu wechseln, wirst du mich im Handumdrehen aus diesen Rängen verdrängen. Darf ich dir meine Mitarbeiterin vorstellen, Susan LaRossa.«

Susan war einige Jahre jünger als ich, doch mir war schon zu Ohren gekommen, dass sie außergewöhnlich talentiert war. Wir begrüßten uns, plauderten anschließend über gemeinsame Bekannte und verabredeten uns zu einem Lunch nach unserer Rückkehr.

»Und wohin geht eure Reise?«

»Nach Paris. Ein Kurztrip für einen Kunden, der in den

Bankskandal verwickelt ist, den dein Boss hat auffliegen lassen. Jedenfalls sorgt Battaglia dafür, dass wir nicht arbeitslos werden. Diesmal kann es Susan und mir sogar passieren, dass wir zur Abwechslung mal einen Strafprozess durchfechten müssen.«

Die Angestellte der Fluggesellschaft gab mir meine Mitgliedskarte zurück, und wir schlenderten in die Lounge. »Dein Name ist übrigens gestern in einer Besprechung gefallen, die ich bei Milbank hatte. Worum ging es da noch? Ach ja, natürlich …«

Ich biss mir auf die Unterlippe; so etwas wie Geheimnisse gab es in New York nicht.

»Offensichtlich hat sich Drew Renaud Hals über Kopf in dich verliebt. Ihr habt euch kürzlich kennen gelernt, stimmt's? Nun ja, seine Partner sagen, sie hätten ihn nach dem Tod seiner Frau nicht mehr so glücklich und ausgeglichen gesehen.«

»Wir kennen uns noch nicht mal richtig, ehrlich. Ich bin sicher, dass es viel zu früh ist, um …«

»Er ist ein großartiger Mensch, Alex – intelligent und verlässlich. Ach ja, jetzt fällt mir auch wieder ein, wie wir darauf kamen. Es ging um den Wahnsinnszufall und die misslichen Umstände, durch die Susan und ich zu unserem aktuellen Fall gekommen sind. Drews Partner meinte, er habe schon von den seltsamsten Wirren des Schicksals gehört, aber eine so verrückte Sache wie die mit dir, Drew und den Mordfallermittlungen sei ihm noch nicht untergekommen.«

Ich blieb stehen und sah Justin fragend an. »Welche ›verrückte Sache‹ meinst du?«

»Na, das mit Drews Frau und den Umständen ihres Todes.« Justins Lächeln war schlagartig verschwunden, während Susan meinem Blick auswich und auf den Boden starrte.

»Es war Krebs, nicht wahr? Sie starb doch an einem Gehirntumor, oder?« Ich sah keinen Zusammenhang, aber Justin wusste ganz offensichtlich mehr als ich. »Die ermordete Ärztin … der Fall, den du im Augenblick leitest – entschuldige, mir ist ihr Name entfallen.«

»Gemma Dogen.«

»Ja, richtig: Nun, wir dachten, du wüsstest Bescheid. Carla Renaud starb auf ihrem Operationstisch. Drew hatte sie nach London gebracht, weil dort eine neue Operationsmethode entwickelt worden war. Ein kompliziertes Verfahren, das von den besten Neurochirurgen durchgeführt wurde. Dogen wurde eigens eingeflogen, um bei der Operation zu assistieren. Carla starb sozusagen unter Gemma Dogens Händen, noch während des Eingriffs.«

Mein Kopf begann sich zu drehen; ein Gedanke jagte den anderen. Hatte Drew Joan Stafford *vor* oder *nach* dem Mord an Gemma Dogen gebeten, uns miteinander bekannt zu machen? War in einer unserer Unterhaltungen der Name der Ermordeten gefallen, und wenn ja, wer hatte das Gespräch auf die Sache gebracht – Drew oder ich? Warum hatte er mir von alledem nichts erzählt – wo es doch um die grausamste, traumatischste Erfahrung seines Lebens ging?

»Tut mir leid, Alex, wenn es dich unvorbereitet getroffen hat. Wir haben uns alle so darüber gefreut, dass ihr beiden zusammen seid. Und dann musste dieser schreckliche Mord dazwischenkommen.«

»Er ist nicht dazwischengekommen, Justin. Gemma Dogen war bereits tot, als wir uns kennen lernten.«

Warum hatte Drew mich kennen lernen wollen? Ging es um *mich*, oder war es nur, weil ich die Ermittlungen leitete? Hatte er Gemma Dogen gehasst? Hatte er ihr die Schuld am Tod seiner Frau gegeben?«

»Bitte entschuldigt mich, ich bin etwas durcheinander. Ich muss noch schnell einen Anruf erledigen, bevor wir an Bord gehen.«

»Ich habe dich ganz offensichtlich aus der Fassung gebracht, Alex. Es tut mir sehr leid ...«

»Schon gut, Justin. Schön, Sie kennen gelernt zu haben, Susan. Hoffentlich sehen wir uns bald mal wieder.«

Ich steuerte auf eine leere Sitzgruppe im äußersten Winkel des Raumes zu, griff nach dem Telefonhörer und wählte die Nummer von Joans Wohnung. Nur der Anrufbeantworter. »Bitte, heb schon ab, Joan. Ganz egal, ob du schreibst oder auf der anderen Leitung sprichst, Joan, es ist sehr wichtig, ich muss dich unbedingt sprechen. Gleich hebt der verdammte Flieger ab, und ich muss dich noch etwas Dringendes fragen. Joannie, bitte geh ran, ich mache wirklich keinen Witz.«

Ich wartete noch einige Sekunden, aber nichts passierte. Wenn Joan in Hörweite gewesen wäre, hätte sie abgehoben. »Wenn dich diese Nachricht in der nächsten Viertelstunde erreicht, kannst du mich noch über den Pager erreichen«, flehte ich in den Hörer.

Im nächsten Moment wurde unser Flug aufgerufen. Ich sah, wie Mike in der anderen Ecke des Raumes in die Telefonmuschel lachte, und ich wusste, dass wir bis zum Gate noch ein gutes Stück laufen mussten und die Sicherheitskontrolle zu passieren hatten. Zuerst warf ich einen Blick auf meine Uhr und betrachtete dann die Nummer von Drews Hotel, die ich auf den Ticketumschlag gekritzelt hatte. Ich rief in San Francisco an. Dort war es früher Nachmittag, und die Wahrscheinlichkeit, dass ich ihn noch in seinem Zimmer erwischte, war mehr als gering. Chapman hatte unterdessen aufgelegt und hielt nach mir Ausschau. Nachdem er mich erspäht hatte, winkte er mir zu und bedeutete mir, mich zu beeilen.

Die Vermittlung stellte mich zu Drews Zimmer durch. Nachdem es zwölfmal geklingelt hatte, wurde ich gefragt, ob ich eine Nachricht hinterlassen wolle. Doch ich hatte keine Ahnung, was ich sagen sollte. Eigentlich wollte ich, dass *er* mir die Dinge erzählte, ohne dass ich ihn danach fragte. Bevor ich mit Drew sprach, wollte ich wissen, was Joan über die Sache wusste. Ich wollte wissen, welche Gefühle er in den zwei Jahren seit dem tragischen Tod seiner Frau gegenüber Gemma Dogen genährt hatte. »Nein, ich möchte keine Nachricht hinterlassen. Ich melde mich später noch einmal.«

Ich griff nach meiner Handtasche und stieß zu Mike, der mich am Ausgang erwartete. »Alles klar?« fragte er. »Du siehst aus, als hätte dir gerade jemand einen Kinnhaken verpasst.«

»Komm, wir müssen uns beeilen.« Wir drängten uns in den überfüllten Aufzug, und quetschten uns, unten angekommen, durch die Menschenmengen vor den Abfertigungsschaltern. Vor der Sicherheitskontrolle reihten wir uns in die Schlange ein.

»Was ist los, Blondie?«

Ich nahm mein soeben durchleuchtetes Handgepäck vom Laufband und berichtete Mike auf unserem Weg zum Gate in knappen Worten, was ich wenige Minuten zuvor erfahren hatte.

»Betrachte es als das, was es ist: purer Zufall.«

»Du glaubst doch genauso wenig an Zufall wie ich.«

»Du siehst zu viele Filme, Blondie.« Grinsend schüttelte Chapman den Kopf. »Was stellst du dir denn vor? Dass dein neuer Lover Dogen umgebracht hat? Und dann, einen Tag später, bittet er deine beste Freundin, euch miteinander bekannt zu machen. Du verliebst dich in ihn, ihr schlaft miteinander ...«

»Wir haben nicht miteinander geschlafen.«

»Ach was? Habt ihr nicht? Na, kein Wunder, dass er dich noch nicht umgebracht hat. Zuerst will er sehen, wie du im Bett bist, und dann bringt er dich um die Ecke, damit du ihm nicht auf die Schliche kommst.«

»Hört sich ziemlich albern an.«

»Kann man wohl sagen. Deshalb spreche ich aus, was du nur denkst. Glaubst du denn wirklich, dass ein Spitzenanwalt, der vor zwei Jahren seine Frau verloren hat, Dogen mitten in der Nacht in ihrem Büro niedersticht? Und weshalb sollte er dich – mal abgesehen von deinen weiblichen Reizen – unbedingt kennen lernen wollen, bevor er dich um die Ecke bringt, so dass du den Fall nicht mehr lösen kannst? Ich weiß, was du jetzt denkst, aber ich sage dir, dass es Quatsch ist. Vielleicht will er nicht über seine verstorbene Frau sprechen. Vielleicht erinnert er sich nicht mal an Namen der Ärztin.«

»Vielleicht, vielleicht, vielleicht. Ich will die Antworten wissen. Ich hasse Ungewissheiten und seltsame Zufälle.«

»Du hasst alles, was sich deiner Kontrolle entzieht. Jetzt beruhige dich erst mal und vergiss die ganze Sache, bis wir wieder zurück sind.«

Wir waren beinahe am Ende des ewig langen Flurs angekommen, und ich sah, dass die Passagiere an Gate 20 bereits einstiegen. »Geh du vor, Mike, ich versuch's noch einmal bei Joan. Bitte.«

Ich machte an dem öffentlichen Fernsprecher halt, wählte Joans Nummer und hörte im selben Augenblick den letzten Aufruf für unseren Flug. Mike deutete auf eine Frau – wahrscheinlich eine Flughafenangestellte, die sich um verspätete Passagiere kümmerte. Die letzten Nachzügler zeigten ihre Tickets vor und gingen an Bord. Mike drückte ihr seinen Flugschein in die Hand, drehte sich um und spurtete zurück zu mir, während ich Joan noch einmal anflehte, an den Apparat zu gehen. Aber sie war immer noch nicht zu Hause, und ich bat sie, mich am nächsten Tag in Cliveden anzurufen.

Mike hob meine Handtasche auf, die ich achtlos hatte fallen lassen, packte mich entschlossen am Ellenbogen und schleppte mich zu der Dame vom Bodenpersonal. »Sie will deine Bordkarte sehen.«

Ich reichte sie ihr; sie gab mehrere Nummern in den Computer ein, dann strich sie die Sitzplatznummer durch und trug eine neue ein. Die Bordkarte wanderte hinüber zu ihrer Kollegin, die sich um die Nachzügler kümmerte und uns zu unserer Maschine führte. Doch anstatt uns nach rechts zu leiten, wo sich die Passagiere in der Touristenklasse drängten, winkte sie uns nach links. »Sie sitzen in der ersten Klasse – auf den Plätzen 2A und 2B. Ich wünsche Ihnen einen angenehmen Flug.«

»Ich traue mich kaum zu fragen, wen du dafür bestochen hast. Hast du etwa jemandem deine Polizeimarke unter die Nase gehalten?« Immerhin konnte ich schon wieder lächeln. »Oder hast du eine Stewardess becirct?«

»Du hast ja eine nette Meinung von mir, Blondie. Ich dachte, du würdest dich über die kleine Überraschung freuen. Erinnerst du dich an Charlie Bardong?« Charlie war früher Lieutenant und arbeitete inzwischen als Privatdetektiv. Wir kannten ihn beide gut. »Seine Frau ist beim Special Service der American Airlines. Ich hab' sie heute Vormittag angerufen, und sie meinte, falls in der ersten Klasse noch Plätze frei seien, wäre das kein Problem. So, und jetzt lach mal, Coop. Nach ein paar Cocktails habe ich meine Flugangst vergessen, und du denkst nicht mehr an Lew …«

»Drew.«

»Wie er auch immer heißen mag. Du solltest jedenfalls keine Gespenster sehen, wo gar keine sind. Die Verwirrung ist ohnehin groß genug.«

Die zwölf Plätze der ersten Klasse waren nur zur Hälfte besetzt. Ich nahm den Sitz am Fenster, zog einige Zeitschriften aus meiner Tasche, tauschte meine Pumps gegen die flachen Slipper aus dem Handgepäck aus und machte es mir mit der Decke und dem kleinen Kissen bequem. Mike bestellte mir einen Dewar's und sich selbst einen doppelten Jameson's.

Als das Flugzeug die endgültige Höhe erreicht hatte, blickte ich hinaus in den dunklen Himmel. Wir waren schon beim zweiten Drink und diskutierten über die unterschiedlichen Menüs. Der Alkohol übte seine entspannende Wirkung auf mich aus, und langsam ebbte meine Aufregung über die Umstände meines Zusammentreffens mit Drew ab. Nach meiner Rückkehr nach New York würde ich die Sache in Ruhe klären. Für den Augenblick fand ich Gefallen daran, zehntausend Meter über der Erde zu schweben und außer Reichweite von Pagern und Telefonen zu sein. Ich genoss meine fliegende Isolationszelle.

Während des Essens quasselte Mike in einem fort. Er erzählte von alten Fällen, von Pannen und witzigen Erlebnissen mit alten Kollegen, von Morden, die nie aufgeklärt worden waren, und von Opfern, die man nie identifiziert hatte. Als das Dessert und der Cognac serviert wurden, war es kurz vor zehn, und irgendwo östlich von Grönland kuschelte ich mich in meine Decke.

»Wenn du dir aussuchen könntest, jemand anders zu sein, für wen würdest du dich entscheiden?«

»Was?«

»Stellst du dir nie vor, jemand anders zu sein?« wollte Mike wissen. »Nenn mir drei Personen, tote oder lebende, in deren Haut du gerne schlüpfen würdest. Aber verschon mich bitte mit Mutter Therea, Albert Schweitzer oder ähnlichen Wohltätern. Ganz ehrlich, mir wem würdest du gerne tauschen?«

Mit angezogenen Knien, den Cognacschwenker in beiden Händen, dachte ich über meine Antwort nach. »Am allerliebsten – Shakespeare.«

»Ehrlich? Darauf wäre ich nie gekommen.«

»Ich kann mir nicht vorstellen, wie ein Mensch sich all das ausdenken konnte – die Sprache, die Themen, die Bilder, die Vielfalt der Worte und Ideen. Noch lieber wäre ich vielleicht Mrs. Shakespeare gewesen; dann hätte ich mir abends von ihm erzählen lassen, was er tagsüber geschrieben hat, und hätte ihm Inspirationen für sein Werk geliefert. Ich glaube, kein anderer Schriftsteller hat je Sprache wunderbarer zum Einsatz gebracht.«

»Magst du alles von ihm? Ich meine, hast du alles gelesen?«

»Nein, nicht alles, aber meine Lieblingswerke habe ich mehrmals gelesen. Hauptsächlich die Tragödien. Ich liebe seine Tragödien.« Ich hob den Kopf und sah Mike an. »Glaubst du, mit mir stimmt irgendwas nicht? Ich meine, weil ich so gerne Tragödien lese? Und ständig mit Morden zu tun habe, und überhaupt mein Job …«

»Stellst du dir diese Frage zum ersten Mal?«

»Nein, aber an machen Tagen bin ich mir wirklich nicht so sicher. Aber wer würdest du gerne sein?«

»Neil Armstrong. Der erste Mensch auf dem Mond. Der Gedanke, ein Pionier in einer ganz und gar neuen Welt zu sein und …«

Ich schüttelte den Kopf. »Schlechte Antwort. Du mit deiner Flugangst könntest unmöglich Astronaut sein.«

»Ich will nur der Mensch sein, der zuerst den Mond betreten hat. Ich hab' nicht gesagt, dass ich gerne in einer Rakete fliegen würde oder …«

»Das ist aber nicht logisch. Es gibt nur einen Weg, um auf den Mond zu kommen, und dafür kämst du niemals in Frage. Der Flug ist viel zu lang, und außerdem gibt's da keinen Alkohol. Nächster Vorschlag.«

»Okay.« Mike dachte einen Augenblick lang nach. »Meine zweite Wahl ändert sich von Zeit zu Zeit, je nachdem, wessen Biographie ich gerade lese. Normalerweise ist's der Herzog von Wellington, ein großer Militärstratege, der Planer von Waterloo. Und manchmal ist's auch Napoleon – vor Waterloo, versteht sich. Und manchmal wäre ich sogar gerne Hannibal gewesen, der mit seinen Elefanten die Alpen überquert hat. Aber du siehst, worum es mir im Grunde geht: ein großer General zu sein, ein Feldherr, der seine Truppen in den Kampf führt. In den Stiefeln sterben und so. Und du? Wer ist deine zweite Wahl?«

»Eine Balletttänzerin – eigentlich keine große Überraschung.« Ich warf einen Blick auf meine Uhr und seufzte. »In diesem Moment sitzt jemand anders auf meinem Platz im Theater und genießt Kathleen Moores Auftritt. Diese Kunstform erlaubt nicht den geringsten Patzer; das Publikum sieht jeden Ausrutscher, jeden falschen Schritt. Zu gerne hätte ich die Grazie, die Anmut einer Ballerina. Am allerliebsten wäre ich Natalia Makarova. Aber mir geht es wie dir – manchmal schwanke ich. Dann wäre ich gerne Ferri oder Kent oder Moore. Ich würde gerne tanzen wie in einem Traum und mich in der Musik verlieren. Und weißt du was? Selbst beim Ballett mag ich die Tragödien am liebsten. Muss ich mir Sorgen machen?«

»Dafür ist es schon zu spät, fürchte ich. Hast du jemals eine Hauptrolle getanzt – in der Schule, meine ich?«

»Nur die Königin der Wilis, das ist mein Schicksal. Für die Odile, die Ophelia oder die Prinzessin der Morgenröte hat's nie gereicht.«

»Wer sind die Wilis? Hab' ich noch nie gehört.«

»Die Jungfrauen in *Giselle,* die an unerwiderter Liebe gestorben sind. Endlose Reihen von ihnen schweben in langen, weißen Tüllröcken über die Bühne. Im zweiten Akt tanzen sie euch Herzensbrecher in den Tod. Zur nächsten Aufführung nehme ich dich mit. Und was wäre dein nächster Wunsch?«

»Joe DiMaggio. Manchmal vielleicht auch Babe Ruth oder der alte gute Mick, aber Joe war ein Baseball-Star *und* hatte Marilyn Monroe. Ich war übrigens im Stadion, als die Yankees die Series gewonnen haben. Ich wäre in die Haut eines jeden von ihnen geschlüpft – Bernie Williams, Derek Jeter. Ich hätte dem Teufel meine Seele verkauft, wenn ich an Wade Boggs' Stelle die Stadionrunde hätte laufen können. Was für ein großartiger Augenblick.«

»Nicht zu vergessen Andy Pettitte. Der ist ein richtig toller

Typ. Also ehrlich, wenn du Andy Pettitte oder Derek Jeter wärst, hätte ich vielleicht sogar Interesse an dir.«

»Okay, letzte Runde. Wer darf's jetzt sein?«

»Klarer Fall: Tina Turner. *Nach* der Trennung von Ike, wohlgemerkt.«

»Ich kann's kaum fassen, Blondie.«

»Erinnerst du dich an die Private Dancer Tour im Jahr 1985? Als sie im Madison Square Garden die schwindelerregend hohe Treppe ganz von oben runterkam? Mit ihrer Wahnsinnsmähne, den endlos langen Beinen, dem ultrakurzen Minirock und den irren Stiletto-Absätzen? Und dabei sang sie ›What's Love Got to Do with It‹. Ehrlich, an dem Abend wäre ich dafür gestorben, wenigstens eine ihrer Chorsängerinnen zu sein. Nina hat mir das Konzert auf Video aufgenommen, und immer, wenn ich Depressionen habe, lege ich das Band ein. Danach geht's mir wieder gut. Also, ich will Tina sein.«

»Damals, bei Battaglias Jubiläumsfete, hast du 'ne richtig tolle Imitation von ihr hingelegt – für 'ne Weiße, versteht sich. Ich dachte, Battaglia würde die Kinnlade runterklappen, als er dich so sah.«

»Himmel, sag mir bitte nicht, dass er zu dieser Uhrzeit noch da war? Ich dachte, er wäre längst gegangen. Ich hatte keine Ahnung, dass er das noch gesehen hat.«

»Mit Tina Turner liegst du gar nicht mal so schlecht, Coop. Die einzige Braut der Welt, die fast genauso gute Beine wie Tina hat, ist deine alte Dame. Nur an deiner Stimme müssen wir noch arbeiten.«

»Und deine dritte Wunschperson?« fragte ich lächelnd.

»Ein berühmter Regisseur. Vielleicht Hitchcock, Spielberg oder Truffaut. Ich bewundere ihre Kreativität. Geschichten auf die Kinoleinwand bringen, ihnen Leben einhauchen, Millionen von Menschen unterhalten, wieder und wieder. Sich Sagas ausdenken, Personen erfinden. Es dürfte auch Carlo Ponti sein.«

»Was? Der führt auch Regie? Ich dachte, er sei Produzent.«

»Wie auch immer. Abends geht er jedenfalls mit Sophia Loren ins Bett, das ist ja auch nicht schlecht.«

»Kann sein. Jedenfalls haben mich deine Wünsche überrascht. Sie sind ausgefallener, als ich dachte.«

Wenigstens eine Zeit lang hatten Mike und ich über der Unterhaltung unsere Sorgen vergessen. Inzwischen waren wir weiter weg von zu Hause, als wir es noch vor ein paar Tagen für möglich gehalten hatten, doch den Antworten auf die vielen Fragen waren wir noch nicht nähergekommen. Das mit den Schafen hatte bei mir noch nie funktioniert, also schloss ich die Augen und zählte Wilis, bis mich der Schlaf überkam.

22

Nachdem wir in Heathrow die Passkontrolle hinter uns hatten, hielten wir in dem Schilderwald, den die grau uniformierten Fahrer hinter den Absperrungen in die Höhe streckten, Ausschau nach unserem Schild, auf dem CLIVEDEN stehen musste. Nachdem ich es entdeckt hatte, winkte Mike dem Mann zu, der es über seinen Kopf gestreckt hielt. Er kam rasch auf uns zu und übernahm unser Gepäck. Dann führte er uns aus dem Terminal heraus, geradewegs auf einen eleganten Jaguar zu.

Arthur, so hieß unser Fahrer, lud unser Gepäck in den Kofferraum und öffnete uns die beiden hinteren Türen.

»Nicht schlecht, Coop. Ich glaube, hier gefällt's mir. Ist das Ihr Wagen, Arthur?« erkundigte sich Mike, während unser Fahrer am Steuer Platz nahm.

»Leider nein, Sir. Alle Wagen gehören zum Landsitz Cliveden. Es sind ausschließlich Jaguars.« Auf seine britische Art betonte er jede der drei Silben der noblen Automarke mit größter Sorgfalt.

In der Morgendämmerung machten wir uns auf die halbstündige Fahrt zum Hotel. Auf der A4, die um London herumführte, herrschte bereits dichter Berufsverkehr, doch als wir nahe Buckinghamshire auf eine schmale Landstraße abbogen und durch Felder, Dörfer und Wälder fuhren, hatten wir den Eindruck, um ein oder zwei Jahrhunderte zurückversetzt worden zu sein.

Während der Fahrt gab uns Arthur einen Überblick über die Geschichte des Landsitzes. Er berichtete, dass Cliveden im Jahr 1666 vom Herzog von Buckingham erbaut worden war; auf beinahe vierhundert Morgen Land erstreckten sich die Haupt- und Nebengebäude, die Gartenanlagen sowie die wunderschöne Parklandschaft. Im Lauf seiner Geschichte hatten auf dem prachtvollen Landsitz viele politische wie gesellschaftliche Ereignisse stattgefunden, und er war im Besitz mehrerer Herzöge, eines Prinzen von Wales sowie der Familie Astor gewesen, bevor er in den Achtzigern unseres Jahrhunderts vom National Trust erworben wurde.

»Netter Ort für ein Kongresszentrum«, bemerkte Chapman.

Arthur schnitt eine Grimasse in den Rückspiegel. »Wir sind ein Hotel, Sir. Und zwar ein ganz besonderes. Einmal im Jahr steigt der Innenminister bei uns ab. Und nicht allzu selten richtet der Premierminister bei uns Bankette für ausländische Staatsgäste aus.« Arthur wandte den Kopf, um die Wirkung seiner Worte zu beobachten. »Ende des Monats findet hier die Hochzeit eines Mitglieds der Königlichen Familie statt. Und dann geht's mit Ascot und Wimbledon weiter.«

»Sag nur Bescheid, wenn du noch ein bisschen länger hierbleiben willst. Ich bin sicher, dass Battaglia mit Vergnügen die Kosten übernimmt«, bemerkte ich an Mike gewandt, während Arthur den Wagen vor dem beeindruckenden Portal parkte.

Im selben Augenblick erschienen mehrere Pagen, allesamt in dunkel gestreiften Hosen, Gehröcken und weißen Handschuhen. Zwei von ihnen öffneten uns diensteifrig den Schlag.

Ein weiterer livrierter Hotelangestellter, bebrillt und kleiner als ich, deutete mir gegenüber eine Verbeugung an, schüttelte Mikes Hand und hieß uns in Cliveden willkommen. Sein Name war Graham. In seiner kurzen Begrüßung teilte er uns mit, dass wir hier als »Gäste des Hauses« und nicht als Kunden betrachtet würden. Und das bedeutete: keine Anmeldeformalitäten, keine Unterschriften bei den Mahlzeiten, weder Zimmerschlüssel noch verschlossene Türen.

»Ihr Büro hat alles für Sie arrangiert, Mrs. Cooper. Wir haben Mr. Battaglias Namen durch Ihren ersetzt; das Personal wurde über diese Veränderung in Kenntnis gesetzt. Ich bin sicher, Madam, dass Sie sich bei uns wohl fühlen werden. Lassen Sie mich sehen«, murmelte er, während er hinter seinen antiken Sekretär trat. »Ja, Sie sind in der für Mr. Battaglia reservierten Suite untergebracht. Asquith. Wir verfügen über lediglich siebenunddreißig Räume, und mit den Konferenzteilnehmern sind wir im Augenblick voll ausgebucht.«

Hier trugen die Zimmer keine profanen Nummern, sondern waren nach den Adelsfamilien benannt, die im Lauf der Geschichte in Cliveden abgestiegen waren.

Graham gab einem der Pagen Anweisung, unser Gepäck rauf in die Asquith-Suite zu bringen. Dann deutete er eine Geste in Mikes Richtung an. »Wenn ich auch für Sie etwas tun kann, Mr. Cooper ...«

»Chapman«, unterbrach Mike ihn barsch. »Ich habe meinen Mädchennamen behalten, Graham. Ich heiße Chapman.«

Ohne auf den Pagen zu warten, griff Mike nach seiner Reisetasche und machte sich auf den Weg zum Lift. Lächelnd folgte ich ihm durch die prächtige Halle.

»Beleidigt, Mikey? Hast du keine Lust, Mr. Cooper zu spielen? Oder hast du Angst davor, mit mir allein im Dunkeln zu sein?«

»*Mister* Cooper? Ein Mann müsste Nerven aus Drahtseil haben, um diesen Job zu wollen. Lass uns das Zimmer besichtigen, Blondie.«

Der Page erwartete uns bereits mit meinem Gepäck. »Der Aufzug ist dort drüben, Madam. Die Asquith-Suite befindet sich im ersten Stock.« Er führte uns zu einem altmodischen kleinen Lift, der sich ratternd nach oben bewegte.

Unsere Suite befand sich am Ende eines schmalen Korridors; die Zimmer, an denen wir vorbeigingen, trugen die Namen Westminster, Curzon, Balfour und Churchill. Als wir den Raum betraten und Mike die beiden einige Handbreit voneinander entfernt stehenden Betten erblickte, flüsterte er mir zu: »Das bringen nur die Engländer fertig. Typisch.«

Das weitläufige Schlafzimmer war geschmackvoll in zarten Grün- und Cremetönen ausgestattet; im angrenzenden Salon waren eine Sitzgruppe und ein Schreibtisch untergebracht, und das Bad war so geräumig wie ein Ballsaal. Die Suite bot einen atemberaubenden Blick über die Gärten, die fein säuberlich gestutzten Buchshecken und die gewundenen Reitpfade, die bis hinunter zur Themse führten.

Um kurz vor neun hatten wir unsere Koffer ausgepackt, doch in New York war es noch mitten in der Nacht, so dass wir weder mit Maureen sprechen noch in unseren Büros anrufen konnten. Aber da uns bei unserer Ankunft weder Faxe noch telefonische Nachrichten erwartet hatten, gingen wir einfach davon aus, dass es nichts Neues gab.

»Wollen wir uns hier mal umsehen?« fragte Mike, der weniger Schlaf brauchte als alle anderen Menschen, die ich kannte.

Mein Vortrag war für den Nachmittag anberaumt. Da ich vermeiden wollte, dass Battaglia Schlechtes über meinen Auftritt zu Ohren kam, entschied ich, noch einmal meine Notizen durchzugehen. »Ich mache mich frisch, ruhe mich etwas aus und bereite mich lieber auf meine Rede vor.«

»Ich werde ein paar Schritte spazieren gehen. Das lange Sitzen bekommt mir nicht. Bis später, Lady Asquith.«

Ich gönnte mir eine heiße Dusche, schlüpfte in einen kuscheligen Bademantel mit aufgesticktem Cliveden-Wappen und machte es mir auf dem Bett bequem, um meine Unterlagen durchzugehen. Ich fühlte mich erstaunlich wach, und als Mike um Viertel nach zwölf von der Rezeption aus anrief, war ich beinahe fertig.

»Ist die Lady bereit zum Empfang?«

»Ich wollte gerade runter in die Lobby kommen.«

»Wollte mit dem Duschen warten, bis du das Zimmer geräumt hast.«

Ich fuhr mir gerade ein letztes Mal mir der Bürste durchs Haar, als Mike den Raum betrat. Während ich meine Notizen zusammensammelte, verabredeten wir uns zum Lunch. Ich ging runter in die Halle, bewunderte John Singer Sargents berühmtes Porträt der Lady Astor, die als Nancy Langhorne in Amerika geboren worden und 1919 als erste Frau ins englische Parlament eingezogen war. Das Gemälde beherrschte den gesamten Raum. Ich nahm auf dem Sofa darunter Platz und prägte mir noch einmal die Punkte ein, die ich an Battaglias statt vortragen sollte.

Als ich alles rekapituliert hatte, stellte ich fest, dass es in New York kurz vor sieben Uhr morgens war. Ich griff zu dem Telefonhörer, gab der Vermittlung die Nummer und bat, die Gesprächskosten auf mein Zimmer zu buchen. Als sich die Vermittlung des Mid-Manhattan meldete, nannte ich Maureens Zimmernummer.

»Wie heißt der Patient, mit dem Sie sprechen möchten?«

Ich gab der Dame Maureens Namen, und als ich keine Antwort bekam, buchstabierte ich ihren Nachnamen.

»Warten Sie bitte einen Moment, Ma'am.«

Nachdem einige Minuten vergangen waren, wurde mir mitgeteilt, dass die Patientin, die ich zu sprechen wünschte, entlassen worden sei. Es war erst Donnerstag, und ich hatte in Erinnerung, dass Maureen mindestens noch einen Tag auf der Station bleiben sollte. Andererseits aber war ich sehr erleichtert, dass sie sich nun außer Gefahr befand.

Schon jetzt erwies sich die Zeitverschiebung als äußerst hinderlich. Ich wollte mich bei Maureen melden und wusste, dass im Krankenhaus niemand in den Genuss kam, länger als bis sechs schlafen zu dürfen. Da sie sich nun wieder zu Hause befand, würde ich mich hüten, sie so früh anzurufen. Auch für Joan war es noch etwas zu früh; und bei Nina in Los Angeles herrschte noch finsterste Nacht. Mit Drew wollte ich erst reden, nachdem ich mit Joan gesprochen hatte.

Während ich Lady Astors feine Züge bewunderte, kam Graham auf mich zugerauscht. »Miss Cooper, unser Innenminister, Mr. Bartlett, hat mich gebeten, Ihnen mitzuteilen, dass die Morgendrunde beendet ist und die Teilnehmer in Kürze im Pavillon den Lunch einnehmen werden. Soll ich Sie ankündigen?«

»Ja, gerne, Graham, danke. Ich warte nur noch auf Mr. Chapman.«

»Der Pavillon befindet sich gleich neben den Konferenzräumen.« Graham verschwand, und wenige Minuten später kam Mike die Treppe hinuntergeschlendert, wobei er auf jeder zweiten Stufe innehielt, um die Gemälde zu betrachten.

»Komm, besichtigen können wir auch noch später. Wir werden zum Lunch erwartet.«

Grahams behandschuhtem Finger folgend, passierten wir mehrere Sitzungsräume und betraten schließlich den lichtdurchfluteten Pavillon, der einen herrlichen Blick auf die Gärten und den berühmt-berüchtigen Swimmingpool – die Kulisse des Profumo-Skandals – bot. Für die Konferenzteilnehmer und ihre Begleitung waren acht rechteckige Tische gedeckt.

Das Erste, was mir beim Betreten des Raumes ins Auge fiel, war Commander Creaveys massige Gestalt; als er uns sah, sprang er auf und winkte uns zu sich. Er hatte uns zwei Plätze an seinem Tisch freigehalten. Mich begrüßte er mit einem Kuss auf die Wange, während er für Mike eine kräftige Umarmung und freundschaftliches Schulterklopfen bereithielt. »Ich habe die Ehre, Ihnen Alexandra Cooper vorstellen zu dürfen, in Amerika eine der erfolgreichsten Staatsanwältinnen. Sie ermittelt gegen Vergewaltiger, Kinderschänder und Schurken ähnlichen Kalibers. Ich kann Ihnen nur raten, diese Dame nicht zu unterschätzen. Und das hier ist Commander Michael Chapman, einer der erfahrensten Ermittler der New Yorker Polizei. Und nun, Gentlemen, wünsche ich Ihnen guten Appetit. Heute Abend wird es reichlich Gelegenheit geben, sich mit allen zu unterhalten.«

Chapman und Creavey vertieften sich sofort in ein angeregtes Gespräch, während ich in meinem Salat herumstocherte und den Raum nach bekannten Gesichtern absuchte. Aus Battaglias Teilnehmerliste ging hervor, dass die meisten Redner aus dem Vereinigten Königreich und Westeuropa kamen.

Meine Tischnachbarin, eine korpulente Dame älteren Semesters und ihres Zeichens Gattin des britischen Innenministers, richtete das Wort an mich. »Zu welchem Thema wird Ihr Gatte sprechen, meine Liebe?« fragte sie mich zwischen zwei Bissen Räucherlachs.

»*Ich* halte heute Nachmittag einen Vortrag, Werteste. Ich bin *nicht* verheiratet; Michael ist lediglich ein Kollege.«

»Nein, wie erfrischend, Alice«, lautete die prompte Antwort. »Commander Creavey hat also nicht gescherzt? Sie haben tatsächlich selbst mit all diesen abscheulichen Verbrechen zu tun?«

»Ja, allerdings, Mrs. Bartlett. Es handelt sich um einen faszinierenden und äußerst befriedigenden Beruf.«

»Gottlob kommen bei uns in Großbritannien derartige Greueltaten recht selten vor. Ich fürchte, meine Liebe, bei uns hätten Sie nicht viel zu tun.«

»Das mag früher so gewesen sein, aber nach meinen Informationen ist in den vergangenen Jahren auch im Königreich ein Anstieg der Sexualverbrechen zu verzeichnen gewesen.«

»Das kann ich mir beim besten Willen nicht vorstellen. Mein Gatte war lange Jahre Oberster Staatsanwalt. Unterschlagungen, Versicherungsbetrügereien, mal ein Mord. Aber keine derart geschmacklosen Verbrechen wie die Ihren. Sie sollten heiraten, Alice, und diese schrecklichen Verbrechen Männern wie Creavey überlassen. Ein viel zu hässlicher Beruf für eine junge Dame wie Sie. Kein Wunder, dass Sie noch unverheiratet sind.«

Ich verkniff mir die Antwort, die ich gerne gegeben hätte; doch schließlich vertrat ich Battaglia.

John Creavey bezog mich taktvollerweise in den Bericht mit ein, wie seine Männer eine Bande kolumbianischer Drogenhändler geschnappt hatten; und dann erschienen auch schon die Kellner mit dem Dessert und Kaffee.

»Schön, Sie kennen gelernt zu haben, Mrs. Bartlett«, log ich.

»Das Vergnügen war ganz auf meiner Seite«, erwiderte sie ebenso unehrlich.

Dann setzte sich die Gruppe in Richtung des Konferenzraumes in Marsch, der nach Churchill benannt war. Etwa dreißig etwas steif wirkende Herren drängten sich vor der Eingangstür, während sich die fünfzehn bis zwanzig Damen einige Schritte entfernt versammelten. Lord Windlethorne hatte sich bereits am Kopfende des langen Konferenztisches postiert. Als ich nach meinem Platz Ausschau hielt, sprach er mich an und stellte sich mir vor. Ich schätzte ihn auf Ende fünfzig, und mit seiner schlanken Gestalt, den markanten Zügen und dem dunklen Haar wirkte er wie eine Mischung aus Gregory Peck und einem Oxford-Professor.

Er begrüßte mich aufs Freundlichste und führte mich zu meinem Platz zwischen Professore Vittorio Vicario von der Mailänder Universität und Monsieur Jean-Jacques Carnet vom Pariser Institut de la Paix. Vicario deutete eine Verbeugung an, und Carnet begrüßte mich mit einem Lächeln und einem charmanten »*Enchanté*«.

»Verehrter Mr. Chapman«, wandte sich Windlethorne an Mike, der nach mir im Raum erschienen war. »Leider haben am Tisch nur die Redner Platz, aber wie Sie sehen, stehen in er zweiten Reihe noch Stühle zur Verfügung, die für die Ehefrauen – oder vielmehr: die Begleitung – der Teilnehmer gedacht sind. Heute Vormittag waren die meisten Gattinnen zugegen, aber heute Nachmittag findet für die Damen ein Ausflugsprogramm statt – berühmte Gärten, Windsor Castle und eine Bootsfahrt auf der Themse. Vielleicht möchten Sie …«

»Oh, vielen Dank, aber ich möchte mir keinesfalls die Vorträge entgehen lassen.«

Ich sah mich in dem Raum um. Die einzige andere Frau war die Leiterin des australischen Amts für Bewährungshilfe; der Stuhl hinter dem ihrem war leer, wie übrigens – mit Ausnahme von zweien – alle anderen auch: Hinter einem früheren französischen Justizminister thronte pflichtbewusst dessen Frau oder Geliebte, und der dänische Kriminologe genoß sichtlich die Schultermassage seiner kaum dem Teenageralter entwachsenen Begleiterin.

»Die behandeln mich wie ein nutzloses Anhängsel, das du zusätzlich zu deinem Gepäck mitgebracht hast. Dafür bist du mir etwas schuldig, Coop«, raunte Chapman mir zu, während wir darauf warteten, dass alle Teilnehmer Platz nahmen.

»Du hättest besser doch am Ausflug teilnehmen sollen; vielleicht hätte eine der Gattinnen sogar Gefallen an dir gefunden.«

»Pass lieber auf, Blondie, dass du nicht Windlethornes Charme erliegst. Ich weiß doch, wie sehr du auf distinguierte Herren stehst.«

Ich ließ meinen Blick zum Tischende wandern. Lord W. kaute am Bügel seiner Nickelbrille, während er mit einem dicklichen Deutschen diskutierte, der seine Worte mit zahlreichen Gesten unterstrich. Als Windlethorne lächelnd meinen Blick erwiderte, errötete ich. Mike hatte recht; er war wirklich genau mein Typ.

Lord Windlethorne forderte die Teilnehmer auf, Platz zu nehmen; dann stellte er mich der Runde vor und kündigte die folgenden Vorträge an.

Der Schweizer Finanzminister eröffnete die Nachmittagssitzung mit einem fünfundvierzigminütigen Beitrag über Finanzbetrug und das Internet.

Anschließend verlagerte sich der Schwerpunkt in Richtung Gewaltverbrechen. Den folgenden vier Rednern standen jeweils zwanzig Minuten zur Verfügung – die Australierin sprach über die neuesten Erkenntnisse im Umgang mit jugendlichen Straftätern; der Deutsche, ein Soziologe und Fachmann auf dem Gebiet ethnischer Gewalt innerhalb Europas, bot einen Ausblick auf zukünftige Entwicklungen; Creavey lieferte eine Analyse terroristischer Taktiken und schlug Möglichkeiten der Bekämpfung vor; und schließlich trug ich meine Version von Battaglias Positionen hinsichtlich der Zukunft Amerikas vor – Verbrechen und Strafe.

Lord Windlethorne zündete seine Pfeife an und eröffnete die Diskussion. Wie viele Europäer schienen auch die hier anwesenden Fachleute in hohem Maße an den Problemen der amerikanischen Großstädte interessiert zu sein, die sich zu diesem Zeitpunkt noch wesentlich von ihren eigenen unterschieden.

»Was sieht es mit Ihrem eigenen Spezialgebiet aus, Miss Cooper?« fragte Professore Vicario. »Glauben Sie, dass es für uns Europäer von Bedeutung ist?«

In meinem Vortrag war ich aus Zeitgründen nur am Rande auf das Thema der sexuellen Gewalt eingegangen; um so mehr freute ich mich, dass es nun in der Diskussionsrunde zur Sprache kam. »So fortschrittlich Sie auch auf vielen anderen Gebieten sein mögen, so rückständig sind Sie im Hinblick auf dieses Thema. Um zu begreifen, wie breitgefächert und komplex dieser Bereich ist, müssen Sie nur die schrecklichen Fälle von Kindesmissbrauch betrachten, die sich im vergangenen Jahr in Belgien ereignet haben – Pädophilenringe, die mit den Behörden gemeisame Sache machen. Bitte nehmen Sie es mir nicht übel, Professore, aber gerade in Ihrem Land existieren in Bezug auf Ehegattenmissbrauch noch ziemlich archaische Gesetze. Und einmal abgesehen von meinem eigenen Interessensbereich, ist es für mich geradezu unbegreiflich, dass man eine derart hochkarätig besetzte Konferenz einberufen kann, ohne Themen wie den Umgang mit Drogen, die Behandlung Drogenabhängiger oder Schusswaffengesetze auf die Tagesordnung zu setzen.«

Ich hatte den Eindruck, dass Lord Windlethorne innerlich zusammenzuckte, wenngleich er äußerlich gelassen schien, doch die anderen Teilnehmer griffen meine Kritik bereitwillig auf.

»Ich kann Ihnen nur versichern, dass Alex völlig Recht hat«, schaltete sich Creavey ein. »Auch wenn Sie sich jetzt noch der Illusion hingeben, diese Problematiken seien Lichtjahre von uns entfernt, so kommen sie doch schneller auf uns zu, als wir ahnen.«

Der britische Innenminister unternahm den Versuch, den Trend zur Gewalt herunterzuspielen – vielleicht erschien ihm dieses Thema in seiner abgeschlossenen, eleganten Welt, weitab von den Straßen der Großstädte, tatsächlich übertrieben. »Liebe Freunde, wir wollen dieses Bild doch nicht überzeichnen, oder?« Battaglia hatte mit seiner Einschätzung goldrichtig gelegen. »Natürlich gibt es eine Hand voll Hooligans und Zerstörungswütige ...«

Auf diesen Moment hatte Chapman nur gewartet. Von Creavey wusste er, wie aktuell das Thema Schusswaffenbesitz in der britischen Öffentlichkeit gerade nach der beispiellosen Tragödie war, die sich in der Grundschule von Dunblane abgespielt hatte.

»Wollen Sie wissen, was Sie erwartet, wenn Sie nicht bald damit anfangen, sich über strengere Schusswaffengesetze und Drogenentzugsprogramme Gedanken zu machen? Wissen Sie eigentlich, was ich tagtäglich erlebe? John, hatten Sie es jemals mit einem ›Dis‹-Mord zu tun?«

Creavey runzelte die Stirn und strich nachdenklich über seinen Schnauzer. Keine Antwort. »Weiß einer von Ihnen überhaupt, wovon ich spreche? ›Dis‹ – das ist ein neues Motiv, weshalb man einen Menschen umbringt. ›Dis‹ steht für Disrespect – Ungehorsam. Letzte Woche wurde ich an einen Tatort gerufen. Der Mörder war fünfzehn Jahre alt, Heroindealer; seine Kundschaft: Kinder; der Umschlagsort: der Pausenhof. Die Drogen sind in Tütchen mit Snoopyaufdrucken verpackt. Und sein Opfer? Ein fünfjähriges Mädchen, das ihm gegenüber ungehorsam war. Der Junge hat den Kindern verboten, auf seinen Schatten zu treten, das Mädchen tat es trotzdem. Der Junge drehte sich um und jagte ihr eiskalt eine Kugel durch den Kopf, um den anderen zu zeigen, was mit ihnen passiert, wenn sie nicht nach seiner Pfeife tanzen.«

In dem Raum herrschte betroffenes Schweigen.

»Vielleicht befanden sich in Ihrem Land früher die Waffen im Besitz der gehobenen Schichten, die am Wochenende auf Fasanen- und Wildschweinjagd gingen. Aber wenn Sie nicht aufpassen, werden Sie eines Tages mit unseren traurigen Rekorden gleichziehen.«

»Ich denke, wir haben uns nun eine Erholung verdient«, verkündete Lord Windlethorne und zwang sich zu einem Lächeln. »Es ist halb sieben; in einer Stunde wird in der Bibliothek ein Aperitif gereicht, und anschließend wartet das Dinner. Vielen Dank für Ihre Beiträge. Wir sehen uns später.«

Ich schob meinen Stuhl zurück und drehte mich zu Chapman um. »Wie nicht anders zu erwarten, haben wir ein bisschen Leben in die Bude gebracht.«

»Die Jungs in den Elfenbeintürmen haben 'ne Dosis Realität dringend nötig gehabt. Lass uns hochgehen, ich möchte noch im Büro anrufen.«

An der Rezeption erkundigte ich mich nach Nachrichten für uns, dann gingen wir hoch in unsere Suite. Ich verschwand im Bad, um mich frischzumachen, während Mike in New York anrief. Durch das Rauschen des Wassers hindurch konnte ich die Unterhaltung nicht mitverfolgen, und als ich wieder herauskam, goss uns Mike bereits einen Drink ein.

Ich ließ mich auf einen der antiken Feauteuils fallen, streifte meine Schuhe ab und drückte auf der Suche nach dem Sender CNN die Tasten der Fernbedienung.

»Mach die Glotze 'nen Moment aus.«

»Ich will nur schnell die Nachrichten-Headlines sehen.«

»Mach aus, ich muss dir was sagen.«

Ich schaltete den Fernseher aus und blickte Mike, der mir gegenüber auf dem Fußschemel saß, erwartungsvoll an.

»Es ist jetzt alles in Ordnung, Coop. Aber in der Nacht hat's ein Problem gegeben.«

»Was für ein Problem?« Meine Gedanken rasten: ein neues Mordopfer, meine Eltern, von denen sich seit Tagen nichts mehr gehört hatte, einer meiner Freunde ...«

»Maureen.«

»Oh, mein Gott!« Entsetzt schlug ich die Hand vor den Mund. Nachdem ich sie am Vormittag nicht erreicht hatte, war ich davon ausgegangen, dass sie in Sicherheit sei – zu Hause bei Charles und ihren Kindern.

»Es geht ihr gut, Alex, glaub mir.« Beruhigend legte Mike mir die Hand aufs Knie und blickte mir fest in die Augen, damit ich ihm glaubte, dass er die Wahrheit sagte. »Ich schwöre dir, dass mit ihr alles in Ordnung ist.« Dann nahm er mir den Drink aus meiner zitternden Hand und stellte das Glas auf dem Tisch ab.

Bei dem Gedanken, dass wir Mo in Gefahr gebracht hatten, schlug meine Panik in Wut um. »Was ist ihr passiert?« Ich bombardierte ihn mit tausend Fragen, während er mir immer wieder versicherte, dass es Maureen gut ging und sie sich in Sicherheit befand.

»Bevor du dich nicht beruhigt hast, erzähle ich dir gar nichts.«

»Ich will mit ihr sprechen; ich will auf der Stelle mit ihr sprechen, um mich selbst davon zu überzeugen, dass sie in Ordnung ist. Dann hör' ich dir zu.«

»Du kannst jetzt nicht mit ihr sprechen. Sie und Charles befinden sich an einem geheimen Ort, den nur Battaglia und der Commissioner kennen. Durch einen Anruf, der unter Umständen abgehört wird, könnte das Versteck auffliegen, und das willst du doch nicht, oder? Mercer ist im Moment im Büro; er hat sie heute Morgen gesehen und sagt, dass es ihr blendend geht. Jemand wollte sie aus dem Mid-Manhattan ekeln, nicht umbringen, ehrlich.«

»Wer ist ›jemand‹? Ich nehme an, die Jungs von der Video-Überwachung haben den Kerl, wer immer es war, geschnappt, oder?«

»Es war so: Gegen Mitternacht hat eine als Krankenschwester verkleidete Person Maureens Zimmer betreten. Der Typ von der Video-Überwachung, der sich übrigens in den nächsten Tagen nach einem neuen Job umsehen kann, hat nur die Schwesternklamotten gesehen, ist davon ausgegangen, dass es sich um eine der gewöhnlichen Nachtrunden handelt, und ist wieder eingedöst. Mo hat tief und fest geschlafen. Die vermeintliche Krankenschwester hat ihr den Mund zugehalten, woraufhin Mo aus dem Schlaf schreckte. In derselben Sekunde rammte ihr die ›Schwester‹ eine Spritze in den Arm. Als etwas später die richtige Schwester ihre Runde drehte, fand sie Mo vollkommen reglos vor. Sie haben ihr sofort Sauerstoff verpaßt, den Magen ausgepumpt und sie aus diesem Irrenhaus abtransportiert.«

»Was …«

»Die Laborergebnisse sind noch nicht da. Bis jetzt ist noch völlig unklar, was man ihr gespritzt hat. Tatsache ist, dass sie sich schnell von dem Schrecken erholt hat; deshalb gehen sie davon aus, dass es keine tödliche Substanz war.«

»Und die Krankenschwester?«

»Wahrscheinlich derselbe Täter, der auch Gemma Dogen auf dem Gewissen hat. Die Kollegen von der Spurensicherung haben in dem Müllcontainer auf dem Parkplatz hinter dem Krankenhaus eine ziemlich große Schwesternuniform und eine Frauenperücke gefunden.«

»Woher wusste der Täter, dass Maureen Polizistin ist? Wie ist ihre Tarnung aufgeflogen?«

»Durch einen saublöden Zufall. Kennst du Timmy McCrenna, den Kollegen von der Detective Endowment Association?«

»Ja.«

»Ihm ist gerüchteweise zu Ohren gekommen, dass Maureen im Krankenhaus liegt, aber er hatte keine Ahnung, dass es beruflich war. Er hat ihr 'nen Riesenblumenstrauß mitsamt seiner offiziellen Visitenkarte geschickt. Da wussten natürlich alle Bescheid. Dumm gelaufen.«

Mike griff nach dem Hörer und wählte Mercers Nummer, so dass ich selbst mit ihm sprechen konnte. »Ich hab's vorhin in der kurzen Pause nach dem Vortrag des Deutschen erfahren, aber ich wollte dich vor deiner Rede nicht aus dem Konzept bringen. Deshalb habe ich erst mal meinen Mund gehalten«, erklärte mir Chapman.

Ich rührte das Eis in meinem Drink mit dem Finger um und nahm dann einen großen Schluck, während Mike darauf wartete, dass die Verbindung zustande kam.

»Hey, Alter, Coop will dich sprechen. Ja, hab's ihr gerade gesagt. Nein, nein, ist sie nicht. Entweder du beruhigst sie jetzt, oder sie steigt ins nächste Flugzeug.«

Mike reichte mir den Hörer.

»Ich weiß Bescheid, Mercer. Und jetzt erzählst du mir ganz genau, wie es Mo wirklich geht.«

»Ihr geht's gut, Alex. Gleich nachdem das passiert war, haben sie sie ins New York Hospital verlegt, um sie auf Herz und Nieren zu untersuchen, ihr Blut abzunehmen und so weiter. Dort hab' ich sie heute Vormittag besucht. Dann haben sie sie an einen geheimen Ort gebracht, den keiner von uns kennt. Charles ist bei ihr. Mo hat mir übrigens aufgetragen, dir etwas auszurichten, damit du sicher sein kannst, dass ihr tatsächlich nichts zugestoßen ist.«

Ich versuchte mich zu erinnern, ob wir jemals ein Kodewort vereinbart hatten, aber mir fiel keines ein.

»Canyon Ranch. So, und jetzt sagst du mir, ob sie am Leben ist.«

Ein Lächeln huschte über mein Gesicht. Wir hatten uns oft gemeinsam vorgestellt, wie herrlich es sein musste, mal eine Woche auf der eleganten Beauty-Farm zu verbringen und uns von Kopf bis Fuß mit Schlammbädern, Massagen und Kosmetikbehandlungen verwöhnen zu lassen. »Richte ihr aus, dass wir's machen, sobald Battaglia mir einen Kurzurlaub genehmigt.«

Wir verabschiedeten uns, und ich ließ erleichtert meinen Kopf ans Polster des Sessels sinken. »Mein Gott, ich hätte es mir nie verziehen, wenn Maureen etwas zugestoßen wäre. Jedenfalls wissen wir jetzt, dass der Mord an Gemma Dogen nicht das Werk eines Umnachteten aus den Katakomben des Mid-Manhattan war. Ich habe keine Ahnung, warum sie umgebracht wurde, aber vergiftete Pralinen und ein Angriff mit einer Spritze können nur auf das Konto von jemandem gehen, der sich mit der Materie auskennt.«

»Morgen treffen wir Dogens Ex-Mann. Creavey wird bei der Vernehmung dabei sein und auch einen Blick auf die Bilder werfen, und am Samstagvormittag fliegen wir dann auch schon wieder nach Hause. Deshalb sollten wir den Rest des

Abends genießen und zusehen, dass wir etwas in den Magen bekommen«, schlug Mike vor.

Ein Blick auf meine Uhr verriet mir, dass es schon fast acht war. Seit mehr als zwölf Stunden waren wir bereits in England, und die Mischung aus Jetlag und beunruhigenden Neuigkeiten hatte mir den Rest gegeben. »Ich komm' mit, aber mir ist so schlecht, dass ich bestimmt keinen Bissen runterbekomme.«

Ich erfrischte mein Gesicht mit etwas kaltem Wasser, zog meinen Lippenstift nach, trug ein paar Spritzer Parfum auf und strich mein Kostüm glatt. Wir machten einen Bogen um den ruckeligen Aufzug und gingen die Treppe hinunter.

In die Halle fing uns Graham ab. »Entschuldigen Sie, Madam, Sir. Die Herrschaften sitzen bereits beim Dinner. Hier entlang, bitte«, bemerkte er und wies uns mir seiner behandschuhten Hand den Weg. »Ach, Miss Cooper, für Sie wurden zwei Anrufe entgegengenommen, während Ihre Leitung belegt war.« Er reichte mir zwei Zettel. Mister Renaud hat angerufen und meldet sich morgen wieder, stand auf dem Ersten. Auf dem Zweiten war notiert, dass Miss Stafford auf dem Weg zum Flughafen dringend versucht habe, mich zu erreichen, und sich wieder melden werde.

»Geh schon mal vor, Mike. Ich möchte nur schnell die Anrufe beantworten.«

»Aber Graham sagte doch …«

Ärger stieg in mir hoch, und obwohl Mike ihn nicht verursacht hatte, bekam er ihn zu spüren. »Ich will nur ein paar Minuten meine Ruhe haben, ist das denn so schwer zu verstehen?« Wütend stürmte ich die Treppe hoch.

Erleichtert schloss ich die Zimmertür hinter mir. Ich hatte nicht vor, jetzt schon Drews Anruf zu beantworten; ich hatte lediglich keine Lust, mit irgend jemandem sprechen zu müssen.

Ich trat an die Kommode, öffnete die oberste Schublade und nahm eines von Mikes Hemden heraus. Nicht ahnend, dass wir uns ein Zimmer teilen würden, hatte ich keine Nachtwäsche eingepackt. Dann rief ich den Zimmerdienst an und bat darum, dass die schmutzige Wäsche abgeholt und bis zum nächsten Morgen gewaschen werden möge. Auch das Hemd, das Mike auf dem Flug getragen hatte, legte ich auf den Stapel vor die Tür, da ich mir nun eines von ihm ausgeliehen hatte und ihn nicht in Schwierigkeiten bringen wollte. Dann ging ich ins Bad und stellte mich so lange unter die heiße Dusche, bis ich das Gefühl hatte, dass die Spannung des ganzen Tages und des Abends von mir abfiel.

In Mikes rot-weiß gestreiftem Hemd setzte ich mich an den Schreibtisch und schrieb einige Worte, mit denen ich mich dafür entschuldigte, dass ich ihn zuerst so angefahren und dann allein der Meute überlassen hatte. Ich legte den Zettel auf sein Kopfkissen, schlug die Ecke des Deckbetts zurück und knipste seine Leselampe an, damit er sich zurechtfand, wenn er hochkam.

Dann schlüpfte ich unter die straff gespannten Laken meines eigenen schmalen Bettes, das einige Handbreit von Mikes entfernt stand, löschte das Licht und stellte fest, dass ich mir meinen Schlaf verdient hatte.

23

Da ich es nicht gewohnt war, früh zu Bett zu gehen, wachte ich am nächsten Morgen schon kurz nach fünf auf und drehte mich unruhig von einer Seite auf die andere, bis ich durch den Spalt in der Gardine die erste Morgendämmerung erblickte. Auf Zehenspitzen schlich ich ins Bad und schlüpfte in meine Joggingklamotten. Wenig später nickte ich dem jungen Mann hinter der Rezeption zu, verließ die prächtige Halle durch den Haupteingang und lief um das Gebäude herum, von wo aus sich mir ein herrlicher Blick über die Gärten und die Wälder bot. An den mächtigen Säulen, auf denen schon seit Jahrhunderten die Fassade des altehrwürdigen Landsitzes ruhte, machte ich meine Streckübungen; dann folgte ich im Laufschritt den gewundenen Pfaden, die von gestutzten Hecken gesäumt wurden, bis hinunter zur Themse. Auf den fünf Meilen, die ich zurücklegte, traf ich hin und wieder einen Gärtner; ansonsten genoss ich die Ruhe, die an diesem friedlichen Ort herrschte.

Wieder auf unserem Zimmer angekommen, fand ich Mike, nach Bier riechend, noch immer schlafend vor. Ich duschte und zog mich an. Als ich gerade das Zimmer verlassen wollte, um mir den Vortrag eines Kollegen vom Yard über die neuesten Entwicklungen in Sachen genetischer Fingerabdruck anzuhören, murmelte er einen Morgengruß.

»Geoffrey Dogen wird gegen elf hier sein. Creavey nimmt ihn in Empfang; er hat einen kleinen Konferenzraum organisiert.« Dann drehte Mike sein Gesicht in meine Richtung. »Und danke, dass du mich gestern Abend versetzt hast. Nachdem ich drei, vier Stunden auf dich gewartet hatte, ist mir langsam gedämmert, dass du nicht mehr auftauchst.«

»Tut mir leid, ich …«

»Kein Problem. Creavey und ich hatten Glück – wir haben 'ne Herzogin aufgerissen.«

Bei dieser Vorstellung musste ich lachen.

»Im Ernst. Eine echte Herzogin. Das Luder hat uns durch 'n paar Pubs geschleppt und uns glatt unter den Tisch gesoffen.«

»Wann warst du wieder hier?«

»Frag lieber nicht«, stöhnte Mike und rieb sich seinen brummenden Schädel. »Wir sehen uns um elf, okay.«

Ich frühstückte und fand mich rechtzeitig im Konferenzraum ein. Nachdem ich mich bei Lord Windlethorne für mein Fehlen beim Dinner am Vorabend entschuldigt hatte, wechselte ich einige Worte mit meinen Tischnachbarn. Dann begann der erste Vortrag.

Die Briten waren uns in Sachen DNS-Analyse und Erstellung genetischer Datenbanken um Längen voraus; und obwohl sie wesentlich weniger Sexualverbrechen zu verbuchen hatten als wir in den Staaten, waren sie schon dabei, bei jeder Vergewaltigung, die im Großraum London angezeigt wurde, auf der Grundlage des am Tatort gefundenen Beweismaterials genetische Fingerabdrücke zu entwickeln und zu archivieren. Der Vortrag bot einen faszinierenden Ausblick auf den zukünftigen Einsatz dieser neuen Technik, und ich machte eifrig Notizen, die ich später mit Bill Schaeffer durchgehen wollte.

Um kurz vor elf kündigte Lord Windlethorne eine Kaffeepause an; ich erklärte ihm, dass ich mich nun ausklinken musste, um gemeinsam mit Chapman einen Zeugen zu vernehmen.

Nachdem ich rasch meine Unterlagen zum Fall Dogen aus dem Zimmer geholt hatte, traf ich an der Rezeption auf Creavey, Geoffrey Dogen und Mike. Dogen streckte mir die Hand entgegen. »Sie müssen Alexandra sein. Wie schön, Sie kennen zu lernen. Danke, dass Sie den weiten Weg nicht gescheut haben und rübergekommen sind. Commander Creavey hat mir berichtet, dass sie Benjamin Coopers Tochter sind. Ich hatte das große Vergnügen, Ihren Vater sprechen zu hören – muss vor einem Jahr bei einem Medizinerkongress in Barcelona gewesen sein. Er ist ein außergewöhnlicher Mann.«

»Das finde ich auch. Danke.«

Creavey führte uns zu einem der Nebengebäude, wo ein

Raum für uns vorbereitet war. An seiner Seite ging Dr. Dogen, der etwas kleiner war, als ich ihn mir vorgestellt hatte; er war um die sechzig, sehr schmal, drahtig, hatte lichtes Haar und etwas zu große Ohren.

»Ach übrigens«, bemerkte Mike, »als du heute Morgen beim dem Vortrag warst, hat dein Verehrer angerufen. Wollte nur mal kurz hallo sagen; meinte, er könne nicht schlafen und habe dich wegen der Zeitverschiebung noch nicht erreicht. Er hat mich mitten aus dem Tiefschlaf gerissen.«

»Na prima. Du hast ihm hoffentlich erklärt, wer du bist. Ich meine, dass du nur mein Kol… ich meine, dass wir nur das Zimmer… du weißt, was ich meine.«

»Was hätte ich ihm denn sagen sollen? Tut mir leid, aber mir hat keiner auf 'ner Privatschule gute Manieren beigebracht. Wahrscheinlich gibt's für jede dämliche Situation 'ne passende Benimmregel. Hätte ich ihm sagen sollen: ›Keine Angst, ich bin 'n schwuler Cop‹ oder ›Alex Cooper würd‹ ich nicht mal besoffen vögeln‹? Der Typ hat mich aus dem Tiefschlaf gerissen, Blondie. Ich hab' seine Nachricht entgegengenommen und gesagt, du würdest zurückrufen. Gestern glaubst du noch, er habe Gemma Dogen abgeschlachtet, weil sie seine Frau auf dem Gewissen hat, und heute willst du, dass er anruft. Dreh den Spieß doch um. Lass ihn doch schmoren und mach ihn eifersüchtig. Er soll ruhig denken, dass er einen Rivalen hat – den Prinzen von Wales, zum Beispiel, oder Sean Connery.«

Vergiss Drew Renaud und den ganzen privaten Kram, wenigstens für den Augenblick, ermahnte ich mich. Die Arbeit wartete.

Wir betraten eine Miniaturausgabe des großen Sitzungssaals. Um den rechteckigen Tisch standen sechs bequeme Sessel, ein Videorecorder, auf dem wir unser Band vom Tatort abspielen konnten, ein Dia-Projektor sowie ausreichend Kaffee und Mineralwasser.

»Vielleicht erzählen Sie und Alexandra mir, was Sie bis jetzt herausgefunden haben«, schlug Dogen vor, während er Platz nahm. »Wissen Sie schon, wer Gemma umgebracht hat?«

»Ich würde es lieber umgekehrt machen, Doc, wenn Sie nichts dagegen haben«, entgegnete Mike mit fester Stimme. »Es wäre für uns sehr hilfreich, wenn Sie uns zuerst ein bisschen über Gemma erzählten. Auch Dinge, die Ihnen nebensächlich erscheinen mögen. Und nachdem Sie uns ein wenig Hintergrundwissen geliefert haben, bringen wir Sie auf den neuesten Stand der Ermittlungen.«

Klingt sehr eindrucksvoll, stellte ich fest. Mike brachte es fertig, fast jeden in jeder beliebigen Situation zu bluffen, doch was er jetzt ablieferte, war einmalig, denn wir waren am heutigen Tag verwirrter und weiter von der Aufklärung des Verbrechens entfernt, als wir es damals waren, als wir zum ersten Mal mit Geoffrey Dogen telefoniert hatten.

»Einverstanden. Dann fange ich also an.«

Er rückte mit seinem Stuhl ganz dicht an den Tisch, stützte seine Ellenbogen auf und legte das Kinn in die Hände. Er begann mit Gemmas familiärem Hintergrund. Alles klang ganz normal. Gemmas Eltern waren kurz vor ihrer Geburt von Broadstairs nach London gezogen – 1939, noch vor Ausbruch des Zweiten Weltkrieges. Ihr Vater starb auf dem Schlachtfeld; Gemma blieb Einzelkind. Obgleich ich bezweifelt, dass Gemmas Kindheit für uns von Belang war, machte ich mir Notizen.

Geoffrey berichtete von ihrer Schulzeit; schon damals galt ihr besonderes Interesse der Biologie, und sie gewann mehrere Preise für verschiedene Experimente, die sogar in wissenschaftlichen Fachkreisen Aufmerksamkeit erregten. Einige Jahre später lernten sich Gemma und Geoffrey an der Universität kennen, wo er bereits seit mehreren Semestern studierte.

»Ich hatte sie schon mehrmals an der Uni gesehen. Man konnte sie einfach nicht übersehen; sie war damals eine sehr auffallende Erscheinung.« Sein Lächeln verriet, dass er das Bild der schönen jungen Frau, in die er sich verliebte, noch deutlich vor Augen hatte. »Aber kennen gelernt habe ich sie letztlich woanders. Auf der Tower Bridge.«

Ich warf Mike einen Blick zu, der Creaveys wachen Augen nicht entging.

»Ich war mit einer Gruppe australischer Studenten dort. Sie absolvierten ein Auslandssemester und unternahmen an den Wochenenden das übliche Besichtigungsprogramm. Wachablösung vor dem Buckingham Palace, die Kronjuwelen, die Tower Bridge und das Traitors' Gate. Das haben Sie wahrscheinlich auch alles schon kennen gelernt.«

Ich nickte, während Mike bedauernd bemerkte, er habe bislang noch keine Gelegenheit gehabt.

»Jetzt sind Sie so nahe bei London und haben nicht einmal Zeit, wenigstens einen Teil dieser Stadt zu sehen. Können Sie nicht noch das Wochenende dranhängen?«

»Leider nein. Wir müssen gleich wieder zurück. Nachdem Sie uns weitergeholfen haben, Dr. Dogen.«

»Ja, ja, natürlich. Nun, ich hatte meinen Aussies beinahe alles gezeigt, aber sie wollten es sich nicht nehmen lassen, bis zum obersten Stockwerk der Tower Bridge hinaufzusteigen. Dreihundert Stufen – mindestens. Mir bleib nichts anderes übrig, als auch hochzuklettern. Außer uns war nur noch eine andere Person oben; ich kannte sie vom Sehen aus der Uni. Es war Gemma. Sie stand an einem der Fenster und blickte gedankenverloren auf den Fluss; die lärmende Gruppe hinter sich schien sie gar nicht zu bemerken. Ich stellte mich ihr vor, erklärte ihr, dass ich sie bereits mehrmals gesehen hatte, und erfuhr, dass sie Gemma Holborn hieß.«

Mike wurde allmählich ungeduldig; die Liebesgeschichte interessierte ihn weniger. »Warum war sie da oben? Hatte das einen besonderen Grund?«

»Nun, für ein Mädchen vom Lande war die Tower Bridge der Inbegriff von London. Das gilt übrigens für viele Menschen. Sie ist ein Symbol für diese Stadt. Für manche ist's eher der Big Ben oder der Buckingham Palace, aber diese Bauwerke interessierten Gemma nie besonders, weil man zu ihnen aufschauen muss. Die Tower Bridge hingegen bot dem neugierigen Mädchen einen atemberaubenden Ausblick, mehr noch: einen Blick auf die Welt. Im Vergleich zum Tower selbst ist die Brücke ein junges Bauwerk, aber ihre Architektur ist einzigartg, finden Sie nicht auch, Commander?«

Creavey stimmte ihm zu.

»Dies war der erste Ort, den Gemma als kleines Mädchen nach dem Krieg besichtigt hatte; sie war die Stufen hochgestiegen, um zu sehen, wohin der Fluss führte. Damals glaubte sie, sie könne bis nach Amerika blicken. Wenn sie allein sein, träumen oder nachdenken wollte, stieg sie hoch und horchte in sich hinein.«

»Waren Sie noch einmal mit ihr dort?«

»Ich habe ihr dort oben meinen Heiratsantrag gemacht, Mr. Chapman. Zwei Jahre später. So war ich mir sicher, dass sie ihn nicht ablehnen würde«, antwortete Geoffrey lächelnd. »Vor jeder Prüfung ist sie hochgestiegen. Ganz unabhängig davon, dass sie mehr lernte als alle anderen Studenten, brauchte sie die einsamen Momente auf ihrem Turm. Aber auch zu großen Anlässen zog es sie trotz der Menschenmassen dorthin. 1967 zum Beispiel, als die *Gipsy Moth* einlief und die Zugbrücke geöffnet wurde, waren wir dort.«

»Wissen Sie, ob sich diese Vorliebe auch bis in ihr Erwachsenenleben erhalten hat?« Ich dachte an Gemmas Schlüsselanhänger, der zu Hause auf meinem Nachttisch lag, und an sein Gegenstück, das ich einige Tage zuvor in William Dietrichs Hand entdeckt hatte.

»Das kann man wohl sagen. 1994 kam sie eigens zur Hundertjahrfeier der Tower Bridge rüber. Damals war ich bereits wiederverheiratet, wie Sie sicher wissen, und Gemma hat uns alle hochgejagt – wir sollten den Ausblick bewundern. Sie hat Unmengen von Souvenirs eingekauft und mit rüber in die Staaten genommen. Kaffeebecher mit der Tower Bridge, Teelöffel mit der Tower Bridge, Schlüsselanhänger mit der Tower Bridge …«

»Unmengen?«

»Unmengen.«

Soviel also zu der Bedeutung, die ich Dietrichs Schlüsselanhänger beigemessen hatte. Es war einer von mehreren Dutzend, die sie an Freunde und Kollegen verschenkt hatte.

»Ich bin sicher, dass Sie jede Menge dieser Souvenirs in ihrer Wohnung und im Büro entdeckt haben, stimmt's? Dies war eine ihrer Seiten, die eher im verborgenen geblieben sind. Knapp zehn Jahre nach unserer Heirat wurden wir geschieden. Es gab nie eine Auseindersetzung, nie einen Streit. Man kann sagen, dass wir auch nach der Scheidung gute Freunde geblieben sind. Wir sahen uns praktisch jedes Mal, wenn sie in England war. Wir haben einander geschrieben und uns gegenseitig auf dem Laufenden gehalten – beruflich und privat. Sie konnte einfach niemanden in ihre Welt lassen, in den Teil ihrer Welt, der ihr wirklich etwas bedeutete. Sie war eine herausragende Wissenschaftlerin und eine loyale Freundin, wenn sie an jemanden glaubte. Doch ein Teil von ihr war leer, hohl, und sie hat nicht zugelassen, dass irgendjemand ihn füllte – weder ich noch jemand anders. Eigentlich seltsam, dass ich als Arzt die Vorstellung hatte, in ihrem Körper befände sich ein Hohlraum, den ich hätte füllen können, wenn ich nur gewusst hätte, wo genau er sich befand. Aber eben dies habe ich nie herausgefunden.«

Geoffrey Dogen sprach nun mit leiser Stimme und starrte dabei auf seine Hände, die gefaltet vor ihm auf dem Tisch ruhten.

Mehr als eine Stunde erzählte er von seiner Ehe mit Gemma, von der Scheidung, von Freunden, Studenten und ihrer Karriere in England. In vielen Mordfällen, die Chapman aufgeklärt hatte, waren solche Detailinformationen von Menschen, die dem Opfer nahe gestanden hatten, der Schlüssel zur Lösung gewesen. Doch hier schienen sie uns nicht weiterzubringen.

Behutsam versuchte Mike, Geoffrey zu den Ereignissen zu lenken, die für Gemmas berufliche Zukunft von Bedeutung waren. Der Arzt stieß einen tiefen Seufzer aus und sackte in seinem Stuhl zusammen.

»Glauben Sie wirklich, dass der Mord etwas mit ihrer Arbeit zu tun hat?« fragte er an Mike gewandt.

»Wir müssen alle Möglichkeiten in Betracht ziehen.«

»Nun, die letzten Jahre waren für Gemma ein ständiger Kampf. Ich meine in Bezug auf das Minuit Medical College und das Mid-Manhattan, nicht ihr Privatleben.«

»Wissen Sie, worum es ging und wer ihre Widersacher waren?«

»Vom ersten Tag an hat sie dort für Wirbel gesorgt. Nichts Dramatisches, aber sie war eben sehr prinzipientreu – was in unserem Beruf eigentlich kein Nachteil ist. Meiner Meinung nach waren es zwei Eigenschaften, mit denen sich Gemma nicht gerade beliebt gemacht hat.« Dogen hatte den Blick nun auf mich gerichtet; wahrscheinlich gefiel es ihm nicht, dass ich seine Vermutungen schwarz auf weiß festhielt, doch ich erwiderte seinen Blick, um ihm zu verstehen zu geben, dass ich das tat, was ich für richtig hielt.

»Schon ganz zu Anfang hat sie deutlich gemacht, dass sie keinen Bewerber zur Facharztausbildung zulassen würde, der nicht ihren Anforderungen entsprach. Und die waren enorm hoch, wie Sie sich vorstellen können. Sie verlangte einen hervorragenden Universitätsabschluss, erstklassige Referenzen und Zeugnisse, intellektuelle Reife, Integrität, Geschicklichkeit im OP und vieles mehr. Persönliche Lieblinge irgendwelcher Professoren oder Sprösslinge einflussreicher Eltern hatten keine Chance. Da war Gemma knallhart. So manchem Kollegen war das natürlich nicht recht.«

»War da vor kurzem etwas Derartiges im Gange? Wollte man sie dazu bringen, jemanden zuzulassen, den sie ablehnte?«

»Ganz sicher, ja.«

Wie aus einem Mund fragten Mike und ich nach dem Namen desjenigen.

»Oh, nein, nein, nein. Verzeihen Sie mir. Ich meine keinen konkreten Fall. Aber es war immer etwas Derartiges im Busch; es gab immer irgendeinen Professor, irgendjemanden aus der Verwaltung, der einen Kandidaten, mit dem Gemma nicht einverstanden war, besonders bevorzugte. Normalerweise führte dies zu einer Auseinandersetzung. Aber einen Namen kann ich Ihnen nicht nennen. Als sie mich das letzte Mal besuchte, klagte sie über einen Arzt aus dem Columbia-Presbyterian Hospital. Einer seiner Studenten – sein Name lautete Nazareth oder so ähnlich – war offensichtlich bereits zugelassen worden, bevor sich herausstellte, dass er in eine seltsame Sache verwickelt war. In der Wohnung des jungen Mannes wurde ein Mädchen bewusstlos – seine Freundin, die er als Patientin im Krankenhaus kennen gelernt hatte. Sie war in seinem Wohnzimmer ins Koma gefallen, und erst vier Stunden später brachte er sie in die Klinik. Sie ist sozusagen beinahe vor seinen Augen gestorben. Und zu allem Unglück stellte sich dann noch heraus, dass er versucht hatte, ihr Blut abzunehmen – warum, das hat er nie erklärt. Dazu hatte er die Nadel in ihr Handgelenk eingeführt und sie dabei schlimm verletzt. Als das Mädchen aus dem Koma erwachte, war sie vollkommen verstört. Dr. Nazareth hat weder verlauten lassen, welche Nadel er benutzte, noch was aus dem Blut des Mädchens geworden ist. Die junge Frau war jedenfalls davon überzeugt, dass er sie unter Drogen gesetzt hatte. Merkwürdige Sache. Und der Arzt, der diesen Studenten empfahl …«

»Erinnern Sie sich an seinen Namen?« Ich notierte alles, was Dogen sagte.

»Nein, tut mir leid. Aber faxen Sie mir eine Liste aller Chefärzte des Krankenhauses, und er fällt mir wieder ein. Jedenfalls spielte dieser Arzt die Angelegenheit herunter. Und auch die *vier* Festnahmen, die der Student nach kleineren Auseinandersetzungen mit der Polizei über sich hatte ergehen lassen müssen; größtenteils Verkehrsdelikte. Das hatte Gemma bei Nachforschungen herausgefunden. In ihren Augen war der junge Mann ein verkommenes Subjekt und eine Gefahr für ihren Berufsstand. Ich weiß, dass sie es geschafft hat, ihn wieder rauszuwerfen, und man kann sich vorstellen, dass er nicht der einzige war, der nicht gut auf Gemma zu sprechen war.«

»Sie sprachen von zwei Eigenschaften, mit denen sie sich unbeliebt gemacht hat. Was war die andere?«

»Die Richtung, in die sie die Abteilung lenkte. Viele im Minuit waren nicht gerade begeistert von den Plänen, die Gemma mit der neurochirurgischen Abteilung hatte.«

»Zu sehr auf Trauma ausgerichtet?«

»Ja, in der Hauptsache.«

»Welche Leute waren das?«

»Nun, da wäre zuerst einmal Robert Spector zu nennen, der die Phalanx gegen Gemma anführte. Es ist kein Geheimnis, dass er sie weghaben wollte, um ihre Nachfolge anzutreten.«

»Spector hat uns erzählt, sie habe nicht mehr in New York bleiben wollen, weil sie dort in Sachen Traumabehandlung immer die zweite Geige hinter Dr. Ghajar vom New York Hospital gespielt hätte.«

»Unsinn. Sie hatte größten Respekt vor Ghajar, und er hat sich ihr gegenüber ausgesprochen großzügig gezeigt. Er hat sie an einer Vielzahl seiner Studien und Forschungsprojekte teilnehmen lassen. Es ist vielmehr Spector, der mit dieser Art von Wettbewerb nicht umgehen kann. Er wäre nie in der Lage, eine Trauma-Station aufzubauen, die sich mit der Ghajars messen kann, und deshalb konzentriert er sich lieber auf ein anderes Gebiet. Das ist zum Teil auch das Problem des Mid-Manhattan. Wenn das Krankenhaus sich in dem Bereich der Gehirnoperationen nicht weiterentwickelt – darauf hat Gemma immer wieder aufmerksam gemacht –, wird die Sterblichkeitsrate bei Koma-Patienten dort bald dreimal so hoch sein wie im New York Hospital, das nur einen Steinwurf entfernt ist. Also, Mr. Chapman, falls Sie mal einen kräftigen Schlag auf den Kopf bekommen, sehen Sie besser zu, dass Sie in Ghajars Trauma-Abteilung landen.«

»Aber Spector hatte doch Recht, was Gemmas besondere Interessen anbelangt? Ich meine, Gehirnoperationen waren ihr Steckenpferd, oder?«

»Nein, nein, überhaupt nicht. Es interessierte sie zwar, aber sie betrachtete es eher als eine Art Entspannung. Wie Sie selbst bereits festgestellt haben werden, lagen ihre großen Stärken im intellektuellen Bereich. Es mag sich für Laien vielleicht etwas seltsam anhören, aber was sie wirklich faszinierte, war die Pathologie der Gehirnerkrankungen. Weshalb entstehen Tumore? Wie verändert sich die DNS eines Tumorpatienten? Ist sie verändert; mutiert sie? Gemma war glücklich, wenn sie den Schädel eines Unfallopfers öffnen konnte, aber ein seltener Tumor stellte für sie die eigentliche Herausforderung dar.«

»Kennen Sie Robert Spector?« fragte Chapman.

»Ja, ich habe ihn ein paarmal getroffen.«

»Glauben Sie, dass er Gemma so sehr hasste, dass er …«

Geoffrey Dogen atmete scharf ein und schnitt Mike das Wort ab. »In jedem Beruf gibt es Neid, Eifersucht und politische Grabenkämpfe, Mr. Chapman. Ich bemühe mich, Ihnen von Gemmas Welt und den Menschen, mit denen sie zu tun hatte, ein möglichst genaues Bild zu vermitteln. Doch ich glaube, dass niemand sie so sehr hasste, um ihr körperlichen Schaden zuzufügen. Außerdem wussten die meisten, dass sie in ein paar Monaten weg sein würde.«

»Weil sie wieder zurück nach London wollte?«

»Aller Wahrscheinlichkeit nach, ja.«

»Aber ganz genau wissen Sie es nicht?«

»Sie hatte ein Angebot. Und sie hat mir gesagt, dass sie der Universität bis Ende des Monats Bescheid geben wolle, aber dass es da noch etwas gäbe, das sie erst zu Ende bringen müsse, bevor sie in London zusagt.«

»Und nicht einmal Sie wissen, worum es sich handelte?«

»Das Angebot stammte nicht von mir, und sie hatte keine Veranlassung, mir ihre Entscheidung offiziell mitzuteilen. Aber ich ging davon aus, dass sie im nächsten Semester hier sein würde. Vielleicht zögerte sie ihre Entscheidung so lange hinaus, um Spector und die Verwaltung des Mid-Manhattan ein letztes Mal zu ärgern.«

Es kopfte an der Tür, und ein junger Hotelangestellter teilte uns mit, dass im Nebenraum der Lunch serviert werde.

»Nach der Mittagspause berichten wir Ihnen von den Zeugenvernehmungen und zeigen Ihnen ein paar Fotos«, bemerkte Chapman, während er sich erhob und seine blutunterlaufenen Augen rieb.

»Aber vor dem Essen«, wandte ich ein, »möchte ich mit Ihnen noch einige von Gemmas Kollegen durchgehen, die widersprüchliche Aussagen gemacht haben. Vielleicht können Sie uns sagen, wem wir trauen können.«

Creavey und Chapman starrten aus dem Fenster, während ich Geoffrey Dogen verschiedene Namen nannte. Er kannte die meisten der Professoren, die ihre Büros auf dem gleichen Gang wie Gemma hatten, und auch die meisten Mitarbeiter der Verwaltung waren ihm bekannt. Bei den Namen der jüngeren Assistenzärzte allerdings schüttelte er verneinend den Kopf – bis ich den Namen John DuPre nannte.

Dogen sah mich fragend an. »Ist der alte Knabe etwa aus der Versenkung aufgetaucht, um am Minuit zu lehren? Kaum zu glauben, dass Gemma das mir gegenüber nie erwähnt hat.«

Chapman wurde aufmerksam. »Sie kennen DuPre?«

»Ich kann nicht behaupten, ihn sehr gut zu kennen, aber ich habe an einem Kurs teilgenommen, den er leitete – ich glaube, er fand in Genf statt. Das muss nun aber schon – lassen Sie mich überlegen – mindestens fünfundzwanzig Jahre her sein. Soweit ich mich erinnere, stand er damals kurz vor seiner Pensionierung. Heute müsste er um die neunzig sein, ist das richtig?«

»Muss wohl der Falsche sein. Unser DuPre ist erst zweiundvierzig«, erwiderte ich lachend.

»Ist er auch Neurologe?«

»Ja.«

»Vielleicht ist er ja der Sohn oder gar schon der Enkel. Wissen Sie zufällig, wo er studiert hat?«

Ich warf einen Blick in meine Unterlagen. »In Tulane.«

»Seltsamer Zufall. Daher stammte auch der alte Johnny DuPre. Der Junge wird sich ganz schön anstrengen müssen, um in seine Fußstapfen treten zu können. Johnny war einer der besten Ärzte auf seinem Gebiet – wirklich ein Genie. Vor einer Weile hat er sich völlig zurückgezogen, ist nach Mississippi gezogen, nach Port Gibson, wenn ich mich nicht irre.«

In Chapman erwachte der Militärhistoriker. »Die Stadt, die so schön ist, dass General Sherman sie nicht in Schutt und Asche legte. Er hat sie verschont. Wusstest du das?«

Nein, wusste ich nicht. Ich klappte die Mappe mit meinen Unterlagen zu, und Creavey öffnete die Tür.

Geoffrey Dogen war noch immer bei DuPre. »Er sprach mit dem breitesten Südstaaten-Akzent, den ich jemals gehört hatte, und es fiel mir damals ziemlich schwer, all die neurologischen Details zu verstehen. Eigentlich hätten die Seminarteilnehmer einen Dolmetscher gebraucht. Auch an sein feuerrotes Haar und den ebenso flammenden Bart erinnere ich mich noch lebhaft. Und trotz seiner sechzig Jahre hatte er nicht eine einzige graue Strähne.«

»Feuerrotes Haar?« wiederholte ich. »Dann können die beiden nicht verwandt sein. Unser John DuPre ist Afro-Amerikaner.«

»Nun, dann handelt es sich wohl tatsächlich um einen Zufall, und die beiden haben nichts miteinander zu tun. John J.

D. DuPre – so pflegte sich der alte Herr vorzustellen. John Jefferson Davis DuPre.«

Ich öffnete noch einmal meine Mappe und zog meine Notizen heraus. »Aussage von John J. D. DuPre, männlich, schwarz, 42« stand auf dem Bogen.

»Lass uns essen, Blondie. Ich sterbe vor Hunger.«

»Ich komme gleich nach. Ich möchte nur noch schnell Mercer anrufen und ihn bitten, etwas herauszufinden.« Ich konnte mir beim besten Willen nicht vorstellen, dass es viele Schwarze gab, die nach dem Präsidenten der Konföderation benannt waren.

Während Chapmans Gedanken bereits um den Lunch kreisten, der im Nebenraum bereitstand, fiel mir plötzlich wieder der Zettel ein, der unter meiner Wohnungstür hindurchgeschoben worden war. »VORSICHT. ES IST NICHT ALLES SCHWARZ-WEISS. DAS IST EIN TÖDLICHER IRRTUM.«

Hatte jemand versucht, mir das zu verstehen zu geben, was Geoffrey Dogen mir soeben ungewollt klargemacht hat? War John DuPre nicht der Mann, der er vorgab zu sein?

Nach dem zweiten Klingeln hob Mercer ab.

24

»Ich hab' ein paar von den Wachteleiern mit Schellfisch-Käse-Sauce für dich gerettet. Der Commander meint, die dürfe man sich nicht entgehen lassen.«

»Danke, nicht für mich.«

»Dann vielleicht ein Steak mit Kidney-Bohnen?«

»Ich habe eine gegrillte Seezunge bestellt.« Wir alle hatten uns eine Pause verdient, und Creavey unterhielt uns mit Anekdoten, die sich hier auf Cliveden zugetragen hatten. Nach dem anschließenden Tee gelang es mir, Mike außer Hörweite der anderen zu lotsen, um ihm von meinem Gespräch mit Mercer zu berichten. Ich hatte Mercer gebeten, DuPres Werdegang zu überprüfen, und ihn darauf aufmerksam gemacht, dass unter anderen auch er bei Maureen aufgetaucht war.

Während Chapman und Creavey noch schnell auf der Toilette verschwanden, schlenderte ich gemeinsam mit Geoffrey Dogen zurück in unseren Besprechungsraum. Ich hatte es mir bisher verkniffen, Dogen in Mikes Gegenwart zu fragen, ob er sich an die besonderen Umstände von Carla Renauds Tod erinnerte. Aber da wir nun allein waren, nutzte ich die Gelegenheit und stellte die Frage, die in mir nagte.

»Oh, ich erinnere mich sehr gut daran. Gemma war am Boden zerstört. Es handelte ich um eine ganz neue Operationsmethode, die an unserer Universität von John Binchy, einem unserer besten Chirurgen, entwickelt worden war. Der Eingriff war sehr kompliziert und dauerte sechs, sieben Stunden. Deshalb hatte Binchy Gemma gebeten, ihm zu assistieren. Unglücklicherweise kannte sie das Ehepaar Renaud persönlich und wollte alles daran setzen, dass die Operation glückte. Gemma waren nicht viele Patienten auf dem OP-Tisch gestorben, und wenn es doch geschah, litt sie enorm darunter. In diesem Fall natürlich noch viel mehr. Sie selbst überbrachte dem Ehemann die traurige Nachricht. Er ist vor Schmerz fast verrückt geworden.«

»Gab er Gemma die Schuld?«

»Nicht direkt. Tatsache ist, dass Carla Renaud ohne den Eingriff nicht mehr als vier Wochen geblieben wären. Binchy hat die Operation sicher nicht leichtfertig angesetzt, Miss Cooper, es war vielmehr ihre letzte Chance auf eine Rettung. Aber leider waren alle Bemühungen vergebens. Aber was hat diese Sache mit Ihren Ermittlungen zu tun?«

Mike, der hinter mir in der Tür erschienen war, antwortete für mich. »Wie ich Ihnen bereits sagte, Doc, wir müssen jede Möglichkeit in Betracht ziehen. Kurz vor Weihnachten beispielsweise hat sich ein Mann in eine New Yorker Krebsklinik eingeschlichen und dem Arzt, der fünf Jahre zuvor seinen Sohn behandelt hatte, das Gesicht zerschnitten. Der Junge war trotz aller ärztlicher Bemühungen an Leukämie gestorben, und der Vater war niemals über den Tod seines Jungen hinweggekommen. So stellt sich in unserem Fall natürlich die Frage, ob der verbitterte Witwer vielleicht ähnliche Rachegefühle hegte.«

Bei der Erinnerung an die Sache verfinsterte sich Dogens Miene. »Nun, ich erinnere mich gut an den Ehemann – er ist Anwalt, nicht wahr? Ich weiß, dass er damals in Erwägung zog, einen Prozess gegen Binchy, Gemma und das restliche OP-Team zu führen. Aber so weit ist es, glaube ich, dann doch nicht gekommen. Der Ärmste war nach dem Tod seiner Frau völlig verzweifelt, doch nach dem ersten Schmerz hat wahrscheinlich die Vernunft gesiegt. Ich weiß nicht, ob Gemma je wieder von ihm gehört hat.«

Anschließend packten Mike und ich unsere Unterlagen zu den Zeugenvernehmungen aus und befragten Dogen zu verschiedenen Punkten. Für Creavey hatten wir Kopien angefertigt, so dass er unser Gespräch mitverfolgen konnte.

Als wir zu dem Autopsie-Bericht kamen, reichte Mike Dogen das einige Seiten umfassende Dokument. »Es gibt keinen Grund, Ihnen diese Details vorzuenthalten, Doc. Es ist zwar ziemlich hart, aber die medizinischen Einzelheiten interessieren Sie sicher. Vielleicht lesen Sie sich den Bericht durch und beantworten uns dann die eine oder andere Frage.«

Bereits nachdem er einen Absatz überflogen hatte, erhob

sich der sanftmütige Arzt, schritt mehrmals im Raum auf und ab, schüttelte dabei ungläubig den Kopf und ließ sich schließlich wieder auf seinen Stuhl fallen. Es fiel ihm sichtlich schwer zu begreifen, auf welch grausame Weise Gemma zu Tode gekommen war.

Nachdem wir fast fünf Minuten schweigend auf unseren Stühlen verharrt hatten, tippte Mike mich an und deutete zur Tür. Creavey folgte uns aus dem Raum. Während Geoffrey Dogen fassungslos auf die Bilder der Toten – seiner besten Freundin und ehemaligen Frau – starrte und versuchte, das Unvorstellbare zu begreifen, schnappten wir draußen bei einem kurzen Spaziergang etwas frische Luft. Als wir eine Viertelstunde später wieder den Raum betraten, war unschwer zu erkennen, dass Dogen geweint hatte. Bevor er das Wort ergriff, schneuzte er sich die Nase.

»Nun, ich weiß, dass Gemma eine Kämpfernatur war. Sieht so aus, als hätte der Täter damit gerechnet.«

Ich überließ Mike das Wort. »Ja. Deshalb vermuten wir, dass sie ihren Mörder kannte. Er muss gewußt haben, dass sie nachts oft allein in ihrem Büro war und dass sie bei seinem Anblick nicht gleich erschrecken würde. Vielleicht begann das Ganze als Unterhaltung, weil der Täter glaubte, das Problem ließe sich mit Worten aus der Welt schaffen. Aber er war ganz offensichtlich auf eine tätliche Attacke vorbereitet, falls er sein Ziel anders nicht erreichte.«

»Er fesselte sie und legte ihr einen Mundknebel an?«

»Ja, zu diesem Ergebnis ist der Gerichtsmediziner gekommen. Aber schon eine der zahlreichen Stichwunden hätte ausgereicht, um sie zu töten. Wenn er ihr die Verletzung am Rücken zuerst zugefügt hat, dann fesselte er sie möglicherweise erst danach und setzte anschließend das Gemetzel fort.«

»Aber dann hätte sie sicherlich geschrien …«

»Doch keiner hörte es. Es ist wahrscheinlich einfacher, einen Toten in der Leichenhalle zum Leben zu erwecken, als um zwei Uhr morgens jemanden auf dem Gang vor Gemmas Büro anzutreffen. Selbst wenn Gemma geschrien hätte, bevor er ihr den Mundknebel anlegte, hätte ein erneuter Messerstich sie schnell zum Schweigen gebracht.«

»Wie konnte der Mann versucht haben, sie zu vergewaltigen – in diesem Zustand? Nur ein Verrückter würde so etwas tun, was meinen Sie?«

»Genau das will er uns glauben machen. Wer einmal den Fuß ins Mid-Manhattan gesetzt hat, weiß, dass es dort vor Irren nur so wimmelt – ich spreche wohlgemerkt von den unterirdischen Bewohnern. Aller Wahrscheinlichkeit nach hat der Mörder seine Tat als Vergewaltigung getarnt, um uns auf eine falsche Fährte zu locken.«

Mike schob die Dias in den Projektor. »Diese Bilder haben wir am Tatort aufgenommen, Doc. Ich weiß nicht, wie gut Sie Gemmas Büro kannten, aber vielleicht fällt Ihnen ja etwas auf.«

»Ich habe sie dort einige Male besucht und besitze sogar selbst einige Fotos davon. Gemma hat sie mir geschickt – ›Ich in meiner natürlichen Umgebung‹ nannte sie diese Schnappschüsse.«

Mike drückte den Knopf, und die Bilder huschten über die Leinwand. Aufmerksam betrachtete Dogen die Aufnahmen; viele zeigten ein und dasselbe aus verschiedenen Perspektiven.

»Da haben wir sie ja«, bemerkte Creavey in die Stille und deutete auf einen massiven Gegenstand, der als Briefbeschwerer auf einem Stapel Unterlagen auf Gemmas Schreibtisch thronte. »Die Tower Bridge.«

»Ja, die habe ich ihr auf dem Flohmarkt in der Portobello Road gekauft. Sie liebte das Ding. Wenn Sie ein, zwei Dias zurückgehen, Chapman, kann ich Ihnen sagen, wer die Leute auf den Fotos sind. Ein paar Aufnahmen habe ich sogar selbst gemacht.«

Mike ließ das Karussel in umgekehrter Richtung laufen, und Dogen nannte uns die Namen der Menschen, die auf den Schnappschüssen zu sehen waren. Der Kleidung und den Frisuren nach zu schließen, waren die meisten der Aufnahmen viele Jahre alt. Dieses Wiedererkennen hatte für Dogen eher persönlichen Wert, als dass es für unsere Ermittlungen wichtig war, doch sowohl Chapman als auch ich waren froh, dem freundlichen, sanftmütigen Mann eine Freude machen zu können.

»Hoppla. Halten Sie mal kurz an, Chapman.« Dogen sprang auf und eilte zur Leinwand. »Kompliment, Sie haben wirklich sorgfältig gearbeitet. Aber wissen Sie, dass hier am Bücherregel etwas fehlt? Ihr Schlüsselanhänger.«

Chapman und ich tauschten verwirrte Blicke. »Welcher Schlüsselanhänger?«

»Noch eine von diesen Tower Bridge-Nachbildungen. Sehen Sie diesen Haken am Ende des Regalträgers?« Dogen stand neben der Leinwand und deutete auf die Stelle, von der er sprach.

»Hier hatte Gemma ihre Ersatzschlüssel hängen. Der Schlüsselring passte genau über das Ende des Metallträgers, und auf diese Weise hatte sie die wichtigsten Schlüssel – den für ihre Wohnung und den für das Büro – immer griffbereit. Sie nahm sie immer dann mit, wenn sie nicht ihre ganze Handtasche mit sich herumtragen wollte, Sie verstehen«, sagte Dogen und sah mich an.

Ich nickte; auch ich hatte einen zweiten Satz Wohnungsschlüssel, den ich mitnahm, wenn ich joggte oder Zac ausführte und all die anderen Schlüssel an meinem gewöhnlichen Schlüsselbund nicht brauchte. Die Polizei hatte Gemmas Handtasche unberührt in der Schreibtischschublade gefunden; die Schlüssel, mit denen Mercer und ich in ihre Wohnung gekommen waren, stammten aus dieser Tasche.

»Und Sie sagen, dass jedesmal, wenn Sie sie besuchten, an diesem Haken ein Schlüsselbund hing?«

»Ja, immer. Sie bewahrte ihn *immer* dort auf, Detective. Wir machten Witze darüber. Sie pflegte ihr Büro ›Traitor's Gate‹ zu nennen – nach dem Tor des Towers, durch das die zum Tode verurteilten Gefangenen zur Hinrichtung geführt wurden. Dort konnten sie den letzten Blick in die Freiheit werfen. Da sie sich im Minuit als Außenseiterin betrachtete, bezeichnete sie ihre Schlüssel als Weg in die Freiheit. Sie baumelten immer am selben Ort, so dass Gemma sie mit einem Griff erreichen konnte, wenn sie eine Runde drehen, nach Hause gehen oder einfach nur eine Weile den Menschen entkommen wollte, die sie nicht besonders mochte. Ich schwöre Ihnen, dass Sie auf jedem früheren Foto ihres Büros den Schlüsselbund genau an dieser Stelle sehen werden.« Aufgeregt deutete Dogen auf den Haken am Ende des Regalträgers, der vergrößert auf der Leinwand zu sehen war.

Weder Mike noch ich wussten, was wir mit dieser neuen Information anfangen sollten. Nachdem Dogen sich wieder beruhigt hatte, betrachteten wir die restlichen Dias. Als Dogen gegen fünf den Raum verließ, um ein Telefonat zu führen, tauschten Mike und ich ratlose Blicke.

»Was denkst du, Blondie?«

»Schwer zu sagen. Wahrscheinlich sind die Putzleute die einzigen, die uns sagen können, wann der Schlüsselbund noch an dem Haken hing und ab wann er verschwunden war. Aber lass uns auf jeden Fall in der nächsten Woche auch alle anderen danach fragen.«

»Ja, aber was soll das überhaupt bedeuten? Es bricht doch niemand in ein Büro ein, um die Schlüssel für eben dieses Büro zu stehlen, oder? Das ist doch idiotisch. Und aus ihrer Wohnung scheint auch nichts zu fehlen.«

»Vielleicht hat der Täter die Schlüssel als eine Art Trophäe oder so was betrachtet.«

»So ein Unsinn, Coop, du liest zu viele Krimis. Sind wir mit Dogen fertig?«

Wenig später begleiteten Creavey, Chapman und ich Dogen raus bis zum Parkplatz. »Hat Gemma eigentlich mit Ihnen über ihr Priavtleben gesprochen, zum Beispiel über Männerbekanntschaften?«

»Nein, nein, über solche Dinge hat sie mit mir nicht geredet.«

»Der Name William Dietrich ist Ihnen wohl bekannt – ich meine, aufgrund seiner Position am Minuit.«

»Er ist mir in zweierlei Hinsicht bekannt«, erwiderte Dogen strinrunzelnd. »Ich weiß von den beruflichen Auseinandersetzungen zwischen ihm und Gemma und habe außerdem Gerüchte über seine private Beziehung zu ihr gehört. Die Kollegen, die mir davon berichtet haben, klangen nicht gerade begeistert. Es war die Rede von finanziellen Problemen und einem Auto, das er unbedingt haben wollte. Gemma war immer sehr freigibig, wenn es darum ging, jemandem mit

Geld unter die Arme zu greifen. Materielle Dinge bedeuteten ihr nicht viel. Sie stammte aus einfachen Verhältnissen, verdiente plötzlich viel Geld und war glücklich, wenn sie es verschenken konnte. Viel mehr weiß ich nicht über die Sache, aber ich muss sagen, dass mir dieser Dietrich nicht gerade sympathisch war.«

Um einen lockeren Small talk bemüht, erkundigte sich Mike, welche Art von Unterhaltung Gemma bevorzugt hatte.

»Unterhaltung? Spaß?« erwiderte Dogen, als hätten die Worte einer besonderen Interpretation bedurft. »Daran verschwendete sie keinen einzigen Gedanken. Sicher, sie hatte ein paar Freunde, sah sich gerne mal einen guten Film an oder las ein spannendes Buch, aber viel mehr Freizeit blieb ihr nicht.«

»Sprach sie jemals davon, dass sie Sportveranstaltungen besuchte – American Baseball oder so etwas? Redete sie von den Mets, den Yankees oder den Knicks?«

»Das Wort Baseball hab' ich aus ihrem Mund nie gehört. Ich kann mir auch nicht vorstellen, dass sie solche Veranstaltungen besuchte. Für Mannschaftssportarten hatte sie nicht viel übrig.«

Bei Mikes Frage fiel mir der Ordner mit der Aufschrift MET GAMES ein, den ich zusammen mit Mercer in ihrer Wohnung entdeckte hatte.

»Gemma liebte die Natur«, fuhr Dogen fort. »Wenn sie Kanu fahren, einen Berg besteigen oder meilenweit laufen konnte, war sie glücklich. Aber Mannschaftssport? Nein, das interessierte sie wirklich nicht. Und dazu noch American Baseball? Bei einem solchen Spiel hätte sie sich zu Tode gelangweilt. Für einen solchen Unsinn hatte sie sicher keine Zeit.«

Ich nahm mir vor, den Inhalt des Ordners zu überprüfen. War das Treffen mit Geoffrey Dogen letzten Endes pure Zeitverschwendung gewesen, weil er in den langen Jahren der Trennung gar nicht mehr mitbekommen hatte, was in seiner geschiedenen Frau vorging?

Nachdem Mike und ich uns auf dem Parkplatz von Dogen und dem Commander verabschiedet hatten, betraten wir wieder die Halle. Der Mann an der Rezeption übergab mir eine

Telefonnotiz: Ich sollte Mercer in Sarah Brenners Büro zurückrufen. Eine gute Nachricht, verriet der Zettel außerdem, und eine schlechte.

Mike folgte mir die Treppen hinauf. Ich ließ die Mappe mit den Fallunterlagen auf den Schreibtisch fallen, griff nach dem Telefonhörer und bat die Vermittlung, eine Verbindung nach New York herzustellen.

Sarahs Sekretärin stellte mich sofort durch. »Zuerst die gute Nachricht. In Sachen Überfall auf die Assistenzärztin vom Columbia-Presbyterian gab's einen Durchbruch. Ein anonymer Hinweis hat die Polizei gestern Nacht auf die Spur eines Verdächtigen geführt; sie haben den Typen festgenommen. Sag Mike, dass er Recht hatte. Der Kerl hat im Wagen den Ärzteparkausweis liegen sehen und hat die Reifen plattgestochen, in der Hoffnung, Medikamente oder Rezeptblöcke erbeuten zu können. Als er sah, dass es sich um eine junge Ärztin handelte, hat er außerdem noch versucht, sie zu vergewaltigen. Aber er ist ein Uptown-Kerl, und es bestehen keinerlei Verbindungen zum Mid-Manhattan. Sein Opfer ringt immer noch mit dem Tod. Maureen läßt mir übrigens jeden Tag durch den Commissioner eine Nachricht zukommen; ihr geht's prima, du musst dir also keine Sorgen machen. So, und jetzt ist Mercer mit den schlechten Nachrichten an der Reihe.«

Ich hatte ihn schon im Hintergrund einen Oldie von den Platters summen gehört, und als Sarah ihm den Hörer reichte, tönte seine tiefe Bassstimme durch die Leitung. »Oh-oh, yes, he's the great pre-e-tender …«

»Verdammt, ist John DuPre also tatsächlich nicht der, für den er sich ausgibt? Schieß los, Mercer, ich will alles wissen.«

»Denk dran, dass das Büro der Tulane Medical School erst um zehn Uhr aufgemacht hat – also vor knapp einer Stunde. Soeben habe ich den Rückruf erhalten. Der einzige John DuPre, der jemals an dieser ehrwürdigen Institution seinen Abschluss gemacht hat, erhielt sein Diplom anno domini – lass mich sehen – neunzehnhundertdreiunddreißig. Da war unser John DuPre noch gar nicht auf der Welt, würde ich sagen. Außerdem muss ich dir darin zustimmen, dass ein Schwarzer mit nur der geringsten Selbstachtung niemals mit dem Namen Jefferson Davis herumspazieren würde. Wann kann ich euch wieder in die Arme schließen?«

»Wir sind hier fertig und fliegen morgen Mittag zurück.«

»Ich hole euch vom Flughafen ab. Dann können wir gleich alle Neuigkeiten besprechen. Sarah macht mir gerade den Durchsuchungsbefehl für DuPres Praxis fertig. Ich rufe vorher nicht dort an, um seine Leute nicht hellhörig zu machen. Stattdessen tauche ich unangemeldet auf und sag' der Dame am Empfang, dass ich ihm noch ein paar Fragen über Gemma Dogen stellen muss. In der Zwischenzeit informiert sich Sarah über ärztliches Praktizieren ohne Zulassung. Der Durchsuchungsbefehl bezieht sich auch auf die Diplome an der Wand, auf Patientendaten und seinen Terminkalender. Vielleicht haben wir ja Glück und finden etwas, das in Zusammenhang mit den vergifteten Pralinen oder dem anderen Anschlag auf Mo steht.«

»Ich drück' dir die Daumen. Halt uns auf dem Laufenden, ja?«

»Gib mir mal Chapman. Ich muss ihm noch sagen, wie sehr ich ihn vermisse.«

25

Während Mike duschte und sich für das Abschlussbankett umzog, machte ich es mir im Bademantel auf meinem Bett bequem und meldete ein Gespräch nach Washington an. In der Hoffnung, Joan Stafford dort zu erreichen, gab ich der Vermittlung Jim Hagevilles Nummer. Nach ungeduldigem Warten hörte ich am anderen Ende der Leitung endlich die heiß ersehnte Stimme meiner Freundin.

»Ich hasse melodramatische Auftritte, aber wo, bitte, warst du, als ich dich gebraucht habe?«

»Gleich nachdem ich deine Nachricht erhalten hatte, habe ich versucht, dich zurückzurufen. Drew hat sich ebenfalls bemüht, dich dort drüben zu erreichen, aber …«

»Ich fürchte, das war sein letzter Anruf. Als er kürzlich anrief, hat Mike abgehoben. Jetzt denkt er wahrscheinlich, ich hätte gleich mehrere Männer. Joannie, wegen Drew muss ich dich so dringend sprechen. Kannst du dich erinnern, wann genau Drew dir gesagt hat, dass er mich gerne kennen lernen würde?«

»Verdammt, Alex, er hat nichts mit dem Mordfall zu tun. Du überreagierst. Du solltest ein für allemal darüber hinwegkommen, was du mit Jed erlebt hast und …«

»Das eine hat nichts mit dem anderen zu tun. Ich finde es nur ein bisschen seltsam, dass Drew dir sagt, er würde mich gerne treffen, und ich eine Woche nach unserem Kennenlernen zufällig erfahre, dass Carla Renaud auf dem Operationstisch der ermordeten Ärztin starb. Wie ist die Sache ins Rollen gekommen? Mehr will ich gar nicht wissen.«

Während Joan nach einer Antwort suchte, herrschte einige Sekunden Schweigen. Ich kam mir weniger wie eine Freundin als wie ein Inquisitor vor, und ich bedauerte, dass ich Joan und ihre Reaktion in diesem Augenblick nicht sehen konnte.

»Joannie?«

»Ja, ja, ich blättere gerade in meinem Kalender. Kannst du

dich an die AIDS-Benefiz-Veranstaltung im Temple of Dendur Anfang März erinnern? Jim und ich brachen gerade auf, als du ankamst – du standst genau neben dem Sarkophag mit der zweitausendfünfhundert Jahre alten Mumie, einer Leihgabe des British Museum ...«

»Und wer von uns beiden sah besser aus?«

»Ich persönlich fand, die Mumie, aber Drew war wohl anderer Meinung. An diesem Abend hat er Jim nämlich gebeten, ihn dir vorzustellen. Da wir aber gerade aufbrechen wollten, sagte ich ihm, er solle mich am nächsten Tag anrufen, damit wir einen passenden Termin für eine Dinner-Party ausmachen könnten.«

»Und wann hat er sich gemeldet? Steht das zufällig auch in deinem kleinen schwarzen Buch?«

Es folgte eine längere Pause.

»Er rief erst an, nachdem er aus der Zeitung erfahren hatte, dass ich die Ermittlungen im Morfall Gemma Dogen leite, stimmt's? Er rief erst ein, zwei Tage vor der Dinner-Party an, die du inzwischen organisiert hattest. Du hast für ihn einfach einen zusätzlichen Stuhl dazugestellt, hab' ich Recht?«

»Und selbst wenn – was ist daran verkehrt? Ich hatte von alledem wirklich keine Ahnung, Alex. Aber ich kann es dem Mann auch nicht verübeln, dass er die Ermittlungen im Mord an einer Ärztin, die sein Leben derart aus den Fugen gebracht hat, mit Interesse verfolgt. Alex, ich habe seit der Dinner-Party mehrmals mit ihm gesprochen – er liebt dich wirklich.«

»Ich finde es schon seltsam, dass ich mich plötzlich in eine Liebesgeschichte mit dem Mann verstricke, dessen Frau von der Ärztin umgebracht wurde, deren Mord ich gerade versuche aufzuklären ...«

»Ich muss Schluss machen. Das Baby schreit und ...«

»Du hast kein Baby.«

»Wie schade! Wenn du Nina mit deinen Anrufen zum Wahnsinn treibst, wirkt die Ausrede immer. Vielleicht leihe ich mir eins aus, bis du über diese Phase hinweg bist.«

»Tut mir leid.«

»Schau, du hast Drew erst ein paarmal getroffen. Jim kennt ihn schon sein Leben lang. Bring die Ermittlungen zu Ende und gib ihm eine Chance.«

Ich lag jetzt auf der Seite, den Kopf auf den Ellenbogen gestützt und den Hörer am rechten Ohr. Wir plauderten einige Minuten, bis ich wieder auf den eigentlichen Grund meines Anrufs zurückkam. »Mike hält die Idee für völlig verrückt, aber kannst du dir – oder besser: Jim sich – vorstellen, dass Drew Dr. Dogen so sehr gehasst hat, dass er, ich meine, nicht er selbst, aber dass er jemanden angeheuert hat, der ...«

Ein Schwall der Empörung brach über mich herein. Am Ende ihrer Gardinenpredigt atmete Joan tief durch.

»Tu mir einen Gefallen«, sagte sie. »Hör auf Mike; er hat wie so oft Recht. Ich bin am Dienstag wieder in New York, dann können wir alles noch einmal in Ruhe besprechen. Ruf mich am Sonntag hier an, sobald du wieder in der Stadt bist.«

Mike hatte inzwischen geduscht und sich rasiert und kam in einem dunkelblauen Anzug aus dem Bad. Nachdem er seine Krawatte gebunden und sorgfältig zurechtgerückt hatte, war er bereit zum Abmarsch.

Nach meiner Unterhaltung mit Joan ging es mir – wie meistens – viel besser. Es gab im Augenblick tatsächlich keinen Grund, Drew in die Wüste zu schicken, zumal mir bis zur Aufklärung unseres Falls ohnehin nicht viel Zeit für Treffen mit ihm bleiben würde. Ich beschloss, den Abend zu genießen, und stellte mir vor, was aus uns werden könnte, wenn der Fall erst einmal abgeschlossen war.

»Wird mein Mauerblümchen den Abend wieder allein auf dem Zimmer verbringen, oder kommen wir in den Genuss ihrer Gesellschaft?«

»Gib mir eine halbe Stunde Zeit. Ich dusche mich, ziehe mich an und komme runter.«

»Das hast du gestern auch gesagt.«

Ich scheuchte ihn aus dem Zimmer, verschwand unter der Dusche, wusch mein Haar und schlüpfte anschließend in mein schwarzseidenes Cocktailkleid, dessen kurzer, in Falten gelegter Rock bei jeder Bewegung mitschwang. Meine Laune war besser als seit Tagen.

Als ich kurz nach sieben in die Halle runterkam, erblickte ich zwischen den lichten Häuptern der älteren Herren Mikes dichtes Haar und bahnte mir den Weg zu ihm. Mike hatte mir den Rücken zugewandt und betrachtete interessiert die riesigen Wandteppiche, die die Halle schmückten. Neben ihm stand eine Frau in einem trägerlosen Abendkleid; ihre bloßen Schultern schimmerten wie feinstes Pozellan, und in ihrem kurzen platinblonden Haar funkelte ein diamantenes Diadem. Aufmerksam lauschte sie Mikes Worten und nickte schließlich zustimmend.

Ich näherte mich ihnen, wollte jedoch nicht in ihre Unterhaltung hineinplatzen, sondern beschloß zu warten, bis Mike mich entdeckte.

»Ich wusste nicht, dass zwischen Orkney und diesem Haus jemals eine Verbindung bestand, aber ansonsten kenne ich die Geschichte.« Chapman deutete auf die Wandteppiche; er war gerade dabei, der Frau zu erzählen, dass der Earl of Orkney Englands erster Feldmarschall und bei Blenheim zweiter Mann hinter dem Duke of Marlborough gewesen war. Die Tapisserien zeigten diesen Sieg und stellten sehr eindrucksvoll die hohe Kriegskunst dar.

Meine Neugier war stärker als meine guten Manieren, und nachdem mir einer der Kellner meinen Drink gebracht hatte, trat ich an Mikes Seite, um mich in die Unterhaltung einzuschalten.

»Cheers! Schön, dass du es heute geschafft hast, Blondie. Darf ich dir meine Herzogin vorstellen?«

Die elegante Frau ließ ihr Champagnerglas von der rechten in die linke Hand wandern, um mich zu begrüßen und sich als Jennifer, Lady Turnbull vorzustellen. Als Mike zu einer humoristischen Erklärung ihrer Person ausholte, warf sie den Kopf in den Nacken und lachte. Ich hatte so viele Abende mit Modemagazinen in der Badewanne verbracht, dass ich keine Erklärung benötigte. Ihr wunderschönes Gesicht war auf ebensovielen Covers, in ebensovielen Artikeln zu bewundern gewesen wie das eines professionellen Models; die Geschichte des College-Girls, das den steinalten Lord Turnbull geheiratet und kurz darauf seine Millionen geerbt hatte, war in meiner Jugend durch die Schlagzeilen sämtlicher Klatschmagazine gegangen.

»Jennys Verlobter ist der Mann, der alljährlich die Schirmherrschaft für diesen Kongreß innehat. Deshalb ist sie hier. Dort drüben, der Herr, der sich gerade mit deinem Freund unterhält.«

Ich sah Lord Windlethorne, der in ein Gespräch mit einem Herrn vertieft war, dessen Gesicht ich ebenfalls aus Zeitschriften kannte – es war der britische Industrielle Bernhard Karl, der trotz seiner Fünfzig noch jungenhaft gut aussah.

»Ihr Detective und ich haben uns blendend amüsiert, Alexandra. Er hat mir so viel über Sie erzählt, dass ich entzückt bin, Sie kennenzulernen.«

»Du hast mir nicht geglaubt, dass Creavey und ich mit 'ner echten Herzogin durch die Pubs gezogen sind, stimmt's?«

Bevor ich antworten konnte, protestierte Jennifer. »Ich habe Michael tausendmal erklärt, dass ich keine echte Herzogin bin, aber er nennt mich trotzdem so. Ja, wir haben gestern tatsächlich die Gegend unsicher gemacht, und er hat mir versprochen, sich zu revanchieren, wenn ich das nächste Mal in New York bin.«

Ich hatte einige Mühe, mir Lady Turnbull in Abendrobe mit Diamantschmuck, umgeben von den Jungs von der Manhattaner Mordkommisson, auf einem Barhocker im Rao's vorzustellen, doch ich hatte dort schon genug Politiker, Filmstars und Mogule gesehen, um es Mike zuzutrauen.

»Ich fürchte, ich bin schrecklich underdressed ...«

»Ach, Unsinn. Bernie und ich haben uns nur so in Schale geworfen, weil wir sozusagen die Gastgeber sind. Die Aufmachung paßt außerdem gut in diesen Rahmen, finden Sie nicht auch?«

Es folgte eine angeregte Unterhaltung zwischen mir und Lady Turnbull, so dass Chapman sich in der folgenden halben Stunde wie das fünfte Rad am Wagen vorkommen musste. Zwischendurch hielt ich mehrmals diskret Ausschau, ob Mr. Karl nach seiner Begleiterin äugte, aber er schien entweder mit ihrem Benehmen einverstanden oder aber zu tief in seine eigene Unterhaltung vertieft zu sein.

Kurz vor acht erschien Graham, um das Dinner im French Dining Room anzukündigen. Lady Turnbull schwebte an Mikes Arm lächelnd den Gang entlang, während ich, in eine zähe Unterhaltung mit dem langweiligen Dänen verstrickt, hinter den beiden herlief. Wenig später nahm sie am Kopfende der festlich gedeckten Tafel unter einem prächtigen Kronleuchter Platz.

Als ich auf der Suche nach der Tischkarte mit meinem Namen an ihr vorbeischlüpfte, deutete sie auf den Platz neben sich und bat Mike: »Da dies der sogenannte French Dining Room ist, erlaube ich mir die Freiheit, Hercule Poirot an meine Seite zu bitten. Nachdem bei dieser Konferenz von nichts anderem als von schrecklichen Verbrechen die Rede war, kann ich mir nicht vorstellen, neben wem ich besser aufgehoben sein könnte.«

»Poirot ist Belgier, Mikey. Er war genauso wenig Franzose, wie du es bist. Wenn du ihr verrätst, dass deine Wurzeln in Bay Ridge liegen, lässt sie dich fallen wie eine heiße Kartoffel«, raunte ich Mike zu, denn die Vorstellung, zwischen der australischen Strafrechtsexpertin und dem teutonischen Soziologen zu sitzen, versetzte mich nicht gerade in Entzücken.

»Sei ja nicht unhöflich zu meiner Herzogin, Blondie. Wenn du wieder grantig bist, nimmst du besser den Zimmerservice in Anspruch.« Zum Abschied blinzelte er mir zu und kniff mich in den Arm.

Kurz darauf entdeckte ich das Tischkärtchen mit meinem Namen zwischen dem von Lord Windlethorne – das musste Mikes Werk gewesen sein – und dem Botschafter Richard Fairbanks, dem amerikanischen Abgesandten bei der Pacific Economic Conference. Ein Ober eilte herbei und rückte mir den Stuhl zurecht.

Im nächsten Augenblick tauchte Windlethorne auf, und während der Vorspeise – Cornwall-Krabben mit Limetten und Piment – lauschte ich einem Vortrag über das britische Verleumdungsgesetz unter Einbeziehung zahlreicher Beispiele aus der Praxis. Wähernd des zweiten Ganges – Blattsalate mit Trüffeln – wurde Windlethorne von der Dame zu seiner Linken, die ich dafür hätte küssen wollen, in Beschlag genommen, so dass ich die Gelegenheit hatte, mich mit Fairbanks bekannt zu machen.

Der Botschafter war charmant, attraktiv und witzig, und es

gelang mir, Lord Windlethorne während der folgenden Gänge zu ignorieren und mich in das Gespräch mit Fairbanks zu vertiefen. Schon bald verlor ich den Überblick über die zahlreichen Gläser Rot- und Weißwein, die ich inzwischen intus hatte.

Als nach dem Dessert und dem anschließenden Champagner die mächtige Standuhr Mitternacht schlug, lud Bernhard die noch fitten Teilnehmer zu Zigarren und Portwein ein. Die meisten Europäer hatten für den folgenden Morgen Flüge zurück nach Hause gebucht und verabschiedeten sich, ebenso wie einige Ehefrauen, die Zigarrenrauch verabscheuten.

Auch ich hätte den Abend gern beendet, doch ich war viel zu neugierig, was zwischen Jennifer und Mike vor sich ging. Beim Verlassen des Speisesaals hing sie schon wieder an ihm wie eine Klette.

Ich stellte mich zu dem Botschafter und seiner Frau Shannon, und wenig später gesellten sich auch Mike und Jennifer zu uns. Chapman brachte mir ein Glas Potwein mit. »Das ist der beste Port, den ich jemals getrunken habe, Coop. Du musst ihn unbedingt versuchen.«

Nachdem wir uns auf dem bequemen Sofa in der Nähe des Kaminfeuers niedergelassen hatten, erschien Graham. »Entschuldigen Sie mich, Sir«, sagte er und beugte sich zu Chapman hinunter. »Ihre Mutter hat während des Dinners angerufen, aber gebeten, man möge Sie nicht stören. Sie sagte, sie riefe wegen der Informationen an, die Sie benötigten – Sie wüssten schon Bescheid. Mrs. Chapman lässt Ihnen ausrichten, dass der gefragte Bereich Geographie sei und dass ich Ihnen die folgende Antwort sagen solle.«

»Warten Sie 'nen Moment, Graham.« Die Zigarre im Mundwinkel und reichlich angesäuselt, genoss Mike das Spiel und den Firt mit Jennifer, und die Neugier, die Grahams kryptische Nachricht in ihr auslöste, brachte Mike noch mehr auf Touren.

Als er gerade beginnen wollte, ihr zu erklären, was »Jeopardy« war, griff sie begeistert nach seinen Händen und quietschte: »Ich weiß, was das ist. Ich sehe es *jedes Mal*, wenn ich in den Staaten bin.«

»Okay, zehn Mäuse, Herzogin. Sind Sie gut in Erdkunde?«

»Fünfzig Mäuse, Detective. Halten sie mit?« Dann erkundigte sie sich bei mir, ob ich ebenfalls einsteigen wolle.

Da ich meine Chancen zumindest etwas besser als in Sachen Bibel oder Physik einschätzte, zog ich mit.

»Also, spucken Sie's aus, Graham.«

»Madam bat mich, Ihnen folgende Antwort mitzuteilen ...« Er legte eine kurze Pause ein und warf einen verstohlenen Blick auf seinen Spickzettel. »Der früher unter dem Namen Mount McKinley bekannte, höchste nordamerikanische Berg ist heute unter seinem ursprünglichen, von den amerikanischen Ureinwohnern vergebenen Namen ›Great One‹ bekannt.«

Jennifer knuffte aufgeregt ins Sofapolster und rief: »Ich weiß es!«, während Graham sich bei Mike versicherte, ob er die seltsame Nachricht verstanden habe. »Wissen Sie's auch?« flüsterte mir die Herzogin zu.

»Was ist der Mount Rainier?« bot ich müde lächelnd an.

Jennifer hatte unter ihrem Abendkleid die Knie angezogen und bedeutete mir mit einem Kopfschütteln, dass ich mich täuschte. Dann warf sie einen erwartungsvollen Blick in Mikes Richtung.

»Leider keine Ahnung, Mylady«, bemerkte er und erwiderte dabei ihr strahlendes Lächeln.

»Was ist der Denali? So heißt der Berg jetzt. Bernie hat im vergangenen Sommer für eine Umweltorganisation eine Gipfelexpedition finanziert. Ist das nicht toll?«

Wirklich toll, fand ich auch. Und noch toller fand ich es, dass Mike tatsächlich in seinen Hosentaschen nach dem Einsatz wühlte – in all den Jahren, die wir zusammen gespielt hatten, hatte er es nie annähernd so eilig gehabt. Die meisten Beträge landeten auf der imaginären Schuldenliste. Darauf brauchte ich noch einen Drink.

»Entschuldigen Sie, Graham, könnte ich noch einen Drink haben – vielleicht einen kleinen Port?«

Graham reichte mir das Glas, als Bernhard auf uns zukam, um seinen wertvollen Schatz wieder in Besitz zu nehmen und zu Bett zu bringen. Mike sprang auf, um die Abschiedsküsse der Herzogin sowie ihr Versprechen, uns bald in New York zu besuchen, in Empfang zu nehmen. Wir dankten Mr. Karl für seine Großzügigkeit, nahmen wieder unsere Plätze vor dem Kaminfeuer ein und beobachtete, wie sich der Raum allmählich leerte.

Jemand hatte den CD-Player eingeschaltet, und Bette Middler fragte mich mit rauchiger Stimme, ob ich im Mondlicht tanzen wollte. Ich trat an die hohe Flügeltür, die hinaus auf die Terrasse führte. Ein paar Teilnehmer vertraten sich draußen die Beine, schnappten frische Luft oder wollten einfach nur der Wärme des Kaminfeuers entkommen.

Ich ging bis vor zur steinernen Brüstung, stellte mein Glas ab und blickte über die im Sternenlicht liegenden Gärten. Nach einigen Atemzügen wurde mein Kopf wieder klarer.

Plötzlich stand Mike neben mir. »Müde?«

»Vor einer Stunde ja, aber jetzt bin ich irgendwie aufgedreht.«

»Weshalb? Gibt's irgendwas Besonderes?«

»Ich glaube, das macht der Fall. Ich komme mir seltsam vor inmitten dieses ganzen Glanzes, dieses Überflusses aus einer anderen Zeit, während sie auf der anderen Seite des großen Teichs an unserem Fall arbeiten. Ich frage mich, was sie gerade tun. Glaubst du, es war DuPre?«

»Du kennst mich doch. Ich halte alles für möglich, bis wir den letzten Beweis haben.«

Jetzt drang Ben E. Kings samtige Stimme zu uns vor.

»Willst du tanzen?« fragte ich, glitt auch schon im Takt der Musik über die unebenen Steinplatten der alten Terrasse und stellte mir dabei vor, wie viele reiche, adlige Menschen hier im Lauf der Jahrhunderte schon Walzer getanzt hatten.

Die Zigarre in der Hand, starrte mich Mike grinsend an.

Ich wiederholte meine Worte, diesmal etwas weniger herausfordernd. »Tanz mit mir, bitte.« Er schien immer noch zu zögern. »Ich will doch nur mit dir tanzen, nichts weiter …«

»Schon gut, schon gut.«

Er legte seine Zigarre auf die steinerne Brüstung, stellte sein Glas neben meins und kam auf mich zu.

»Mit wem tanze ich jetzt – mit einer Wili oder einer Herzogin?«

Ich begriff nicht gleich. »Was?«

»Willst du mich in den Tod tanzen wie die Königin der Wilis, oder wärst du heute Abend lieber Lady Turnbull?«

»Das ist nicht fair. Ich …«

»Pst.« Er legte den Zeigefinger auf seine Lippen. »Nicht sprechen. Ich überlege gerade, wie ich an so ein Diamant-Diadem für dich komme. Wenn ihr Freund sie mir noch 'ne Stunde länger überlassen hätte, hätte ich es ihr abgeschwatzt und dann dir geschenkt. Weißt du eigentlich, wie toll du mit so 'nem Ding vor Gericht aussehen würdest? Du würdest keinen Prozess mehr verlieren.«

Als der Song zu Ende war, löste er sich von mir, schwebte im Tanzschritt auf seine Zigarre zu, während ich noch zwei Drehungen machte, das sanfte Nachschwingen meines Rocks genoss und mich dann wieder zu Chapman und meinem Glas gesellte.

»Schluss für heute, Blondie. Die Bar ist geschlossen.«

»Aber ich will wenigstens mein Glas …«

»Komm mit rauf. Morgen ist ein langer Tag, und zu Hause wartet 'ne Menge Arbeit auf uns.« Er nahm mich beim Ellenbogen und führte mich durch die Bibliothek und die Halle.

»Du hast Jennifer gestern nicht abgeschleppt, oder?«

»Wohl kaum, denn sie verträgt 'ne Menge mehr als du, Coop. Treppe oder Aufzug?«

Als bei näherer Betrachtung die Stufen in Bewegung zu kommen schienen wie die einer Rolltreppe, entschied ich mich schnell. »Aufzug, bitte.«

Der Lift brachte uns unter Ächzen und Stöhnen in den ersten Stock, und Mike bat mich, etwas leiser zu sprechen, als wir die anderen Suiten passierten. Er öffnete die Tür, und ich folgte ihm hinein. Dann gab er mir das Hemd, das er tagsüber getragen hatte, und griff nach dem Bademantel, der noch auf meinem Bett lag. »Putz dir die Zähne, nimm ein paar Aspirin und leg dich ins Bett.«

Als ich wenige Minuten später aus dem Bad kam, reichte er mir einen zusammengefalteten Zettel, der während des Dinners unter unserer Zimmertür hindurchgeschoben worden war und meinen Namen trug.

Ich faltete den Zettel auseinander, warf einen Blick darauf und schaute dann Mike an, um festzustellen, ob er ihn gelesen hatte. »Mr. Renaud hat angerufen. Bitte rufen Sie ihn zurück, ganz egal, zu welcher Tages- oder Nachtzeit.« Joan musste ihn über meine Beziehung zu Mike aufgeklärt haben.

»Soll ich rausgehen?«

Ich schüttelte den Kopf. »Das kann warten, bis wir zurück sind.« Ich baute zusehends ab.

»Okay, Blondie. Und jetzt ab ins Bett.«

Das Zimmermädchen hatte die Betten aufgeschlagen. Ich packte das Stückchen Schokolade aus, das auf meinem Kopfkissen lag, steckte es in den Mund und schlüpfte unter die Decke. Als ich gerade den Arm ausstreckte, um das Licht zu löschen, trat Mike an mein Bett und gab mir einen Kuss auf die Stirn.

»Als Betrunkene bist du lausig, Coop. Harmlos, aber lausig.«

Ich muss noch im selben Augenblick in Tiefschlaf gefallen sein, denn das Nächste, was ich wahrnahm, war der Weckruf am folgenden Morgen. Während ich mich langsam aufraffte, hörte ich ein seltsames Geräusch, das vom Fußende von Mikes Bett kam. Ich spähte vorsichtig dorthin, doch alles, was ich sah, war Mikes Hose, die zappelte und bebte, als sei ein riesiges Insekt in der Tasche gefangen. »Guten Morgen. Auch wenn es mich nichts angeht – darf ich fragen, was du in deiner Hose hast?«

»Wie meinst du das?« Er wandte mir sein Gesicht zu und sah ungefähr so aus, wie ich mich fühlte.

»Irgendwas zappelt da in deiner Hose.« Entsetzt deutete ich auf den bebenden Stoffhaufen.

»Das ist mein Skypager«, erklärte er mir lachend. »Ich habe ihn gestern Abend eingesteckt, aber während des Dinners den Klingelton abgestellt und das Ding auf Vibrationsmodus gestellt. Deswegen ist es jetzt so lebendig.«

Mike sprang aus dem Bett, hob seine zuckende Hose auf und zog das kleine Gerät aus der Tasche. »Es zeigt mir John Creaveys Nummer an.« Mike rief die Rezeption an und ließ sich mit Creavey verbinden.

Nach einem kurzen Gespräch mit dem Commander klärte Chapman mich auf. »Mercer hat Creavey angerufen, weil der Skypager über eine so weite Entfernung nicht funktioniert und der Mann an der Rezeption sich weigerte, den Anruf mitten in der Nacht zu uns durchzustellen. John DuPre ist verschwunden. Er hat die Stadt während der vergangenen vierundzwanzig Stunden verlassen, nachdem Mercer in seinem Büro einige Unterlagen beschlagnahmte. Auch sein Haus wurde durchsucht. Seine Frau ist außer sich, weil er sie mit den Kindern hat sitzen lassen, ohne ihr zu sagen, wo er steckt. Lass uns schnell packen; alles Weitere erfahren wir von Mercer, wenn er uns vom Flughafen abholt.«

»Ist der Mann nun Neurologe oder nicht?«

»Du machst wohl Witze. Mercer kennt nicht mal seinen richtigen Namen. Er heißt weder John DuPre, noch ist er Arzt. Wie es aussieht, hat er noch nicht mal ein Semester Medizin studiert. Er ist eher 'ne Art Autodidakt und Hochstapler in einer Person. Und sobald wir herausgefunden haben, wer er wirklich ist, wissen wir vielleicht auch, wo wir ihn finden.«

26

Um kurz vor fünf wurde unser Flug mit mehreren Stunden Verspätung endlich aufgerufen. Murrend gingen wir an Bord und suchten unsere Plätze in der Touristenklasse; ein Umzug in die erste Klasse war uns auf der anderen Seite des großen Teichs natürlich nicht vergönnt.

Der Flug verlief normal. Nach dem Essen wurde ein Film mit Mel Gibson gezeigt, und als wir schließlich nur noch zwanzig Flugminuten von New York entfernt und bereits auf viertausend Meter gesunken waren, kam wieder Leben in mich. Neben der rechten Tragfläche des Flugzeugs erschien gestochen scharf meine Lieblingsinsel: Martha's Vineyard. Dank des zu Beginn des Frühjahrs noch fehlenden Laubs konnte man die Dörfer und Städtchen, die kleinen Seen sowie die verstreut daliegenden Farmen und Ferienhäuser, die mir nur allzu vertraut waren, gut erkennen.

Mike beugte sich über mich hinweg, um auch einen Blick zu erhaschen. »Kannst du das Bite sehen? Wenn ich an die gebratenen Muscheln denke, läuft mir heute noch das Wasser im Mund zusammen.«

Ich zeigte ihm, wo Menemsha lag; als Orientierungshilfe diente mir dabei das rot-schwarz gedeckte Dach des Coast Guard-Gebäudes.

»Warst du eigentlich wieder einmal in deinem Haus, seitdem …«

Ich schnitt ihm das Wort ab, bevor er die Frage aussprechen konnte. »Nein, noch nicht.«

»Du solltest aber …«

Ich wusste selbst, dass ich mich vor dieser schwierigen Situation schon viel zu lange gedrückt hatte, doch ich hatte es einfach noch nicht fertiggebracht, ein Wochenende allein in meinem Haus zu verbringen, nachdem ich im vergangenen Herbst dort gemeinsam mit Mike im Mordfall Isabelle Lascar ermittelt hatte. »Der Hausmeister hat es winterfest gemacht.

Wenn es erst einmal Frühling ist, wird es mir leichter fallen, mit der ganzen Sache fertig zu werden. Die Räume werden gerade neu gestrichen, und ich möchte abwarten, bis Ann und Louise ihre Häuser wieder bezogen haben. Ich weiß, dass ich mich darum gedrückt habe, aber ich bin sicher, dass ich es bald schaffe.«

Die Stewardess forderte die Passagiere über das Bordmikrophon auf, die Sitzgurte anzulegen, da wir in Kürze landen würden. Es war keine Wolke am Himmel zu sehen, und mit Mühe brachte ich Mike dazu, seinen Klammergriff um die Armlehne zu lösen, da er sie andernfalls zerquetscht hätte.

Mercer hatte von der Flughafenpolizei die Erlaubnis bekommen, uns direkt am Gate abzuholen. Nachdem wir unser Gepäck in Empfang genommen hatten, stiegen wir in Mercers Wagen. Der Highway war mit Nachtschwärmern verstopft, die zum Essen oder ins Theater in die Stadt fuhren.

Als wir die Triboro Bridge erreicht hatten, rief ich von Mercers Autotelefon Giuliano im Primola an, um einen Tisch zu reservieren. »Ist noch ein Tisch für drei Personen in Adolfos Revier frei? In zwanzig Minuten sind wir da.«

Dort angekommen, bestellten wir und kamen dann schnell zur Sache. »Der angebliche John DuPre wurde als Jean DuPuy in einer kleinen Gemeinde in der Nähe von New Orleans geboren«, berichtete Mercer. »Er hat seinen High School-Abschluß gemacht und anschließend Pharmazie studiert. Das ist alles, was er je mit Medizin zu tun hatte. Bereits seit zehn Jahren gibt er sich als Arzt aus. Irgendwie hat er von dem echten DuPre erfahren, der zurückgezogen wie ein Einsiedler lebt und mittlerweile vierundneunzig ist. Die meisten denken, er sei schon lange tot. Einen Teil seiner Masche kennen wir inzwischen schon: Er schreibt nach Tulane und behauptet, seine Abschlusszeugnisse seien einem Brand zum Opfer gefallen, und fordert unter Angabe einer Postfachadresse eine Abschrift an. Die Verwaltungsangestellten sind glücklich, einem ihrer bekanntesten Absolventen aus der Klemme zu helfen, und schicken umgehend, worum er sie bittet. Anschließend fotokopiert er das kostbare Stück Papier ein paarmal, lässt sich vornehmes Briefpapier drucken und schickt das Ganze mit der Bitte um Kopien seiner Artikel und Beiträge an medizinische Gesellschaften und Fachzeitschriften. Im Handumdrehen sammelt er auf diese Weise eine ganze Mappe Unterlagen zusammen, die seine Karriere als Dr. John DuPre belegen.«

»Hast du Leute aufgetrieben, die ihn schon kannten, bevor er nach New York kam?«

»Ja, heute Nachmittag. Nachdem er alle Papiere beisammen hatte, bewarb er sich in den Südstaaten bei verschiedenen Kliniken und arbeitete sich allmählich hoch.«

»Und was berichten diese Leute über ihn?«

»Zwei Neurologen, mit denen er zusammengearbeitet hat, sagten aus, er habe sich wie ein echter Profi verhalten. Wie viele andere haben sie ihm ausgezeichnete Zeugnisse und Referenzen ausgestellt, als DuPre nach New York ging. Seine Patienten waren begeistert von seinem Einfühlungsvermögen und seiner ärztlichen Fürsorge.«

Wie Maureen, dachte ich bei mir. Zumindest hatte es vor ein paar Tagen noch so ausgesehen.

»Es scheint, als habe alles angefangen, nachdem ihm wegen Krankenkassenbetrugs seine Zulassung als Apotheker entzogen wurde. Der Staatsanwalt aus Louisiana, mit dem ich gesprochen habe, berichtete, dass unter den Ärzten große Bestürzung herrschte, als DuPuys Fehlverhalten publik wurde. Das war Anfang der Achtziger. Sie hatten ihm den Spitznamen ›Doc‹ gegeben, weil er so gelehrt und zuverlässig wirkte. Er ist dann nach Georgia gegangen und hat dort von vorn angefangen – als DuPre.«

»Hast du was über den Prozess herausgefunden, von dem er uns erzählt hat?« erkundigte ich mich.

»Ja, es geht um einen Kunstfehler. Der Patient, ein dreißigjähriger Mann, kam zu DuPre in die Praxis und klagte über verschiedene Krankheitssymptome.« Mercer blätterte in seinen Notizen. »Und zwar über plötzlichen Gewichtsverlust, unstillbaren Durst, Mundtrockenheit und Schwindelgefühle. Der Quarksalber nimmt ihm Blut ab, lässt ihn in den Becher pinkeln und schickt ihn mit einem Medikament gegen Schwindelanfälle wieder nach Hause. Achtundvierzig Stunden später wird der Patient tot aufgefunden.«

»Und weshalb?«

»Diese Symptome, Dr. Chapman, sind die klassischen Anzeichen für Diabetes. Das lernt jeder Medizinstudent im ersten Semester. Unser Hochstapler wusste das natürlich nicht, und sein Patient fiel prompt in ein Diabetes-Koma. Ein absolut vermeidbarer Todesfall.«

»Deshalb hat er also die Kleinstadt verlassen und ist in der Anonymität New Yorks untergetaucht, wo keiner nach seiner Vergangenheit fragte.«

»Und jetzt müssen wir herausfinden, ob er gestern tatsächlich die Stadt verlassen hat oder sich immer noch hier herumtreibt.«

»Auch in diesem Punkt gibt's Neuigkeiten«, schaltete sich Mercer ein. »Hab' ich eben auf dem Flughafen angeleiert. American Express und Visa helfen uns, seine Flugroute nachzuvollziehen. Sieht aus, als habe ihn sein Weg wieder runter in den Süden geführt. Jemand hat die Kreditkarten eines achtundachtizigjährigen Mannes namens Tyrone Perkins benutzt und in der Bronx einen Wagen gemietet, am Jersey Turnpike getankt und vergangene Nacht in einem Motel in South Carolina übernachtet.«

»Wurden die Karten als gestohlen gemeldet?« fragte ich.

»Bis jetzt noch nicht.«

»Aber dann verstehe ich nicht, warum …«

»Die Kreditkartengesellschaften haben zu Hause bei dem alten Herren angerufen, weil zum ersten Mal seit langer Zeit wieder Umsätze über die Karten liefen. Der Haken ist, dass Tyrone laut Aussage seiner Enkelin seit sieben Monaten im Krankenhaus liegt und an lebenserhaltenden Maschinen hängt. Er hatte ganz bestimmt keine Gelegenheit, seine Kreditkarten zu benutzen.«

Mike richtete die Zinken seiner Gabel auf Mercer. »Und ich wette, dass die Maschinen, an denen der alte Tyrone hängt, im Mid-Manhattan stehen.«

»Der Lieutenant hat heute Nachmittag jemanden rüber ins Krankenhaus geschickt, der die Schränke geprüft hat, in denen die persönlichen Dinge der Patienten von der Intensivstation aufbewahrt werden. Es sieht tatsächlich so aus, als seien Mr. Perkins Habseligkeiten in den vergangenen Tagen abhanden gekommen. Auf diese Weise können wir DuPuys Spur durch Restaurants, Motels und Geschäfte so lange folgen, bis wir ihn haben.«

»Ist während unserer Abwesenheit sonst noch etwas im Krankenhaus passiert?«

»Nun, gestern Nachmittag war ich drüben und habe angekündigt, dass wir ab Montag alle Zeugen vorladen und in der Staatsanwaltschaft erneut vernehmen werden. Derjenige, der den Zettel unter deiner Tür hindurchgeschoben hat – den mit der Schwarz-Weiß-Sache –, muss über den falschen DuPre Bescheid gewusst haben. Warum wollte er auf ihn aufmerksam machen? Weil er wusste, dass DuPre der Mörder ist? Oder nur, weil ihm bekannt war, dass er ein Betrüger ist? Oder wollte der anonyme Schreiber die Aufmerksamkeit von sich selbst auf DuPre lenken?«

»Ich bin ganz Mercers Meinung. Wir haben die Jungs lange genug mit Samthandschuhen angefasst. Jetzt ist Schluss mit der Sonderbehandlung. Sie sind ganz gewöhnliche Zeugen, und die werden nun einmal in der Staatsanwaltschaft vernommen. Wen hast du gestern im Krankenhaus getroffen?«

»Ich wollte die Verwaltung umgehen und direkt zu Dr. Spectors Büro gehen, aber jemand muss mich beim Betreten des Gebäudes gesehen haben. Jedenfalls hat mich Dietrich im sechsten Stock höchstpersönlich empfangen.«

Ich erinnerte Mike daran, dass wir Mercer noch über unsere Unterhaltung mit Geoffrey Dogen und den fehlenden Schlüsselbund informieren mussten.

»Wir müssen Dietrich fragen, wann genau Gemma ihm den Schlüsselanhänger gegeben hat.«

»Ja, und wie vielen anderen Kollegen sie auch so ein Ding geschenkt hat. Ich fürchte, das wird uns nicht weiterbringen. Wir haben schließlich keine Ahnung, wann die Schlüssel zum letzten Mal an Gemmas Bücherregal hingen. Bist du überhaupt dazu gekommen, mit Spector zu sprechen?«

»Klar. Wenn ich das Minuit betrete, werde ich inzwischen wie ein Anwärter auf eine Hirnoperation begrüßt. Die Docs reiben sich die Hände und tun so, als würden sie sich freuen, mich zu sehen. Er saß mit Coleman Harper und Banswar Desai in seinem Büro zusammen. Desai benimmt sich immer noch, als habe er seine beste Freundin verloren, und Harper ist seinem Boss so tief in den Arsch gekrochen, dass er danach schwärzer war, als ich es bin.«

»Waren sie kooperativ?«

»Ja, da gab's keine Probleme. Ich wollte denen nur mal auf den Zahn fühlen, ob sie etwas über DuPre wissen. Aber sie schienen nicht zu ahnen, dass er sich verdünnisiert hat, also hab' ich auch nichts gesagt. Spector konzentriert sich ganz auf seine Arbeit und scheint damit zu rechnen, Gemmas Job übernehmen zu dürfen. Er benimmt sich ziemlich unterwürfig und tut so, als sei's 'ne große Überraschung.«

Nachdem wir bei Adolfo gezahlt hatten, erschien der Besitzer des Restaurants mit einem Digestif auf Kosten des Hauses. Mike war schon aufgesprungen, um mir beim Aufstehen behilflich zu sein.

»Wissen Sie was, Giuliano, das nächste Mal spendieren Sie den Drink *vor* dem Essen und nicht danach, wenn Blondie es kaum erwarten kann, nach Hause zu kommen, okay?«

»*Buona notte*. Danke für Ihren Besuch – Miss Cooper, Gentlemen.«

»*Ciao*, Giuliano.«

Mercer fuhr mich nach Hause. »Und wie geht's weiter, Jungs?«

»Ich hab' morgen frei«, verkündete Mercer. »Es sei denn, Jean DuPuy wird irgendwo aufgegriffen. Der Lieutenant hat versprochen, mich anzurufen, falls das passiert. Er hat mich förmlich angefleht, zu Hause zu bleiben, weil wir in dem Fall schon so viele Überstunden gemacht haben.«

»Und ich hab' meiner Mutter versprochen, morgen Früh mit ihr in die Messe zu gehen.«

»Dann treffen wir uns doch am besten am Montag in meinem Büro«, schlug ich vor. »Ich ackere morgen nochmal alle Notizen durch und mache einen Zeitplan für die nächsten Vernehmungen.«

Der Portier kam aus dem Gebäude, um mein Gepäck in Empfang zu nehmen.

»Soll ich mit hochkommen und nachschauen, ob sich jemand unter deinem Bett versteckt hat, Blondie?«

»Nein, danke. Und vergiss nicht, deiner Mutter von der Eroberung der Herzogin zu berichten. Sie wird stolz auf dich sein.«

»Hey, falls DuPuy heute Nacht an deiner Tür klingelt und deinen Blutdruck messen will, lass ihn ja nicht rein, verstanden?!«

27

Ich genoss den regnerischen Sonntagvormittag allein in meiner Wohnung. Das Band meines Anrufbeantworters war randvoll mit Nachrichten, die Freunde hinterlassen hatten, aber ich wagte es nicht, vor dem frühen Nachmittag zurückzurufen. Nachdem ich meinen Koffer ausgepackt hatte, blieb mir nichts anderes zu tun, als mich über meine Arbeit herzumachen.

Als ich gerade an einem getoasteten Bagel knabberte, klingelte das Telefon. »Hi, Alex, hier spricht Mercer. Ich hab' zwei Sachen, bei einer könntest du mir vielleicht helfen.«

»Schieß los. Du hörst dich an wie von einem anderen Planeten.«

»Ich ruf' per Handy aus Connecticut aus. Bin zu 'ner Familienfeier hochgefahren, die ich fast verschwitzt hätte. Also, die erste Sache: Ich bin von 'ner kleinen Polizeistation in Bluebell, Pennsylvania, angerufen worden. Es scheint, als hätte DuPuy in der Nähe der Mason-Dixon-Linie kehrtgemacht und würde wieder Richtung Norden fahren. Der Commissioner ist immerhin so besorgt darüber, dass er Maureen nochmal an einen anderen Ort hat bringen lassen. Reine Vorsichtsmaßnahme, sagt er. Er geht davon aus, dass DuPuy bald eine neue Kreditkarte und 'nen neuen Ausweis stehlen, kaufen oder ergaunern wird.«

»Vielleicht kommt er ja zurück und holt seine Frau und die Kinder.«

»Du scheinst ja noch 'ne hohe Meinung von ihm zu haben. Tatsache ist, dass sein Telefon 'ne Fangschaltung hat und sein Haus rund um die Uhr bewacht wird. So, und jetzt meine Frage. Peterson hat mich nach den alphabetisch geordneten Registraturen in Dogens Büro und in ihrer Wohnung gefragt. Ich hab' ihm gesagt, dass wir uns 'n paar Notizen gemacht haben, aber dass die Schlagworte ganz allgemeiner Natur waren; eher Themen, keine Namen. Er wollte wissen, ob es einen Ordner gab, in dem es um John DuPre ging. Ich kann mich an keinen erinnern, ehrlich nicht. Du?«

»Wenn du einen Augenblick wartest, seh' ich in meinen Aufzeichnungen nach. Ganz spontan würde ich sagen, dass ich nur Sachkategorien bemerkt habe, keine Namen.« Ich bemühte mich, mir die zahllosen Ordner, durch die wir uns an jenem Nachmittag gewühlt hatten, ins Gedächtnis zurückzurufen, aber ich konnte mich nicht erinnern, auf den Namen des Neurologen gestoßen zu sein.

»Nicht so wichtig. Ich habe versucht, George Zotos zu erreichen, aber er ist mit Kollegen aus seinem früherem Einsatzkommando übers Wochenende zum Fischen gefahren.«

»Wenn du einen Augenblick Zeit hast …«

»Lass mal, das hat Zeit bis nächste Woche.«

»Okay. Viel Spaß noch bei der Feier.«

Ich legte auf, goss mir noch einen Kaffee ein, duschte und zog mich an. Da ich in Erwägung zog, der Frick Collection um die Ecke einen kurzen Besuch abzustatten, entschied ich mich für einen legeren gelben Kaschmirpulli und Samtleggings – das richtige Outfit, um mich unter das kunstbegeisterte Publikum zu mischen.

Doch zuvor wollte ich noch die Aufzeichungen von dem Gespräch mit Geoffrey Dogen durchgehen. Es ärgerte mich, dass ich Lieutenant Petersons Frage zu den Ordnern in Gemma Dogens Wohnung nicht beantworten konnte, doch noch mehr beschäftigte mich die Tatsache, dass es offensichtlich keinen Zusammenhang zwischen den seltsamen Beschriftungen der Ordner und Gemmas Interessen gab.

Ich hatte keine Möglichkeit, ohne das Wissen der Krankenhausverwaltung in Gemmas Büro im Minuit zu gelangen, aber ich besaß die Schlüssel zu ihrer Wohnung; seitdem ich mit Mercer dort gewesen war, lagen sie auf meinem Nachttisch, weil ich vergessen hatte, sie zurückzugeben, und mich auch niemand nach ihnen gefragt hatte. Die Miete für die Wohnung war bis Ende des Monats bezahlt, und Geoffrey Dogen hatte bereits Anweisungen erteilt, wonach Gemmas Kleidung an eine karitative Einrichtung gegeben und ihre übrigen persönlichen Dinge zu ihm nach England geschickt werden sollten.

Noch unentschlossen, ob ich mir mit einer Freundin die

Ausstellung ansehen oder meine Zeit lieber mit etwas Sinnvollem verbringen und noch einmal die Ordner in Gemmas Wohnung unter die Lupe nehmen sollte, ging ich ins Schlafzimmer. Dort nahm ich den Tower-Bridge-Anhänger vom Nachttisch und spielte mit den Schlüsseln, während ich die vertrauten Nummern wählte. Lesley Latham hielt sich laut Auskunft ihres Mannes geschäftlich in Houston auf, und Esther Newton war gerade auf dem Sprung, um sich im Madison Square Garden ein Spiel der Huskies anzusehen.

Ich hinterließ David Mitchell auf Band, dass ich wieder aus London zurückgekehrt war, und fragte an, ob er Lust habe, später am Abend mit Renee auf einen Sprung bei mir vorbeizukommen. Dann teilte ich Mike via Anrufbeantworter mit, dass DuPre seine Route geändert hatte.

Noch immer unentschlossen, wohin ich wollte, steckte ich einen frischen Notizbock und Gemmas Schlüssel in meine Handtasche. Das Kunstmuseum war nur vier Blocks entfernt, doch als ich an der Ecke zur Park Avenue im Nieselregen darauf wartete, dass die Ampel auf Grün sprang, hielt ein Taxi vor mir, um einen Fahrgast abzusetzen. Meine Entscheidung war gefallen.

Der Taxifahrer ließ mich vor Gemmas Apartmenthaus raus. In der Halle sah ich nur einen Portier; ich setzte ein freundliches Lächeln auf und ging auf ihn zu, um ihm zu erklären, wer ich war und was ich wollte, doch der Mann blickte nicht eine Sekunde von seiner *Daily News* auf. Also ging ich an ihm vorbei und rief den Aufzug.

Wie ich es erwartet hatte, überfiel mich auch diesmal Nervosität; der Gedanke, mich allein in der Wohnung einer Toten aufzuhalten, hatte etwas Gespenstisches.

Die beiden Türschlösser ließen sich mühelos öffnen, und wie schon beim ersten Mal schreckte ich bei einem Geräusch zusammen, doch diesmal war es nur der Widerhall des Zuschlagens von Gemmas Wohungstür, das mich irritiert hatte. Ich dachte an William Dietrich und andere, die möglicherweise ebenfalls Schlüssel zu dem Apartment besaßen. Deshalb schloß ich die Tür von innen ab und legte die Kette vor.

Alles war mehr oder weniger so, wie Mercer und ich es vor

einigen Tagen zurückgelassen hatten. Ich wusste, dass seitdem mehrere Detectives auf Anweisung des Lieutenants hier gewesen waren, und möglicherweise hatte auch schon der eine oder andere Makler die Wohnung besichtigt. Ich ging durch die Zimmer, entdeckte aber nur wenige Veränderungen.

Das Buch über Wirbelsäulenverletzungen lag nicht mehr auf dem Nachttisch, die Türen des Kleiderschranks standen offen, und der Schrank selbst war leer. Am Rahmen des Schranks klebte ein gelber Zettel mit einem von Hand gezeichneten Pfeil und der Aufschrift »An die Sozialstation in der Third Avenue liefern«.

Im Wohnzimmer betrachtete ich die Fotos mit neuem Interesse. Einige der Gesichter erkannte ich jetzt: Geoffrey Dogen, Gig Babson, verschiedene von Gemmas Kollegen aus dem Minuit. Die Bücher und CDs waren noch an ihrem Platz, aber der CD-Player und der kleine Fernsehapparat waren verschwunden. Ich nahm mir vor herauszufinden, ob alles ordnungsgemäß abgewickelt worden war – ein typisches Problem, wenn die Angehörigen eines Mordopfers nicht am selben Ort wohnten.

Ich schaltete den alten Radiowecker auf dem Tisch ein und suchte die Sender ab, bis klassische Musik die bedrückende Stille vertrieb. Die Bewohner des Nachbarapartments mussten schwerhöriger als meine verstorbene Großmutter sein, denn die schrille Stimme des Moderators des Home Shopping Kanals drang sogar durch die Wand. Offenbar fand eine Art Ausverkauf statt, denn die Preise fielen minütlich.

Ich kniete mich vor die Registratur und erinnerte mich daran, dass mir damals mehrere alphabetisch falsch einsortierte Ordner aufgefallen waren, aber die Registratur umfasste so viele Schubladen, dass ich nicht mehr wusste, in welcher ich die Unordnung vorgefunden hatte.

Ich öffnete irgendeine Schublade und ging auf der Suche nach mir nun möglicherweise vertrauten Namen sämtliche Karteireiter durch. Ich war gespannt, ob Gemma Dogen Informationen über die Männer, die wir inzwischen kennen gelernt und vernommen hatten, gesammelt hatte, und wollte natürlich auch Lieutenant Peterson mit der Neuigkeit, dass Gemma etwas über Jean DuPuy wusste, eine Freude machen.

Aber alles, was ich fand, waren medizinische Unterlagen und Ausschnitte aus Fachzeitschriften über Gehirnverletzungen und Operationstechniken. Ich warf einen Blick in meine alten Aufzeichnungen und stellte fest, dass sich in der dritten Schublade von links die Hängeordner der Kategorie »Berufsethik« befanden. Ich nahm einen Schwung heraus, trug sie hinüber zum Tisch und begann, sie durchzusehen.

Manche Unterlagen reichten Jahre zurück, fast bis in ihre ersten Tage am Minuit, und die Namen, die auftauchten, hatten mit den aktuellen nichts zu tun. Mit einem roten Stift hatte Dogen auf Kopien der offiziellen Bewerbungsunterlagen ihren Kommentar bezüglich der Eignung des jeweiligen Kandidaten für die Facharztausbildung festgehalten.

Ich schob den Stapel zur Seite und holte mir einen neuen Packen, von dem ich hoffte, dass er Dokumente jüngeren Datums umfasste. Um gleich bei den aktuellsten zu landen, nahm ich den Stapel von hinten in Angriff, doch als sich plötzlich die Beschriftungen änderten, begriff ich, dass ich schon in die nächste Kategorie gerutscht war.

Die Hängeordner, die nun vor mir lagen, waren in Gemmas Handschrift mit den Namen diverser Sportmannschaften versehen – die Saints, die Braves und die Redskins. Ich nahm die Büroklammern ab und öffnete die drei Pakete. Es waren Gemmas Notizen zu John DuPre. Schlagartig begriff ich ihr System. Der Mannschaftsname stand stellvertretend für die Stadt, in der sich die jeweilige akademische Institution oder der Arzt befand. Sie schien zu dem Schluss gekommen zu sein, dass die Informationen, die sie sich beschafft hatte, selbst Neugierige nicht interessierten, wenn sie sie mit den Namen von Sportmannschaften tarnte.

Siedend heiß fiel mir ein, dass in dem Briefing die Rede von weiteren Ordner mit ähnlicher Beschriftung gewesen war, die Polizisten in Müllcontainern auf dem Parkplatz des Krankenhauses gefunden hatten. Vielleicht war die Kartei in Gemma Dogens Wohnung nur ein Duplikat, das sie zur Sicherheit angelegt hatte.

Mein Fund versetzte mich in Aufregung. Ich wählte Chapmans Nummer, aber er war immer noch unterwegs. Ich bat ihn, mich in Gemmas Wohnung zurückzurufen, falls er innerhalb der nächsten Stunde nach Hause käme, und hinterließ ihm Gemmas Telefonnummer. Dann pagte ich Mercer an und wandte mich wieder dem Ordner über DuPre zu, während ich auf den Rückruf wartete.

»Wer spricht dort?« fragte Mercer, nachdem ich den Hörer abgenommen hatte.

»Alex.«

»Wo bist du? Die Nummer kam mir nicht bekannt vor.«

»Ich bin in Gemmas Wohnung. Peterson wird uns umarmen, wenn er erfährt, was ich hier gefunden habe.« Ich erklärte ihm, worauf ich gestoßen war und dass ich die Absicht hatte, meine Suche noch fortzusetzen. »Wann bist du wieder in der Stadt?«

»Anders herum gefragt: Wann soll ich denn da sein?«

»Lass es uns so machen: Ich nehme einen Packen Ordner mit, fahre bei Grace's Marketplace vorbei, kaufe dort etwas Leckeres zum Abendessen ein, und wir sorgen dafür, dass die Woche gut beginnt.«

»Wie spät ist es jetzt? Halb drei. Um sieben kann ich bei dir sein.«

»Gut. Ich bin noch auf der Suche nach einem Ordner, den wir damals zusammen hier gesehen haben. Ich glaube, er trug die Aufschrift ›Met Games‹. Kannst du dich daran erinnern? Ich habe damals gesagt, dass Laura eine so unordentliche Kartei zuallererst mal auf Vordermann bringen würde. Mir ist leider entfallen, wo der Ordner steckte. Ich bin sicher, dass der auch etwas mit ihren geheimen Nachforschungen zu tun hat.«

»Er war in der Nähe von einem Ordner mit der Aufschrift ›degeneriert‹ oder so ähnlich – das ist mir noch im Gedächtnis geblieben.«

»Dieses Wort gehört eher in das Umfeld unserer Arbeit – wir haben es nicht selten mit Degenerierten zu tun. Aber in der Medizin spricht man von ›regenarativem Gewebe‹. Toll, ich wusste, dass du dich daran erinnern würdest.«

»Ich bleibe dran, während du nachsiehst.«

Ich legte den Hörer auf den Tisch, überflog meine Notizen und fand den Verweis auf die Schublade, die sowohl Unterlagen zu einer Reihe von ethischen als auch zu speziellen medizinischen Themen beherbergte. Ich öffnete die betreffende Schublade und entdeckte sofort den grünen Ordner mit der gesuchten Aufschrift.

Ich klemmte mir den Hörer unters Kinn und zog gleichzeitig einen ganzen Stapel Blätter aus der Pappmappe. »Volltreffer, Mercer. Sieht aus, als sei mit ›Met Games‹ Coleman Harper gemeint. Diese Unterlagen reichen weiter zurück als Dietrichs Personalakten. Sie stammen zum Teil aus Dogens erstem Jahr am Minuit. Harper hatte gerade seine Assistenzzeit beendet, wie er es uns berichtete. Nur geht aus diesen Aufzeichnungen hervor, dass es tatsächlich Gemma Dogen war, die seine Bewerbung für die Facharztausbildung boykottierte. Spector hat ihn am Metropolitan Hospital untergebracht, während er versuchte, Gemma umzustimmen.« Ich blätterte durch die Dokumente. »Spector warb um weitere Stimmen zugunsten von Harper, während Dogen jede Bewegung des jungen Arztes verfolgte. Es ist zu viel, um es jetzt am Telefon durchzugehen, aber es scheint, als habe sie jeden Fehler Harpers in den letzten zehn Jahren dokumentiert. Und das sind eine ganze Menge.«

»Zum Beispiel?«

»Ein paar Einzelheiten hat sie rot eingekreist – jemand, der Harpers fehlendes Geschick im OP bemängelte; ein anderer, der gegenüber Spector Harpers mangelhaftes medizinisches Grundwissen beklagte. Es ist klar, dass sie ihn auch dieses Mal nicht zur Facharztausbildung zugelassen hätte.«

»Gute Arbeit, Alex.«

»Ich bringe die Unterlagen mit. Auf dem Rückweg schaue ich noch im Minuit vorbei; vielleicht lässt mich der Sicherheitsdienst ja in Gemmas Büro. Dann könnte ich ihre Registratur dort unter die Lupe nehmen, bevor wir das nächste Mal mit Spector sprechen.«

»Das wirst du schön bleiben lassen, Alex. Wer weiß, wer sich dort an einem Sonntag so alles rumtreibt. Vergiss nicht, dass der Mörder noch auf freiem Fuß ist. Vielleicht hat DuPre etwas im Krankenhaus vergessen und kommt noch einmal dorthin zurück.«

»Mercer, ich komme doch ohnehin nur rein, wenn mir der Sicherheitsdienst die Tür aufschließt. Außerdem ist es hellichter Tag ...«

»Nein. Hast du mich verstanden? Erstens wurde in diesem Raum vor nicht allzu langer Zeit eine Frau ermordet. Hast du das etwa schon vergessen? Und zweitens sind die Sicherheitsvorkehrungen in diesem Krankenhaus so löchrig wie ein Schweizer Käse. Du gehst auf dem schnellsten Weg nach Hause. Habe ich mich deutlich genug ausgedrückt?«

»Und was ist, wenn Mike mich begleitet?«

»Du bist wirklich ein Dickschädel.«

»Gut bemerkt. Also, bis später.« Ich brachte es nicht fertig, ihm vorzugaukeln, dass ich nicht im Mid-Manhattan vorbeischauen würde. Ich war nur wenige Blocks entfernt und viel zu neugierig, was ich in Gemma Dogens Büro vorfinden würde – jetzt, wo ich wusste, wonach ich suchte. Ihre Wohnung konnte ich von der Polizei sichern lassen, so dass niemand sie betrat, auch wenn der Täter die Schlüssel besaß. Doch über ihr Büro hatte ich weitaus weniger Kontrolle. Wenn es jemand darauf anlegte, ihre Aktenschränke zu durchwühlen, war ich machtlos. Also musste ich schnell handeln.

Ich suchte die Ordner zusammen, machte das Radio aus und griff nach meinem Mantel. Bis zum fünfzehnten April waren es noch zehn Tage, und Coleman Harper wartete sicher schon gespannt auf die Entscheidung, ob er diesmal zur Facharztausbildung zugelassen werden würde. Ich fragte mich, inwiefern Gemmas Taktik, die Krankenhausverwaltung so lange über ihre Pläne im Unklaren zu lassen, mit Harpers Bewerbung und Gemmas nun schon zehn Jahre währenden Bemühungen, ihn vom Mid-Manhattan fernzuhalten, zusammenhing. Welch große Hoffnung setzte er darauf, es dieses Mal zu schaffen? Gab es andere Bewerber, denen Gemma ähnlich zugesetzt hatte? Gemma Dogen hatte sich mit ihren strengen Prinzipien eine Menge Feinde gemacht, und ich wusste nur zu gut, dass Rache ein nicht zu unterschätzendes Motiv war.

Ich wollte gerade die Türkette öffnen, als ich schräg hinter mir eine blitzschnelle Bewegung registrierte. Ich riss meinen

Kopf herum und wurde im selben Augenblick brutal an die Wand gestoßen. Mein Kopf prallte gegen den Türrahmen, und ich fiel zu Boden. Fausthiebe prasselten wild auf mich ein, und ich schrie vor Schmerz auf. Instinktiv versuchte ich, meinen Kopf mit den Armen zu schützen. Die nächsten Schläge trafen mich an den Händen. Ich krachte mit der Stirn gegen die Tür. Ich stieß die Ellenbogen nach hinten und wehrte mich erbittert gegen den Angreifer hinter mir.

Ich versuchte, mich umzudrehen, um meinen Peiniger zu sehen, in der Hoffnung, er möge zur Vernunft kommen, wenn er mir von Angesicht zu Angesicht gegenüberstand. Aber meine Füße verloren auf den Ordnern, die zu Boden gefallen waren, den Halt. Mein linkes Bein rutschte unter meinem Körper weg, und ich sackte auf die Knie. Im Fallen gelang es mir, mich umzuschauen. Es war Coleman Harper. Mit aller Kraft stieß er seine Faust gegen die Wand – an die Stelle, wo eben noch mein Gesicht gewesen war.

Ich brüllte ihn an, er solle aufhören, doch er drückte mich mit dem Rücken auf den Boden und schwang sich rittlings auf mich. Um meine Schreie zu unterdrücken, stopfte er mir etwas in den Mund, das wie ein schmutziger Strumpf roch. Während er mir sein Knie in den Bauch stieß, schossen seine Blicke wild durch den Raum. Seine linke Hand lag auf meiner Kehle; mit der rechten umklammerte er meine beiden Handgelenke. Es schien, als suchte er nach einer Waffe, ohne noch zu wissen, welche es sein würde. Vielleicht hätte ich mich aus seinem Griff befreien können, doch mein Kopf hämmerte vor Schmerz, und ich entschied, meine Kräfte für das, was noch kommen würde, aufzusparen.

Durch meinen Kopf jagten die Gedanken; fieberhaft überlegte ich, wie ich mich gegen seinen Angriff verteidigen konnte. Der einzige Mensch, der wusste, wo ich steckte – Mercer Wallace – war Stunden entfernt und ahnte nicht einmal, in welcher Gefahr ich mich befand. Wenn es mir nicht selbst gelang, mich aus Coleman Harpers Gewalt zu befreien, gab es keine Rettung.

Während sein Blick über die Regale glitt, veränderte sich sein Gesichtsausdruck ständig; er schien abzuwägen, welcher der Gegenstände am geeignesten für einen schnellen Tod war. Ich hoffte inständig, dass er das teure Set scharfer Messer, das mir bei meinem ersten Besuch mit Mercer nebenan in der Küche aufgefallen war, nicht entdeckte. Ich betete, dass die Nachbarn ihren plärrenden Fernseher ausstellten, anstatt ihre Wohnung mit den scheußlichen, auf antik getrimmten Keramiken zuzustellen, die der Verkäufer gerade anpries. Ich hoffte, dass sie den Kampf hörten, der sicher noch heftiger werden würde.

Aus meiner Position am Boden konnte ich den Wandschrank sehen, in dem sich Harper versteckt gehalten hatte. Der Inhalt des Schranks war ebenfalls schon an die karitative Einrichtung weitergegeben worden, und so hatte das leere Möbelstück Harper ein ideales Versteck geboten. Wenn ich nur Mercer nicht angerufen und ihm von meiner Entdeckung berichtet hätte. Vielleicht hätte mich Harper dann unbehelligt gehen lassen.

Bleib ganz ruhig, sagte ich mir immer. Er hat keine Waffe zur Hand, weil er nicht hierher gekommen ist, um jemanden umzubringen. Er hat nicht damit gerechnet, hier jemanden anzutreffen. Es ist nicht wie in der Nacht, als er Gemma in ihrem Büro aufsuchte, um sich dafür zu rächen, dass sie seine Karriere verhindert hatte.

Ich schloss die Augen und wünschte mir nichts sehnlicher, als aus der Wohnung zu fliehen, doch als der Arzt das erste Wort an mich richtete, öffnete ich sie wieder.

»Stehen Sie auf.« Seine Stimme zitterte nicht nervös wie damals, als ich ihn zum ersten Mal zu dem Mord an Gemma Dogen vernommen hatte, sondern klang scharf und schneidend. Er riss mich hoch und zerrte mich hinter sich her, und als die weiche Wolle meines Pullovers seinem festen Griff nicht standhielt und sich dehnte, packte er mich am Haar.

Ich versuchte, den Wollsocken auszuspucken, so dass ich wenigstens mit ihm sprechen konnte, doch als er bemerkte, dass ich es beinahe geschafft hatte, stopfte er ihn mir noch tiefer in den Rachen.

Ich bemerkte halbwegs erleichtert, dass er mich nicht in die Küche zerrte. Während durch meinen Kopf die schrecklichen

Bilder von Gemmas verstümmelter Leiche jagten, war ich fast dankbar, dass er mich hinüber zu der Fensterfront schleppte.

Als wir uns dem Schreibtisch näherten, gab er mich plötzlich aus seiner Umklammerung frei und griff nach dem Telefon. Ich konnte mir denken, dass er nicht vorhatte zu telefonieren. Er wollte mich mit dem Kabel erdrosseln.

Ich war seine Todeskandidatin.

Ich wartete, bis er sich quer über den Tisch beugte, um den Stecker aus der Buchse zu ziehen. Dann holte ich blitzschnell mit meinem linken Fuß aus und versuchte, mit dem Absatz meines Schuhs seine Kniescheibe zu treffen. Ich verfehlte mein Ziel nur knapp, und Harper stieß einen scharfen Fluch aus. Unglücklicherweise hatte ich ihn nicht, wie erhofft, aus dem Gleichgewicht gebracht, und seine Rache würde nicht auf sich warten lassen. Er hatte das Kabel aus der Buchse gerissen und kam bewaffnet mit dem schweren Telefonapparat, der noch an dessen Ende baumelte, auf mich zu.

Gebete fielen mir keine mehr ein, doch eines wusste ich: Ich wollte nicht mit einem Kabel um den Hals sterben. Ich hatte mehrere Fälle erlebt, in denen das Opfer erdrosselt worden war, und ich wusste, um welch langsamen, qualvollen Tod es sich dabei handelte.

Ich hatte Harper den Rücken zugewandt und konnte seine Bewegungen nur aus dem Augenwinkel heraus erkennen. Er versuchte, das lose Ende des Kabels zu fassen zu bekommen, und als es ihm schließlich gelungen war, warf er die Schlinge über meinen wild hin und herschlagenden Kopf.

Ich entwand ihm meine rechte Hand und umklammerte damit schützend meine Kehle. Als er begann, die Schlinge zuzuziehen, gab er auch meine linke Hand frei. Ich versuchte fieberhaft, meine Finger zwischen meinen Hals und das mörderische Kabel zu schieben.

Die Schlinge darf sich nicht zuziehen, du musst es verhindern, hämmerte es mir ununterbrochen durch den Kopf. Bring deine Finger dazwischen, sie darf sich nicht zuziehen.

Ich schleuderte meinen Körper vor und zurück und trat wild um mich, während ich versuchte, mit meinen Händen dem Zug des Kabels entgegenzuwirken. Coleman Harper suchte unterdessen nach einer Stelle, wo er das Telefon fest verankern konnte, so dass er in der Lage war, das Kabel straffer zu ziehen.

Wieder rasten tausend Gedanken durch meinen Kopf. Zufällige Gedanken, von denen einer den nächsten jagte, während ich mich verzweifelt bemühte, kühlen Kopf zu bewahren. Als vor meinem inneren Auge meine Eltern erschienen, schüttelte ich noch wilder den Kopf, um das Bild zu vertreiben – ich wollte nicht, dass sie an dieser grausamen Szene teilhatten. Mercer und Mike waren diejenigen, die ich herbeisehnte, um mich zu retten.

Als Harper versuchte, mich vom Bücherregal wegzuzerren, tastete ich nach etwas, an dem ich mich festhalten konnte und das mich vor dem bewahrte, was er mit mir vorhatte. Chapmans Stimme ging mir durch den Kopf.

Plötzlich wusste ich, was mir an dieser Szene bekannt vorkam. Ich fragte mich, wie Chapman reagieren würde, wenn sie meine Leiche hier fanden. Während ich mich unbeirrt gegen meinen Angreifer zur Wehr setzte, erinnerte ich mich daran, wie Grace Kelly in *Bei Anruf Mord* von ihrem Peiniger angegriffen wurde. Er hatte ihr von hinten die Schlinge um den Hals gelegt – fast so, wie Harper es mit mir getan hatte. Und während sie meine Leiche in die Zinkwanne hoben, würde Mike den Jungs in Uniform erzählen, wie sehr er sie in diesem Film bewundert hatte.

Der Brieföffner. Ich kämpfte gegen Harpers rechte Hand an, mit der er meine Finger vom Kabel lösen wollte. Auf der Suche nach dem Brieföffner oder einer spitzen Schere hetzte mein Blick über Gemmas Schreibtisch. Aber nichts zu sehen. Komm schon, Mädchen, sagte mir meine innere Stimme. Grace Kelly hat's getan, und du kannst es auch.

Lass ihn eine deiner Hände rausziehen, dachte ich, während ich die andere zum Schutz noch fester an meinen Hals drückte. Als er meine rechte Hand freigab, um die Schlinge zuzuziehen, schlug ich ihm ins Gesicht und stieß ihm ins Auge. Er heulte vor Schmerz auf und erwiderte den Hieb.

Aber jetzt wusste ich, was ich wollte, und es fehlten nur noch wenige Zentimeter.

Als er nun mit aller Gewalt auf mich losging, gelang es mir nur mit Mühe, nach Luft zu ringen. Schweiß lief über mein Gesicht und brannte in meinen Augen; mein Atem ging keuchend. Ich stemmte mich mit meinem ganzen Gewicht gegen das Bücherregal. In diesem Augenblick war ich dankbar, dass ich in all den Jahren Sport getrieben hatte – in meiner guten Kondition lag meine einzige Chance gegen den größeren, kräftigeren Mann.

Als ich für einen Moment überraschend seinem Zerren nachgab, geriet Harper aus dem Gleichgewicht, was zur Folge hatte, dass sich die Schlinge etwas lockerte. Die linke Hand immer noch schützend an den Hals gelegt, machte ich einen Satz zur Seite und griff nach Gemmas Auszeichnung – dem goldenen Skalpell auf dem Ebenholzsockel auf dem dritten Regalbrett. Das Skalpell fest mit der Faust umklammert, wirbelte ich herum und zog das rasiermesserscharfe Instrument über Harpers Handgelenk. Noch im selben Augenblick spritzte das Blut.

Als ich begann, wild auf ihn einzustechen, ließ er die Telefonschnur los. Ich hielt nur einen kurzen Moment inne, um mich von dem Mundknebel zu befreien. Ich musste ihn so ernst verletzen, dass mir die Flucht aus der Wohnung gelingen würde, aber ich wusste nicht, wo ich meine Stiche am besten plazieren sollte. Als er versuchte, mit seinem Ärmel die am stärksten blutende Wunde abzubinden, holte ich aus und rammte ihm das Skalpell mehrere Male in den Oberschenkel. Während sich Harper vor Schmerz jaulend auf dem Boden wand, rannte ich zur Tür, nahm die Kette ab – wie ich es einige Minuten zuvor gerade hatte tun wollen –, stürzte hinaus auf den Gang und schlug die Tür hinter mir zu.

Wie von Furien gehetzt trommelte ich an die wenigen anderen Wohnungstüren, die zwischen Gemmas Apartment und dem Aufzug lagen. Meine Hilferufe hallten durch den Korridor. Ich hörte, wie die Abdeckung des Spions an der Tür der Nachbarn zur Seite geschoben wurde, und begriff erst in diesem Augenblick, welchen Anblick ich bot: ein schwarzes Telefonkabel, zweimal um meinen Hals gewickelt; in der Hand den Telefonapparat, der noch mit dem Kabel verbunden war und dessen Gewicht andernfalls wahrscheinlich ausgereicht hätte, mich zu Tode zu strangulieren. Mein gelber Pulli war getränkt mit Harpers Blut und völlig aus der Form geraten, so dass eine meiner Schultern völlig bloßlag.

In diesem Zustand würde mir kein halbwegs vernünftiger New Yorker die Tür öffnen. Aber alles, was ich wollte, war, dass die Polizei erschien. Ich hämmerte an die Tür der Nachbarn. »Lassen Sie mich rein«, brüllte ich. »Ich habe gerade einen Mann umgebracht. Ich bin verrückt. Ich bin gestern nacht aus der Stuyvesant-Psychiatrie ausgebrochen. Lassen Sie mich rein. Sofort!«

Wie ich es erwartet hatte, entfernten sich die Person mit eiligen Schritten von der Tür, vermutlich um den Notruf zu wählen, den Portier zu alamieren. Das Skalpell noch immer fest umklammert, ließ ich Gemmas Wohnungstür keine Sekunde aus den Augen. Fünfundvierzig Sekunden später war der Wachmann da.

Ich wickelte das Kabel von meinem Hals, während wir auf das Eintreffen der Polizei warteten. Sie brauchten weniger als sieben Minuten. Wahrscheinlich hatte ich Glück, dass Harper nicht versucht hatte, mich an einem Wochentag während der Rushhour umzubringen, sondern an einem ruhigen Sonntagnachmittag. Sie kamen mit drei Einsatzfahrzeugen. Zwei Polizisten blieben bei mir, während die anderen vier die Tür aufbrachen und Harper bewußtlos auf dem Boden der Wohnung vorfanden.

»Wir müssen Sie zur Untersuchung ins Krankenhaus bringen, Miss Cooper. In welches möchten Sie denn?« fragte mich einer der Cops, nachdem ich ihm erklärt hatte, wer ich war.

»Ich fürchte, nach dem, was ich in den letzten Wochen erlebt habe, will ich in keines. Aber ich habe einen sehr guten Internisten. Am allerbesten wäre es, wenn Sie mich nach Hause bringen und mich dort vernehmen würden. Ich könnte dann auch Dr. Schrem anrufen. Ich denke, dass er in diesem Fall einen Hausbesuch macht.«

Der Wachmann hatte unterdessen eine alte Decke geholt, die mir der Police Officer Dick Nicastro um die Schultern legte. Dann brachten sie mich nach Hause.

Ich nahm auf dem Rücksitz Platz und ließ erschöpft den Kopf an die Scheibe sinken. Aus dem Sprechfunkgerät drangen stakkatoartig die Polizeidurchsagen – eine Vergewaltigung auf dem Dach eines Hochhauses im siebten Revier.

»Muss an der Jahreszeit liegen, Miss Cooper.«

Ich schloss die Augen, fuhr durch mein regennasses Haar und schüttelte den Kopf. »Leider ist es offenbar immer die gleiche Jahreszeit.«

28

Am Montagmorgen fiel Battaglias Reaktion auf mein sonntägliches Rendezvous im Vergleich zu Mercers und Mikes Gardinenpredigt vom Vorabend eher harmlos aus. Als die beiden gegen sieben bei mir eingetroffen waren, hatte mein Arzt gerade die Untersuchung beendet und dokumentierte die Ergebnisse bis ins letzte Detail, da sie bei dem späteren Prozess als Beweise benötigt wurden. Er nahm den beiden das Versprechen ab, meinen Zustand nicht durch Aufregung oder emotionale Belastungen aufs Spiel zu setzen. Außerdem bestand er darauf, so lange zu bleiben, bis ich Mike und Mercer von dem Zusammentreffen mit Coleman Harper berichtet hatte, um sicher zu sein, dass ich mich nicht über Gebühr erregte.

»Bitte kein Kreuzverhör, Gentlemen«, ordnete er an, bevor er sich verabschiedete. »Sie muss früh ins Bett und braucht eine ruhige Nacht.«

Mike hatte Hal Sherman von der Spurensicherung herbestellt, der meine Verletzungen fotografieren sollte. Ich brauchte keinen Spiegel, um zu begreifen, wie schlimm ich zugerichtet war – sein Gesichtsausdruck genügte mir. »Ich hab' schon 'ne Menge Leichen abgelichtet, die besser aussahen als du, Alex. Wenn du die Gewinnerin des Kampfes bist, wie sieht dann erst der Knabe aus?«

Chapman hob mein Haar an, um ihm die Würgespüren an meinem Hals zu zeigen. »Sie war auch nicht gerade zimperlich. Der Typ wird zukünftig im Knabenchor den Sopran singen.«

Als Hal die Beulen und Kratzer in meinem Gesicht fotografierte, zuckte ich beim Aufflammen des Blitzlichts zusammen. Dann waren meine Handgelenke und Unterarme an der Reihe.

Da alle dagegen waren, dass ich die Nacht allein in meiner Wohnung verbrachte, nahm ich David Mitchells Einladung an und wurde auf dem ausziehbaren Sofa in seinem Wohnzimmer einquartiert. Er und Renee kümmerten sich rührend um mich, während Zac meine Füße wärmte. Mike und Mercer gingen gegen neun und nahmen meine Kleidung mit, die zur serologischen Untersuchung ins Labor gebracht wurde.

Ich war entschlossen, so früh wie möglich im Büro aufzutauchen, bevor die Geschichte mythische Ausmaße annahm. Es war klar, dass die Ermittlungen im Mordfall Gemma Dogen von einem Kollegen weitergeführt werden mussten, und natürlich auch der Angriff auf mich. In diesem Fall war ich nun eine ganz normale Zeugin und keine Staatsanwältin mehr. Rod Squires überließ mir die Auswahl des betreffenden Kollegen, der natürlich weder Sarah noch ein anderer Angehöriger der Sex Crimes Unit sein konnte. Ich bat ihn, den Fall an Tom Kendris weiterzuleiten, mit dem ich befreundet war und dessen Arbeit ich schätzte.

Coleman Harper hatte man in die Krankenstation der Haftanstalt Bellevue eingeliefert, und erleichtert vernahm ich von Battaglia, dass Richter Roger Hayes eine vorübergehende Freilassung gegen Kaution abgelehnt hatte.

Laura hatte sich mehr noch als ich einen Sonderurlaub verdient. Den ganzen Tag war sie damit beschäftigt, die Anrufe der Presse entgegenzunehmen – alle wollten ein Exklusivinterview. Da ich Katie Couric von NBC nur ungern eine Absage erteilen wollte, erklärte Battaglia sich bereit, in *Today* aufzutreten. Mike Sheehan von Fox 5 bekniete mich, ihm gegenüber ein paar Details durchsickern zu lassen, doch ich wusste, dass er von mehreren Jungs vom NYPD schon großzügig mit Informationen versorgt wurde.

Ich arbeitete in dieser Woche viel mit Tom Kendris und den Detectives zusammen, so dass ich schon am Donnerstag nachmittag vor der Grand Jury aussagen konnte. Wir brauchten Stunden, um die umfangreichen Beweise zu analysieren; Gemmas umfangreiche Aufzeichnungen, die sich in ihren zehn Jahren am Minuit angesammelt hatten, bedeckten jeden Zentimeter horizontaler Fläche in Kendris' Büro. Als wir zu den Fotos von Gemma Dogens blutgetränktem Teppich kamen, fragte ich mich erneut, ob die sterbende Frau uns eine Botschaft hinterlassen wollte.

Plötzlich erschien mir der unvollendete Buchstabe wie ein A, was soviel wie »Abgelehnt« hätte bedeuten können. Jedesmal wenn ich das Foto betrachtete, nahm Chapman es mir aus der Hand und holte mich auf den Boden der Tatsachen zurück. »Sie hatte nicht mehr die Kraft, um noch irgend etwas zu schreiben.« Aber ich stellte mir insgeheim vor, dass sie es doch versucht hatte.

Maureen und ihr Mann Charles waren noch am Sonntag abend aus ihrem Versteck zurück nach Hause gebracht worden. Am Montagabend nach dem Dienst fuhr mich Mercer zu ihnen raus. Wir umarmten uns so herzlich, dass ich ihr beinahe die Rippen gebrochen hätte. Dann nahmen wir uns unsere Terminkalender vor und suchten für unser gemeinsames Wochenende auf der Schönheitsfarm einen Termin im Mai aus.

Die Laboruntersuchungen hatten bestätigt, dass die vermeintliche Krankenschwester Maureen eine ordentliche, wenn auch nicht tödliche Dosis eines Beruhigungsmittel für Pferde verpasst hatte.

Man wusste immer noch nicht, wer den Anschlag auf Maureen verübt hatte, auch wenn Mike fest davon überzeugt war, dass es Coleman Harper gewesen war, um den Verdacht der Polizei von sich selbst auf DuPre zu lenken, der ja einer von Mos betreuenden Ärzten war. Mo jedenfalls war fest von DuPres Unschuld überzeugt, wenngleich die Tatsache, dass er kein ausgebildeter Arzt war, eindeutig gegen ihn sprach. Wahrscheinlich fuhr er jetzt durch die Gegend und hielt Ausschau nach irgendeinem verschlafenen Nest, wo er eine neue Praxis eröffnen konnte. Vielleicht mit dem Unterschied, dass er sich diesmal den Namen eines längst verstorbenen Arztes aussuchte.

Joan Stafford war am Dienstagabend nach New York zurückgekehrt und hatte darauf bestanden, dass ich zum Dinner bei ihr vorbeischaute. Kaum hatte ich an ihrem Tisch Platz genommen, stellte sie mich vor vollendete Tatsachen. »Nina steigt am Donnerstagabend in die letzte Maschine aus Los Angeles, und am Freitag fliegen wir drei weiter nach Vineyard und richten dein Haus für den Sommer her. Reine Frauensache – Nina läßt das Baby zu Hause bei ihrem Mann, und Jim muss geschäftlich nach Wien. Seit dem ersten April fliegt U.S. Air die Insel wieder direkt an, und ich habe bereits unsere Tickets besorgt. Eventuelle Einwände von deiner Seite interessieren uns nicht. Wir nehmen den letzten Flug am Freitagabend um Viertel vor sechs und kommen mit dem ersten Flug am Montagmorgen zurück. Pünktlich um neun sitzt du an deinem Schreibtisch. Einverstanden?«

Ich lächelte sie über den Tisch hinweg dankbar an. »Einverstanden, Joanie.«

Ich sehnte mich nach der Insel, und was hätte mir Besseres passieren können, als nach den Ereignissen vom vergangenen Oktober gemeinsam mit meinen beiden besten Freundinnen dorthin zurückzukehren?

Nina Baum kam am Freitag in aller Herrgottsfrühe in New York an. Ich hatte ihr meinen Wohnungsschlüssel am Empfang hinterlegt, so dass sie sich bei mir duschen und etwas ausruhen konnte, bevor sie in mein Büro kam. Wir kannten uns seit unserem ersten Tag in Wellesley, als wir per Los zu Zimmergenossinnen bestimmt worden waren, und ich konnte mir keine treuere, verständnisvollere Freundin als sie vorstellen.

Sarah hatte mich in aller Frühe angerufen, um mir mitzuteilen, dass sie sich einen Tag freinahm, und glücklicherweise verlief der Freitag ungewöhnlich ruhig. Nina und ich genehmigten uns einen ausgedehnten Lunch im Forlini's. Am frühen Nachmittag schloss ich mein Büro ab; anschließend nahmen wir uns ein Taxi zum La Guardia Airport, wo wir mit Joan verabredet waren.

Wir hatten einen angenehmen, ruhigen Flug. Joan hatte am Flughafen einen Jeep reserviert, so dass wir nicht erst meine alte Kiste, die während des Winters eingelagert war, abholen mussten. Die fünfzehnminütige Fahrt im letzten Tageslicht über die Insel war einfach herrlich. Die meisten Bäume und Sträucher hatten bereits grüne Knospen, und in den Gärten leuchteten die gelben Blüten der Osterglocken.

Als Nina in den Seitenweg einbog, der zu meinem Haus führte, krampfte sich mein Magen kurz zusammen. Hier war Isabella Lascar gestorben, und ich würde diese Stelle wohl nie wieder passieren können, ohne nicht daran erinnert zu werden. Doch schon im selben Augenblick freute ich mich über die bunten Tulpen und die Bartiris, die mein Hausmeister Joe auf den Beeten und Rabatten vor meinem Haus gepflanzt hatte. Unter dem Baum, dem Ort, an dem Isabella ermordet worden war, hatte er ihr zum Andenken einen Granitstein gesetzt.

In meinem kleinen Landhaus empfing uns der Geruch von frischer Farbe; alles war neu gestrichen, und es war keine Spur mehr von dem Fingerabdruckpulver der Polizei zu entdecken.

Nachdem ich mein Gepäck im Schlafzimmer abgestellt hatte, ging ich wieder raus auf die Veranda zu Joan und Nina. »Ohne euch beide hätte ich es nicht geschafft …«

»Pst. Seit drei Jahren sehne ich mich nach diesem Blick«, schnitt mir Nina das Wort ab. »Ich möchte ihn genießen, solange es noch hell ist.« Es war mein eigenes kleines Stück Himmel, und ich lehnte mich an die Holzbrüstung, um die Schönheit der hügeligen Landschaft mit ihren bunten Wildblumenwiesen, ihren kleinen Teichen, auf denen noch keine Boote mit Sommergästen schwammen, und dem Meer am Horizont in mich aufzunehmen.

Joan unterbrach die Stille. »In zehn Minuten hast du dein Kostüm gegen etwas Legeres ausgetauscht«, befahl sie mir. »Ich habe für acht Uhr einen Tisch im Outermost reserviert.«

»Ich wusste gar nicht, dass die vor Mitte Mai überhaupt öffnen.«

»Na, Gott sei Dank habe ich das Ruder übernommen. Hätte ich dir die Organisation überlassen, würden wir heute Abend Popcorn essen.«

»Sei nicht so streng mit ihr, Joan. Schließlich ist Popcorn eines der wenigen Gerichte, die sie wirklich toll beherrscht.«

Ich zog mich um, und wenig später steuerte Joan den Jeep in Richtung Gay Head, der Westspitze, wo Hughie und Jean Taylor das schönste Hotel der Insel betrieben. Das neoviktorianische Haus hatte nur sieben Gästezimmer, war auf einer sanften Anhöhe oberhalb des Vineyard Sound gelegen und bot einen atemberaubenden Blick auf den wohl schönsten Sonnenuntergang der Welt.

Zu diesem Spektakel kamen wir zwar zu spät, doch Barbara, die Küchenchefin, würde uns mit ganz besonderen Köstlichkeiten entschädigen.

Jeanie begrüßte uns herzlich und schlug uns vor, mit einem Gläschen Wein auf der Veranda zu beginnen, bevor es zu Tisch ging. Die Bar befand sich auf der großzügigen, überdachten Terrasse, die einen herrlichen Blick aufs Meer bot.

Als ich die Veranda betrat, erstarrte ich zur Salzsäule. Hughie saß am Klavier, und ein ganzer Chor, bestehend aus vertrauten Gesichtern, sang »Happy Birthday«. Mike stand hinter der Bar und füllte mit Hollis, dem Barkeeper, die Champagnerkelche. Mercer war mit Francine da; neben ihnen entdeckte ich Sarah und Jim, Charles und Maureen, Rod Squires sowie Renee und David. Joanie und Nina hatten das ganze Hotel gemietet – die Party konnte losgehen.

Strahlend machte ich die Runde, ließ mich umarmen und küssen und erfuhr, wie die ganze Sache generalstabsmäßig geplant und vor mir geheimgehalten worden war.

»Mach deine Geschenke auf!« rief Mike und deutete auf die zahlreichen Päckchen, die sich auf der Bar stapelten.

»Ihr seid ein paar Wochen zu früh dran«, tadelte ich meine Freunde. »Ich will die Vierunddreißig keinen Augenblick eher als nötig hinter mir lassen.«

»Verständlich, aber Nina sagte, du wolltest deinen Fünfunddreißigsten unten bei deinen Eltern feiern. Also blieb uns nichts anderes übrig, als deinen Geburtstag vorzuverlegen.«

Ich nahm den Champagnerkelch, den man mir reichte, und bahnte mir den Weg durch die Gäste. An der Bar machte mich Joan auf den Strauß gelber Rosen aufmerksam, an dem eine Karte hing; sie war von Drew. Ich biss mir auf die Lippe und nahm mir fest vor, ihn am nächsten Tag anzurufen, um mich mit ihm zu verabreden und offen über die vergangenen zwei Wochen zu sprechen.

Während ich Sarah und Francine für die gelungene Überraschung dankte, hörte ich mit einem Ohr, dass Mike und Mercer sich über den Mord an Gemma Dogen unterhielten.

»Erinnerst du dich, als wir darüber gesprochen haben, ob Geld oder Liebe das häufigste Motiv für einen Mord ist? Sieht aus, als hätte ich wieder mal Recht gehabt. Warum war Coleman Harper wohl nicht damit zufrieden, ein ganz normaler Arzt zu sein? Warum wollte er mehr?«

»Und am schlimmsten sind die, die uns nach dem Mord zunächst nicht weitergeholfen haben«, erwiderte Mercer. »Jetzt plötzlich erzählen sie uns, wie sehr Harper Dogen gehasst und welche Wut er mit sich herumgeschleppt hat, seitdem er vor fast zehn Jahren das erste Mal mit ihr zu tun hatte.«

»Du hättest sehen sollen, was Zotos und Losenti bei der Durchsuchung seiner Wohnung gefunden haben.«

Ich spitzte meine Ohren, denn seitdem ich in dem Fall als Zeugin fungierte, hatte Tom Kendris mir gegenüber striktes Stillschweigen hinsichtlich aller anderen Indizien gewahrt. Mike fuhr fort. »Alle Arten von Maskierungen – Perücken, Haarteile, falsche Bärte, Schminke. Außerdem haben sie schriftliche Mitteilungen von Robert Spector gefunden, in denen er Harper vor ein paar Monaten versicherte, dass er alles Mögliche unternommen habe, um ihn woanders unterzubringen, aber dass Dogen ihn ›rund um den Globus angeschwärzt‹ habe. Harper musste also handeln, wenn er sein Ziel erreichen wollte. Ich persönlich glaube, dass er sie in der Nacht allein antreffen wollte, um ein letztes Mal mit ihr über ihre ablehnende Haltung zu sprechen. Er hatte Spectors Unterstützung, und sie war der einzige Mensch, der seiner Zulassung im Wege stand. Wenn sie ohnehin zurück nach England ging, hätte es ihr doch egal sein können – das wollte Harper ihr wohl klarmachen. Doch als sie sich weiterhin stur stellte, stach er auf sie ein. Er hatte das Messer mitgebracht – die Rache war geplant gewesen.«

Ich konnte nicht mehr länger an mich halten und beugte mich über den Bartresen. Mike und Mercer schienen damit gerechnet zu haben, dass ich zuhörte.

»Weisst du, wann die Sache angefangen hat?«

Ich schüttelte den Kopf.

»Schon Gemma Dogens Vorgänger schien Zweifel an Harpers Fähigkeiten gehegt zu haben. Das ist jetzt ein Jahrzehnt her. Dieser gewisse Dr. Randall sagte, er würde Harper erst zur neurochirurgischen Facharztausbildung zulassen, wenn er eine Qualifikation als Neurologe abgelegt habe. Kurz darauf ging Randall weg, und Dogen kam. Und bekanntlich hatte die Dame ihre eigenen Ansichten. Sie teilte Harper mit, dass sie sich in keiner Weise an die Aussagen und Versprechungen ihres Vorgängers gebunden fühle. Damit hatte Harper keine Chance mehr, zur Ausbildung zugelassen zu werden.«

»Und was bedeutet ›Met Games‹?«

»Hier kommt Spector ins Spiel. Es war seine Idee, Harper für eine Weile im Metropolitan zwischenzuparken, um Dogen in der Zwischenzeit weichzukochen. Harper praktizierte anschließend eine Weile in den Südstaaten, baute aber auch weiterhin Mist. Und wieder war es Spector, der ihm Hoffnungen machte. Er ermögliche es Harper, als Fellow im Rahmes einer Art Forschungsstipendium am Mid-Manhattan unter seiner Leitung zu arbeiten, und hoffte, Harper nach Dogens Abgang in die Facharztausbildung zu bugsieren. Es wurde für Harper allmählich auch höchste Zeit, denn bei Abschluß der Ausbildung wäre er schon fünfzig gewesen. Das Dumme an dem Plan war, dass Spector Harper ein Jahr zu früh geholt hatte, denn Dogen stellte sich immer noch quer.«

»Habt ihr eigentlich herausgefunden, warum sich Spector so entschlossen für Harper einsetzte?«

»Noch nicht, aber wir werden es erfahren. Keiner der beiden hat sich bisher dazu geäußert. Es ging dann jedenfalls Schlag auf Schlag weiter. Robert Spector wusste, dass Gemma an dem Tag, an dem Coleman Harper seine Zulassung bekommen hätte, allein aus Prinzip gekündigt hätte. Der Gewinner wäre automatisch Spector gewesen, denn er hätte Gemmas Job bekommen – auf den er schon lange scharf war.«

Jetzt schaltete sich Mike ein. »Ich glaube, wir haben Harper ganz schön aus der Fassung gebracht, als wir ihm mitteilten, dass wir seine Personalakte von vor zehn Jahren anfordern würden. Er wusste zwar, dass das Minuit die Unterlagen nicht so lange aufhob, aber nicht, wie lange das Met sie archivierte – und ob nicht seine Erzfeindin selbst Informationen über ihn gesammelt hatte. Ich wette, Harper ist der Typ, der ins Metropolitan eingebrochen ist; er wollte seine eigenen Akten vernichten. Und aus diesem Grund hat er nach dem Mord an Gemma Dogen ihre Schlüssel mitgehen lassen. Am vergangenen Sonntag wollte er in ihrer Wohnung nach Aufzeichnungen über sich suchen, weil ihn diese Unterlagen in Teufels Küche gebracht hätten.«

»Aber warum hat er mich erst das Telefonat mit Mercer beenden lassen, anstatt auf mich loszugehen, *bevor* ich von meinem Fund berichtete?«

»Wenn Harper dich noch während des Gespächs mit Mercer angegriffen hätte, hätte Mercer Hilfe herbeigerufen, auch wenn er auf der anderen Seite der Welt gesessen hätte. Ein paar Minuten später wäre die Polizei dagewesen; Harper hätte nicht genug Zeit gehabt, dich umzubringen und das Gebäude zu verlassen. Er plante also, dich nach dem Telefonat aus dem Weg zu räumen und den einzigen noch existierenden Ordner über seine Vergangenheit mitzunehmen, so dass später allein Mercers Aussage gegen die seine stand.«

»Wir gehen davon aus, dass es Harper war, der sich verkleidet, bis vor deine Wohnung geschlichen und dir den Zettel unter der Tür durchgeschoben hat«, fuhr Mercer fort. »Er kannte wahrscheinlich nicht die ganze Wahrheit über Jean DuPuy, aber er ahnte ebenso wie Gemma, dass irgend etwas mit ihm nicht stimmte. Er war einfach zu glatt, zu gewandt. Vergiß nicht: Sie hatten beide unten in den Südstaaten praktiziert. Ich nehme an, Harper hatte schon mal von dem echten John DuPre gehört und war stutzig geworden. Tatsache ist, dass sie beide nervös wurden, als die Ermittlungen begannen, und daraufhin versuchten, sich gegenseitig anzuschwärzen. Als sie den Penner mit den blutgetränkten Hosen im Röntgenraum fanden, waren sie beide so erleichtert, dass sie sich vor lauter Aufregung in Widersprüche verwickelten.«

»Glaubst du, es war Harper, der versucht hat, mich mit dem Auto über den Haufen zu fahren?«

»Zweifelsohne«, erwiderte Mike ohne zu zögern. »Er hat wahrscheinlich die Nerven verloren. Noch ein paar Tage zuvor präsentierte er uns einen blutüberströmten Geisteskranken, den wir anfangs tatsächlich für den Mörder hielten. Und in den Freitagabendnachrichten erfährt er, dass du, Alex

Cooper, den alten Knaben wieder auf freien Fuß gesetzt hast. Mercer glaubt, dass Harper damals in der Nacht auf dem Revier mitbekommen hat, wie Peterson den Streifenwagen anforderte, der dich nach Hause brachte; dabei hat der Lieutenant auch deine Adresse genannt. Als Harper von der Freilassung des Penners erfuhr, rastete er einfach aus. Ich glaube nicht, dass er damals schon einen festen Plan hatte; er war einfach nur verzweifelt.«

Wir schwiegen einen Moment, während sich die anderen um uns herum amüsierten.

»Weißt du, was mich am meisten ärgert?« fragte Mike. »Dass diese Idioten sich zuerst weigern, der Polizei bei der Aufklärung eines Mordes zu helfen, aber hinterher jedem dahergelaufenen Reporter erklären, sie hätten von Anfang an gewusst, wer der Täter ist. Hast du die Zeitungsartikel gesehen?«

»Mir hat niemand etwas gezeigt. Hast du vergessen, dass ich Zeugin bin?«

»Harpers geschiedene Frau hat irgendeinem Käseblatt erzählt, dass Harper der festen Überzeugung war, Gemma Dogen sei der einzige Grund gewesen, weshalb er an keinem Krankenhaus des Landes zur neurochirurgischen Facharztausbildung zugelassen worden ist«, klärte mich Mercer auf. »Und ein Arztkollege, mit dem er vor zwei Jahren zusammengearbeitet hat, ließ verlauten, dass Harper Gemma Dogen gegenüber geradezu paranoid war und sie für alles verantwortlich machte, was ihm seit der ersten Ablehung zehn Jahre zuvor widerfahren war.«

»Das scheint unser Schickal zu sein, Mercer. Wir Cops können diesen Idioten eben nicht so viel Kohle bieten wie die Regenbogenpresse. Uns gegenüber machen die den Mund nicht auf, aber kaum sehen sie ein Mikrophon oder jemanden, der mit ein paar Hundertern winkt, wissen sie ganz genau, wer der Mörder ist.«

»Ich hab' ein paar Zitate von Spector in der *Post* gelesen. Er kann nicht glauben, was sein Schützling getan haben soll. ›Harper ist ein brillanter Wissenschaftler. Er hat hervorragende Studien für mich durchgeführt‹ – Originalton Spetor.«

»Ja, und vielleicht kann er demnächst die Auswirkungen

von lebenslänglicher Haft auf das Zentrale Nervensystem erforschen. Okay, Blondie, genug jetzt. Wir sind schließlich nicht im Dienst.«

»Komm, mach dein erstes Geschenk auf.« Mike griff nach einem Päckchen; es war ein Schmuckkästchen aus rotem Leder, auf dem eine große weiße Schleife prangte. Ich knüpfte sie auf, öffnete die Schließe des Kästchens, hob den Deckel und erblickte ein funkelndes Diadem. Nina nahm es mir aus der Hand und setzte es mir auf, während Mike mir versicherte, dass es sich um eine Kopie handelte und das Schmuckkästchen teurer als der Inhalt gewesen sei.

»Alle mal herhören«, meldete sich Mike zu Wort. »Joanie und ich haben eine gastronomische Geburtstagstour durch die Insel organisiert. Die erste Station ist das Outermost Inn, wo besonders die Krabbenpasteten, der Hummer und das hausgemachte Pfefferminzeis zu empfehlen sind. Das morgige Frühstück findet bei Primo statt – Kaffee und frische Bagels auf der Veranda des Chilmark Store. Zum Lunch werden uns die wunderbaren Flynn-Schwestern im Bite mit der besten Muschelsuppe der Welt verwöhnen. Das Dinner findet bei Tony und David im The Feast statt – die Pasta Fra Diavolo sollte man sich nicht entgehen lassen.«

Ich schlüpfte aus meinen Pumps und lief zum Rasen, der sich bis hinunter zum Vineyard Sound erstreckte.

Mike verkündete gerade, dass das sonntägliche Frühstück in unserem Hotel, der Lunch bei Primo und das Abschiedsdinner im Red Cat stattfinden würde. Tatsache war, dass er sich wirklich mit der Gastronomie der Insel vertraut gemacht hatte.

Hughies Bruder James sang im Hintergrund, während Mike die anderen mit seinen Erzählungen unterhielt und verkündete, dass sie die höchste Treppe der Insel ausfindig machen mussten, wenn sie mich als Tina Turner bewundern wollten.

Dort, wo Rasen und Meer aufeinandertrafen, umspülte kühles, klares Wasser meine bloßen Füße. Ich hatte den Blick auf den Punkt gerichtet, an dem Vineyard Sound und Atlantik miteinander verschmolzen. Ich sog den salzigen Geruch des

Meeres ein, während das blinkende Feuer des Leuchtturms wie seit zweihundert Jahren die Schiffe vor den gefährlichen Klippen der Devil's Bridge warnte. Der Geräusch der sanft ausrollenden Wellen wirkte ebenso beruhigend wie das enfernte Lachen der Menschen, die ich liebte. Nachdem es mir später, zum Abschluss des Abends, glückte, alle Kerzen auf der Geburtstagstorte auf einmal auszublasen, wollten die anderen wissen, was ich mir wünschte. Doch in dem Augenblick, als ich hier allein zu den unzähligen funkelnden Sternen aufblickte, hatte ich meine Wünsche für das kommende Lebensjahr bereits gefasst.

Danksagungen

Jedes in diesem Buch beschriebene Verbrechen basiert auf einer wahren Begebenheit.

Noch einmal danke ich allen, die mich während der Arbeit an diesem Buch unterstützt haben, für ihre Hilfe, Geduld und Freundschaft.

Viele von Alexandra Coopers Wegbegleitern tragen Züge, für die einige meiner Freunde Pate gestanden haben. So haben Alexandra Denman, Lisa Friel, Joan Stanton Hitchcock, Maureen Spencer Forrest, Karen und (die andere) Alex Cooper, Susan und Michael Goldberg sowie Sarah, Mitch und Casey Rosenthal zu den Romanfiguren beigetragen. Joan und Bernie Carl führten mich großzügig auf Cliveden ein. Der echte Dr. Robert Spector, den ich kenne, seitdem wir beide fünfzehn waren, stand nicht Pate für die gleichnamige Romanfigur.

Bob Morgenthau war diesmal erneut meine professionelle Inspiration und mein Held. Auch in meinem fünfundzwanzigsten Jahr bei der Staatsanwaltschaft von New York County war meine Arbeit so herausfordernd und befriedigend wie in all den Jahren zuvor. Ich habe die besten Kollegen und Mitarbeiter, die man sich vorstellen kann; mit Leib und Seele setzen sie sich für die Opfer von Gewaltverbrechen ein.

Ich schätze mich glücklich, von einer Lektorin wie Susanne Kirk betreut zu werden, deren Bedeutung man gar nicht überschätzen kann.

Esther Newberg ist eine hervorragende Agentin – und eine noch bessere Freundin.

Wie immer haben auch alle Fairsteins Anteil an meinem Werk. Meine jüngsten Inspirationsquellen heißen Matthew und Alexander Zavislan – klein, aber oho.

Auch dieses Mal fungierte mein Mann Justin Feldman als meine Muse und trug zu meiner Erbauung bei. Und meine Mutter Alice Atwell Fairstein ist und bleibt die Beste!